Diogenes Taschenbuch 21413

Joan Aiken

# *Der eingerahmte Sonnen-untergang*

*Roman*

*Deutsch von Karin Polz*

Diogenes

Titel der Originalausgabe:
›The Embroidered Sunset‹

Das Buch erschien erstmals
in deutscher Übersetzung unter dem Titel
›Die verschwundene Tante‹
München, 1975
Umschlagillustration von
Tomi Ungerer

*Neuübersetzung*


100/87/36/4
ISBN 3 257 21413 8

# I

Wenn es nicht ein Vergnügen gewesen wäre, Onkel Wilbie Culpepper zu hassen, müßte man es aus Pflichtgefühl tun. Er stand seinem Haushalt mildlächelnd vor, unempfindlich gegen Lucys abschätzige Beurteilung, rundlich, straffhäutig, unendlich selbstzufrieden. Es gab nicht ein Atom in Onkel Wilbies Universum, das sich nicht am richtigen Platz befand; manchmal fragte Lucy sich zweifelnd, ob er wirklich ein Mitglied der menschlichen Rasse war; er schien zu rosawangig und faltenlos, um Gegenstand normaler menschlicher Leiden und Schwierigkeiten zu sein. Wahrscheinlicher war es, daß er aus Kunststoff bestand – welkt nicht, schmilzt nicht, geht nicht ein – und ewig leben würde. Eine bestürzende Vorstellung.

»Willst du damit sagen, daß überhaupt kein Geld mehr übrig ist?« wiederholte Lucy, Onkel Wilbies strahlenden Blicken standhaft begegnend. Seine Augen waren undurchdringlich, wie Murmeln aus Onyx.

Die Anklage in Lucys Stimme veranlaßte Tante Rose, sich von den Modeseiten loszureißen, und Corale, einen Katalog über die Bekleidung für Karibik-Kreuzfahrten sinken zu lassen.

Onkel Wilbie nahm mit den Augen Maß an einem großen Stück Schokoladenschichttorte, biß behutsam ein Drittel ab und begann zu kauen.

»Ja«, sagte er kurz und bündig, nachdem er die Hälfte hinuntergeschluckt hatte. »Ich fürchte, so etwa sieht es aus, Eure Hoheit.« Es gehörte zu Onkel Wilbies kleinen Scherzen, Lucy als Prinzessin anzureden. »Deine Erziehung in Cadwallader hat alles bis auf den letzten Cent verschlungen. Und noch ein bißchen mehr, wenn wir schon darüber sprechen«, fügte er entschuldigend hinzu.

»Es ist dir nicht in den Sinn gekommen«, fragte Lucy, sich

mühsam beherrschend und kalt, »mich auf eine billigere Schule zu schicken, so daß am Ende noch etwas Geld für meine Ausbildung übrig gewesen wäre?«

»Und die Leute sagen lassen, daß wir Corale in eine bessere Schule als dich geschickt hätten?« fing Tante Rose an.

»Nun hör mal, Prinzessin!« Onkel Wilbie brachte seine Frau mit einem Blick zum Schweigen. »Hör mal, Prinzessin, ich muß mich über dich wundern. Es war das Wenigste, was ich für deinen armen Vater tun konnte – dafür zu sorgen, daß du eine anständige Schule besuchst.« Er biß noch einmal kräftig in den matschigen Schokoladekuchen und reichte Tante Rose seine Tasse. »Bitte noch eine Tasse Kaffee, Rosie-Posie.«

»Ich glaube nicht, daß Vater es für nötig gehalten hätte, mich auf eine der snobistischsten Schulen der Welt zu schikken«, sagte Lucy, während sie erbittert an ihre Leiden in den letzten sechs Jahren dachte, bemerkenswert hoch bezahlte Leiden, wie sich jetzt zeigte.

»Dein Vater, liebste Prinzessin, war nicht eben der Weiseste, wenn es um praktische Dinge ging. Ich denke, darüber waren wir alle einer Meinung«, sagte Onkel Wilbie voller Behagen. Tante Rose reichte ihm seine Tasse zurück, und er nahm einen langen, nachdenklichen Schluck. Großer Gott, es macht ihm auch noch Spaß, dachte Lucy. »Um es nicht zu gewählt auszudrücken«, fügte Wilbie hinzu und stellte seine Tasse auf die Untertasse, »dein Vater, liebe Prinzessin, war völlig und absolut hilflos, wenn es um Geld ging. Er war ein Verschwender. Unzuverlässig. Um es genau zu sagen, ein Faulenzer. Ein ... ein ... warte«, er bot mit erhobener Hand ihrer empörten Entgegnung Einhalt, »ich bin sicher, daß er dir als Held erschien, Hoheit, und so schickt es sich auch; wir wollten in all diesen Jahren deine Vorstellung von ihm nicht zerstören.« Nein, bis jetzt nicht, dachte Lucy mit vor Wut gesteigertem Empfindungsvermögen, nicht bis es dir größte Genugtuung verschaffen würde. »Aber wenn du die Sache richtig betrachtest, ist das alles, was er war. Ein Bursche, der es fertigbrachte, seine Frau mit ihrem Baby in Liverpool von der

Fürsorge leben zu lassen, während er sich mit irgendeinem hirnrissigen Plan nach Kanada absetzte.«

»Er hätte uns nicht verlassen, wenn er es hätte vermeiden können! Es war wegen meiner Herzbeschwerden; Mutter hielt es nicht für richtig, daß ich die Reise machte.«

»Das kannst du ja eigentlich gar nicht wissen«, erklärte Corale mit samtweicher Genauigkeit. »Du warst erst zwei.« Sie genießt dies alles, dachte Lucy und ignorierte ihre blonde Cousine geflissentlich. Nur Tante Rose sah bekümmert aus.

»Nein, du kannst es wirklich nicht wissen, Schätzchen. Ein Mann, der es fertigbrachte, seine Frau im Stich zu lassen, sie an Lungenentzündung sterben zu lassen ...«

»Das hat er erst erfahren, als es zu spät war.«

»Und wie kommst du darauf?« fragte Onkel Wilbie lächelnd. »Ich nehme an, die kleine Minnie hat es behauptet. Die Schwester deiner Mutter betete ihn an. Doch, bei all seinen Fehlern war Paul ein reizender, liebenswerter Bursche – zumindest die Mädchen liebten ihn!«

Lucy rieb ihre Knöchel aneinander. »Da Tante Minnie auch tot ist ...« fing sie an. Aber dann änderte sie ihre Meinung. Sie sah sich, um sich zu beruhigen, ausführlich in Onkel Wilbies berühmter Küche um; das Achterdeck nannte er sie mit Vorliebe, eine wegwerfende Reverenz an seine längst vergangenen Zeiten bei der Marine. Alles war blitzblank und funkelte vor Sauberkeit: Stahl, Messing, Mahagoni und dunkelblaue Farbe bildeten einen strengen, männlichen Hintergrund für Onkel Wilbies berühmten Schwipskuchen, seine gebackenen Muscheln und seine auf Holzkohle gegrillten Steaks. Tante Rose, das galt als abgemacht, wurde hier nur geduldet und hantierte ohne jedes Selbstvertrauen.

Nur nicht die Geduld verlieren, dachte Lucy. Das ist es, was er gern hätte. Das ist es, was ihm mehr Spaß macht als irgend etwas sonst. Das ist es, was er jetzt anstrebt. Ich frage mich warum?

Sie hob die hellen grauen Augen mit den dunklen Pupillen – das einzige Schöne in ihrem Gesicht – und musterte ihren Onkel eingehend. Er blinzelte ihr zu.

»Darum fürchte ich, daß die Prinzessin von jetzt an eine sehr hart arbeitende kleine Prinzessin werden muß – im Gegensatz zu ihrer faulen, nichtsnutzigen, herumlungernden Cousine dort drüben«, fügte er hinzu, seiner Tochter liebevoll zuzwinkernd.

»Dad! Ich arbeite hart!« protestierte Corale, die ihre Tage einem Wohltätigkeitsverein widmete, in dessen Büroräumen sie Bonbons lutschte, Zeitschriften las und das Telefon benutzte, um ihre Verabredungen aufeinander abzustimmen.

»Ich habe nicht das Geringste gegen harte Arbeit«, sagte Lucy kalt. »Der Beruf eines Konzertpianisten muß zu den härtesten überhaupt gehören.«

»Liebe Lucy, das haben wir doch schon alles einmal besprochen. Wir haben im Augenblick einfach nicht genug Pulver für solche hochgestochenen Vorstellungen – ganz abgesehen von Unterricht in London bei irgendeinem rumänischen Maestro in Kostümhosen.«

»Er ist Tscheche.«

»Tscheche, Rumäne, das ist doch egal«, sagte Onkel Wilbie, der Europa ein für allemal hinter sich gelassen hatte – außer als Markt –, als er von Liverpool nach Boston den Atlantik überquerte. »Nun hör mal, warum bist du nicht eine liebe kleine Prinzessin und suchst dir einen hübschen vernünftigen Job – das ist hier in Boston ein Kinderspiel –, dann wirst du in ein paar Jahren vermutlich genug gespart haben, um Stunden beim Genossen Pullover zu nehmen, oder wie er auch heißen mag. So machen es schließlich die meisten jungen Leute – arbeiten, um das College zu finanzieren. Corabella hätte das auch getan, wenn sie die Absicht gehabt hätte, ein College zu besuchen, nicht wahr, Bella?«

Wenn sie intelligent genug wäre, aufs College zu gehen, dachte Lucy.

»Und außerdem«, fuhr Onkel Wilbie sanft mahnend fort:

»Ich möchte das nicht breitwalzen, liebe Prinzessin, aber findest du es nicht ein ganz klein wenig undankbar, dich so zu verhalten? Schließlich – wenn wir dich nicht nach Cadwallader geschickt hätten, wo du durch Tante Rose und Corabella gut eingeführt warst und daneben noch die Möglichkeit hattest, erstklassigen Musikunterricht zu erhalten, hättest du nicht einmal gewußt, daß du eine Begabung fürs Klavierspielen hast, oder? Denke doch bitte daran, bevor du deinen armen alten wohlmeinenden Onkel zum Teufel wünschst, weil er es nicht schafft, mit ein paar Tausend Dollar zweimal um die Welt zu kommen! Zwei Jahre sind schließlich keine Zeit, Liebchen, nicht in deinem Alter.«

Er lächelte seine Nichte nachsichtig an. Ihr blasses sommersprossiges Gesicht zeigte keine Reaktion.

»In diesem Fall sind zwei Jahre ein bißchen zu lange, fürchte ich, Onkel Wilbie. Max Benovek stirbt an Leukämie; er hat nur noch zwei oder drei Jahre zu leben. Vielleicht noch weniger.«

»Etwas absurd, sich ausgerechnet ihn als Lehrer auszusuchen, wenn es so aussieht, nicht wahr«, sagte Onkel Wilbie freundlich. »Denk lieber noch einmal darüber nach, Prinzessin, und such dir einen Burschen, bei dem es wahrscheinlicher ist, daß er es ebenso lange wie du aushält; sinnlos, deine Ersparnisse in einen Menschen zu investieren, der dir womöglich unter den Füßen wegstirbt. Außerdem, wenn er wirklich so krank ist, sind die Chancen, daß er neue Schüler annimmt, eins zu tausend.«

»Mrs. Bergstrom meinte, es bestehe eine Chance, daß er mich nimmt.«

Wilbie stieß einen gequälten Seufzer aus und sah seine Frau unter hochgezogenen Brauen kläglich an. »Manchmal, Rosie, wünschte ich fast, deine Großtante wäre nicht die Gründerin von Cadwallader gewesen! Wenn unsere kleine Prinzessin nicht dort hingegangen und von Madame Bergstrom mit all diesen überspannten Hoffnungen hochgepäppelt worden wäre – wieviel einfacher wäre unser Leben heute!«

Tante Rose sah kleinlaut und beunruhigt aus, ihre übliche Reaktion auf Onkel Wilbies Späße.

»Ich … ich bin sicher, daß ich nie … Wenn ich jemals gedacht hätte … Corale ist schließlich völlig …«

»Diese Mrs. Bergstrom ist sowieso übergeschnappt«, warf Corale ein. »An ihren Lieblingen fand sie nie etwas auszusetzen. Niemand, der bei Verstand war, nahm sie ernst.«

Lucy und Corale wechselten sorgfältig abgewogene feindselige Blicke.

»Darum fürchte ich, Prinzessin, daß du dir Kommissar Dingsdawitsch aus dem Kopf schlagen mußt. Zum Teufel noch mal, in diesem Land muß es wimmeln von Exil-Tschechen, -Ungarn und -Polacken, wenn du unbedingt einen Ausländer haben mußt!« Wilbie warf einen Blick auf die Armbanduhr vor ihm auf dem Tisch, die er nach alter Gewohnheit abgenommen hatte, um entspannter essen zu können. »Nun, Zeit für den alten Ernährer der Familie, sich auf den Weg zu machen, sonst wird man im Harem bald die Gürtel enger schnallen müssen.« Er sprang auf, wischte sich einen verirrten Schokoladekrümel vom lächelnden kleinen Mund, ging um den Tisch herum und gab seiner Tochter einen Kuß. Corale löste den Blick nicht von ihrem Katalog. »Bis später also, Harem, seid schön brav. Was hat meine hochgewachsene amerikanische Schönheit heute vor?«

»Den Speicher aufräumen«, sagte Tante Rosie matt. »Das koreanische Mädchen hat eben angerufen, um mir mitzuteilen, daß sie nicht mehr kommt.«

»Wie ärgerlich. Vielleicht könnte unsere Hoheit dir helfen – wenn ihr Herz das zuläßt.« Er küßte seine Frau, die, etwa zwanzig Zentimenter größer als er, ihren Kopf mit dem hübschen, abgehärmten Gesicht neigen mußte, um den angedeuteten Kuß ihres Ehemanns entgegenzunehmen. Sie tat das mit besorgten Blicken, als befürchte sie ständig, Wilbie könnte ihre Größe als Anmaßung betrachten. Und wie üblich betonte er mit einem maliziösen Lächeln den Größenunterschied: eine Hand schwer auf die Schulter seiner Frau stützend, stellte er sich auf die Zehenspitzen seiner dicksohligen Schuhe, um ihre Wange abschiednehmend zu berühren.

»Wiedersehen, Prinzeßchen. Vergeben?«

Lucy entzog sich geschickt dem Kuß ihres Onkels. Tante Rosie beobachtete diese Unbesonnenheit besorgt und fragte sich, wen später die Vergeltung treffen würde. Onkel Wilbie trieb eine Schuld immer ein.

»Adios, Mädchen!«

Dann war er fort, ein rundlicher, lächelnder kleiner Mann, der in seinem großen Wagen von Belmont hinein nach Boston hastete, wo das Geld rasselte und die Räder des Handels sich drehten. Onkel Wilbie hatte, wie ein anderer Großer vor ihm, ein Vermögen mit einem kleinen Haushaltsartikel gemacht, und da die Liebe zum Geld mit seiner Erwerbung wächst, war er jetzt eifrig damit beschäftigt, seinen Stapel zu vergrößern.

Corale ließ das Frühstücksgeschirr gelangweilt in die Geschirrspülmaschine fallen und machte sich dann auf den Weg zu ihrer wohltätigen Arbeit.

»Ich helf dir natürlich mit dem Speicher, Tante Rose«, sagte Lucy.

»Oh, danke, Liebes. Ich bin sicher ... dein Onkel hat nicht sagen wollen ... das heißt ... Nun, du weißt ja, wie er ...«

Obwohl sie seit sechs Jahren zusammenlebten, hatte Rose ein wenig Angst vor ihrer Nichte und versuchte zu beschwichtigen, wenn sie allein zusammen waren. Ihre Angst vor Lucy war fast so groß wie die vor ihrem Ehemann, denn trotz ihrer geringen Größe und ihrer Blässe erschien Lucy irgendwie unbeugsam, von einer Gelassenheit, die auf einige Leute diese Wirkung hatte.

»Ja, ich weiß, wie er ist«, wiederholte Lucy und sah geistesabwesend zu, wie Tante Lucy einen rosageblümten Kittel anzog, über dem ihr schönes, nichtssagendes, schicksalergebenes Gesicht natürlicher aussah als über der Nachmittags- oder Cocktailaufmachung, die sie viel öfter trug. Onkel Wilbie sah darauf, daß seine Frau sich rege am gesellschaftlichen Leben beteiligte; es hat keinen Sinn, ein Schmuckstück zu besitzen, wenn man es in einen Schrank einschließt, wo niemand es sehen kann.

»Laß mich das nehmen«, sagte Lucy und ergriff Staubtuch und Staubsauger, den ihre Tante ungeschickt über die gebohnerten Kiefernholzstufen hinaufzumanövrieren versuchte.

»Aber Lucy, Liebes, ist das richtig? Was ist mit deinem Herzen?«

»Ach was.«

»Dr. Woodstock ...«

»Dr. Woodstock ist ein alter Umstandskrämer. Wenn ich keinen anderen Grund hätte, froh zu sein, daß ich diese Schule verlassen habe, wäre ich schon dankbar, wenigstens ihn los zu sein.«

»Lucy, warum hat es dir in Cadwallader nicht gefallen?« fragte Tante Rose, die ihr mit einem Spinnwebbesen und einer Dose Mottenspray folgte. »Es kommt mir so seltsam vor. Corale hat jeden Augenblick dort genossen.«

»Corale und ich sind eben einfach verschieden«, sagte Lucy und blieb im großen, luftigen Flur des zweiten Stockwerks stehen, um ihrer bekümmerten Tante einen Blick zuzuwerfen, der sowohl sardonisch als auch tolerant war. »Ist dir das noch nicht aufgefallen? Außerdem gefiel ihnen mein Liverpool-Akzent in Cadwallader nicht; hielten ihn für gewöhnlich. Für sie stammte ich direkt aus der Gosse!«

»Oh, das ist doch Unsinn, Liebes! Du hast keinen Akzent. Außerdem, als Corales Cousine ...«, setzte Tante Rose nervös an.

»Daß ich Corales jüngere Cousine war, half mir kein bißchen. Sie ist groß und hübsch und aufgeschlossen und eine gute Sportlerin und mag Jungs und tanzt gern – ach, sie gehört einfach dazu! Und dann sieh mich mal an!«

Im dritten Stock, wo sie jetzt waren, hatten die beiden Mädchen ihre Zimmer und das Bad, außerdem befand sich dort ein Nähzimmer mit einem hohen Spiegel in der aufstehenden Tür. Lucy blieb vor dem Spiegel stehen und nickte dem Abbild ihrer zu klein geratenen Person ironisch zu.

»Nein, du kannst mir glauben, sie waren mindestens ebenso froh, mich von hinten zu sehen, wie ich es war, von dort zu verschwinden. Es tut mir leid, daß mein Besuch dieser Schule Vaters Geld bis zum letzten Penny verschlungen hat.«

»Lucy, wenn ich kann...«, begann Tante Rose. Dann hielt sie inne und biß sich auf die Lippe. »Ich glaube, ich höre das Telefon«, sagte sie. »Entschuldige mich einen Moment. Ich lege dies gerade hier hin und bin gleich wieder da. Oh, hier ist der Schlüssel zum Speicher; du weißt, wie dein Onkel darauf sieht, daß die Tür immer abgeschlossen ist.«

Lucy wußte es. Während der letzten sechs Jahre hatte sie nicht mehr als dreimal einen Fuß in den Speicher gesetzt, und jetzt ging sie die letzte Treppe hinauf, öffnete die Tür und sah sich mit unverhohlener Neugier um.

Es war ein großer Raum, der sich über die ganze Länge des großen, altmodischen Hauses erstreckte, und er war vollgestopft mit Dingen, die sich während fast zwanzig Jahren angesammelt hatten. Koffer, Tennisschläger, alte Verandamöbel, Stapel von Zeitungen, alte Spiele, Bündel von Vorhängen, Fahrräder waren in einem schmutzigen Durcheinander aufgetürmt. Aus staubigen Alben quollen vergilbte Fotos mit eingerollten Ecken. Ein Wirrwarr von Sportausrüstungen, Surfbretter, ein Unterwasser-Atemgerät, Angelruten und Gewehre verschiedener Kaliber bezeugten Onkel Wilbies verschiedene Aktivitäten; jede Sportart bedeutete für ihn ein Mittel zum Zweck und wurde darum für eine bestimmte Zeit mit zielstrebiger Hingabe ausgeübt; der Zweck war natürlich eine nützliche Vergrößerung seines gesellschaftlichen Kreises.

Lucy setzte den Staubsauger in Betrieb und machte sich rasch und gründlich an die Arbeit, mit einer Tüchtigkeit, die sie von ihrem Onkel geerbt hatte – obwohl sie den Gedanken von sich gewiesen hätte. Sie begann an einem Ende des langen vollgestopften Raums, bewegte alles von seiner Stelle, säuberte es und stapelte es wieder aufeinander, faltete Stoffe zusammen, ordnete Möbel und Kartons übersichtlicher, schüttelte Zeitungen aus und legte sie in säuberlichen Bündeln aufeinander.

Tante Rose tauchte nach zwanzig Minuten mit schlechtem Gewissen wieder auf, holte tief Luft und rief erstaunt: »Lieber Gott, wieviel du schon geschafft hast! Gib acht, mein Liebes, daß du dich nicht überanstrengst.«

»Oh, mir geht's gut«, sagte Lucy abwesend. »Mach dir nur keine Gedanken, es macht mir Spaß. Tante Rose, wer um alles in der Welt hat diese erstaunlichen Stücke gemacht?«

»Welche, Liebes?« fragte Tante Rose mit vager Stimme und warf einen Blick auf ihre Uhr.

»Die Bilder dort drüben.«

Fünf kleine Dachfenster ließen Licht in den Speicher. Lucy hatte ein altes Korbsofa unter das mittlere Fenster gezerrt und drei Bilder dagegengelehnt.

»Ehrlich, Tante Rose, sie sind das Unwahrscheinlichste, was ich je gesehen habe!«

Alle drei Bilder hatten biblische Themen; auf dem einen war eine kopflastige Arche im Begriff, sich der Flut anzuvertrauen, und zwei Giraffen sprangen in letzter Minute an Bord, als letzte einer Prozession von Tieren, die auf dem Weg unter Deck waren; auf einem anderen hing Absalom mit den Haaren in einem Ilexbaum fest, während sein Pferd auf einen Hintergrund zu galoppierte, wo eine wilde Schlacht wütete und ein gewaltiger Sturm den Himmel verdunkelte, und auf dem dritten stand ein winziger Samuel in einem weißen Nachthemd wie angewurzelt lauschend in der rechten unteren Ecke, während ein riesiger, prächtiger, dämmriger Tempel drohend um ihn herum aufragte.

»Der da!« sagte Lucy. »Sieh nur, wie er lauscht!«

Während sie den jungen Samuel betrachtete, wurde ihr zu mageres, verschlossenes, wachsames Gesicht weicher und zeigte einen sanften, amüsierten Ausdruck, der Rose Culpepper, so unempfindlich sie das Leben notgedrungen auch gemacht hatte, einen merkwürdigen Stich versetzte. So habe ich Lucy noch nie gesehen, dachte sie.

»Wer hat die Bilder gemacht, Tante Rose? Sieh dir die Farbe an; der Blitz läßt Absaloms Haar aufleuchten, und die weißen galoppierenden Pferde vor diesen dunkelgrünen Bergen. Und die Arche – all das Rot und Purpur und Ocker und die Holzkohle. Oh, ich weiß, daß das naive Malerei ist, aber gleichzeitig sind die Bilder auch sehr empfindsam – wer sie auch gemacht hat: er wußte genau, was er wollte – und hatte zudem noch Sinn für Humor. Sieh nur, wie Frau Noah mit der Kobra fertig wird. Und Samuels Füße!«

Tante Rose war aufrichtig bestürzt. »Aber Lucy – Malerei ist doch gar nicht dein Fach ...«

Lucys Gesicht nahm wieder einen ironischen Ausdruck an. »Du meinst, welches Recht habe ich, begeistert zu sein? Darf ich nicht einmal das Werk eines Genies erkennen, wenn ich eins sehe?« Die arme Rose strengte ihre schönen kurzsichtigen Augen an und schaute. »Diese komischen alten Dinger? Sie sind ja völlig flach ... wie sagt man noch ... zweidimensional? Alles bewegt sich irgendwie nach oben.«

»Ja, das zeigt das Gefühl für Bewegung und für Humor. Sie sind wirklich sehr komplex.«

»Aber Lucy! So hab ich dich noch nie reden gehört ...«

»Nein? Vielleicht hast du mich überhaupt noch nie reden gehört«, sagte Lucy, nicht unfreundlich.

»Es kommt mir so seltsam vor ...! Sie bestehen ja nicht einmal nur aus Farbe: da sind überall Stoffstücke und Flaschenverschlüsse und Wolle und Stickereien aufgeklebt. Wilbie hat bloß gelacht, als sie uns die Bilder schickte. Ein richtiger Altjungfernramsch. So nannte er sie.«

»Das sieht ihm ähnlich«, sagte Lucy. »Aber woher stammen sie? Warum habe ich sie noch nie gesehen?«

»Oh, vermutlich sind sie irgendwann angekommen, als du in der Schule oder im Ferienlager warst. So vor zwei oder drei Jahren muß es gewesen sein. Wilbie dachte, die Leute würden über die Bilder lachen. Er sagte, ich solle einen Danksagebrief schreiben – das hätte ich natürlich sowieso getan – und sie auf den Speicher bringen. Sie würde es nie erfahren.«

»Wer würde es nie erfahren?«

»Die alte Tante Fennel.«

»Tante Fennel?«

»Fennel Culpepper. Deine Großtante, nehme ich an. Die Tante deines Onkels Wilbie.«

»Also auch Vaters Tante?«

»Nun, ja, ich denke schon. Lieber Gott, sieh nur, wie spät es ist!« rief Tante Rose aus; sie erinnerte sich an etwas. »Lucy, Liebes, laß den staubigen alten Speicher jetzt. Eigentlich bin ich gekommen, um dir zu sagen, daß die Banks' mich zum Lunch und Bridge eingeladen haben, darum fürchte ich, ich kann dir im Augenblick nicht mehr helfen, wenn ich mich vorher noch frisieren lasse. Eigentlich müßte ich schon unterwegs sein. Schließen wir also ab, und ich mache den Speicher an einem anderen Tag fertig. Ich bin sicher, du hast für heute genug getan.«

»Nein, ehrlich, Tante Rose, ich fühl mich großartig. Ich kann genausogut fertig aufräumen, nachdem ich einmal angefangen habe. Es dauert bestimmt nicht mehr als eine Stunde.«

»Na ja ... es ist so ... ich weiß nicht, ob dein Onkel ...«

»Oh«, sagte Lucy, den wahren Grund für die Aufregung ihrer Tante sofort erratend, »ich werde längst fertig sein, wenn Onkel Wilbie nach Hause kommt. Er braucht nicht zu erfahren, daß ich allein dort oben war.«

»Also, Lucy, so habe ich es nicht gemeint!«

»Macht nichts«, sagte Lucy und schob ihre Tante nicht ohne Mitgefühl sanft aus dem Raum. »Geh du nur zu deinem Bridge. Du weißt doch, daß ich immer alles auf die übelste Weise auslege. Oh, was soll ich mit all den alten Zeitungen machen?«

Sie zeigte auf einen Stapel *Kirby Evening Advertiser and East Riding Gazette.*

»Oh, laß sie einfach dort liegen«, sagte Tante Rose hastig. »Wilbie haßt es, wenn irgend etwas weggeworfen wird.«

Lucy legte die Zeitungen in eine Ecke und fragte sich, warum ihr Onkel sich die Mühe machte, eine englische Kleinstadtzeitung zu abonnieren. Dann fiel ihr Blick auf den Namen Culpepper, in einer winzigen Meldung: »... Beerdigung von Miss Beatrice Howe, die viele Jahre lang in Appleby lebte, zusammen mit Miss Fennel Culpepper, und allgemein bekannt war als Autorin unserer Beiträge über Kräuter- und Wildpflanzenkunde...« Das war vermutlich die Miss Fennel Culpepper, die die Bilder gemacht hatte. Aber in der Zeitungsnotiz wurde nicht mehr über sie berichtet.

Entgegen seiner Gewohnheit tauchte Onkel Wilbie mittags tatsächlich wieder zu Hause auf. Zu dem Zeitpunkt jedoch war der Speicher aufgeräumt, die Tür wieder verschlossen und der Schlüssel auf seinem Platz in der Schublade in Tante Roses Sekretär.

Wie üblich blieb Onkel Wilbie in der Haustür stehen und brüllte:

»Rosie! Wo bist du, Rosie?«

Niemand antwortete. Sofort gereizt, hastete er in das Musikzimmer, wo Lucy sich unnachgiebig durch den langsamen Satz von Beethovens op. 109 durchbiß.

»He, was ist hier eigentlich los? Wo ist deine Tante?«

Mit Ausnahme einer Orgel, die nicht gespielt wurde und hoffnungslos verstimmt war, und dem *Knabe*, den er von einem Geschäftskollegen gebraucht erworben hatte, als er noch hoffte, daß Corale sich als musikalisch erweisen würde, hatte Wilbie nie viel für die Einrichtung des Musikzimmers getan. Es blickte nach Norden, auf die Seite des Hauses, wo die Mülleimer standen; um die zu verbergen, hatte Tante Rose Netzvorhänge angebracht. Corale und ihre Freunde ergossen sich gelegentlich in dieses Zimmer, wenn der Fernsehraum sich als zu klein für ihre Parties erwies; davon abgesehen hatte Lucy es für sich selbst. Die Wände waren weiß, der Fußboden bestand aus nacktem gebohnertem Kiefernholz, die Akustik war gut. Eine Gipsbüste von Beethoven (eine Zugabe beim Klavierkauf) machte deutlich, daß das Zimmer kulturellen Dingen diente. Lucy sorgte dafür, daß das Klavier gestimmt wurde, hatte bis zu diesem Tag aber noch nichts unternommen, um den Raum zu verschönern.

Beethoven und Lucy runzelten auf die gleiche Weise die Stirn, als sie die Blicke von den Tasten hob, um ihren Onkel anzusehen.

»Tut mir leid, was sagtest du, Onkel Wilbie? Oh, Tante Rose? Sie ist zum Lunch und zum Bridgespielen zu den Banks gegangen.«

»Das hätte sie nicht tun sollen«, sagte Onkel Wilbie ärgerlich. »Habe gerade ein paar Verträge mit der Firma gekündigt. Ihre Preise sind nicht mehr konkurrenzfähig.«

»Soll ich anrufen und ihr sagen, sie möchte nach Hause kommen?«

»Nein, laß nur«, sagte er, ohne den Spott zu hören. »Ich habe mich nur gefragt... aber wenn sie bei den Banks ist, ist es in Ordnung. Sie ist wohl schon vor einer ganzen Weile gegangen. Hatte kaum Zeit für sonst etwas?«

»Nicht viel«, entgegnete Lucy gelassen.

Onkel Wilbie wurde plötzlich fröhlich.

»Hier ist der arme alte Ernährer der Familie und plagt sich in der Stadt ab, und was tut sein Harem? Klimpert den ganzen Tag auf dem Klavier oder macht sich davon, um Bridge zu spielen! Na ja, für uns Arbeiter heißt es zurück in die Tretmühle, was, Russ?«

Erst jetzt sah Lucy, daß Russell McLartney, einer der gescheiteren jungen Leute aus dem Geschäft, ihren Onkel begleitet hatte und in der Diele wartete. Russell, dicklich, mit dickem Haar und voller Selbstbewußtsein, war jetzt seit mehreren Jahren der bevorzugte Assistent Onkel Wilbies, der ungewöhnlich viel von seiner Meinung hielt. Lucy hatte den Verdacht, daß Wilbie Russell als möglichen Nachfolger in der Firma vorgesehen hatte, und daß Russ selbst sich als möglichen Gatten Corales betrachtete, doch als Lucy die letztere Möglichkeit einmal angedeutet hatte, geriet Wilbie unerwarteterweise in Wut; er hatte offensichtlich ehrgeizigere Pläne für seine Tochter. Inzwischen herrschte zwischen den beiden eine förmliche Beziehung, die es Russ gestattete, Corale gelegentlich zu begleiten, und eine ausgesprochen feindselige, durch widerwilligen Respekt voreinander gedämpft, zwischen Russ und Lucy.

»Hallo, Lucy«, sagte er und schlenderte in das Zimmer. »Immer noch dabei, es den Klassikern zu zeigen?«

»Hallo, Russ«, sagte Lucy kühl. Sie wartete darauf, daß die beiden wieder gingen. Onkel Wilbie spürte das und beschloß zu bleiben. Er begann, auf seinen dicken Kreppsohlen auf- und ab zu federn und wurde immer mitteilsamer vor lauter Gutmütigkeit, die zu solchen Anlässen bei ihm zutage trat.

»Wir haben die Tintax-Werke besucht«, erklärte er Lucy, die an dieser Information kein Interesse zeigte. »Darum bin ich auf dem Rückweg in die Stadt hier vorbeigekommen, um meine Uhr zu holen. Hab sie heute morgen zu Hause vergessen.« Er trat ans Klavier und sah sich die Noten auf dem Notenhalter an.

»Was haben wir denn da, eh? Strauß? Friml?«

»Beethoven.« Ausdruckslos sah Lucy zu, wie er die Seiten umblätterte.

»Wundervoll, wie sie das alles versteht, was, Russ? Rätselhaftes Zeug! *Andante con moto* – welche Sprache ist das, Prinzessin?«

»Italienisch.«

»Für mich könnte es genausogut Spanisch sein.« Onkel Wilbie lachte herzlich. »Warum können sie es nicht in englisch schreiben? Beethoven war doch kein Italiener, oder? Was heißt denn das da, *vol... volti subito?*«

»Rasch umwenden.«

»Sagte die Schauspielerin zum Bischof! Passend für viele Gelegenheiten, Russ! Daran müssen wir uns erinnern, wenn wir mal eine Geschäftsreise nach Italien machen sollten. Steckt mehr hinter dieser Musik, als man denkt, wenn du mich fragst... Nun gut, wir machen uns wohl lieber auf den Weg. Die Prinzessin hat es gar nicht gern, wenn wir sie bei der

Arbeit stören.« Gelangweilt von Lucys nicht vorhandener Reaktion auf seine Sticheleien wandte er sich zur Tür und blieb abrupt stehen.

»Oh«, sagte Russ, »Sie haben diese Bilder doch endlich aufgehängt. Ist die alte Dame also dahingegangen?«

Er trat vor, um die drei naiven Kunstwerke zu bewundern, die Lucy an der dem Fenster gegenüberliegenden Wand aufgehängt hatte. Vor dem nackten weißen Hintergrund leuchteten sie wie Steine unter ultraviolettem Licht. »Erstaunliche Machwerke, nicht wahr?« fragte er voller Genugtuung. »Ich habe Ihrem Onkel gesagt, daß sie eines Tages ein Vermögen wert sein würden, und ich wette, ich habe recht. Alles was die brauchen, ist ein bißchen PR-Arbeit, und dann werden Sie sehen.«

»Wie sind die hier heruntergekommen?«

Lucy sah, daß Onkel Wilbie wütend war. Er war sehr still und blaß geworden, nie ein gutes Zeichen bei ihm. Die Herzlichkeit war von ihm abgefallen wie Eis von einer aufgetauten Tiefkühltruhe.

»Tante Rose sagte, daß du dir nichts aus ihnen machst, darum habe ich gedacht, du würdest nichts dagegen haben, wenn ich sie hier aufhänge«, entgegnete Lucy ruhig. »Ich habe sie gefunden, als wir den Speicher aufräumten.«

»Er hat sich nichts aus ihnen gemacht?« fragte Russ. »Sie nehmen uns wohl auf den Arm! Mann, als ich ihm sagte ...«

»Schweigen Sie, Russ! Tante Rose hat sich geirrt«, sagte Wilbie kurz angebunden. »Ich möchte bitte, daß sie auf den Speicher zurückgebracht werden.«

»In Ordnung.« Lucy stand auf, aber bevor sie die Bilder berühren konnte, fügte Onkel Wilbie, sich besinnend, hinzu: »Russ wird sie hinaufbringen.«

Wilbie war selbst außerordentlich kräftig; wie eine schreckliche kleine Ameise konnte er etwa das Vierfache seines eigenen Gewichts tragen, aber es war eine Angelegenheit der Etikette, dies nie zu tun.

»Sicher, ich bring sie rauf.« Eilfertig und beflissen hängte Russ die Bilder ab und trug sie nach oben. Lucy hörte ihre

Stimmen leise herunterdringen, dann das Zuschlagen der Speichertür und schließlich wieder herunterkommende Schritte.

»Bis später!« rief Russ höflich. Dann schlug auch die Haustür zu, und vor dem Haus sprang Wilbies Cadillac an. Lucy kehrte an ihren Platz im Musikzimmer zurück, nahm das Spielen aber nicht sofort wieder auf. Die Ellbogen auf den Klavierdeckel gestützt, lehnte sie das Kinn auf die Fäuste und grübelte.

Beim Abendessen war Onkel Wilbie wieder fröhlich und ganz der alte.

»Ich habe einen wundervollen Vorschlag für unsere Prinzessin!« verkündete er frohlockend, nachdem er sich der blauweiß gestreiften Schlachterschürze entledigt hatte, die er um seinen rundlichen Körper gebunden trug während der Vorbereitungen für seine berühmte Reistafel. Tante Rose, die ein paar Stunden mit dem Zerkleinern und Zusammenstellen der Zutaten verbracht hatte, hielt sich besorgt in der Nähe auf, für den Fall, daß in letzter Minute noch etwas gebraucht wurde. »Den ganzen Nachmittag Bridge, und dann bekommt sie auch noch das Abendessen umsonst gemacht«, neckte er sie liebevoll. »Und da haben wir Corabella, müde und gähnend, weil sie den ganzen Tag Comics gelesen hat. Die kleine Lucinda und ich sind die einzigen Burschen, die hier wirklich arbeiten, was, Prinzessin?« Er warf seiner Tochter einen liebevollen Blick zu und richtete einen boshaften Blick auf Lucy. »Bella, sitz nicht so krumm und nimm dein Haar aus dem Meerrettich! Sieh dir an, wie hübsch und gerade Lucy auf ihr Essen wartet!«

»Vorschlag für Lucy? Was meinst du damit, Liebling?« fragte Tante Rose ängstlich.

Lucys helle Augen und die kleinen zwinkernden ihres Onkels trafen sich. »Danke für die freundliche Idee, Onkel Wilbie«, sagte sie, »aber mach dir nicht die Mühe, irgendwelche Jobs für mich zu suchen. Ich werde meine Passage nach England als Stewardess verdienen und dann versuchen, Max Benovek zu sehen; wenn ich mit ihm sprechen könnte, wüßte ich, wo ich stehe.«

»Ja, und ist das nicht genau das, was ich vorschlagen wollte?« rief Wilbie triumphierend.

»Als Stewardess? Lucy, Liebes, die Arbeit wäre viel zu schwer für dich!«

Lucy wartete und sah ihren Onkel an, und ihr Gesicht war voller Mißtrauen.

»Weißt du, Prinzessin, ich mache mir schon seit einiger Zeit Gedanken wegen unserer alten Tante Fennel Culpepper – die Tante, von deren Bildern du so furchtbar angetan bist.« Die Bilder, dachte Lucy, ich wußte, daß sich da etwas Seltsames abspielt. Es hat ihn heute nachmittag doch für einen Moment aus dem Gleichgewicht geworfen, als er merkte, daß sie mir gefallen. Aber warum sollte ihn das dazu veranlassen, meiner Reise nach England zuzustimmen? Oder will er mich einfach nur von hier weg haben? Eins stimmte gewiß, dachte sie, als sie für den Bruchteil einer Sekunde seinem Blick begegnete, ihre gegenseitige Abneigung hatte in letzter Zeit zugenommen.

Tante Rose sah aus, als wollte sie etwas sagen, aber ein Blick ihres Ehemanns genügte, um die Eingebung im Keim zu ersticken.

»Ich dachte, Russ hätte gesagt, daß Tante Fennel gestorben sei?«

»Das eben ist es, was wir nicht wissen.« Onkel Wilbie belud seine Gabel behutsam mit Reis, Krabbe, Hühnerfleisch, Nelkenpfeffer und Pinienkern, balancierte das Ganze behutsam zu seinem Mund und begann, mit Behagen zu kauen. »Früher schrieb sie gelegentlich«, sagte er schließlich. »Dorfklatsch, du weißt schon. Hat die Bilder vor ein paar Jahren geschickt. Und dann kein einziger Brief mehr.«

»Wie alt ist sie? Wo lebt sie?«

»Sie muß ziemlich alt sein, Ende achtzig, nicht wahr, Wilbie?« warf Tante Rose ein. Er nickte.

»Lebt in England, kleines Dorf im nordöstlichen Yorkshire. Appleby-under-Scar, Appley ausgesprochen. Die ganze Familie kam früher von da. Die Sache ist, sie schreibt nicht mehr, aber sie bezieht weiter ihre Jahresrente von der Firma. Wird auf ein Bankkonto in New York eingezahlt.«

Lucy verstand allmählich, warum Onkel Wilbie so mißvergnügt war. Für einen Mann, der so geizig war, daß er seine Familie ständig drängte, kalt anstatt heiß zu duschen, und der hinter ihnen herging, um die Lampen auszuschalten, mußte der Gedanke an das fortwährende Davonrinnen von Firmenmitteln ein ständiges Ärgernis sein.

»Sie hat also in deine Firma investiert?«

»Oh, das war vor Jahren«, sagte er, als bestünden seit langem keine Verbindlichkeiten mehr. »Ich frage mich allmählich, wer kriegt den Zaster, wenn sie nicht mehr lebt? Die Rente sollte mit ihrem Tod erlöschen.«

»Ich weiß nicht, warum sie tot sein sollte«, sagte Corale gähnend. »Es gibt andere Gründe, warum sie nicht mehr schreibt. Vielleicht hat niemand ihre Briefe beantwortet.«

»Oder sie sieht nicht mehr gut«, sagte Lucy. »Stellt euch all die feinen Stickereien und die Fummelarbeit an den Bildern vor.«

»Das stimmt.« Wilbie nickte nachdenklich, als sei der Gedanke ihm noch nicht gekommen. »Ja, das könnte der Grund sein. Andererseits könnte da auch irgendwo eine kleine Gaunerei im Gang sein.«

Das sieht dir ähnlich, so zu denken, dachte Lucy. Jemand, der so verschlagen ist wie du, wird natürlich auch bei anderen mit Betrug rechnen.

»Aber sicher ist es doch nicht leicht«, sagte sie laut, »die Rente von jemand anders einzukassieren? Es müssen doch Unterschriften geleistet werden, man muß seine Identität nachweisen und dergleichen?«

»Superintelligent, unsere Prinzessin, was? Aber es ist alles nicht so klar und einfach, wie du vielleicht denkst. Tante Fennel hat nie geheiratet, hat Gott weiß wie viele Jahre mit einer anderen alten Dame zusammengelebt – der Name wird mir gleich einfallen –, was sollte die andere alte Dame also davon abhalten, sich den Zaster auszahlen zu lassen? Kinderspiel, die Unterschrift von jemandem zu fälschen, mit dem man die letzten vierzig Jahre zusammengelebt hat.«

»Aber, großer Gott...« Lucy schien die Vorstellung völlig an den Haaren herbeigezogen. »Es gäbe doch jede Menge Schwierigkeiten – Sterbeurkunden, Versicherungspolicen –; sicherlich würden die Leute das doch sofort merken?« Es ist einfach nicht wahrscheinlich, daß alte Damen sich auf Betrug im großen Stil einlassen, hätte sie lieber gesagt, besonders nicht unmittelbar nach dem Tod einer lieben Freundin. Aber nach Onkel Wilbies Erfahrungen war dies offensichtlich genau die Verhaltensweise, die man von alten Damen erwarten konnte.

»Wer kann schon ein runzliges altes Mädchen vom anderen unterscheiden?« fragte er. »Ich wette, nicht einmal ihr Arzt konnte sie auseinanderhalten. Gingen sowieso nie zum Arzt – hatten all diese Heilkräuter. Nein, wenn du beschlossen hast, nach England zu gehen, Prinzessin, kommt das wie gerufen. Sobald du dort bist, saust du hinauf nach Yorkshire – ich zahle für die Fahrkarte, eh? – und siehst dich vorsichtig mal ein bißchen um. Was hältst du davon?«

»Aber wie soll ich das feststellen?« Lucy war keineswegs begeistert von dem Gedanken, für ihren Onkel den Privatdetektiv zu spielen. »Soweit ich weiß, bin ich Tante Fennel überhaupt nie begegnet. Hast du ein Foto von ihr?«

»Könnte irgendwo eins sein, was, Rosie?« Rose sah aus, als ob sie das bezweifle. »Jedenfalls, wenn da irgend etwas vor sich geht, was nicht ganz astrein ist, würde das Auftauchen einer echten Großnichte genügen, um demjenigen, der dahintersteckt, einen Schreck einzujagen, und der ganzen Geschichte ein Ende setzen, meint ihr nicht?«

»Es gefällt mir nicht«, sagte Lucy.

»Oh, komm, Prinzessin, was kann es schon schaden? Und wenn es die echte Tante Fennel ist, würdest du sie doch gern kennenlernen, nicht? Reizende alte Dame, genau nach deinem

Geschmack, könnte ich mir denken, mit ihren Kräutergebräuen und ihrer Stickerei. Überhaupt: wenn du so begeistert von den Bildern auf dem Speicher warst – denk doch an all die anderen, die du dann sehen könntest.«

»Hat sie so viele gemacht?« Unwillkürlich erregte die Vorstellung Lucys Neugier.

»Hunderte, soviel ich weiß. Inzwischen ist das ganze Haus vollgestopft, nehm ich an. Dabei fällt mir ein, es gibt noch etwas anderes, was du tun könntest, während du dort bist.« Lucy warf ihrem Onkel einen scharfen Blick zu. Die zunehmende Unbekümmertheit seines Verhaltens warnte Lucy, daß sie sich jetzt dem Kern der ganzen Angelegenheit näherten.

»Na ja, du weißt ja, daß Russ glaubt, diese Bilder könnten sich als ganz heißer Tip für eine Geldanlage erweisen. Wahrscheinlich träumt der Junge, aber er sagt, gerade jetzt seien die Primitiven und solches Zeug – Naive Kunst nennt er es – sehr gefragt. Wir sind hier alles einfache Leute, wir können da nicht mitsprechen, was?« Ausnahmsweise einmal war der Blick, den er seiner Tochter zuwarf, eher ungeduldig als stolz, aber sie gähnte nur wieder. »Kommt mir hirnverbrannt vor«, fuhr Wilbie fort, »aber wir wollen so etwas doch nicht unbeachtet lassen, wenn eine Chance besteht, ein bißchen dabei zu verdienen, oder?«

»Ich verstehe«, sagte Lucy kalt, »du willst, daß ich mir die Bilder alle schnappe, bevor jemand anderer es tut?«

»Nun, schließlich gehören sie der Familie, verdammt noch mal. Ich bin ihr nächster Verwandter. Nicht einzusehen, warum irgendein Fremder kassieren soll. Sie hat sie wahrscheinlich im ganzen Dorf verschenkt, das ist es, was mir Sorgen macht...«

»Warum gehst du nicht selbst, wenn du so versessen darauf bist, sie von all diesen arglosen Fremden zurückzukaufen?«

»Aber Lucy! Du weißt doch, wieviel dein Onkel immer um die Ohren hat!«

»Weiß Gott. Viel zuviel, um gerade jetzt nach England zu gehen. Ich wollte, ich hätte Zeit gehabt, einen kleinen Abstecher zu machen, als ich letzten Sommer in Stuttgart war, aber ich hatte keine freie Minute.«

»Es würde nur ein Wochenende dauern, wenn du fliegst.«

»Onkel Wilbie haßt Flugzeuge, das weißt du doch«, sagte Tante Rose vorwurfsvoll. »Sie bringen seine Verdauung für *Tage* durcheinander.«

»Außerdem«, sagte Wilbie, »wenn ein alter Geschäftsmann wie ich anfinge, herumzuschnüffeln und Bilder zu sammeln – immer vorausgesetzt, Tante Fennel ist tot –, würden die Leute sehr schnell spitzkriegen, was da vor sich geht. Wenn du es aber tätest, Prinzessin – ein unschuldiges junges Küken wie du –, könntest du jeden beliebigen Grund nennen, Gedächtnisausstellung, sentimentaler Wunsch, so viele wie möglich aufzuspüren – zum Teufel, du bist begeistert von den Dingern, das hast du doch selbst gesagt! Es wäre kinderleicht für dich!«

»Es paßt mir nicht«, sagte Lucy zum zweitenmal. »Ich käme mir vor wie ein Schnüffler.«

»Heiliger Strohsack! Wer erleidet einen Schaden? Niemand. Ich sag dir was – für jedes Bild, das du auftreibst, zahle ich dir eine Kommission. Könnte genug zusammenkommen, um für deine Stunden bei dem Dingsda zu reichen, wenn du noch immer so scharf auf diese Klavierspielerei bist.«

Das ließ Lucy verstummen. Schweigend schob sie den Salat auf ihrem Teller hin und her.

»Ich muß schon sagen, Prinzessin«, sagte Onkel Wilbie in verletztem Ton, »ich finde wirklich, du könntest dich deiner Tante und mir gegenüber etwas dankbarer zeigen, wenn man bedenkt, was wir alles für dich getan haben. Schließlich haben wir dich bei uns aufgenommen und dir in all den Jahren nach dem Tod von deiner Mutter und Paul und Minnie ein Zuhause gegeben, für deine Erziehung gesorgt, für einen gesellschaftlichen Hintergrund, alles, was dazugehört...«

»Du erwartest von Lucy Dankbarkeit?« fragte Corale. »Hoffnungslos! Sie haßt uns wie die Pest, jeden einzelnen von uns, nicht wahr, Luce?«

Lucy saß in der Falle. Sie blickte gerade noch rechtzeitig auf, um im Gesicht ihrer Tante einen Ausdruck hoffnungsloser Resignation gegenüber einer Situation zu sehen, die außerhalb ihrer Kontrolle lag.

Ritterlichkeit war kein sehr starker Zug in Lucys zähem, argwöhnischem Herzen, aber ihre Tante erweckte sie manchmal in ihr. Roses Situation war so unendlich viel schlimmer als irgendeine Zukunft, die man sich vorstellen konnte.

»Also gut«, sagte Lucy endlich mürrisch. »Wenn es allen so am Herzen liegt, werde ich versuchen, das alte Mädchen ausfindig zu machen.«

## 2

Morgens aufwachen. Kalt und dunkel. Bett ist klumpig; muß Dill bitten, mit mir die Matratze umzudrehen, mit neuem Seegras zu stopfen. Neuen Beutel mit Bohnenkraut unter das Kopfkissen. Nein, falsche Jahreszeit für Bohnenkraut, muß Winter sein, so kalt und dunkel. Popo fühlt sich kalt an im Bett. Wache ein bißchen mehr auf, würde lieber nicht aufwachen, würde lieber weiterschlafen. Schöner Traum, fällt mir jetzt wieder ein. Vor unserem Cottage, High Beck, pflücke Baldrian von der Mauer vor dem Haus. Dill jätet Unkraut aus den Steintrögen; alles ist blau vor Glockenblumen. Bienen summen, der alte Taffypuss sonnt sich auf der Türschwelle. Taffy! Er schnurrt. Dill pflückt einen Strauß Zaunrosen, kann es riechen. Jetzt ist sie die Böschung hinuntergeklettert, um Brunnenkresse zu holen. Vorsichtig, Dill! Die Vögel singen zu laut, muß aufwachen. Sind gar keine Vögel. Traum pellt sich ab, zerfällt zu Fetzen wie verbranntes Papier, oh, komm zurück, komm zurück! Nein, verschwunden. Oh, Dill, oh, Taffypuss, ihr fehlt mir so. Wann werde ich mich je dran gewöhnen?

Wache auf. Popo ist kalt. Muß Dieda fragen nach meinem guten angerauhten Nylonschlüpfer. Sie hat gesagt, ist in der

Wäscherei, ist aber schon seit Wochen verschwunden. Komische Wäscherei. Keinem kann man trauen hier. Jetzt auch schon kalt im Bett. Darf aber nicht aufstehen. Die wird wütend, wenn jemand vor dem Frühstück aufsteht. Ist morgens nicht in der besten Verfassung. Kann kein Frühstück machen, sagt sie, wenn ihr die Leute unten unter die Füße laufen. Na ja, ich hab nichts gegen Frühstück im Bett. Würde aber lieber auf sein, meinen eigenen Kessel aufsetzen, in den Hühnerstall gehen und Eier einsammeln, die Hand unter warmes, federiges, murrendes Huhn schieben, Ei für mich, Ei für Dill... Hat keinen Sinn, so zu denken. Frühstück hier jedenfalls nicht schlecht. Porridge, Toast, Tee manchmal wirklich heiß. Wärmt einen auf im kalten Bett. Frühstück das Beste vom Leben hier. Sagt aber nicht viel.

Jetzt kommt Dieda rauf. Kann sie mit dem Tablett klappern hören. Wie sie es schafft, nicht zu stolpern und sich das Genick zu brechen! Treppenhaus ist so vollgestopft mit dieser Venusstatue hier oben, Koffern und Schachteln, und dann auch noch die Hooverschnur von oben bis unten; ausgesprochen gefährlich, wenn man mich fragt, mit all diesen alten Menschen, die meisten halb blind. Mußt dich vorantasten wie in einem Stollen; ich laß' nie das Geländer los. Wirklich komisch, wenn man darüber nachdenkt. Sie haben gesagt, High Beck wäre gefährlich für mich und Dill, mit der Böschung unten, sagten, man müßte mit einem Sturz rechnen. Aber wenn sie dieses Haus gesehen hätten! Viel schlimmer. Und wenn einmal Feuer ausbrechen sollte... in der Falle in winzigen Zimmern voller Möbel. Aber denken wir an etwas anderes. Hier kommt Dieda mit dem Tablett.

Guten Morgen, Mrs....

Guten Morgen, meine Damen. Schöner heißer Porridge.

Drei in einem Zimmer ist sündhaft überfüllt, besonders in so kleinen Zimmern. Die Betten aneinandergequetscht, kaum Platz, um die Schubladen zu öffnen. Nur ein Schrank für drei. Müssen die Tabletts auf die Nachtstühle stellen, nicht sehr schön. Überhaupt nie allein. Mußt die anderen einfach ignorieren. Eine von ihnen will das Fenster auf, die andere will es zu. Wenn es zu ist, kann ich die Vögel nicht hören. Kann ich aber nicht erwähnen. Weil. So viel, an das man sich dauernd erinnert. Gibt hier sowieso keine Brachvögel, keine Nachtigallen. Nur Spatzen. Lieber einen halben Spatz als gar keinen Vogel. Dill würde lachen, sie lacht immer über meine Witze. Ehrlich, Daff, du wirst mich noch einmal umbringen. Aber ich hab sie nicht umgebracht. *Er* hat es getan. Dieser Andere. Warum mußte Gott das zulassen? Dill war so ein guter Mensch. Hat ihr Leben lang keiner Fliege etwas zuleide getan. Wenn sie eine Küchenschabe in der Speisekammer fand, war ich es, die sie beseitigen mußte. All die Vögel mit verletzten Flügeln, das Eichhörnchen mit dem gebrochenen Bein. Haustiere. Sie sorgte für sie, so umsichtig, für jedes einzelne. Keiner sorgte für sie. Dort hat sie gelegen, die ganze Nacht, halb im Bach. Der Doktor hat gesagt, muß immer wieder um Hilfe gerufen haben. Keiner hat sie gehört, nicht einmal Gott. Vielleicht hat Gott sie endlich gehört.

Klappernde Löffel. Leute, die Porridge essen. Muß mich aufsetzen und essen, solange es heiß ist. Oh! Rheumatismus.

Sonderbar, du liegst im Bett, denkst nach, erinnerst dich. Du könntest jedes Alter haben. Der Körper fühlt sich leicht an, entspannt. Du fühlst dich nicht alt. Aber wenn du dich bewegst – oh! Schmerzen in den Ellbogen, Knien, im Rücken. Das Alter packt dich wie eine Falle mit Zähnen. Komisch, sie sagten immer, High Beck sei schlecht für Rheuma, mit dem Bach gerade darunter, aber dort kein Rheuma gehabt. Zu beschäftigt wahrscheinlich. Hühner, Garten, Betsy melken, im Cronkley Wood Kräuter sammeln. Nie den kleinsten Schmerz. Aber hier! Keine Bewegung, das ist der Grund. Den ganzen Tag im dunklen, dumpfen kleinen Salon herumsitzen. Sie nennen es Halle, aber ich sage Salon. Altmodisch ist immer am besten. Trau mich nicht auf die Straße zu gehen, weil ich Angst habe, den Anderen zu treffen.

Setze mich jetzt auf. Hole Bettjäckchen unter der Decke hervor, wo es schön warm geblieben ist. Lege es um die Schultern. Oh, Stechen in den Schultern. Streue vorsichtig Zucker auf den Porridge. Nicht zu viel, muß eine Woche mit dem Glas auskommen. Porridge klumpig, wie das Bett. Aber heiß. Kein richtiger Porridge natürlich, Instant-Zeug. Nie Sahne, nur Milch, Magermilch auch noch. Kannst du dich an Betsys Sahne in der Emailschale erinnern, Dill? So dick, daß man sie zerkrümeln konnte wie Papier? Sollte nicht mit Dill sprechen, sie ist nicht hier. Toast streichen, Butter schmeckt wie Margarine, ist wahrscheinlich Margarine. Eine von den andern sagt, sie glaubt, daß es Margarine ist. Entschuldigen Sie, was sagten Sie? Ich hab mein Hörgerät noch nicht ins Ohr gesteckt. Tut mir leid, kann es erst reinstecken, wenn ich mir die Ohren gewaschen habe. Trinke Tee. Ist heiß, mehr kann man dazu nicht sagen. Ich wünschte nur, ich könnte einen Kamillentee oder einen aus Honigklee haben. Pfefferminze, die im Bach wächst. »Ich mach uns einen Pfefferminztee«, sagte sie manchmal. Oder Lindenblüten. Himbeerblätter, Betonie. Heiß und duftend, wie Wiesen an einem Sommertag. Das hier ist wie vom Boden Aufgekehrtes in heißem Wasser. »Tee mißgönnt, Wasser verhext«, sagte Dill immer.

Dann also aus dem Bett. Füße auf eiskalten Boden stellen. Seltsam, die Füße zu sehen, so alt und dünn und knochig. Werd mich nie dran gewöhnen. Schnell, braune Hausschuhe anziehen, Mantel. Nicht genug Platz für Mantel *und* Morgenrock, sagt Dieda. Also Mantel. Jemand im Badezimmer, muß warten. Sollten mehr als ein Badezimmer haben bei so vielen. Aber Dieda sagt, sollen froh sein, daß wir überhaupt Badezimmer haben. Kein Badezimmer in High Beck, Außenklo und Spülstein in der Küche, aber sauber und frisch. Nur ich und Dill. Kann man von hier nicht sagen. Ah, sie ist endlich fertig. Wird auch Zeit.

Wasser ist heiß, weil heute Waschtag ist. Dieda wird wütend, wenn man zuviel verbraucht, muß mich aber gründlich waschen. Gründliches Waschen jetzt größte Freude. Hab noch drei Stück Lattichseife, was mach ich, wenn sie verbraucht ist? Hat keinen Zweck, sich jetzt schon Gedanken zu machen, sollte noch ein paar Wochen reichen. Jemand hämmert an die Tür, beeilen Sie sich da drinnen, wollen Sie den ganzen Tag bleiben? Tu so, als hätte ich nichts gehört. Bin jetzt fertig, hab ich alles? Seife, Waschlappen, Ulmenrindenpuder. Hinaus auf den Flur. Oh, tut mir leid, schon lange gewartet? Entschuldige mich, kann es aber nicht ändern, wenn für so viele nur ein Badezimmer da ist. Vorsichtig, daß ich im dunklen Gang nicht stolpere. Koffer mit Eisenbeschlägen an den Ecken. Tut weh an den Knöcheln. Kleiderschrank. Sie sollte einen anderen Platz dafür finden. Hoover an die Wand gelehnt. Nicht anfassen, würde umkippen. So hat der alte Mann mit der schwarzen Augenklappe Hüfte gebrochen, Krankenwagen hat ihn ins Krankenhaus gebracht. Liegt jetzt auf der Pflegestation, sagt Dieda. Bewahr mich bitte davor, lieber Gott. Ich weiß Bescheid über diese Pflegestationen; sie nehmen dir deine Brille weg. Behaupten, du bist nicht mehr fähig, dich um deine eigenen Angelegenheiten zu kümmern. Dies hier ist ein Paradies im Vergleich zu denen. Vielleicht ist der alte Mann gar nicht dort. Vielleicht haben seine Verwandten ihn abgeholt, mit zu sich nach Hause genommen, mit einem Garten, einer Terrasse, wo man in der Sonne sitzen kann, eigenes großes Zimmer, Enkel zum Schwatzen und für kleine Besorgungen.

Jetzt anziehen. Waschtag, also frisches Unterhemd. Schmutziges Unterhemd ausziehen. Sauberes unter Kissen vorholen, wo es sich anwärmt. Mantel über den Schultern lassen, den anderen den Rücken zuwenden. *Oh!* Wieder Stechen. Mantel rutscht ständig runter. Wenn ich nur ein eigenes Zimmer hätte. Wenn ich nur jemals allein wäre.

Nicht gut, so zu denken.

Mühevoll, mühevoll.

Gut, beinah fertig. Unterhemd an, Leibchen an, Strümpfe an, zwei Paar Schlüpfer an (muß noch einmal nach den guten aus angerauhtem Nylon fragen). Anstrengend. Muß mich hinsetzen und ausruhen, aber zuerst den kleinen Stoffbeutel umstecken. Sicherheitsnadel von der Innenseite des schmutzigen Unterhemds rausnehmen, Beutel an Innenseite von sauberem Unterhemd feststecken. Sicherheitsnadeln sind störrisch. Meine Finger werden schwach. Wenn sie nun zu schwach werden, um mit den Sicherheitsnadeln fertigzuwerden? Was mach ich dann? Wenn ich etwas von dem Puder aus Meeresalgen bekommen könnte, um die Hände drin einzuweichen. Oder Sellerietee. Sinnlos, Dieda zu fragen. Der kleine Stoffbeutel kratzt auf der Brust. Nadel nicht richtig festgesteckt. So ist's besser. Einziger sicherer Platz für meinen Besitz.

Kleid, Strickjacke. Haar bürsten. Arme steif. Feuchtes, klumpiges Bett, was kann man schon erwarten. Müde, nicht gut geatmet. Für einen Augenblick aufs Bett setzen. Tablett auf Nachtstuhl. Hörgerät ins Ohr stecken. Erst Batteriebehälter an Strickjacke festmachen. Klammer sehr störrisch, Finger sehr schwach. Fummeln. Fummeln. Soll ich Ihnen helfen, Miss Culpepper? Dieda ist zurückgekommen, wie? Will wohl das Bett machen, darum das Angebot zu helfen. Reißt es mir aus der Hand, steckt den Batteriebehälter an die falsche Seite. Schrecklicher Atem, wie die Abwässer einer Brauerei. Ist das ein Wunder? Falsche Seite gar nicht erwähnen. Unten umstecken, wenn sie nicht hinsieht.

Gut. Jetzt Schnur um den Nacken, unter dem Haarknoten entlang, Stöpsel ins Ohr schieben. Sehr schwierig. Fummel, fummel. Dieda steht daneben und sieht zu, ungeduldig. Fummel. Steck ihn jetzt irgendwie rein, warte bis unten, sonst bietet sie an, das auch noch zu tun. In Ordnung, Miss C.? Haben Sie Ihre Tasche? Dann ab mit Ihnen nach unten. In der Halle ist es gemütlich und warm.

Das mag sein oder auch nicht.

Taschentuch, Beinwell-Tabletten. Wogegen nehmen Sie all diese Tabletten ein, kann doch nicht gut sein. Darf sie nicht sehen lassen, daß ich sie nehme, sie ist so schnell beleidigt. Ist denn das Essen hier nicht gut genug? Ehrlich gesagt: nein. Könnte ihr das aber nicht ins Gesicht sagen.

Die Treppe hinunter, immer am Geländer festhalten. Auf

Hoover und Schnur achten. Auf Venusstatue achten. Unanständige Gestalt, völlig nackt, Handtuch rutscht vom Bauch runter. Daß keine Arme dran sind, macht es auch nicht besser. Dill würde mich auslachen und sagen, es sei ein berühmtes Kunstwerk, aber ich finde es rücksichtslos. Wer möchte schon, daß ihn jedesmal, wenn er ins Badezimmer geht, vom oberen Treppenabsatz eine nackte Frau angrinst? Kopflastig ist sie auch. Gefährlich. Könnte leicht auf jemanden fallen. Wer möchte schon eine Venus auf sich fallen haben? Wer ist dort unten am Ende der Treppe? Furchtbar dunkel am Eingang, bunte Glasscheiben in der Tür, alte Standuhr, Schirmständer, ihr Fahrrad, wo man kaum anders kann, als darüber stolpern.

Sind Sie das, Miss Culpepper? Darf ich Ihnen die letzten Stufen hinunterhelfen?

Das ist der alte Mann, Mr. Thing, immer sehr höflich. Hatte noch nie was für Bärte übrig, und seiner auch noch völlig verschmutzt, ganz gelb vor Tabak, ekelhaft. Hat aber keinen Sinn, unhöflich zu antworten. Danke, Mr. Thing, es ist heute wirklich dunkel, ich kann kaum etwas erkennen. Würden Sie mir freundlicherweise den weißen Stock aus dem Ständer im Flur reichen? (Die duldet keine weißen Stöcke in den Zimmern oben, sagt, die Leute könnten nachts drüber stolpern. Als ob es nicht genug anderes gäbe, über das man stolpern könnte.)

In den Salon. Schon sechs Leute da, sitzen herum. Keiner sagt was.

Gemütlich und warm sagte sie. Hm.

Ist es schön draußen, Mr. Thing? fragt nach ein paar Minuten jemand. Mr. Thing geht runter zum Zeitungsladen und holt Zeitungen, das ist seine kleine Aufgabe.

Grau, sagt Mr. Thing. Kalt. Regnet nicht. Mehr kann man eigentlich nicht dazu sagen.

Wäre ein guter Tag zum Flechtensammeln. Oder Weidenrinde am Bachufer. Hat keinen Sinn, so etwas zu denken. Wenn ich doch nur wagte, nach draußen zu gehen. Nur um ein paar Löwenzahnblätter zu pflücken. Vielleicht in den öffentlichen Anlagen? Nein, zu weit. Muß Mr. Thing fragen, wann er wieder zur Apotheke geht.

Guckt jemand? Ich glaube nicht. Muß Stöpsel vom Hörgerät besser festmachen, nehme ein bißchen Seidenpapier. So ist es besser. Jetzt hinsetzen. Ohr ist ganz wund.

Wie spät ist es, Mr. Thing?

Halb elf, Miss Äh.

Eine Tasse Tee in einer halben Stunde. Lunch in zwei Stunden. Tee in sechs Stunden. Abendessen (kein richtiges Abendessen, nur Brühwürfelsuppe) in acht Stunden. Bett in zwölf Stunden.

Ein weiterer scheußlicher Tag hat angefangen.

## 3

Max Benovek saß auf seinem Balkon und schaute hinunter auf das, was es dort zu sehen gab. Er saß voller Groll da, weil er zu müde für eine andere Tätigkeit war, und er sah hinunter wie unter einem ärgerlich-teilnahmslosen Zwang, wie jemand, der schon eine Ewigkeit im Wartezimmer eines Zahnarztes gesessen hat und eine zweite Ewigkeit vor sich sieht und schließlich nicht widerstehen kann, die einzige Zeitschrift auf dem Tisch in die Hand zu nehmen, wie tödlich langweilig der Inhalt auch sein mag.

Das Königin-Alexandra-Sanatorium war eine weitläufige Anlage. Schon die Größe würde darauf hinweisen, daß es sich um eine öffentliche Einrichtung handelte; die Trostlosigkeit der Architektur machte dies zu einer Gewißheit. Die erste Vorstellung des Betrachters ließ ein Gefängnis oder eine Besserungsanstalt vermuten, aber die Gestaltung schien für beides nicht ganz zuzutreffen. Vor fünfzig Jahren erbaut, zu einer Zeit, als man frische Luft bei Erkrankungen der Lunge für lebenswichtig hielt, trug das Gebäude die höchstmögliche Anzahl an Balkonen und sah deshalb aus wie eine riesige gelbe Waffel, die inmitten von Surrey-Kiefern hochkant stand.

Sämtliche Eisenkonstruktionen der Balkons und Feuerleitern waren in einem dauerhaften Rot gestrichen; die Ziegelwaffel schien mit Marmelade beschmiert worden zu sein.

Im ersten Stock, direkt über einem der Haupteingänge, hatte Benovek sein großes Privatzimmer. Ursprünglich war es als Büro einer Oberin vorgesehen; selbst die teuersten Privatzimmer von Patienten waren nicht halb so groß. Aber Benoveks Name und die Tatsache, daß sein Flügel nirgendwo sonst – außer in den Operationssaal – hineinpaßte, hatten den Ausschlag in der Angelegenheit gegeben. Er empfand die Lage seines Zimmers als störend laut und erklärte fast täglich, daß er es nicht aushalten könne und woanders, irgendwo anders untergebracht werden müsse, aber die Unmöglichkeit, einen Platz für den Flügel zu finden, stellte jedesmal, wenn es zur Entscheidung kam, eine unüberwindliche Schwierigkeit dar. Wenn er nachts wach lag, vertrieb er sich die Zeit oder die Schmerzen je nach seinem körperlichen Zustand damit, nach einem neuen Platz für den Flügel zu suchen.

Der Blick, den er von seinem Balkon hatte, war durchaus angenehm: über den großen, nach üblichem Muster angelegten, aber gepflegten Garten, über ein Tal mit Buchenwäldchen bis zu den Hügeln im Norden. Benovek jedoch mißachtete ungeduldig den Blick in die Ferne und sah nur in die Nähe, wenn er es nicht vermeiden konnte; Dutzende von Malen wurden seine widerstrebenden Augen Tag für Tag in fasziniertem Entsetzen angezogen.

Wie jetzt.

Ein junger Vater mit zwei kleinen Kindern war gekommen, um seine an einem Emphysem sterbende Frau zu besuchen. Kinder durften das Krankenhaus nicht betreten, darum hatte man Vorkehrungen getroffen, daß die Mutter für ein paar Stunden im Rollstuhl nach draußen gebracht wurde. Der Ehemann hatte sie über die Kieswege hin- und hergeschoben, während sie das jüngere Kind auf dem Schoß hielt und das ältere, das kaum älter als drei oder vier war, nebenher trottete. Etwa alle fünf Minuten waren Benoveks Blicke widerstrebend zurückgekehrt zu der kleinen Gruppe, wie sie sich die Wege auf und ab bewegte, eingekapselt in ihre persönliche kleine Einsamkeit. Er glaubte nicht, daß die Eltern überhaupt miteinander sprachen; hin und wieder stellte das größere Kind eine Frage, die zu beantworten sie Schwierigkeiten zu haben schienen. Jetzt wurde es Zeit für die Besucher, Abschied zu nehmen: eine Schwester war aufgetaucht, um die Patientin ins Gebäude zu schieben, und der Vater hatte das Baby aus den Armen der Mutter genommen. Aber das ältere Kind, bis jetzt ruhig und fügsam, verwandelte sich bei der Aussicht, seine Mutter wieder einmal verlassen zu müssen, plötzlich in ein verzweifeltes kleines Wesen. Der Kleine schrie und schluchzte, er klammerte sich an der Mutter fest, er trat nach der Schwester und nach seinem Vater, als sie versuchten, ihn von der Frau im Rollstuhl zu trennen. Der Vater, behindert durch das Baby, das er trug, war nicht fähig, wirkungsvoll einzugreifen; die Schwester, jung und unerfahren, schien völlig ratlos. Die Gruppe befand sich jetzt direkt unter Benoveks Balkon, und das ständig wiederholte, schluchzende, heftige Flehen des Kindes »Laß mich bei Mummy bleiben. Bitte laß mich bei Mummy bleiben« klang ihm in den Ohren und zerrte an seinen Nerven und ließ sich nicht abstellen.

»Dee«, rief er unruhig. »Sind Sie da? Würden Sie mir nach drinnen helfen?«

Aber es kam keine Antwort. Dee Lawrence, die jeden Tag kam, um seine Briefe zu schreiben und andere Sekretariatsarbeiten zu verrichten, hatte das Zimmer verlassen, um das Tablett mit seinem Tee zu holen. Max packte die Arme seines Sessels und bot seinen ganzen Willen auf, um sich zu bewegen. In diesem Augenblick jedoch erhielt die Szene, die sich unten abspielte, einen weiteren Darsteller; ein junges Mädchen war den langen Weg zum Sanatorium heraufgekommen und jetzt nahe genug, um Hilfestellung zu leisten.

Benovek hörte den jungen Vater mit vor Anstrengung rauher Stimme rufen: »Hören Sie, könnten Sie für einen Augenblick das Baby halten, während ich meinen Sohn in das Auto bringe?«

Das Mädchen erfaßte offensichtlich die Situation und schien es gelassen hinzunehmen, auf diese Weise von einem Fremden zur Hilfe herangezogen zu werden.

»Ist das dort drüben Ihr Wagen?« fragte sie. »Warum gurten Sie das Baby nicht zuerst an, während ich den kleinen Jungen festhalte.«

»Ich glaube nicht, daß Sie das schaffen – Barney! Du mußt Mummy loslassen. Sie ist krank – du wirst es noch schlimmer machen!«

Es war unwahrscheinlich, daß dieses Argument irgendeine Wirkung auf den völlig aus dem Gleichgewicht gebrachten Barney gehabt hätte, aber das Mädchen löste mit einer einzigen ruhigen kraftvollen Bewegung seinen Griff.

»Jetzt sehen Sie, daß Sie schnell verschwinden«, murmelte sie der Schwester zu, die ihren Rat befolgte und den Rollstuhl rasch nach drinnen schob.

Während der Vater das Baby in seinen Autositz steckte, hockte sich das Mädchen mitten auf der Kiesauffahrt neben Barney nieder; ihr fester Griff und ihre völlig auf ihn konzentrierte Aufmerksamkeit schienen nicht nur Autorität auszustrahlen, sondern ihn auch zu beruhigen, denn sein erschöpftes hysterisches Schluchzen erstarb langsam zu einem gelegentlichen Schluckauf von »Mummy, Mummy«; Benovek hörte das Mädchen in einem beruhigenden beschwörenden Ton auf ihn einmurmeln.

»Ja, ich weiß. Ja, ich weiß. Es ist einfach nicht fair. Aber so ist das Leben, Barney. Sie schieben einem einfach die schlimmen Sachen zu, und du solltest dich lieber dran gewöhnen. Ja, ich weiß, daß du bei ihr bleiben möchtest. Es ist echt eine Gemeinheit, armer alter Barney, und wir können nichts dagegen tun. Überhaupt nichts. Das ist so schlimm daran – daß man sich einfach damit abfinden muß. Es ist wirklich eine verdammte Schande, ich weiß. Aber nach und nach wird es dir etwas besser gehen, das versprech ich dir. Doch, es wird dir wirklich besser gehen. Ich weiß es. Es wird Tee geben, und Sandburgen, und dein Geburtstag, und Weihnachten. Es ist jetzt so schlimm, wie es nur sein kann, ich weiß, darum muß es ja ein bißchen besser werden. Verstehst du das? Wir können uns zum Beispiel die Nase putzen, das hilft schon. Klar? Dann putz sie dir. Braver Junge. Noch einmal – klasse. Okay, und jetzt sieh mal, dein Dad wartet auf dich. Willst du ins Auto?«

»Komm, Barney«, sagte der Vater. »Fahren wir nach Hause und sehen uns an, was Granny zum Tee für uns hat.« Zu dem Mädchen sagte er: »Danke, Sie waren eine große Hilfe. Sie haben den Bogen raus mit Kindern. Haben Sie selbst welche?«

»Großer Gott, nein«, sagte sie. »Ich glaube nicht, daß ich vorher schon einmal einem begegnet bin.«

»Nun, nochmals vielen Dank. Sag auf Wiedersehen, Barney.«

»Will nicht nach Hause zu Granny«, brummte Barney, aber ohne Überzeugung, und duldete es, am Vordersitz angegurtet zu werden. Dann schaute er aus dem Fenster und fragte das Mädchen: »Wie heißt du?«

»Lucy«, sagte das Mädchen, während der Wagen wendete und abfuhr. Sie winkte, dann drehte sie sich um und verschwand unter dem Dach der Vorhalle.

Max atmete tief aus. Im nächsten Augenblick wurde die Innentür aufgerissen, und Dee Lawrence schob sich mit Hilfe der Ellbogen mit dem Teetablett herein. Sie war groß, drall, rosig und hatte ihr weizenblondes Haar zu einem klassischen Knoten aufgesteckt. Sie hatte sich während der letzten dreizehn Jahre um alles gekümmert, was er brauchte.

»Tut mir leid, daß es so lange gedauert hat«, sagte sie und kickte die Tür hinter sich zu. »Diese Trottel in der Küche! Schon wieder Ingwerkuchen; man sollte meinen, daß sie inzwischen wissen, wie sehr Sie ihn verabscheuen. Ich mußte ganz nach unten gehen. Möchten Sie reinkommen?«

Er hatte die Absicht gehabt, änderte aber jetzt seine Meinung.

»Nein, ich bleibe draußen. Es ist noch recht warm.«

»Dann legen Sie sich lieber die Decke über die Beine«, sagte Dee und brachte ihm seine Decke, zusammen mit Tasse und Teller. »Hier sind die Briefe zur Unterschrift; ich lege sie auf den Tisch, bis Sie fertig sind. Regent Television hat angerufen; sie lassen fragen, ob Sie bereit sind, in ihrer Wohltätigkeitssendung am Sonntagabend aufzutreten und um Spenden für die Britische Krebsforschungsstiftung zu bitten.«

»Nein«, sagte er, und dann, »nein, warten Sie. Sagen Sie ihnen, ich werde es mir überlegen.«

»Hobson hat angerufen und gesagt, er kommt morgen für die letzte Aufnahme der Achtundvierzig. Halb zwölf. Und der Stimmer will um neun hier sein. Das ist alles.«

Jemand klopfte an die Tür. Dee öffnete und ging rasch hinaus auf den Flur, die Tür hinter sich zuziehend. Benovek hörte undeutlich Stimmen. Kurze Zeit später kam Dee zurück.

»Wieder eins von diesen Mädchen, die gern Stunden hätten. Ehrlich, es ist wirklich erstaunlich, wie sie es fertigbringen, Sie aufzuspüren. Kleine Teufel...«

»Was haben Sie ihr gesagt?«

»Das Übliche. Ich weiß nicht, wie sie es geschafft hat, am Pförtner vorbeizukommen«, sagte Dee aufgebracht. »Ich habe ihr gesagt, Sie seien ein kranker Mann und hätten nicht die Kraft, neue Verpflichtungen einzugehen. Schließlich, warum sollten Sie auch?«

»Ja, warum?«

»Lieber Himmel, Sie hätten das doch nicht gewollt, oder? Schließlich kennen wir sie überhaupt nicht.«

»Wer war es?«

»Oh, die Starschülerin von irgendwem, wie üblich. Könnte Amerikanerin sein, nach dem Akzent.«

Nach einer Pause sagte er: »Ich meine, wie hieß sie?«

»Wer?« Dee blätterte in seinem Terminkalender. »Oh, das Mädchen? Culpepper.«

»Nein, ihr Vorname.«

»Ihr Vorname? Warum? Ich weiß nicht genau. Spielt es eine Rolle?«

»Ich habe mich nur gefragt.«

»Warten Sie –, ich glaube, sie sagte Lucy.«

»Eigentlich könnte ich ebensogut mit ihr sprechen«, sagte Benovek. »Macht es Ihnen etwas aus, ihr nachzugehen? Weit kann sie noch nicht sein, denke ich.«

Dee war verwirrt und ziemlich gekränkt. »Sie sind ja verrückt, Max! Sie können es sich wirklich nicht leisten, Ihre Kraft derartig zu vergeuden. Was soll das Ganze?«

»Nennen Sie es eine Laune, meine liebe Dee. Zufällig gefällt mir ihr Name. Lucy Culpepper. Ein hübscher Name, finden Sie nicht?«

»Sie ist nicht hübsch«, sagte Dee kurz. »Wie Sie sehen werden. Also gut, wenn Sie es wollen.«

Sie verließ rasch, fast erregt, das Zimmer und kehrte nach etwa fünf Minuten zurück, das Mädchen hinter sich.

»Miss Culpepper möchte Sie sprechen«, verkündete sie schroff, und zu dem Mädchen sagte sie: »Sie werden sich bemühen, ihn nicht zu sehr anzustrengen, nicht wahr, Miss Culpepper. Sie wissen, daß er ein sehr kranker Mann ist.«

»Gut, danke, Dee«, sagte Max. »Ich weiß nicht, ob Sie uns ständig daran erinnern müssen. Setzen Sie sich, Miss Culpepper. Dee, ich habe diese Briefe unterschrieben. Würden Sie so lieb sein und sie mit nach unten nehmen – ich möchte gern, daß dieser bei der Fünfuhrleerung mitgeht.«

Dee ging, ihre Erbitterung hinunterschluckend.

Das Mädchen setzte sich, ohne etwas zu sagen. Benovek musterte sie. Flachsblonde Haarsträhnen fielen ihr in die Stirn, ganz anders als Dees kornfarbene Fülle, und sie war wirklich nicht hübsch; in dem Punkt mußte er Dee recht geben. Sie war klein und sah schwächlich aus, aber ihre Hände, stellte Benovek fest, waren in Ordnung: lange, kräftige, gelenkige Finger. Ihr Gesicht war zu mager, zu blaß; die Sommersprossen auf ihrer Nase wirkten fast schwarz auf der weißen Haut. Aber ihr Mund war groß und bestimmt. Kein besonders anziehendes Mädchen, aber sie hatte etwas Zähes, Wachsames, Phantasievolles an sich. Sie erwiderte Benoveks Blicke standhaft und wartete, um zu sehen, wie seine Stimmung war.

»Wie alt sind Sie?« fragte er schließlich.

»Achtzehn.«

»Wer hat sie unterrichtet?«

»Mrs. Bergstrom. In der Cadwallader Schule in Boston.«

Sein Ausdruck war nicht mehr ganz so distanziert.

»Hella Bergstrom? Großer Gott, die lebt immer noch?«

Das Mädchen lächelte und sah unter ihren Haarsträhnen zu ihm auf; ihr Lächeln entblößte etwas querstehende Schneidezähne, die sie wie ein Eichhörnchen aussehen ließen, dachte Benovek. Eichhörnchen sind überdrehte Wesen und haben keinen Sinn für Humor; dieses Mädchen hatte auch nur wenig, vermutete er, aber die Anlage mochte vorhanden sein. Wenn sie lächelte, bewegten ihre Augenwinkel sich nach oben.

Wenn er darüber nachdachte, überlegte er, war auch ihm nur noch sehr wenig Sinn für Humor geblieben.

»Ja, sie lebt noch. Lebt und lehrt.«

»Und sie hat Ihnen gesagt, sie sollten zu mir gehen?«

»Sie hat mir einen Brief für Sie mitgegeben.«

Er überflog rasch den Brief, den sie ihm gereicht hatte. Er war warm, schmuddelig und leicht konvex, weil sie ihn den ganzen Weg von Boston in der Hosentasche gehabt hatte.

»Knapp bei Kasse, wie? Wie sind Sie von Amerika hierhergekommen?«

»Ich habe als Stewardess gearbeitet.«

»Das wird Ihren Händen nicht sehr gutgetan haben.«

»Die sind o. k.« Sie bog die Finger. »Ich habe nachts immer auf dem Klavier im Aufenthaltsraum in der Touristenklasse gespielt.«

Benovek schüttelte sich.

»Und dann sind Sie hierhergekommen ... Es war wirklich

purer Zufall, daß Sie zu mir hereingekommen sind. Miss Lawrence bewacht mich im allgemeinen wie eine Bulldogge.«

»Irgendwie hätte ich es schon geschafft, zu Ihnen zu gelangen«, sagte sie mit ruhiger Gewißheit. »Ich hätte eine Stellung als Putzfrau auf dieser Station angenommen.«

»Um genug für mein Honorar zu verdienen?«

Sie beantwortete die Frage nicht. Es war bemerkenswert, dachte Benovek, wieviel Kommunikation zwischen ihnen zu bestehen schien, ohne daß es der Worte bedurfte.

»Ich höre Sie wohl am besten einmal spielen, meinen Sie nicht?« sagte er. »Helfen Sie mir nach drinnen, ja?«

Es war, als ob ihn eine Maus stützte, oder ein junger Hase; er fühlte die Knochen ihres Arms, spröde wie Holzkohle, unter seiner Hand.

»Was soll ich spielen?«

»Bach natürlich.«

»Ich spiele Bach gar nicht gut.«

»Natürlich nicht.«

Sie spielte die Präludien und Fugen in c- und in cis-Dur und cis-Moll, dann mehrere Stücke von Couperin.

»Jetzt ein wenig Chopin«, sagte er.

»*Chopin?* Warum?«

Aber er antwortete nicht, und sie spielte die Sonate in h-Moll.

»Okay«, sagte Benovek, als sie fertig war. »Das genügt. Sie spielen ein *wenig,* sehe ich; vielleicht besser als manche, aber nicht gut.«

»Das habe ich doch nicht gesagt?« Zum erstenmal hatte sie ihn überrascht.

»Ich auch nicht; es ist ein Zitat.« Das Spielen schien etwas in Lucy freigesetzt zu haben; sie drehte sich auf dem Klavierhocker, verschränkte die Hände, wartete und sah ihn aufmerksam an.

»Also; gut; ich werde Ihnen Unterricht geben. Sie haben viel zu lernen.«

»Ich weiß. Das weiß ich.« Jetzt war sie bedrückt, aber nicht wegen seines bekannten Namens oder seiner Äußerung, sondern, das war ihm klar, weil sie an das dachte, was vor ihr lag. Sie hatte ein Recht darauf, von ihm zu lernen, und beide wußten es.

»Was ist mit dem Honorar?«

»Machen Sie sich deswegen keine Gedanken. Und Sie werden nicht irgendeinen blödsinnigen Job annehmen, der Ihre Hände kaputtmacht. Außerdem werden Sie fast den ganzen Tag üben müssen. Ich werde veranlassen, daß Sie regelmäßig eine Summe Geld erhalten.«

»Ich mag Almosen nicht...«, fing Lucy an.

»Seien Sie bitte nicht albern.«

»Nein. Es tut mir leid.«

»Geld ist kein Thema. Ich bin zufällig sehr reich, und ich werde sterben, wie Ihnen vermutlich bekannt ist«, sagte er gereizt. Sie nickte. »Aber ich habe immer noch – ob Sie es glauben oder nicht – sehr heftig das Bedürfnis, soviel wie möglich von meinem Wissen weiterzugeben, bevor es zu spät ist. Und ich glaube – ich glaube, Sie und ich haben Eigenschaften gemein, die Sie als die richtige Wahl erscheinen lassen. Aber wir haben nicht mehr viel Zeit, und was an Zeit noch da ist, darf nicht an unsinnige Unternehmungen vergeudet werden. Sie können sich ein Zimmer im Dorf mieten und jeden Tag herkommen.«

»Warum haben Sie mich Chopin spielen lassen?«

»Ich werde ihn jetzt für Sie spielen; hören Sie zu.«

Sie half ihm zum Klavierhocker, und er spielte; als er sein Spiel beendet hatte, war er sehr blaß, und Schweiß tropfte ihm über die hohlen Wangen.

»Nun: Sie sehen den Unterschied? Sie wissen, warum?« Er schleppte sich mühsam zu seinem Sessel zurück.

»Ich sehe, was der Unterschied ist, aber nicht, warum.«

»Wen hassen Sie so?«

Das kam so unerwartet, daß sie ihn anstarrte, völlig verstummt.

»Das stimmt doch, oder?« fragte Benovek. »Was frei und locker in Ihnen sein sollte, ist alles verknotet. Und das liegt an diesem unbändigen Haß, der fast Ihre ganze Kraft auffrißt. Und die Liebe – wo ist sie? Zweifellos haben Sie die Fähigkeit zur Liebe; jeder, der haßt, kann auch lieben, aber Sie scheinen sich dessen kaum bewußt. Sie sind völlig verkrampft, wie ein Wesen, das in die Enge getrieben worden ist. Ich sage Ihnen, Sie werden nie richtig Klavier spielen, wenn Sie Ihre Gefühle nicht besser ins Gleichgewicht bringen. Und der Haß: jagen Sie ihn zum Teufel. Haß bringt nichts; er ist ein selbstzerstörerisches Gefühl.«

»Ja, aber angenommen, die Person, die man haßt, *verdient* es, gehaßt zu werden?«

»Ah, Sie geben es zu. Wer ist es also?«

»Mein Onkel.«

»Der böse Onkel.« Benovek lehnte sich im Sessel zurück und schaute verträumt zur Decke. »Lassen Sie mich nachdenken. Er hat Ihr ganzes Vermögen unterschlagen, Sie verführt, als Sie zwölf waren, Sie gezwungen, einen unehelichen verrückten Halbvetter zu heiraten, und versucht jetzt, Sie zu ermorden. Habe ich recht?«

Sie lächelte widerstrebend. Er sah die schiefen Schneidezähne aufblitzen.

»Ich kann nicht beweisen, daß er mein ganzes Geld unterschlagen hat. Aber er behauptet schreckliche, unwahre Dinge über meinen toten Vater. Und er versucht, meine arme alte Großtante um ihre Rente zu bringen.«

»Ach, so ist das. Wen kümmert's? Vergessen Sie es. Und wenn Sie das nicht können, müssen Sie eben schnell beweisen, daß er all diese Verbrechen begangen hat, und dafür sorgen, daß er seine gerechte Strafe erhält. Aber das könnte zu lange dauern, und ich möchte, daß Sie am Montag mit den Stunden anfangen.«

»So bald werde ich nicht anfangen können.«

»Und warum nicht, bitte schön?«

»Ich habe meinem Onkel versprochen, daß ich meine Großtante besuchen würde. Er hat mir sogar das Fahrgeld gegeben, ich muß es also tun. Er möchte, daß ich herausfinde, ob sie noch lebt oder ob eine andere alte Dame sich für sie ausgibt, um die Rente zu kassieren. Und er möchte, daß ich all ihre gestickten Bilder erbettle oder billig aufkaufe, weil er glaubt, daß sie bald ein Vermögen wert sein könnten.«

»Tatsächlich?« sagte Benovek. »Was für Bilder sind es?«

»Oh, wunderschöne!« sagte Lucy. Sie beschrieb sie; die schiefen Zähne blitzten wieder auf. Benovek hörte gedankenverloren zu, in seinen Sessel zurückgelehnt; im Geiste sah er einen verschwommenen Zug biblischer Gestalten vorbeiziehen wie auf dem Wandteppich von Bayeux.

»... eine Art Kräuterfrau in dem Dorf, nehme ich an«, sagte Lucy. »Sie sammelt Kräuter.«

»Kräuter und Heilkräuter. Sagen Sie mir, was ein Heilkraut ist?«

»Ich glaube, es ist eine Pflanze, die in der Medizin verwendet wird, im Gegensatz zu Küchenkräutern«, entgegnete Lucy, seine Frage wörtlich nehmend.

»Enttäuschend. Ich hatte gehofft, es sei eine Art Wundermittel, ein Allheilmittel. Glauben Sie, Ihre weise Großtante könnte mich wieder auf die Beine bringen?«

Lucy biß sich auf die Lippe.

»Nein, Sie haben recht, sie könnte es nicht. Nun gut, Sie werden also dieses Dorf suchen ...«

»Appleby, Appley ausgesprochen.«

»Sie gehen nach Appleby, finden die Großtante oder dekken den Betrug auf, je nachdem. Das dürfte nicht sehr lange dauern.«

»Nein, eigentlich nicht. Aber ich würde auch gern etwas über meinen Vater erfahren, wenn sie sich noch erinnern kann.«

»Ein sehr natürlicher Wunsch. Damit Sie dem bösen Onkel den Bankbetrug nachweisen können.«

»Ja.«

Er sah sie nachdenklich an; sie kauerte jetzt wie ein Wasserspeier auf dem Klavierhocker, Knie unter dem Kinn, Hände um die gekreuzten Füße verschränkt.

»Könnte das nicht ein Fehler sein?«

»Warum?« Die blasse Haarsträhne fiel zerzaust wieder zurück, als sie zu ihm aufsah.

»Angenommen, Ihr Onkel hat nichts als die reine Wahrheit gesagt?«

»Der Mann hat sein ganzes Leben noch nicht die Wahrheit gesagt«, erwiderte Lucy in erbittertem Ton. »Höchstens aus Zufall.«

»Es ist sinnlos, Kinder zu warnen«, sagte Benovek sinnend. »Jedenfalls sind Sie zäh, das sehe ich. Unliebsame Enthüllungen dürften Sie nicht umwerfen.«

»Nein, dürften sie nicht«, stimmte Lucy zu. »Aber warum sollte es welche geben?«

»Weil die Dinge nie so heil sind, wie sie sein sollten, selbst bei einer heilkräutersammelnden Großtante nicht.«

»So? Außerdem möchte ich mich vergewissern, daß es dem alten Mädchen gut geht und daß sie gut versorgt wird«, fuhr Lucy fort. »Sie ist schließlich so ziemlich meine einzige Verwandte, wenn man von Onkel Wilbies Familie absieht.«

»Auch dieser Wunsch ist höchst natürlich und passend. Gut. Ich werde Sie also in, sagen wir, einer Woche zurückerwarten. Das sollte Ihnen genug Zeit geben für Ihre verschiedenen Vorhaben.«

Lucy nickte.

»Das müßte reichen. Und jetzt gehe ich lieber; ich fürchte, mein Besuch war anstrengend für Sie.«

»Warten Sie.« Er wollte sie noch nicht gehen lassen und fragte: »Wie wollen Sie überhaupt zu diesem Appleby gelangen?«

»Per Anhalter. Onkel Wilbie hat mir das Geld für die Bahnfahrt gegeben, aber das möchte ich lieber für Essen und Unterkunft aufheben.«

»Kein guter Plan«, erklärte Benovek. »Nein, nein, ich mache mir keine Sorgen, daß Sie vergewaltigt werden könnten«, als sie den Mund öffnete, um zu protestieren. »Es geht mir nur darum, daß Leute, die Anhalter mitnehmen, im allgemeinen die miesesten Autofahrer sind. Ich möchte nicht, daß Sie sich bei diesem Stand der Dinge bei einem dummen, vermeidbaren Unfall die Hände verletzen. Fahren Sie lieber mit dem Zug – oder fahren Sie zufällig vielleicht selbst? Haben Sie einen Führerschein?«

»Sicher, einen internationalen; der Unterricht in Cadwallader war allumfassend.«

»In dem Fall stelle ich Ihnen einen Blankoscheck auf Simon Goldblossom aus; sein Ausstellungsraum ist gleich hinter der Goodge Street; erwähnen Sie mich, und er wird dafür sorgen, daß Sie einen Wagen mit intakten Bremsen und Pleuellagern bekommen, der Sie für einen nicht zu ruinösen Preis nach Yorkshire bringen wird.«

»Aber ...«, sagte Lucy. »Ich meine, Sie brauchen wirklich nicht ...« Ein Hauch von Rosa überdeckte ihre Blässe und verschwand wieder, so daß ihre Sommersprossen noch dunkler als vorher wirkten. Sie musterte den Scheck unschlüssig und rieb sich den vorstehenden Backenknochen mit dem Rükken der einen Hand. »Und woher wollen Sie überhaupt wissen, daß *ich* nicht zu den miesesten Fahrern gehöre?«

»Und wenn Sie dann zurückkommen«, fuhr Benovek fort, ihren Einwand nicht beachtend, »wird das Auto sich auch als sehr nützlich erweisen, weil Sie vom Dorf jeden Tag irgendwie hierher gelangen müssen; überflüssig zu erwähnen, daß der Bus nur einmal in der Woche fährt.«

»Na ja, in dem Fall ... danke. Es ist sehr freundlich von Ihnen«, sagte sie schroff. »Ich weiß nicht ... niemand hat je ...«

»Doch, Sie wissen. Ich gebe Ihnen Stunden, weil Sie sie haben sollten. Es ist ganz einfach.«

»Aber ein Auto!«

»Nun, sagen wir, weil Sie mich an eine Geschichte von Poe erinnern.«

Sie sah verwirrt aus.

»Ich werde es ein anderes Mal erklären. Und jetzt gehen Sie besser; ich bin wirklich ziemlich müde. Aber warten Sie ...«

Sie blieb in der Tür stehen und schaute ihn fragend an, und

er sagte rasch: »Schreiben Sie mir, wie Sie mit Ihren Nachforschungen vorankommen.«

»Ja... okay!« sagte sie erstaunt, verließ das Zimmer und schloß die Tür hinter sich.

Benovek lehnte sich zurück, erschöpfter, als er seit Wochen gewesen war, und starrte an die Decke.

»Hm«, sagte der medizinische Leiter des Sanatoriums, Dr. Rees-Evans, bei seiner üblichen Abendvisite, »Puls etwas besser als sonst. Was haben Sie heute gemacht?«

Benovek sagte: »Die Mauern meines Gefängnisses haben sich ausgedehnt, um ein verfolgtes Waisenkind, einen bösen Onkel, eine Dorfhexe, Grandma Moses sollte ich eigentlich sagen, und eine Sammlung von dreidimensionalen Bibelbildern aufzunehmen.«

»Wie bitte?« sagte der medizinische Leiter.

Als sie das Krankenhaus verlassen hatte, ging Lucy rasch die lange Auffahrt hinunter, bis sie nach einer Biegung außer Sicht war, dann verkroch sie sich in dem dichten, unbeschnittenen Gebüsch an der Seite, warf sich auf den Boden und weinte, als bräche es ihr das Herz.

Doch dann sprang sie wieder auf; sie hatte nicht bemerkt, daß das Unterholz, in das sie sich gestürzt hatte, mit Brennesseln durchwachsen war.

Solche Mißgeschicke passierten Lucy andauernd.

## 4

Lucy auf der Reise nach Norden: Sie entdeckte England wieder, während der robuste kleine A 30 über Straßen zweiter Ordnung durch die Grafschaften zuckelte; sie hatte vorläufig noch nicht die Absicht, sich auf die Autobahnen zu wagen. So kämpfte sie sich hügelauf und hügelab, über Kammlinien, zu deren beiden Seiten der Blick unbehindert über ulmenumsäumte, mit Kirchen verzierte Ebenen wanderte, durch ordentliche Dörfer mit roten Ziegelsteinhäusern und durch kleine Industriestädte, berühmt für Pasteten, Stiefel oder Fuchsjagd; und während sie ihrem Ziel näherkam, klangen die Ortsnamen auf Schildern in ihrem Gedächtnis wie Glockengeläut; es war, als durchblättere man eine Zitatensammlung.

Reite ein Holzpferd zum Banbury-Kreuz; Schlacht bei Naseby 1645; Sherwood Forest mit seinem Schattenbild von Robin Hood; Gainsborough, Hatfield, Pontefract...

»Pontefract Castle, heißt das so?« Nein, stimmt nicht, das war die Burg von Barkloughly. Pontefract war es, wo sie ihn schließlich umbrachten. Armer Richard II., aber er war eine Flasche; Lucy empfand keine reine Sympathie für ihn. Acaster Malbis, Marston Moor, Thornton le Clay; unmöglich, durch England zu fahren, ohne daran zu denken, wie gründlich es umkämpft worden war von Römern, Normannen, Anhängern der Häuser York und Lancaster. Höchste Zeit, daß es einmal wieder überfallen wurde; vielleicht war es das, was mit England nicht stimmte. Onkel Wilbie war dieser Meinung; er hielt in letzter Zeit nichts mehr von England: ein Haufen fauler Playboys, die ein affektiertes Londoner Englisch sprachen. Die nicht mehr wußten, was harte Arbeit bedeutet. Onkel Wilbie arbeitete in der Tat hart: besessen, frenetisch, in seinem Büro von halb neun morgens bis halb acht abends, sich selbst und alle anderen antreibend, immer mehr Millionen aufstapelnd, wie um – was zu beweisen? Daß es so leicht sei, daß mit ein bißchen Fleiß ein jeder es könne? Oder daß es so schwierig sei, daß alle ihn mehr bewundern sollten, als sie es taten?

In York unterbrach sie ihre Fahrt, aber das Münster war eine Enttäuschung; es war mit Baugerüsten vollgestellt, so daß man sich in der Kirche wie in einem Wald vorkam. Unmöglich, die Sieben Schwestern zu bewundern, während man ständig von Leuten mit Schubkarren angefahren wurde.

Einen Besuch machte sie auch bei der Lancashire and West Indies Cotton Bank, der Empfängerin der Jahresrente, die Onkel Wilbies Firma Großtante Fennel zahlte.

»Miss Fennel Culpepper? Ja, ich glaube, es gibt ein Konto unter diesem Namen.«

Der Leiter der Bank war offensichtlich nicht beeindruckt von Lucys fadenscheinigem Dufflecoat und den Jeans. Sie kam sich ärmlich vor – eine staubige Feldmaus, die sich irgendwie in einen riesigen, auf Hochglanz gebrachten Mahagonisarg eingeschlichen hatte. Sie wünschte, sie hätte daran gedacht, Onkel Wilbie zu bitten, ihr einen kurzen Brief mitzugeben.

»Darf ich fragen, was Sie wissen möchten?« fragte der Zweigstellenleiter. Er war von oben bis unten watteweich; wenn man ihn piekte, würde das Loch bleiben, anstatt sich wieder auszufüllen, entschied Lucy, die ihn durch ihre Haarsträhnen hindurch beobachtete. Seine Stimme war auch wattig.

»Miss Culpepper ist meine Großtante«, sagte sie. »Ich möchte herausbekommen, wo sie lebt.«

Zweifellos hinter ihrem Geld her, sagten die blassen Augen des Zweigstellenleiters. Wieder eine von diesen Studentinnen. Arbeiten nicht, lehnen es ab, etwas zu lernen, haben nur eines im Sinn, nämlich Leuten das Geld aus der Tasche zu ziehen, die ihr ganzes Leben hart gearbeitet haben.

»Ich fürchte, wir können unter keinen Umständen die Anschriften unserer Kunden preisgeben«, sagte er glatt.

»Können Sie mir wenigstens sagen, ob sie noch am Leben ist?« fragte Lucy geradeheraus.

»Liebes bißchen!« Er warf ihr zum zweitenmal einen mißbilligenden Blick zu. »Das Konto existiert noch, lassen Sie es mich so ausdrücken. Befriedigt Sie das, junge Dame?«

»Sie glauben nicht, daß jemand ihre Unterschrift fälscht?«

»Also wirklich – lieber Himmel!« Er richtete sich auf. Lucy wurde klar, daß sie ihn zutiefst schockiert hatte, indem sie die Aufmerksamkeit der Lancashire and West Indies Cotton Bank in Frage stellte. »Was für eine – wenn ich das so ausdrükken darf – was für eine außerordentlich ungehörige Vermutung!«

»Es wäre noch viel ungehöriger, wenn jemand es wirklich täte.«

»Ich kann Ihnen versichern, daß eine solche Möglichkeit völlig ausgeschlossen ist.«

»Wie kann ich mich mit meiner Großtante in Verbindung setzen? Können Sie mir sagen, ob sie noch in Appleby ist?«

Ein völlig ablehnender Ausdruck verschloß sein Gesicht.

»Ich fürchte, das einzige, Miss ...«

»Culpepper ...«

»... Miss Culpepper ...«, er sprach den Namen skeptisch aus, »ist, ihr über diese Zweigstelle zu schreiben, und wir werden uns selbstverständlich darum kümmern, daß der Brief weitergeleitet wird ...«

»Aber wenn sie nicht antwortet?«

»Das, fürchte ich, liegt außerhalb unseres Einflußbereiches. Wir können nicht mehr tun, als Ihr Schreiben weiterzuleiten.« Er begann, Papiere auf seinem Schreibtisch hin und her zu schieben, als sei das Thema abgeschlossen.

»Sie haben eine richtige Anschrift von ihr, oder?« fragte Lucy. »Ich meine, nicht nur eine Postfachnummer?«

»Das zu sagen, bin ich, fürchte ich, nicht befugt.« Er richtete seinen Blick entschlossen in die *Financial Times.*

Lucy stand auf. »Sie sind ein echter Paragraphenreiter, was?« sagte sie. »Nichts spielte eine Rolle, solange Ihre goldgeränderten, doppelt geführten Konten ausgeglichen sind, oder? Ihretwegen kann das arme alte Mädchen tot irgendwo liegen, in einen Geldschrank gestopft, aber das wäre Ihnen egal. Ich bin weiß Gott froh, daß ich nicht Ihre Mentalität habe.«

Sie verließ mit energischen Schritten sein Büro, und die Würde ihres Abgangs wurde lediglich beeinträchtigt durch eine unerwartete Marmorstufe, über die sie stolperte.

Als sie fort war, saß der Zweigstellenleiter ein paar Minuten lang schockiert schweigend da. Dann rief er den Hauptkassierer an.

»Nugent, würden Sie bitte ein Konto überprüfen – Moment, wie war der Name? Culpepper, Miss Fennel Elizabeth Culpepper ...«

»Worum geht es, Sir?«

»Nein, wenn ich es mir recht überlege, sparen Sie sich die Mühe.« Der Zweigstellenleiter, verlegen und gereizt, bedauerte sein impulsives Handeln schon. Die Vermutungen dieses Mädchens waren zu unglaublich um ernstgenommen zu werden.

»Studenten ...! Ich bin froh, daß meine Maureen gleich nach der Schule in die Bank kommt.«

Lucy verbrachte die Nacht so billig wie möglich in einem Bed and Breakfast, in dem Studenten und Vertreter Unterkunft fanden; die Studenten verschwanden alle, um zu arbeiten, und die Vertreter saßen in der mit dunklem Eichenholz getäfelten Halle, wo das Fernsehen ununterbrochen plärrte, darum ging Lucy früh zu Bett, ihr Autoradio herbeiwünschend.

Lieber Max Benovek, wie kann ich Ihnen je danken? Ein Auto geschenkt zu bekommen, ist schon ungewöhnlich genug, aber auch noch eins mit eingebautem Radio – das erhebt Großzügigkeit auf den höchsten Gipfel des Einfühlungsvermögens.

»Ach ja, von Max Benovek; wie geht es ihm? Er hat mich angerufen, aber er spricht nie von sich selbst. Halt Ausschau nach einem Mädchen, das wie ein Eichhörnchen aussieht, sagt er zu mir, und verkauf ihr keine Niete, Simon, sie ist die kommende Pianistin der nächsten Generation. Aber gib ihr auch nichts zu Schnelles, bitte, ich will nicht, daß sie anfängt zu rasen und sich das Genick bricht, keinen von deinen heißgemachten Minis. Ein vernünftiges kleines Auto mit guten Bremsen, und es muß ein Radio haben, damit sie das Musik-Programm empfangen kann; sie bringen in der nächsten Woche jeden Tag Aufnahmen von meinem *wohltemperierten Klavier,* die muß sie unbedingt hören. Gut, gut, sage ich, wieviel willst du ausgeben, vernünftige kleine Wagen mit guten Bremsen findet man nicht unter jedem Busch. Simon, du bist mein

Freund, sagt er, wir waren in der gleichen Schulklasse in Brünn, und ich vertraue dir; ich habe ihr einen Blankoscheck mitgegeben. Was kann man mit einem solchen Menschen machen? Es kann einem das Herz brechen.«

Mr. Goldblossom selbst war einem liebenswerten Bewohner eines Disney-Zoos nicht unähnlich; er hatte große schwarze Kulleraugen unter schweren Lidern, die aristokratische Nase eines Meerschweinchens und ein herzförmiges Lächeln von ungeheurem Charme; wenn er nichts sagte, war sein Gesicht melancholisch, doch wenn er lächelte, blitzte es auf wie das Warnlicht eines Abschleppwagens.

»Ich habe hier also genau das Richtige für Sie; kümmern Sie sich nicht um die Farbe; es gehörte einem dieser Dichter aus dem Dritten Programm, der plötzlich ein Stück schrieb. Er tauschte den hier um gegen einen Jaguar, aber diesem kleinen Kameraden fehlt nichts, braucht für hundert Kilometer 7 Liter und würde Sie durch die Sahara bringen. Über seine Dichtkunst möchte ich nichts sagen, aber der Mann wußte, wie man ein Auto behandelt. Hatte den Motor eingestellt wie einen von Max' Bechstein-Flügeln. Radio, Heizung, Gurte, Scheibenwaschanlage; in dem könnten Sie sich im Buckingham-Palast sehen lassen.«

»Drinnen oder draußen?« fragte Lucy.

»Masseltov! Sie sind zu jung für eine so scharfe Zunge.«

»Wieviel wird dieses Wunder Mr. Benovek kosten?« fragte Lucy, während sie den in einem grellen Pflaumenblau gespritzten kleinen Austin betrachtete. Später, nachdem sie das Dritte Programm der BBC gehört hatte, wünschte sie sich oft, sie wüßte, wer der frühere Besitzer ihres Autos gewesen sei.

»Sie glauben, ich würde meinen Freund Max reinlegen?«

»Ich weiß es nicht«, sagte Lucy wahrheitsgemäß. Zum zweitenmal in ihrem wachsamen Leben fand sie sich unfähig, aus einem Menschen schlau zu werden. Sie überreichte den Blankoscheck und fügte zweifelnd hinzu: »Ich muß Ihnen wohl einfach vertrauen.«

»Ich hätte das Vertrauen!«

»Ich möchte Mr. Benoveks Geld nicht falsch ausgeben.«

»Zerbrechen Sie deswegen nicht Ihr kostbares Köpfchen«, sagte Mr. Goldblossom, plötzlich sehr ernst. »Alles, was ich für Max tun kann, tue ich mit Stolz. Springen Sie nur in dies hübsche kleine Ding und surren Sie los zu Ihrer Oma in Harrogate.«

Er sah sie wieder mit seinem herzerweichenden Lächeln an und zog sich zurück in das kleine, ölverschmierte Büro im Hintergrund des Vorführraums. Als Lucy einen Augenblick später durch das Fenster schaute, glaubte sie ihren Augen nicht zu trauen. Sie war fast sicher, daß sie gesehen hatte, wie er Max Benoveks Scheck in zwei Stücke zerriß und eine Bewegung machte, als wollte er sie in den Kamin werfen. Dann schien er es sich offensichtlich anders zu überlegen, faltete die beiden Hälften zusammen und schob sie liebevoll in seine Brieftasche. Lucy kletterte rasch in ihr pflaumenfarbenes Auto und manövrierte es mit größter Vorsicht in den Londoner Verkehr.

Lieber Max Benovek, vermutlich gefiel mir Ihr Freund Goldblossom, wenn ich mir Ihre Mitschüler auch anders vorgestellt hätte. Und das kleine Auto liebe ich von ganzem Herzen, liebes kleines PHO 898A; auch wenn es seine hundert Kilometer mit sieben Litern nicht ganz schafft, tuckert es zuverlässig voran, Meile für Meile, Hügel für Hügel. Wie kann ich Ihnen das jemals zurückzahlen? Das ist eine dumme einseitige Betrachtung der Angelegenheit, Sie haben eine Rückzahlung nicht nötig. Aber ich habe es nötig zu zahlen. Noch nie zuvor hat mir jemand ein Geschenk gemacht.

Innerlich hörte sie Benoveks Stimme: »Was, noch nie? Kein Geburtstag, kein Weihnachten? Die ganze Familie so böse wie der böse Onkel?«

»Nun, sie taten natürlich das Übliche; Pflichtgeschenke, wahrscheinlich mit meinem Geld gekauft; Halstücher, Strümpfe, Gutscheine für Bücher, Gutscheine für Schallplatten, weil alle wußten, daß ich gern lese und Musik höre, aber keiner wußte, was; es kümmerte sie einen Dreck.«

»Kümmerten Sie sich denn darum, was die anderen gern hätten?«

»Nein, warum sollte ich auch? Sie interessierten sich nur für Geld und für ihren sterbenslangweiligen gesellschaftlichen Kreis.«

»Vielleicht hätten Sie ihnen etwas Schöneres zeigen können?«

»Hören Sie, Benovek, eigentlich sollten Sie mir Klavierunterricht geben, keine Moralpredigten halten.«

Sie stellte das Autoradio an.

»... Andrew Haskin mit der Nachrichtenzusammenfassung von neun Uhr«, sagte der Ansager. »Im Ärmelkanal ist auf einem irakischen Tanker Feuer ausgebrochen; Schleppboote halten sich in Bereitschaft. In der Nachwahl in South Molton konnte der Abgeordnete der Konservativen seine Stimmenmehrheit mit Gewinn behaupten. Ein Bericht über Versuche mit einem neuen Impfstoff gegen Masern deutet darauf hin, daß der Impfstoff für Herzkranke ernste Schäden zur Folge haben könnte; das Mittel wird aus dem Handel gezogen. Ein Strafgefangener, der noch eine mehrjährige Haftstrafe zu verbüßen hat, konnte aus der Strafanstalt von Durham entkommen. Fachleute nehmen an, daß es sich bei einem in einer Krypta in Norwich entdeckten Gemälde um ein Werk von Hieronymus Bosch handeln könnte. Die trockene, stürmische Witterung wird örtlich in gewittrige Schauer übergehen... Das waren Nachrichten und Wetter; es ist jetzt vier Minuten nach neun. In dieser Woche wird der Pianist Max Benovek täglich Präludien und Fugen aus Bachs *Wohltemperiertem Klavier* spielen...«

Musik quoll aus dem Radio hervor wie eine Folge hörbarer Gleichungen. Lucys Herz schlug höher, das Gaspedal senkte sich unter ihrem Fuß, und das Auto sprang mit einem kleinen Satz auf den ersten Hang der hügeligen Heide- und Moorlandschaft Yorkshires.

Die trockene, stürmische Witterung war noch nicht in gewittrige Schauer übergegangen. Ein böiger Wind schaukelte das kleine Auto auf der ungeschützten Straße von einer Seite zur anderen, schwere dunkle Laubbäume in den Flußtälern schwankten hin und her, und das silbrige trockene Gras bewegte sich in endlosen stürmischen Wogen auf den kreidigen Hügelkuppen. Mißmutige Vögel drehten in Schwärmen immer wieder am nichtssagenden grauen Himmel ihre Kreise, und hier und dort kauerten große, aus Steinen errichtete Bauernhöfe behaglich zwischen ihren Bäumen und Ställen wie Katzen, die sich bei Zugluft zusammenrollen. Und die Straße stieg immer höher, dann hinunter durch ein Tal, aber immer wieder hinauf, immer steiler.

Dies mußte jetzt das Land ihrer Vorfahren sein. Auf ihrer Karte sah Lucy den Namen Wilberfoss, vermutlich Herkunftsort der Ahnen, nach dem Onkel Wilbie genannt worden war. Seltsam, sich Groß- und Urgroßeltern vorzustellen, die in diesen trockenen, hellen Hügeln begraben worden waren. Lieber Max Benovek, danke, daß Sie mir die Möglichkeit gegeben haben, dieses Land auf meine eigene Art kennenzulernen – anstatt vom Beifahrersitz eines angehaltenen fremden Autos aus. Mögen Sie England auch gern, oder sehen Sie es nur mit den Augen eines Flüchtlings?

Weiter vorn tauchte Moorlandschaft auf, enttäuschend grau, nicht purpurrot, in dem fahlen Licht, aber leer und wild; der Wind hier, dachte sie, roch nach Wurzeln und Kräutern; er war aromatisch und anregend. In regelmäßigen Abständen befanden sich neben der Straße kleine Steinbauten, wie Schilderhäuser für Zwerge: Was konnte das sein? Schutzhütten? Pferche für einzelne Schafe? Sie zuckte mit den Schultern, verzichtete auf eine Lösung des Rätsels und befragte wieder ihre Karte. An der rechten Seite stieg das Moorland steil nach oben; jenseits des Kammes mußte es noch steiler abfallen zu den Klippen und der Nordsee. Links von ihr waren zwanzig Meilen Ödland lediglich von einem dürftigen Netz parallel laufender Wagenspuren und kleiner Wasserläufe von Norden und Süden durchkreuzt; vor ihr lief die schmale einspurige Straße noch zwanzig Meilen weiter, aber irgendwo, etwa in der Mitte des Moorlandes, mußte sich eine Kreuzung befinden: Grydale Moor Cross. Und von dort zweigte eine noch schmalere Straße ab und führte durch Gegenden, die Scroop Moss und Black Gill hießen, in nordöstlicher Richtung weiter, bis sie zu einer winzigen Ansammlung von Punkten kam, die, in kaum lesbarer Schrift, den Namen Appleby-under-Scar trugen. Ein Symbol auf der Karte, das wie ein Schnurrbart aussah, sollte vermutlich die Scar – die Klippe – darstellen. Noch weiter nach Nordosten lag Appleby High Moor, und danach beschrieb die Küste einen Bogen: noch mehr Klippen und noch mehr Nordsee. Und zehn Meilen weiter nach Norden lag ein Ort, der wie ein Fischerhafen aussah und auf einem Millimeter Landkartengrün eng zwischen Strand und Klippen eingequetscht zu sein schien: Kirby-on-Sea. Kirby würde für das Dorf Zivilisation bedeuten: vermutlich das nächste Krankenhaus, der nächste Supermarkt, Feuerwehrwache, Bücherei – doch es schien keine Verbindungsstraße zu geben. Aber vielleicht war die Karte nicht auf dem neuesten Stand; seit ihrem Erscheinen war sicher eine Straße gebaut worden, wenn das auch offensichtlich eine ziemlich steile Abfahrt von Appleby High Moor erforderlich machte.

Da sie ohnehin angehalten hatte, um die Karte zu studieren, beschloß Lucy, ihren Lunch zu essen, bevor sie nach Appleby weiterfuhr. Sie hatte in einer Metzgerei in York ein seltsames Erzeugnis erstanden, das Größe und Farbe eines vielbenutzten Baseballs hatte und Claxton-Pastete genannt wurde. Der Genuß dieses Produkts brachte ihr keine Erleuchtung, was die Ingredienzen betraf, aber sie fühlte sich so vollgestopft, als hätte sie tatsächlich einen Baseball verschluckt. Sie holte einige Male tief Luft, ließ den Wagen an und fuhr weiter.

Grydale Moor Cross war nichts weiter als ein heidekrautbewachsener Erdhügel mit einem Wegweiser darauf. Auf einem Arm des Wegweisers stand zu Lucys Erstaunen Appleby. Sie fuhr weiter und kam sich vor wie Shackleton, wie Nansen, wie Livingstone. War es möglich, daß sie in einer halben Stunde vielleicht schon vor Tante Fennel Culpeppers Kamin sitzen und Tee trinken würde? Zweifelsohne Kräutertee; dennoch erschien ihr die Vorstellung zu unwahrscheinlich, als daß man sie ernst nehmen könnte. Sie kam an der Ruine eines Gebäudes vorbei, und ihr wurde unbehaglich klar, daß es sich wahrscheinlich um das so zuversichtlich auf der Karte eingezeichnete Gasthaus handelte. Dennoch würde Appleby sicher irgendeine Art von Unterkunft bieten.

Vor sich sah sie jetzt Bäume und Häuser; kleine kantige Häuser aus grauem Granit und gebeugte windzerfetzte Buchen. Ein schwarz-weißes Schild verkündete schließlich, daß hier Appleby-under-Scar beginne.

Lucy war so beschäftigt gewesen mit dem Studium der Karte und mit dem Gefühl, etwas erreicht zu haben, daß sie das Dunklerwerden des Himmels gar nicht beachtet hatte. Das Platschen von Regen gegen ihre Wundschutzscheibe und ein Donnergrollen ließen sie erkennen, daß eines der versprochenen örtlichen Unwetter sie eingeholt hatte. Am Ortseingang von Appleby machte die Straße eine Biegung von neunzig Grad um ein von einer Mauer umschlossenes Gehöft herum und traf dann unvermittelt auf eine weite offene Fläche, wo sie sich teilte, um den Dorfanger einzufassen. Als Lucy der Biegung folgte, öffnete der Himmel seine Schleusen, und eine wahre Wasserwand kam herunter. Ein plötzlicher Blitzschlag tauchte all die kleinen Häuser aus Stein in silbriges Licht, bevor sie von Regenströmen umhüllt wurden. Lucy konnte kaum einen Meter weit sehen und hielt den Wagen an. Nach fünf Minuten verringerte der Platzregen sich zu einem trübsinnigen Platschen, das noch Stunden gehen mochte. Weit und breit war niemand zu sehen, kaum überraschend angesichts der Witterungsverhältnisse. Lucy kam zu der Überzeugung, daß ihr erster Eindruck eines nur zur Hälfte bewohnten Dorfes wahrscheinlich ein Irrtum gewesen war; aus mindestens vier Schornsteinen stiegen dünne Rauchfahnen auf, und aus einigen Fenstern drang ein matter Lichtschein.

Sie beschloß, die Gegend zu Fuß zu erkunden, zog den dunkelblauen Dufflecoat an, den sie in London gebraucht gekauft hatte, ließ den Wagen auf einem breiten Grasstreifen stehen und ging den Anger entlang auf eine Telefonzelle zu, die einen fröhlichen roten Fleck in dem vorherrschenden Graugrün bildete. Ein Telefon bedeutete wahrscheinlich eine Post, und dort würde man ihr sagen können, wo das High Beck Cottage zu finden war. »Die alte Miss Culpepper?« Ihre Phantasie lief den Ereignissen voraus. »Können Sie gar nicht verfehlen, Schätzchen, hinter den Häusern da, oben auf'm Hügel...«

Onkel Wilbie hatte sich nur unbestimmt zur Lage des Häuschens geäußert, und doch hatte Lucy den Eindruck – oder glaubte, ihn zu haben –, daß er einmal dort gewesen sei. Sicher mußte er einmal dagewesen sein. Um irgendwelche Besuche bei Verwandten zu erwidern – obwohl sie wußte, daß er, wie sie, seine Jugend in Liverpool verbracht hatte. Aber er hatte einmal eine Bemerkung gemacht... »Malerischer kleiner alter Dorfanger, Prinzessin, ganzer Friedhof voll Quäker-Vorfahren, du willst mir doch nicht weismachen, daß du nicht ganz versessen darauf bist, das zu sehen?«

Malerisch, dachte Lucy, und sah sich um, war nicht ganz das Adjektiv, mit dem sie Appleby-under-Scar beschrieben hätte. Die Steinhäuser waren zu unbewegt und ausdruckslos. Sie standen, bis auf ein paar, die von Steinmauern umschlossen waren, hart am Gehweg und hielten sich für sich, weit entfernt von einem freundlichen Empfang. Eine Schule und eine Kapelle, beide aus der Hochzeit der Neugotik im 19. Jahrhundert, standen einander unergründlich gegenüber. Keine Kinder? Keine Versammlung der Kirchengemeinde? Es war natürlich mitten in der Woche und Ferienzeit; vielleicht waren die Kinder am Meer. Vielleicht gab es keine Kinder. Dies könnte man aus einer Mitteilung an der Außenwand der Kapelle schließen, auf der es trübe hieß:

ERLÖSE UND ERRETTE MICH VON DER HAND DER FREMDEN KINDER – PS. 144,7.

Ein anderer Kanzelspruch in der Nähe der Telefonzelle erwiderte:

WEHE DEM, DER ZUM HOLZ SPRICHT: ›WACHE AUF!‹; WEHE DEN FRAUEN, DIE KISSEN AN ALLE ARMLÖCHER NÄHEN; WEHE DENEN, DIE EIN HAUS AN DAS ANDERE ZIEHEN.

Warum? fragte Lucy sich. Wem schadete das? Einige der Häuser an der Hauptstraße Applebys waren aneinandergebaut; andere brüteten allein vor sich hin zwischen ihren Kohlköpfen und Stangenbohnen.

An der Telefonzelle hing ein Schild: AUSSER BETRIEB. Das Postamt war geschlossen, unerbittlich geschlossen und verschlossen. Als sie sich unter den geschriebenen und gedruckten Mitteilungen hinter den Fenstern der Post umsah, entdeckte Lucy schließlich eine, die sie informierte, daß heute die Geschäfte ab Mittag geschlossen seien. Eine andere Mitteilung verkündete, daß der 30. des letzten Monats der letzte Termin für die Registrierung von Dorfangern gewesen sei. Hatte jemand den Dorfanger von Appleby registrieren lassen, fragte Lucy sich. Oder interessierte sich niemand dafür? Und wenn sich niemand dafür interessierte – was geschah dann? Man konnte sich nur mit Mühe eine gierige Immobilienfirma vorstellen, die den Boden aufkaufte, um damit zu spekulieren. Mehrere der Häuser waren eindeutig verlassen.

Wohin jetzt? Ein Bach in einem tiefen Bett zerschnitt den Dorfanger in zwei Teile und war an beiden Enden überbrückt. Lucy erinnerte sich an den Namen des Hauses, High Beck – Oben am Wildbach –, und schaute flußaufwärts. Sie sah die Kirche, schräg über dem Dorf auf einem steilen kleinen Berg. Hinter der Kirche führte eine baumbewachsene Klippe weiter nach oben, vermutlich zum Hochmoor von Appleby. Wo eine Kirche war, war auch ein Pfarrhaus oder ein Pastorat; der Pfarrer müßte doch wissen, wo seine Gemeindemitglieder wohnten.

Lucy schlug einen Fußweg ein, der am Flußufer entlang und an einer öffentlichen Bedürfnisanstalt aus roten Ziegelsteinen vorbei zur Kirche hinaufführte. Vor der Kirche gemahnte ein Kriegerdenkmal an die vier im Zweiten Weltkrieg Gefallenen aus Appleby.

Die Kirche, die eine Apsis am einen Ende und romanische Rundbogen hatte, war ohne Zweifel sehr alt, aber dennoch irgendwie häßlich; Lucy betrachtete sie etwas unsicher. Sie sah aus wie eine ältliche Dame mit einem künstlichen Gebiß, die weiß, daß niemand sie bewundert, und deshalb ihre ironischen Blicke in die Ferne richtet. Das viktorianische Pfarrhaus neben der Kirche war zwar scheußlich, schien aber solide gebaut und bewohnt zu sein. Lucy drückte auf den Klingelknopf. Nach einer unendlich langen Wartezeit betätigte sie den Türklopfer aus Messing, und die Tür flog sofort auf.

Ein untersetzter Mann mit rotem Gesicht stand vor ihr. Er war mit Sicherheit nicht der Pfarrer; das Hemd hing ihm aus den zerdrückten, außerordentlich schmutzigen Hosen, sein Hosenschlitz war nicht zugeknöpft, er trug keine Krawatte, die Ärmelaufschläge seiner alten Tweedjacke waren ausgefranst, und sein weißes Haar stand hoch wie eine Aureole.

»Ja?« sagte er scharf. Zuerst hielt Lucy seinen Ausdruck für ein Lächeln, dann sah sie, daß es ein Ausdruck der Ungeduld oder vielleicht der Taubheit war; er beugte sich etwas vor und neigte den Kopf zur Seite.

»Es tut mir sehr leid, daß ich Sie störe, aber können Sie mir sagen, wo Miss Culpepper wohnt?« sagte sie langsam und deutlich.

»Wie? Was war das? Sprechen Sie gefälligst lauter!«

Taubheit also.

*»Können Sie mir sagen, wo Miss Culpepper wohnt?«*

Keine Antwort. Sie wiederholte ihre Frage noch einmal, noch lauter.

»Ach, gehen Sie zum Teufel!« brüllte er plötzlich erbost. Lucy konnte gerade noch ihre Hände vom Türrahmen zurückziehen, bevor er die Tür heftig zuschlug.

Lucy zog sich, etwas aus der Fassung gebracht, auf den Fußweg zurück und blickte hinauf zu dem einsamen Haus, das etwa zwanzig Meter höher hinter dem Pfarrhaus lag, hoch auf der steilen Uferböschung über dem aufgewühlten Bach, und über eine Fußgängerbrücke zu erreichen. High Beck? Es könnte sein. Aber als sie von der Brücke aus das kleine Haus aus größerer Nähe sah, wurde ihr klar, daß es verlassen war. Zwei seiner Fenster starrten ihr scheibenlos entgegen, und der kleine Vorgarten war von Unkraut überwachsen. Eine magere gescheckte Katze beobachtete sie wachsam aus einem Brombeerdickicht hervor und huschte davon, als Lucy mit den Fingern schnalzte. Es war sinnlos, weiterzugehen. Sie kehrte zum Dorfanger zurück, blieb vor dem ersten Haus stehen – es war eines der Häuser mit einem eingefriedeten Vorgarten –, stieß die Pforte auf, ging über einen mit Steinen gepflasterten Weg zum Haus und klopfte.

Eine mißtrauische Stimme rief: »Wer ist dort?«

Da es sinnlos war, ihren Namen zu nennen, klopfte Lucy ein zweites Mal. Nach einer kurzen Pause öffnete die Tür sich langsam. Lucy sah sich den prüfenden Blicken einer hochgewachsenen jungen Frau ausgesetzt, die vier oder fünf Jahre älter als sie selbst sein mochte. Es war schwer zu sagen; die junge Frau war hochschwanger. Ihr Gesicht war blaß, abgehärmt und schmutzig; ihr ungekämmtes Haar wurde nachlässig von einem Gummiband zusammengehalten; ihre nackten Füße steckten in Hausschuhen, und sie trug ein mit Fettflekken übersätes, ausgebeultes braunes Strickkleid, das ungleichmäßig an ihrer rundbäuchigen Gestalt hinunterhing. Ihr Aussehen schien ihr völlig gleichgültig zu sein, aber sie musterte Lucy mit ruhiger Feindseligkeit.

»Nun?« sagte sie. »Welches Amt schickt Sie? Was wollen Sie?«

Sie sprach nicht, wie man hätte erwarten können, mit breitem Yorkshire-Akzent. Sie sprach mit gar keinem Akzent. Lucy hatte nicht sechs Jahre in Cadwallader gelitten, ohne ein sehr empfindliches Gehör zu entwickeln für die Oberschicht-Akzente fast aller Länder der Welt; in der Sprache dieser schlampigen Frau erkannte sie einen Akzent, der in ihrem geistigen Notizbuch lange Zeit unter R. B. A., Reine Britische Aristokratie, aufgezeichnet gewesen war.

»Immer mit der Ruhe, Schwester«, erwiderte sie daher ebenso gelassen und schaute durch ihre Haarsträhnen hindurch zu dem Mädchen auf. »Ich komme nicht von der Fürsorge. Ich bin fremd hier und möchte Sie nur um eine Auskunft bitten. Können Sie mir sagen, wo ich hier im Dorf eine alte Dame finden kann, die Fennel Culpepper heißt?«

»Ich fürchte, ich habe nicht die blasseste Ahnung«, sagte das Mädchen kalt. »Das Dorf ist voller alter Damen.«

»Diese wohnt in einem kleinen Haus, das High Beck heißt.«

»Tut mir leid, da kann ich nicht helfen.«

Sie trat zurück und war im Begriff, Lucy die Tür vor der Nase zuzuschlagen, als von der Pforte her ein Lieferwagenfahrer mit einem Zettel in der Hand rief:

»Können Sie mir sagen, wo Mrs. Carados wohnt?«

Offensichtlich gereizt und ärgerlich zögerte das Mädchen; dann sagte sie: »Hier. Warum?«

»Ein Babybett, ein Kinderwagen, eine Baby-Badewanne. Stimmt's? Puh, bis ich hierhergefunden hatte! Ich will nur den Lieferwagen etwas näher ranfahren.«

Der Lieferwagen, der Lucy vage aufgefallen war, als er die Dorfstraße auf und ab fuhr, als sei er auf der Suche nach einem schwer erfaßbaren Ziel, stand jetzt zwei Häuser weiter. An seiner Seite war in strengen einfachen Buchstaben zu lesen: RAMPADGES, LONDON. Nach kurzer Zeit brachte der Fahrer drei riesige Gegenstände zum Vorschein, nicht zu erkennen unter dicken Lagen von teurem Verpackungsmaterial.

»Großer Gott, stellen Sie sie hier ab. Ich bringe sie später ins Haus«, sagte Mrs. Carados und musterte die Pakete mit Widerwillen.

»Sie sollten keine Gewichte nich heben, junge Frau, entschuldigen Sie, nich in Ihrem Zustand«, sagte der Lieferwagenfahrer. »Sagen Sie mir einfach, wo Sie sie haben wollen, ich denke, diese junge Dame wird nichts dagegen haben, mir 'n bißchen zur Hand zu gehen.«

»Natürlich nicht«, stimmte Lucy ihm mit undurchdringlichem Gesicht zu, ihre Belustigung verbergend. »Und ich sage Ihnen noch was«, fuhr sie gelassen fort. »Lassen Sie uns doch all diese Hüllen hier draußen entfernen, dann liegen Sie Ihnen drinnen nicht im Weg. Haben Sie noch ein paar Minuten Zeit?« fragte sie den Fahrer.

»Ja, aber immer, wenn man bedenkt, wie lange ich gebraucht hab, hier herzufinden! Ich sollte es nich, aber ich nehm das Packpapier auch mit, wenn Sie wollen; ich wette, die Mülltonnen werden nich öfter als einmal im Monat geleert in dieser gottverlassenen Gegend.«

Er brachte ein Messer zum Vorschein und säbelte rasch und geschickt herum; nach wenigen Augenblicken wurde eine überraschend kostspielig aussehende Korbwiege sichtbar; sie hatte Falten und Rüschen, Fransen und Biesen, war verschwenderisch mit Satin und Spitzen ausgestattet, die Art von Wiege, die man in einem herzoglichen Kinderzimmer erwarten mochte. Lucy unterdrückte erneut ein Lächeln.

»Am besten schaffen wir sie rein, Mutti«, sagte der Fahrer. »Kommt immer noch Regen runter. Wo soll sie hin?«

»Ach, irgendwo oben«, sagte Mrs. Carados ungeduldig und warf kaum einen Blick auf die Wiege.

»Schaffen Sie's auch?« fragte der Fahrer Lucy.

»Großer Gott, ja.«

Das Treppenhaus lag der Eingangstür gegenüber und führte direkt nach oben. Lucy, die mit ihrem Ende der Wiege rückwärts ging, erhaschte einen raschen Blick in die Zimmer an beiden Seiten, eines eine unbeschreiblich vollgestopfte Küche, das andere ein düsteres Wohnzimmer. Die beiden Zimmer oben waren fast ebenso unordentlich, da aber das eine fast völlig von einem ungemachten Doppelbett ausgefüllt wurde, schien es am besten, die Wiege in das andere zu stellen. Kurze Zeit später wurde eine rosafarbene goldverzierte Badewanne hinzugefügt.

»Und der Kinderwagen, Madame? Wo soll der hin?«

Der Kinderwagen war etwa einen Meter zwanzig lang und einen Meter zwanzig hoch, gefedert wie ein Zweispänner und auf Hochglanz gebracht wie ein Schlachtschiff.

»Lieber Gott – ich weiß es nicht. Stellen Sie ihn in den Schuppen«, sagte Mrs. Carados und musterte den Kinderwagen mit Abscheu. Lucy fragte sich, ob sie Mrs. Carados daran erinnern sollte, daß der Mann sich ein Trinkgeld verdient hatte. Es war nicht Feinfühligkeit, die sie davon abhielt, sondern ein Widerstreben, sich von ihrem eigenen knapp bemessenen Geld zu trennen, falls Mrs. Carados keines haben sollte.

»Wollen Sie ihm nicht eine Tasse Tee anbieten, nach all der Mühe?« schlug sie schließlich vor.

»Gott, nein. Hier...« Mrs. Carados fischte unter einem Stapel zerknitterter Zeitungen eine elegante wildlederne Brieftasche hervor und nahm eine Pfundnote heraus. Sie reichte sie dem Fahrer, als er vom Schuppen zurückkehrte. Er zögerte, sah aus, als ob er das Geld ablehnen wollte, zuckte mit den Schultern und nahm es.

»Wiedersehen also«, sagte er und fuhr davon.

»Können Sie mir sagen«, fragte Lucy, gerade bevor ihr die Tür zum zweitenmal vor der Nase zugeschlagen wurde, »woher Sie das Bild haben, das in Ihrem Wohnzimmer über dem Kamin hängt?«

»Bild?« Mrs. Carados sah sie mit leerem Blick an.

»Bild«, wiederholte Lucy geduldig. »Adam und Eva und die Schlange. Halb gestickt, halb gemalt.«

»Ach, *das* komische alte Ding.«

»Woher stammt es?«

»Keine Ahnung. Ich nehme an, Ro... mein Mann hat es irgendwo ausgegraben. Ich kann es Ihnen wirklich nicht sagen, fürchte ich.«

Es war offensichtlich, daß sie es kaum erwarten konnte, Lucy loszuwerden. Warum? Einfach natürliche Abneigung?

»Na ja, gut, danke.« Lucy zuckte mit der Schulter und war

auf dem Weg zum Gartentor, als draußen ein Auto mit quietschenden Bremsen anhielt. Es war ein weißer Kleinwagen. Ein Mann sprang heraus und rief: »Fiona, Schätzchen, es tut mir schrecklich leid, daß ich es nicht früher geschafft habe ...«

»Oh, hallo«, sagte die schwangere Frau, ohne zu lächeln. Sie nahm seinen Kuß ergeben entgegen. Er war über vierzig, klein, blond, hatte blaßblaue Augen und trug einen kornblumenblauen Anzug. Er warf einen fragenden Blick auf Lucy, die nicht von der Stelle wich.

»Ja?« sagte er höflich. »Tut mir leid, ich habe nicht ...? Ist etwas ...?«

»Nur, wenn Sie mir sagen können, wo hier im Dorf die alte Miss Culpepper wohnt.«

»Tut mir schrecklich leid, wir sind hier selbst fremd«, sagte er rasch.

»Oder wo Sie das Bild aufgegabelt haben, daß über Ihrem Kamin hängt?«

»Ein himmlisches Bild, nicht wahr? Ich habe keine Ahnung, wer es gemacht hat, fürchte ich; gehörte zur Einrichtung des Hauses. Das Werk von jemandem aus der Gegend, nehme ich an. Aber ... wir dürfen Sie nicht länger festhalten ...« Er warf Lucy ein rasches, nichtssagendes Lächeln zu, drängte seine Frau ins Haus und schloß hinter sich energisch die Tür.

Lieber Max Benovek: Ich habe gewisse Schwierigkeiten, Tante Fennel ausfindig zu machen. Englische Dörfer sind nicht die gemütlichen gastfreundlichen Orte voller lächelnder Milchmädchen und lustiger Bauernburschen, als die sie in den Werbeprospekten der Touristik dargestellt werden.

Lucy nahm den ursprünglich eingeschlagenen Weg entlang dem Dorfanger wieder auf. Der Himmel war immer noch dunkel, und irgendwo grollten ferne Donnerschläge. Die roten Dachziegel der Häuser schimmerten vor Nässe. Lucy ging zum nächsten Haus mit Licht in den Fenstern und klopfte. Niemand kam an die Tür, darum beschloß sie nach wiederholtem Klopfen, daß sie sich nicht noch auffälliger benehmen konnte, als sie es ohnehin schon tat, und spähte durch ein Fenster, da dieses Haus zu den direkt am Gehweg stehenden gehörte.

Sie sah ein winziges, düsteres Zimmer, das nur von einem Holzfeuer im Kamin beleuchtet wurde. Eine dunkle Tapete mit einem klumpigen Muster absorbierte das wenige, was an Beleuchtung vorhanden war, aber Lucy gewann einen vagen Eindruck von dicht zusammengepferchten Möbeln, Petroleumlampen aus Messing mit geriffelten Zylindern und einer Menge kleiner Bilder in ovalen Goldrahmen. Über dem Kamin hing ein größeres Bild, das durch das Wandbord darunter im Schatten lag. Als ein Holzscheit auflodernd auseinanderbrach, tauchte im von der Decke zurückgeworfenen Licht plötzlich ein mächtiger, indigoblauer Walfisch auf; er sprang hoch aus einem mit Ziermünzen benähten Meer, in dem jede Woge so ebenmäßig war wie die Ziegel auf dem Dach über ihnen.

»Man kann tatsächlich sehen, wie sie auf den Gedanken gekommen ist«, murmelte Lucy. »Ob sie dem ganzen Dorf Bilder geschenkt hat?«

Als sie weiterging, hörte sie ein regelmäßiges Quietschen und Rasseln; irgend jemand mußte irgendeine Tätigkeit ausführen.

Hinter der Ecke des nächsten Hauses stieß sie auf einen älteren Mann, der aus einem Brunnen einen Eimer Wasser hochzog.

»Guten Tag«, sagte Lucy. »Ob Sie mir wohl sagen können, wo Miss Culpepper wohnt?«

»Eh?« Er richtete sich auf. »Sprechen Sie lauter, ich versteh Sie nich.«

Ist denn jedermann in diesem Dorf taub, fragte Lucy sich, und wiederholte ihre Frage mit höherer Stimme.

»Miss Culpepper!«

»Miss wie? Noch nie von ihr gehört.«

»Miss Fennel Culpepper.«

»Oh, die! Warum haben Sie das nich gleich gesagt?« Er wiederholte den Namen in ganz anderer Aussprache. »Die alte Dame, eh? Waren zwei da, zwei alte Menschen, wohnten zusammen oben in High Beck. Eine von ihnen is gestorben, die andere is weggezogen.«

»Wann?«

»Oh, ich weiß nich mehr, letztes Jahr, Jahr davor vielleicht. Sie hielten sich für sich, ich halte mich für mich; Leute hier stören die andern nich mit neugierigen Fragen.«

»Welche von ihnen ist gestorben, und welche ist weggezogen?«

»Oh, ah, weiß ich nich. Waren zwei von ihnen da, sich so ähnlich wie zwei Erbsen im Topf. Wer war wer, wer soll das wissen?«

Lucy fragte sich, ob der alte Junge etwas einfältig war. Er schob seine Mütze nach vorn, kratzte sich an den rötlichen Haarstoppeln und blickte aus geistesabwesenden Augen an ihr vorbei.

»Und können Sie mir sagen, wohin die, die weggezogen ist, gegangen ist?«

»Eh?«

»Die, die nicht gestorben ist – wohin ist sie gegangen? Wo ist sie jetzt?«

»Wie soll ich das wissen? Sie hat mir nich geschrieben!«

»Gibt es denn jemanden, der mir das sagen könnte?«

»Vielleicht kann Mrs. Thwaite in der Post Ihnen das sagen, ja, fragen Sie die mal.« Er nahm seinen Eimer auf.

»Aber das Postamt ist geschlossen.«

»O ja, Mary Thwaite besucht sicher ihre Schwiegertochter in Kirby. Sie müssen wohl bis morgen warten, Mädchen.«

»Gibt es denn sonst niemanden, der das wissen könnte?« fragte Lucy unwirsch und dachte, daß er für jemanden, der sich für sich hielt, bemerkenswert gut über Mrs. Thwaites Unternehmungen informiert war.

»Nee, weiß ich nich. Leute hier halten sich ...«

»... sich für sich. Das sagten Sie schon.«

»Ich sag Ihnen was!« sagte er triumphierend. »Warum gehn

Sie nich und fragen die Vorsteherin oben im Heim für alte Leute? Vielleicht weiß die was. Is ne richtige Wichtigtuerin, steckt ihre Nase in Sachen, die sie nix angehn, fragt rum, was für 'ne Arbeit die Leute haben und wer mit wem verwandt is. Machen Sie das, die wird Ihnen schon den richtigen Weg zeigen.« Er stampfte mit seinem Eimer davon und murmelte: »Und wenn sie's nich tut, isses mir auch egal.«

»Wo ist denn das Altersheim?« rief Lucy ihm nach.

»Oben überm Dorf natürlich! Das alte Herrenhaus...«

Der Regen wurde wieder heftiger. Lucy lief zu ihrem Auto zurück. Wenn sie das alte Herrenhaus von Appleby aufsuchte, konnte sie es auch stilvoll tun. Dann kam ihr ein hoffnungsvoller Gedanke. Wenn das alte Herrenhaus jetzt ein Altersheim war, war Tante Fennel vielleicht tatsächlich dort, hatte beschlossen, ihr einsames Häuschen gegen die Bequemlichkeit erfahrener Pflege und Gesellschaft einzutauschen...

Aber irgend etwas klang falsch an dieser Theorie, dachte sie, während sie den Motor anließ. Individualisten wie die Person, die den Walfisch gestickt hatte, fügen sich nicht leicht in das Leben in einem Heim ein; außerdem: wenn Großtante Fennel nicht weiter weggezogen war als bis zum Altersheim von Appleby, hätte der Mann doch sicher davon gewußt?

Doch konnte es trotzdem nicht schaden, dort zu fragen.

Auf ihrem Weg durch das Dorf hielt sie aus naheliegenden Gründen bei der öffentlichen Bedürfnisanstalt aus roten Backsteinen. Es war ein unschöner Zweckbau, von drinnen mit den üblichen Graffiti verziert. »Ich liebe Sam Crossley.« »Wo war Lenny Thorpe am Freitagabend?« »Ellen Dean ist ein verdorbenes Mädchen.« »Was ist oben in High Beck geschehen?«

Ja, was war geschehen? fragte Lucy sich, während sie den feuchten und schlecht eingerichteten Ort rasch verließ. Auf ihrem Weg nach draußen fiel ihr Blick auf ein neu angefertigtes Schild: DIESE BEDÜRFNISANSTALT IST NACH EINBRUCH DER DÄMMERUNG NICHT ZU BENUTZEN. BESCHLUSS DES GEMEINDERATS.

Warum nicht? Wurde das Gebäude für Marihuana-Parties benutzt? Für Orgien? Das erschien höchst unwahrscheinlich, aber Lucy fiel nichts anderes ein.

Lieber Max Benovek, können Sie sich vorstellen, daß es in Appleby-under-Scar einen richtigen Hexensabbat gibt? Ob ich Mitglied werden muß, bevor ich etwas über Großtante Fennel erfahre?

Das Herrenhaus lag in einer angemessen herrschaftlichen Entfernung westlich des Dorfes an einer einspurigen, aber mit Schotter bedeckten Straße. Lucy folgte ihr vorsichtig, und das war auch gut, denn als sie um eine Biegung kam, wurde sie von einer Gestalt in schwarzer Soutane, die ihr von der Mitte der Straße aus heftig zuwinkte, zum Anhalten gebracht.

Sie bremste scharf und sah bestürzt, daß hinter dem Mann, der sie angehalten hatte, ein Körper auf der Straße lag, der wie ein Leichnam aussah.

Sie stieg aus. Der Mann in der schwarzen Soutane packte sie am Arm.

»Verstehen Sie etwas von erster Hilfe?« fragte er aufgeregt. »Sie holen schon Hilfe, aber wir sollten etwas tun ... ich bin überzeugt, daß wir etwas tun sollten ... man fühlt sich in solchen Fällen so erbärmlich unbeholfen ... aber sicher gibt es etwas, irgend etwas, was wir für den armen Burschen tun können? Oh, diese Autofahrer ... ich weiß, daß Sie auch dazugehören, aber wirklich ... den armen Mann auf seinem Fahrrad umfahren und dann weiterfahren, ohne anzuhalten, ist absolut unverzeihlich, absolut abscheulich ... ach du meine Güte, ich stehe hier und rede, während wir uns um den armen Clough kümmern sollten, aber ich bin so durcheinander, daß ich kaum weiß, was ich sage! Bitte, bitte sehen Sie ihn sich an und sagen mir, was nach Ihrer Meinung geschehen sollte!«

All dies gab er sehr schnell, mit einer hohen, nervösen Stimme von sich, ein spindeldürrer, ältlicher Mann, sehr blaß und offensichtlich unter Schock stehend. Lucy befreite sich sanft von seinem Griff und ging hinüber zu der vermeintlichen Leiche, mühsam gegen das Gefühl erschreckender Unzulänglichkeit ankämpfend.

Zu ihrer Erleichterung stellte sie fest, daß der auf dem Boden liegende Mann nicht tot war, wenn auch eindeutig bewußtlos. Sie sah auch weder Blut noch offensichtliche Zeichen einer Verletzung außer einer Beule auf dem kahlen Kopf. Er lag auf dem Rücken, wenige Schritte entfernt von einem verbogenen Fahrrad. Es war ein wettergebräunter, knorrig aussehender Mann; seine Kleider und seine Hände hatten Erdflecken, und ein durchdringender Geruch nach chemischem Düngemittel ging von ihm aus.

»Armer, armer Clough«, sagte der Mann in der Soutane mit bebender Stimme. »Ein so harmloser, einfacher Bursche – und dann so etwas! Ein so plötzliches Dahingehen!«

»Also, dahingegangen ist er noch nicht«, sagte Lucy. »Sein Herz schlägt noch. Sie sagten, jemand holt Hilfe?«

»Ja, ja! Sie rufen Dr. Adnan an. Aber sollten wir inzwischen nicht etwas tun? Seine Kleider lockern?«

»Ich glaube nicht, daß man ihn bewegen sollte«, sagte Lucy unschlüssig. »Es heißt immer, man sollte es nicht tun, für den Fall, daß es innere Verletzungen gegeben hat. Ich habe eine alte Decke in meinem Auto – wir könnten ihn zudecken.«

Das tat sie; sie wickelte den Verletzten bis zum Kinn ein, während der Geistliche besorgt auf und ab marschierte und ihr in den Weg lief.

»Haben Sie gesehen, wer ihn angefahren hat?« fragte Lucy.

»Leider nein! Diese scheußlichen Automobile fahren so schnell! Ich hörte den Motor und sah etwas Weißes vorbeisausen, aber ich kam zu spät – oh, Gott sei Dank, hier kommt Verstärkung.«

Lucy war etwas verblüfft über die Verstärkung, die aus einem halben Dutzend weiterer ältlicher Geistlicher bestand. Sie kamen aus einer Pforte hervorgeströmt wie ein Schwarm verwitterter alter Krähen. Einer von ihnen kniete hastig neben dem auf dem Boden liegenden Mann nieder, rieb ihn mit etwas Stinkendem und Klebrigem aus einem kleinen goldenen Gefäß ein und rief mit lauter Stimme:

»Sprich die Seele Deines Dieners Samuel Ebenezer Clough, o Herr, von allen Banden der Sünde frei, damit er in der Herrlichkeit der Wiederauferstehung unter Deinen Heiligen erfrischt werden möge. Gewähre, o Herr, daß, während wir den Heimgang Deines Dieners beklagen, wir stets daran denken mögen, daß wir ihm mit Gewißheit folgen werden! Erweise uns die Gnade, uns auf jene letzte Stunde vorzubereiten, damit wir nicht unvorbereitet von einem plötzlichen Tod überrascht werden, sondern stets wachsam sind ...«

Ein ziemlich selbstsüchtiges Gebet, dachte Lucy.

»He«, sagte der Mann auf dem Boden plötzlich, »was zum Teufel is hier los? Was soll das?«

Er versuchte, sich unter der Decke zu bewegen; seine Augen rollten wütend hin und her.

»Liegen Sie ganz still, armer Kerl! Hilfe ist unterwegs.« Mehrere der alten Krähen hielten ihn energisch fest; es war ein makaberes Bild. Eine scharfe neue Stimme ertönte.

»Du lieber Gott! Würden Sie die Güte haben, Platz zu machen, damit ich sehen kann, was los ist?«

Etwas widerwillig traten die alten Geistlichen zurück vom Gegenstand ihrer Bemühungen, der jetzt still dalag und verwirrt blinzelte.

»Was für'n Tag is heut?« brummte er vor sich hin. »Bin ich blöd? Kann doch nich Sonntag sein?«

Der Neuankömmling, offenbar ein Arzt, kniete neben ihm nieder und fühlte seinen Puls.

»Wie heißen Sie?« fragte er bestimmt. »Können Sie mir sagen, was passiert ist?«

»He, da laust mich der Affe, hier's noch einer. Richtiger Haufen von Aaskrähen.«

»Antworten Sie mir bitte!« wiederholte der Arzt energisch. Er schob die Lider des Mannes hoch, dann öffnete er eine flache schwarze Tasche und zog ein Stethoskop hervor. Die Augen des Patienten sahen gleichgültig an ihm vorbei; er antwortete nicht direkt. »Vielleicht lieg ich im Bett und träum«, brummte er vor sich hin.

Ungeduldig zog der Arzt die Decke zurück, horchte auf sein Atmen und begann, ihn nach gebrochenen Knochen abzutasten. Dabei fing der Mann an, sich zu winden und hysterisch zu kichern.

»He! Hörnse bloß auf, mich zu kitzeln!«

Sein Widerstand offenbarte einen der Gründe für den bisherigen Mangel an Reaktionen auf Fragen: ein Hörgerät, das ihm bei dem Unfall offensichtlich aus dem Ohr gefallen war, rollte aus einer Falte in der Decke. Ärgerlich steckte der Arzt es ihm wieder ins Ohr.

»Vielleicht bringen wir jetzt ein wenig Licht in diese Geschichte. Also? Können Sie mir Ihren Namen nennen?«

»Natürlich kann ich das! Sam Ebenezer Clough, wie jeder Ihn' sagen kann.«

»Was ist passiert? Haben Sie gesehen, wer Sie angefahren hat?«

»Nee, kann ich nich. Kam aus dem Weg da drüben, und wie ich wieder zu mir komm, lieg ich auf'm Rücken auf der Straße.«

»Nun, Sam Clough, Ihnen ist nichts geschehen, außer einem Schlag auf den Kopf.«

»Hab ich denn gesagt, daß mir was geschehen is?« fragte Clough undankbar und rappelte sich auf. »Statt so'n Geschrei zu machen, könnte mir lieber mal wer mit mei'm Rad helfen.«

Schuldbewußt hasteten die alten Geistlichen zu ihm. Einige von ihnen schoben das Fahrrad, das zwar verbogen, aber noch bewegbar war, während andere den ungeduldigen Clough stützten.

»Wir nehmen ihn wohl lieber mit zum Hof, armer Kerl – eine Tasse Tee und ein kleines Schläfchen – vielleicht sollte er über Nacht bleiben? Ja, ja, das wird Father Prendergast sicher einrichten können – jemand kann seine Familie benachrichtigen – Sie würden das doch sicher übernehmen, Dr. Adnan?«

Mit unerwarteter Schnelligkeit verschwand die schwarze

Prozession aus Geistlichen, Fahrrad und Verletztem hinter einer Hecke und bewegte sich auf einem Kiesweg auf ein durch Bäume hindurch schwach sichtbares größeres Gebäude zu.

Lucy und der Arzt, als einzige zurückgeblieben, sahen einander an.

»Gut!« sagte er. »Was für ein Lärm um nichts, und was für eine Verschwendung meiner kostbaren Zeit. Glücklicherweise war ich sowieso in der Gegend und hatte es nicht weit. Wer hat ihn zugedeckt?«

»Das war ich.«

»Ziemlich dumm, nicht vorher nach dem Hörgerät zu schauen, wie? Das hätte mir eine Menge Mühe erspart.«

»Hören Sie mal!« explodierte Lucy, plötzlich am Ende ihrer Geduld. »Für wen zum Teufel halten Sie mich eigentlich? Florence Nightingale? Ich hab ihn noch nie im Leben gesehen; ich hab keine Ahnung, wer er ist. Wie sollte ich wissen, daß der Typ ein Hörgerät trägt?«

»Haben Sie ihn angefahren? Ich muß der Polizei eine Meldung über den Unfall machen.«

»Nein, das habe ich *nicht*!« sagte Lucy empört. »Und wenn Sie ein wenig Verstand hätten, wäre Ihnen aufgefallen, daß mein Auto zwanzig Meter weiter steht und in die entgegengesetzte Richtung geparkt ist. Ich war auf dem Weg zum Alten Herrenhaus, als der Geistliche mich zum Anhalten veranlaßte...«

»Schon gut, schon gut, keine Veranlassung, so aus dem Häuschen zu geraten«, sagte der Arzt gelassen. »Wenn Sie ihn nicht umgefahren haben, müssen Sie an dem Wagen vorbeigekommen sein, der es getan hat.« Er hatte einen leichten, nicht einzuordnenden ausländischen Akzent.

»Nun, ich fürchte nein.«

»Wirklich, Sie sind eine ungewöhnlich wenig hilfreiche junge Dame. Warum sind Sie so störrisch? Im allgemeinen fand ich Amerikaner immer außerordentlich höflich und entgegenkommend.«

»Ich bin keine Amerikanerin.«

»Ah, das mag es vielleicht erklären.«

Er steckte das Stethoskop wieder in die Tasche, während Lucy mit drei verschiedenen Erwiderungen rang, die sich in ihr aufgestaut hatten.

»Egal. Da Sie zum Herrenhaus fahren, haben Sie vielleicht nichts dagegen, mich zu meinem Wagen zurückzubringen, der noch dort oben steht? Ich war gerade im Gärtnerhaus, als der Anruf kam, darum erschien es mir einfacher, die Abkürzung durch den Garten zu nehmen, als den ganzen Weg zurückzugehen.«

»Natürlich nehme ich Sie mit«, sagte Lucy steif. Sie war zu der Ansicht gekommen, daß es würdevoller sei, seine Unverschämtheit von vorher zu ignorieren. Als sie in ihrem Auto saßen, fragte sie: »Kommen all diese alten Geistlichen vom Alten Herrenhaus?«

»Nein, es gibt auch ein Wohnheim für pensionierte Geistliche dort drüben bei Thrushcross Grange. Im Herrenhaus wohnen ältere Menschen beiderlei Geschlechts. Nicht übel, aber zu wenig Personal, wie in all diesen Heimen.«

»Behandeln Sie die alten Herrschaften, wenn sie krank werden?«

»Nun, ja«, sagte er und zog die Augenbrauen hoch, als hielte er ihre Frage für aufdringlich. »Ich habe diesen Vorzug.«

›Sarkastischer Mr. Soundso‹, dachte Lucy und trat gereizt aufs Gaspedal.

»Ich würde nicht so schnell fahren«, sagte der Arzt ruhig. »Gleich kommt eine ziemlich scharfe Kurve.«

Zähneknirschend trat Lucy auf die Bremse.

»Wissen Sie«, fragte sie, nachdem sie die Kurve vorsichtig hinter sich gebracht hatte, »wissen Sie zufällig, ob im Herrenhaus eine alte Dame mit dem Namen Fennel Culpepper wohnt?«

»Nicht unter den Patienten, die ich behandelt habe«, sagte er ohne Zögern.

»Wohnen dort viele alte Leute?«

»Nicht sehr viele, nein. Fünfzehn, vielleicht zwanzig. Es besteht noch nicht sehr lange, erst ein paar Monate.«

»Ach so.« Dann könnte Tante Fennel weggezogen sein, bevor das Heim eröffnet wurde. »Sie haben keinen Patienten dieses Namens irgendwo anders in der Gegend?«

»Nein, das habe ich nicht. Aber ich wohne in Kirby und habe meine Hauptpraxis dort, einer Stadt von etwa zehntausend Einwohnern; es ist möglich, daß ich ihr noch nicht begegnet bin, falls sie dort leben sollte.«

»Ich nehme an, es könnte möglich sein«, stimmte Lucy ihm kühl zu. Sie blickte zur Seite in der Hoffnung, daß diese Spitze gesessen habe, und sah, daß er belustigt dreinschaute. Er war kräftig, nicht klein, aber stämmig, dunkeläugig und mit lockigem dunklem Haar, stutzerhaften Koteletten und einem großzügigen Schnurrbart nach der Art König Eduards, der an der unrasierten Kinnlinie in stahlblaue Schatten überging. Er trug einen pflaumendunklen Anzug, sehr eng geschnitten, und eine Weste aus Brokat.

»Durch dieses Tor hier links«, dirigierte er sie, und nachdem Lucy auf eine Kiesauffahrt gefahren war, die einen Bogen um eine Gruppe von als Windschutz dienenden Kiefern beschrieb, und um ein frisch geschriebenes Schild mit der Aufschrift WILDFELL HALL WOHNHEIM, fragte er: »Warum suchen Sie diese alte Dame?«

»Familiäre Gründe«, erwiderte Lucy kurz.

»Ah, ich verstehe.« Nach einem Augenblick fügte er in tadelndem Ton hinzu: »Die Angelsachsen verlieren ihre Verwandtschaft so furchtbar schnell aus den Augen. Es ist ein merkwürdiges Phänomen. In der Türkei (von wo ich komme) wäre es fast unvorstellbar, eine alte Dame zu verlieren. Ihre Familie würde sich um sie kümmern. So viel zivilisierter. Macht all diese Institutionen, eure sogenannten Wohnheime, die hier so reichlich vorhanden sind, völlig überflüssig.«

Ohne zu antworten, brachte Lucy den Wagen auf der Kiesauffahrt vor dem Alten Herrenhaus von Appleby zum Stehen.

Kurz bevor der Wagen stand, sprang Dr. Adnan hinaus, rief ein kurzes Danke über die Schulter und ging mit raschen Schritten auf einen Alfa Romeo zu, der an der anderen Seite des Haupteingangs geparkt war. Als er im Begriff war, einzusteigen, wurde er zurückgehalten von einer Frau in dunkelblauer Dienstkleidung, die offenbar hinter der Tür gewartet hatte. Die Leiterin des Heimes, lechzend nach Einzelheiten des Unfalls, vermutete Lucy. Während die Heimleiterin den Arzt mit Fragen überschüttete, stieg Lucy aus und blieb in einiger Entfernung von den beiden stehen und betonte so, daß sie die Leiterin gern bald sprechen würde. Inzwischen betrachtete sie aus der Ferne die Fassade des Alten Herrenhauses. Eigentlich war es gar nicht so alt; es war aus senffarbigem Stein mit Ziegelsteineinfassungen in einem Stil errichtet worden, der auf die sechziger Jahre des 19. Jahrhunderts schließen ließ. In der Mitte der Vorderseite ragte eine Säulenvorhalle bis zum zweiten Stock hinauf. Das Haus war im Verhältnis zu seiner Breite zu hoch, das Schieferdach zu flach, und die Schornsteine waren zu kümmerlich. Die Fenster des dritten Stocks waren paarweise angelegt und hatten Rundbogen, vielleicht hatte man damit bezweckt, einen klassischen Effekt zu erzielen, statt dessen aber erreicht, das Haus wie ein Bahnhofshotel aussehen zu lassen.

Der Alterssitz eines Wollmagnaten, vermutete Lucy; das stolze Werk irgendeines Onkel Wilbie aus dem 19. Jahrhundert.

Des nicht sehr anziehenden Anblicks des Hauses müde, wandte sie sich zur Seite, um den Arzt mit sachlich prüfenden Blicken zu mustern. Er stand nervös da und warf ungeduldige Blicke auf seine Uhr. Lucy fand nicht, daß er wie ein Türke aussah, aber sie hatte keine genauen Vorstellungen, wie ein Türke aussehen sollte. Waren sie alle so selbstzufrieden und unzugänglich? Als spüre er ihre kritischen Blicke, sah er auf, schaute sie an und lächelte plötzlich, sehr weiße Zähne zeigend. Die Heimleiterin warf einen scharfen Blick über die Schulter.

»Das wär's also«, sagte Dr. Adnan, seinen Bericht rasch beendend. »Und jetzt muß ich mich wirklich auf den Weg machen.«

»Einen Moment noch, Doktor! Die Krücken, die Sie mit zurücknehmen wollten!«

Sie verschwand im Portal, während der Arzt ausdrucksvoll mit den Schultern zuckte und die Augen zum Himmel hob. Lucy reagierte wieder nicht.

»Hier sind sie! Mrs. Banstock braucht sie überhaupt nicht mehr. Werden sie in Ihren Kofferraum reingehen?«

»Ich denke schon.« Mit verstimmter Miene öffnete er den Kofferraum, schob die Krücken hinein, knallte die Tür wieder zu und machte sich aus dem Staub.

»Ja...?« sagte die Heimleiterin zu Lucy. »Kann ich etwas für Sie tun?«

Ihr Ton war nicht ausgesprochen ungeduldig, doch nicht weit davon entfernt; genau ausgewogen zwischen einer raschen Abschätzung von Lucys Anliegen – wahrscheinlich völlig unwichtig, signalisierte ihr Ausdruck – und dem Bewußtsein, daß sich hinter Lucy unter Umständen doch zahlungsbereite ältliche Verwandtschaft verbarg.

Lucy ließ die taxierenden Blicke der Heimleiterin, die ihr pflaumenfarbenes Auto und ihren schäbigen Dufflecoat musterten, gelassen über sich ergehen und sagte: »Ich brauch Ihre Zeit nicht lange in Anspruch zu nehmen. Sie sind hier die Leiterin?«

»Ja. Das bin ich...?«

Lucy empfand eine abgrundtiefe Verachtung für die Selbstherrlichkeit von Heimleiterinnen, aber es hatte keinen Sinn, diese hier zu verletzen. Und außerdem schien sie, wenn man von einer gewissen Wichtigtuerei absah, harmlos genug: eine schlanke, blasse Frau mit hagerem Gesicht und schönem braunem Haar, das straff unter einem Musselinhäubchen mit Rüschen zurückgestrichen war. Ihre hellgrauen Augen hatten den etwas glanzlosen Ausdruck, der manchmal von Kontaktlinsen hervorgerufen wird.

»Ich wollte Sie fragen, ob Sie zufällig eine alte Dame, Miss Fennel Culpepper, bei sich wohnen haben?«

Eine gewisse Schärfe besiegte die Zurückhaltung im Ausdruck der Heimleiterin.

»Nein, ich fürchte, da kann ich Ihnen nicht helfen«, sagte sie kurz angebunden und begann, sich umzudrehen. »Es wohnt niemand hier, der so heißt.«

»Sie hat früher in Appleby gewohnt, ist aber letztes Jahr weggezogen«, fuhr Lucy unbeeindruckt fort. »Sie wissen nicht zufällig etwas über ihren jetzigen Aufenthaltsort?«

»Mein liebes Mädchen, ich fürchte, ich habe noch nicht einmal von ihr gehört! Ich bin selbst erst vor kurzem hergekommen und kenne mich in der Umgebung nicht sehr gut aus.«

Paßt nicht ganz zu dem, was der alte Knabe mit dem Eimer sagte, dachte Lucy.

»Ach, wirklich?« entgegnete sie höflich. »Aber da ich schon einmal hier bin: Hätten Sie etwas dagegen, mir Ihre Bedingungen zu nennen? Miss Culpepper ist meine Großtante, und es liegt mir sehr am Herzen, mich davon zu überzeugen, daß gut für sie gesorgt wird. Und haben Sie freie Plätze?«

»Wir nehmen fünfzehn Guineas die Woche.« Und damit dürfte ich *Sie* wohl los sein, junge Frau, sagte ihr Gesichtsausdruck. »Und was freie Plätze betrifft, nun, wir haben ein paar freie Betten, aber unser Hauptproblem ist das Personal; wir haben wirklich nicht genug Leute, um noch mehr Senioren aufzunehmen. Darum muß ich leider nein sagen.«

»Aber ich nehme an, daß doch gelegentlich mal jemand wegzieht oder stirbt?« sagte Lucy gelassen. »Haben Sie eine Warteliste? Vielleicht darf ich mir das Haus einmal ansehen, nur für den Fall?«

»Es wäre wohl reine Zeitverschwendung.« Die Heimleiterin bedachte Lucy mit einem sauren Lächeln.

»Trotzdem, ich würde es mir gern ansehen. Und vielleicht könnten Sie mir Ihre Broschüre geben?«

»Nun gut!«

Lucy folgte dem verärgerten Rücken der Heimleiterin

durch die acht Säulen der Vorhalle in eine auf Hochglanz gebrachte Diele.

»Hier ist unser Prospekt.« Die Heimleiterin kam aus einem kleinen Büro gleich neben der Eingangstür zurück und reichte Lucy einen glänzenden Faltprospekt. Die Überschrift lautete: WILDFELL HALL Wohn- und Erholungsheim. Leiterin: Mrs. Daisy Marsham. Behandelnder Arzt: Dr. Adnan Mustapha, M. B.

»Und jetzt: ich fürchte, ich habe nur fünf Minuten Zeit für Sie; es ist fast Teezeit für die Bewohner.«

Lucy sah sich die mit Leimfarbe gestrichenen Wände an und zeigte lächelnd ihre schiefen Zähne.

»Fünf Minuten sind genau richtig«, sagte sie.

## 5

Mrs. Marsham folgte dem schäbigen pflaumenfarbenen Auto des Mädchens mit den Augen, bis es hinter der Biegung der Auffahrt verschwand. Auch dann noch starrte sie feindselig hinterher, als erwartete sie, daß das Auto unverschämterweise rückwärts wieder angeschossen komme und ein zweites Mal vor ihr anhalte.

So vieles war heute zusammengekommen – es war ein anstrengender Tag gewesen. Eine der alten Damen hatte sich eine ziemlich häßliche Schnittwunde an einer Dose für Hustenpastillen zugezogen, so daß der Arzt gerufen werden mußte; zwei andere waren beinah handgreiflich geworden wegen der Frage, ob das Fenster ihres Schlafzimmers geöffnet oder geschlossen werden sollte. Und das Fernsehgerät war ausgefallen, was immer eine Flut von Beschwerden verursachte, da niemand glauben wollte, daß jemand anders den Schaden richtig gemeldet hatte. Besonders anstrengend, wenn es Neuankömmlinge gab. Und dann dies Theater wegen des Mannes, der angefahren worden war...

Eine große, außerordentlich dicke und ziemlich schmutzige rötlichgelbe Katze tauchte aus dem Schneeballbusch neben dem Eingang auf und rieb sich an ihren Beinen. Mrs. Marsham streichelte sie geistesabwesend. »Wer ist Mutters Junge? Wer ist Mutters hübscher Junge?« Die Katze drückte ihren großen Kopf heftig gegen Mrs. Marshams Knöchel und verdrehte sich völlig, um das zu tun. Es war ein abstoßendes Tier, mit einem dicken rauhen Fell, einem kurzen Stoppelschwanz und einem unverhältnismäßig großen, beinah menschlich aussehenden rosa Mund, aus dem dreieckig eine rosa Zunge heraushing und der, zusammen mit den großen, fahlen, wilden Augen, der Katze ein einfältiges Aussehen verlieh.

Schließlich ging Mrs. Marsham zurück ins Haus. Inzwischen hatten sich mehrere ältere Leute in der Diele eingefunden, die langsam auf und ab schritten, einige hielten sich dabei an einem Geländer fest, das in Handhöhe an der Wand angebracht war.

»Wann gibt es Abendessen?« fragte ein kleiner Mann mit runzligem Gesicht erwartungsvoll.

»Erst in einer Stunde, Mr. Parsons«, sagte die Heimleiterin mit einem Blick auf die Uhr. Sie schloß die Tür zum Büro und drehte den Schlüssel um, dann ging sie durch den Eßraum, wo die Köchin, Nora, ein Dutzend kleiner Tische mit roten Kunststoffplatten für den Tee deckte. Nora war vierzig, rundlich, litt an Krampfadern und war fast einfältig zu nennen. Da sie aber in dem Dorf wohnte und das Geld brauchte, um für eine zwölfjährige uneheliche Tochter zu sorgen, konnte man sich darauf verlassen, daß sie zur Arbeit erschien, was mehr war, als man von einigen der flatterhaften Mädchen behaupten konnte, die kamen und gingen. Außerdem hatte sie ihre ältere uneheliche Tochter überredet, ebenfalls im Alten Herrenhaus zu arbeiten.

»Sie tun zuviel Butter auf die Teller«, sagte Mrs. Marsham. »Sie werden alles essen, was da ist. Sie sind gefräßig wie Kinder.«

Anstatt einer Antwort schob Nora die Unterlippe vor. Mrs.

Marsham nahm keine Notiz davon. »Es werden heute zwei mehr sein zum Tee«, sagte sie. »Oben. Ich trage die Tabletts hinauf.«

»Ach? Das hör ich zum erstenmal«, brummte Nora. »Keiner sagt mir etwas.«

»Ich sage es Ihnen jetzt«, entgegnete Mrs. Marsham beherrscht. »Ich habe die Betten gemacht. Sie sind im oberen Stock untergebracht, Zimmer 9. Sie sind bettlägerig. Eine von ihnen wird für ein paar Tage nichts Festes essen können. Ich gehe jetzt in den Anbau und hör mir an, was Dr. Adnan zu Clarkson gesagt hat wegen seines Arms. Wenn jemand anruft, schreiben Sie es auf den Block.«

Nora brummte ein zweites Mal. Mrs. Marsham preßte die dünnen Lippen zusammen und ging weiter, durch die Küche, durch eine Hintertür und über einen schmalen Weg, der eine ungepflegte Rasenfläche überquerte und weiterführte durch ein vernachlässigtes Rhododendron- und Araukariengestrüpp. In den hungrigen vierziger Jahren des 19. Jahrhunderts hatte man jenseits des Gebüsches eine Art Erdwall aufwerfen lassen, um arbeitslose Dorfbewohner zu beschäftigen, und der Weg führte in einem Tunnel, dem Steinornamente ein grottenähnliches Aussehen verleihen sollten, durch diesen Wall. Der Tunnel mündete in einen mit Kopfsteinen gepflasterten Hof mit Stall und Schuppen an der einen, einem großen Gewächshaus an der zweiten, einem von einer Mauer umgebenen Gemüsegarten an der dritten und drei kleinen Häuschen an der vierten Seite. Hinter dem Gemüsegarten befand sich die Pforte zur Straße, auf der Cloughs Unfall stattgefunden hatte. Aus dem Schornstein von einem der Häuschen kam Rauch, und ein Mann mit einer Schürze schloß gerade die Tür hinter sich. Er war so kurzsichtig, daß er Mrs. Marsham erst sah, als sie direkt vor ihm stand.

»Sind Sie das, Missus?« fragte er blinzelnd. »Ich wollte grad die Bohnen bringen und mit Ihnen reden. Der Doktor hat gesagt, mein Arm muß dreimal am Tag warm gebadet werden, und er hat mir was zum Einnehmen gegeben.«

»In Ordnung, ich werde ihn jetzt warm baden, da ich ohnehin hier bin«, sagte die Heimleiterin. »Sie haben doch sicher in Ihrem Haus einen Kessel auf dem Feuer? Die Bohnen können Sie später zu Nora bringen.«

Nachdem sie seinen Arm behandelt hatte, machte Clarkson sich auf den Weg zum Hauptgebäude. Mrs. Marsham wartete, bis er außer Sicht war, und schloß dann eines der leeren Häuschen auf.

Die drei Männer in einem der oberen Zimmer erstarrten, als sie den Schlüssel in der Haustür hörten. Dann sagte einer von ihnen: »Es ist Mutter«, und die beiden anderen entspannten sich. Einer von ihnen, der auf einem Operationstisch lag, rollte sich auf die Seite und spuckte einen Mundvoll Blut auf die Kunststoffplane, die unter seinem Kopf ausgebreitet war.

Seine Blässe schien nichts Ungewöhnliches zu sein, aber jetzt hatte sein Gesicht die Farbe von Fischfilet angenommen; sein stoppliges Haar war schneeweiß. Sein Gesicht war geformt wie ein eingedrücktes Oval, mit großen abstehenden rosa Ohren; die absurden Ohren paßten nicht zum übrigen; er sah irgendwie hungrig, chronisch wütend aus.

Der Mann, der neben ihm stand, war klein, pausbäckig und pockennarbig, hatte runde dunkle Augen und straffes dunkles Haar. Obwohl er hart und reizbar aussah, verhielt er sich gegenüber dem Mann auf dem Operationstisch merkwürdig liebevoll und beschützend und strich ihm einmal sogar über den Kopf, als wollte er ihm versichern, daß das Schlimmste überstanden sei. Er tat es aber nervös und hastig, wie jemand, der sich Freiheiten gegenüber einem gefährlichen Hund herausnimmt.

Der dritte Mann, viel jünger als die anderen, war rotblond und untersetzt und trug einen weißen Laborkittel. Er war es, den Mrs. Marsham ansprach, als sie das Zimmer betrat.

»Hast du das Auto in den Schuppen gebracht, Harold?«

»Ich bitte dich. Natürlich hab ich das.«

»Gut. Wie geht es Harbin?«

»Er wird's überleben«, sagte Harold wortkarg.

»Keine Probleme?«

»Nein. Goetz hat mir geholfen.«

»Alles in Ordnung, ja?« fragte sie den Mann auf dem Tisch rasch.

»Schmerzen. Viel Schmerzen«, stieß er mühsam hervor, und es tropfte wieder Blut aus seinem Mund.

»Gebt ihm einen Eiswürfel zum Lutschen. Hat er das Kodein bekommen? Er könnte noch zwei mehr vertragen. In einer Stunde oder so geht es dir besser«, sagte sie zu Harbin. »Sobald es dunkel ist, könnt ihr ins Haus rüberkommen und etwas essen. Das wird euch guttun.«

Harbin schauderte. Goetz, der dritte Mann, sah belustigt aus.

»Die gleiche alte Linda«, sagte er. »Ich könnte mir fast vorstellen, wir wären wieder auf dem Weg nach Hongkong und verteilten Papiertüten und Kaugummi.«

»Nun, wir sind es nicht«, sagte Mrs. Marsham kurz. »Und ihr tätet gut dran, das nicht zu vergessen.«

»Was ist mit Adnan?« fragte Harold seine Mutter.

»Da gibt's keine Schwierigkeiten.« Aber Mrs. Marsham sah so aus, als halte sie Bände gegenteiliger Meinungen zurück. Das gehörte zu ihren Stärken, und die drei Männer musterten sie beunruhigt.

In diesem Augenblick schlich sich die Katze, die ihr ins Haus gefolgt war, um die Tür und rieb sich an ihrem Knöchel, um dann, mit einer Art unbeholfener Behendigkeit, neben Harbin auf den Tisch zu springen. Harbin stieß einen blubbernden Schrei aus und spuckte wieder Blut.

»Schmei' da' verdammte Vie' hie 'aus!« mummelte er außer sich.

Goetz packte die Katze und warf sie, nicht gerade sanft, vor die Tür.

»Vorsichtig! Du tust ihm weh!« schnauzte Mrs. Marsham ihn an.

»Du willst ja wohl nicht, daß er Blutvergiftung oder Katzenbißfieber kriegt, oder?« sagte Goetz. Er schlug sich den

Staub von den Händen und sah seine Finger voller Abscheu an. Harbins und Mrs. Marshams Blicke begegneten sich. Nach einer kurzen Pause drehte sie sich um, sagte: »Ich erwarte euch also in etwa einer Stunde. Kommt durch die Seitentür. Harold wird euch den Weg zeigen« und verließ das Zimmer.

»Du mußt vorsichtig sein mit der Katze«, warnte Harold mit leiser Stimme. »Ma hat einen Narren gefressen an dem fetten überfütterten Viech.«

Die beiden anderen schwiegen.

Harold steckte den Kopf aus der Tür und rief mit gedämpfter Stimme die Treppe hinunter:

»He, Ma!«

Mrs. Marsham war im Begriff zu gehen. Sie wandte sich um, den Schlüssel in der Hand.

»Ja?«

»Ich meine, ich hätte ein zweites Auto gehört, nach dem Arzt?«

»Oh, nicht der Rede wert«, sagte seine Mutter. »Irgendein lästiges Mädchen, das ihre Großtante sucht.«

»Großtante? Eine von deinen alten Tantchen?«

»Nein, niemand, von dem wir je gehört hätten«, sagte Mrs. Marsham.

Was tun wir jetzt? Fast kein Zahnpulver mehr, muß Tintenfischschulp haben. Und eine Unze Gewürznelken. Rosmarinöl ist auch nicht mehr viel da. Der alte Mr. Thing würde Gewürznelken und Olivenöl in der Apotheke kaufen, wenn er hingeht, um Scheck einzulösen; der alte Mr. Thing sehr gefällig, dankbar für Mohn-Lotion für gichtigen Zeh. Armer alter Mr. Thing. Hat aber keinen Zweck, ihn um Rosmarin oder Tintenfischschulp zu bitten; könnte das eine nicht vom anderen unterscheiden. Rosmarin wächst in den öffentlichen Anlagen, früher jedenfalls. Weiß noch genau wo, hinten an der Mauer, hinter Bänken, unter Platanen. Weiß noch, daß ich es gesehen habe, als Dill und ich immer kamen, um Seetang zu holen. Nicht schwer, ein paar Zweige zu pflücken, etwa nach dem Tee, wenn nicht viele Leute da sind. Tintenfischschulp am Strand, früher immer eine Menge. Haben ihn auch für die Vögel mit nach Hause gebracht. Taffypuss wurde immer ganz aufgeregt und rollte sich drauf. Oh, Taffypuss.

Aber kann ich es wagen auszugehen? Hut mit Schleier, grünen Schirm für die Augen? Könnte vielleicht noch auffälliger sein? Schwierig zu entscheiden, was am besten ist. Langer Weg zu den öffentlichen Anlagen, noch weiter zum Strand, und der Rückweg immer steil bergauf. Braucht lange Zeit. Beine nicht, was sie mal waren; Mangel an Bewegung. Konnte zehn, fünfzehn Meilen laufen, vor ein paar Jahren, bei jedem Wetter, Heidekraut auf dem Moor, Bärenlauch im Cronkley Wood. Viel gesünder. Nicht genug frische Luft jetzt, kann nicht einmal im Haus herumgehen, mit all den Möbeln. Also langer, langsamer Weg durch die Straßen. Und wenn der Andere in der Stadt ist, wartet, auf der Lauer liegt? Wenn ich Kind kennen würde, könnte ich Kind nach Tintenfischschulp schicken. Habe früher Kinder geschickt, mir Flechten zu holen. Kenn jetzt aber keine Kinder mehr. Was wohl aus Pauls kleinem Mädchen geworden ist, kleine Krabbe sagte er immer zu ihr. Liegt lange zurück.

Schon gut, schon gut, geh schon aus dem Badezimmer, muß mich doch richtig waschen, oder? Keiner lebt gern mit Leuten zusammen, die sich nicht richtig waschen. Mehrere hier im Haus könnten sich ruhig öfter waschen. Kann nichts dafür, daß es nur ein Badezimmer gibt.

Anziehen. Finger werden schwächer. Wenn ich zum Strand geh und Tintenfischschulp hol, könnte ich auch Seetang holen. Hinten im Garten trocknen? Vielleicht hätte Dieda nichts dagegen, es über dem Herd in der Küche zu trocknen; Küche riecht sowieso schrecklich. Wäre herrlich, wieder am Strand zu sein, Möwen hören, das Meer riechen.

Haare bürsten, Knoten aufstecken. Arme jetzt schon müde, erst zehn Uhr. Könnte Seeluft brauchen. Hörgerät einsetzen.

Meine Güte, was war das? Kam von der Treppe. Jemand hat gerufen, dann lauter Krach, dann wieder Rufen. Schnelle Schritte. Hinausgehen und nachsehen? Nein, lieber nicht. Eine von den anderen steckt Kopf aus der Tür. Jemand gestürzt? Ja, jemand die Treppe hinuntergefallen. Kein Wunder, mit der Hoover-Schnur die ganze Treppe runter. Nur Wunder, daß nicht mehr stürzen. Wer ist denn gestürzt? Nicht zu erkennen, unten am Fuß der Treppe, Leute da, aber dunkel in der Diele.

Lieber zurückhalten, lieber nicht runtergehen und schauen. Dieda kann sehr böse werden, wenn's Ärger gibt. Ich wäre Ihnen dankbar, meine Damen, wenn Sie nicht wie Schulkinder angelaufen kämen, nur weil es einen leichten Unfall gegeben hat.

Leicht? Hörte sich nicht so leicht an.

Eingangstür zugeschlagen. Jemand läuft über gepflasterten Weg. Will den Arzt holen?

Stimmen murmeln. Stimmen schwatzen. Beinahe Zeit für Vormittagstee, heute wahrscheinlich später. Vielleicht gar kein Tee.

Eine von den anderen jetzt runtergegangen, um zu sehen, was passiert ist. Gehe nicht, bleib hier, sitze auf dem Bett. Hände zittern, Unfälle machen mir Angst. Muß immer an Dill denken. O Dill. Aber sie ist jetzt in Sicherheit, sie ist glücklich. Sollte auch glücklich sein. Aber wenn sie mich vermißt?

Da kommt jetzt jemand zurück.

Was ist passiert, wer war es? Jemand die Treppe runtergefallen? Der alte Mr. Thing? Ist über Hoover-Schnur gestolpert? Kein Wunder, hab immer gesagt...

Im Krankenwagen weggebracht zum Röntgen?

Wenn er nun auf der Pflegestation bleibt?

Wer soll mir jetzt meine Schecks einlösen?

»Hm«, sagte Rees-Evans. »Sieht heute nicht ganz so gut aus. Was haben Sie mit sich angefangen?«

»Gewartet.«

»Nun, hören Sie lieber auf zu warten und machen Sie etwas anderes.«

Die beiden Männer sahen einander verständnisvoll an. Es ist schwerer, das Wissen eines anderen Menschen zu ertragen als das eigene.

»Ich komm später auf eine Partie Schach rüber«, sagte der Arzt. »Soll ich?«

»Das würde mich sehr freuen.«

»Genug Lesestoff?«

»Massenhaft.« Benovek warf keinen Blick auf den dreifachen Stapel brandneuer Bücher auf dem Tisch am Fenster.

»Nun«, sagte der Arzt ziemlich hilflos. Er ging auf die Tür zu. »Bis später also. Oh, das habe ich fast vergessen. Brief für Sie – Ihre Sekretärin bat mich, ihn mitzunehmen. Von einem Ihrer Fans in Yorkshire.«

Die Tür schloß sich hinter ihm.

*Lieber Max Benovek,*

*es tut mir aufrichtig leid, daß ich so lange brauche, meine Großtante zu finden. Ich habe über ihre gottverlassene Bank an sie geschrieben, aber sie antwortet nicht; allmählich frage ich mich, ob sie nicht will, daß man sie findet. Wenn sie noch lebt. Ich werde noch eine Woche lang weitersuchen und dann in Richtung Süden fahren. Ich habe viele ihrer Bilder ausfindig gemacht, einfach indem ich in Fenster schaute; fast jedes kleine Haus in Appleby scheint eins zu besitzen, nur im Altersheim ist keins. Aber keiner weiß oder will mir sagen, wohin sie gegangen ist. Ich weiß nicht, ob ich mir das einbilde, aber über all dem scheint eine merkwürdige Atmosphäre zu liegen. Und – dies werden Sie mir kaum glauben, aber ich schwöre, daß es wahr ist – Sie erinnern sich an die idiotische Mitteilung an der öffentlichen Bedürfnisanstalt, von der ich Ihnen erzählte und die besagte, daß das Gebäude nach Einbruch der Dämmerung nicht benutzt werden dürfe? Als ich mich im Postamt danach erkundigte, versicherte man mir allen Ernstes, die Leute hätten sich beschwert, daß es dort spuke, und der Gemeinderat wolle die Verantwortung nicht übernehmen. Wer dort spuke, habe ich gefragt. Keiner wollte viel dazu sagen, aber es stand irgendwie in Zusammenhang mit dem Tod von der alten Miss Howe, die im letzten Jahr von einer Art Klippe in den Bach gestürzt ist und an Unterkühlung starb. Die Freundin von Miss Culpepper. Jetzt nimmt man an, daß sie an der Stelle gelegentlich herumgeistert. Wie gefällt Ihnen das als Beitrag zum Entstehen lokaler Folklore? Inzwischen hat der Gemeinderat beschlossen, vorläufig ein Klo am anderen Ortsende aufstellen zu lassen; solche Dinge geschehen offenbar wirklich.*

*Nein, bis jetzt habe ich noch keins von den Bildern gekauft. Ich bin auch nicht sehr scharf drauf, solange ich nicht weiß, was mit Tante Fennel geschehen ist. Wilbie hat gesagt, ich könnte bis zu zwanzig Dollar pro Bild gehen, und er würde mehr Geld schicken, falls es sich als nötig erweisen sollte, aber ich finde es nicht richtig. Vermutlich wird es nicht lange dauern, bis er sich schrecklich aufregt, aber das macht mir nicht die geringsten Sorgen. Und das erste Bild, das ich kaufe, ist sowieso für Sie. Ich weiß, daß Sie entzückt sein werden. Warum ich so sicher bin? Ich bin es eben.*

*In Appleby konnte ich keine Unterkunft finden, darum wohne ich jetzt in Kirby-on-Sea, der nächsten Stadt. Über die Straße ist es ziemlich weit, aber es gibt eine Abkürzung über das Moorland, sehr steil, eine Art Flußbett. Ihr hübsches kleines Auto, das liebe kleine* PHO, *hat nichts dagegen, hinunterzufahren, aber bergauf könnte es etwas schwierig werden. Im Winter ist es vermutlich ein Gletscher. Ganz oben ist ein Wasserreservoir und ein Staudamm, darum bauen sie keine Straße; hat etwas mit Vibrationen zu tun. Außerdem will sowieso kein Mensch nach Appleby.*

*Da ich Tante Fennel noch nicht gefunden habe, will ich Ihnen Kirby-on-Sea beschreiben. Es ist eine hübsche Stadt. Zwei Molen umklammern den Hafen wie Hummerscheren, und das ist auch gut; die Küste hier ist wirklich wild, zu bei-*

*den Seiten nichts als Klippen, braun und steil wie die Schultern des Sphinx. Die Wellen kommen wütend vom Nordpol her angerollt, tintengrau, und donnern gegen die Klippen, auch an einem ruhigen Tag. Wie muß es im November aussehen! Es gibt eine Drehbrücke, und es gibt Schleppnetzboote und Holzboote. Die Häuser sind aus Stein und stehen in Reihen übereinander auf den steilen Klippen, und sie haben diese roten Pfannendächer, onduliert wie Mutters Haar auf alten Fotos. Aus den Schornsteinen fegt der Rauch davon, es weht immer ein kräftiger Wind, und die Möwen hören nie auf mit ihrem Geschrei. Sie hören sich an wie Schulkinder in der Pause. Es riecht nach geräucherten Heringen. Es gibt Hunderte von kleinen Ständen, die sie verkaufen – über Eichenholz geräucherte Heringe, sie sind sehr gut. Außerdem gibt es einen Jahrmarkt und eine Arkade mit Spielautomaten. Aber trotz dieses fröhlichen Äußeren hat man das Gefühl, es sei eine Alte-Leute-Stadt, Max; all die Schilder an den Bingo-Hallen sagen: ›Kommt und macht mit!‹, als wollten sie die Schüchternen und Einsamen heranwinken.*

*Ich muß jetzt aufhören und mich wieder auf die Suche nach Tante Fennel machen. Ich habe es im Postamt, in der Stadtbücherei, im Auskunftsbüro für ratsuchende Bürger, beim freiwilligen Frauenhilfsdienst und im Krankenhaus versucht; niemand war in irgendeiner Weise hilfreich. Das Problem ist, daß diese Stadt voller Pensionen ist, die voller älterer Leute stecken, die ständig ihren Standort wechseln. Im Sommer gehen sie weiter ins Landesinnere, weil hier die Preise steigen, sie gehen nicht regelmäßig zum gleichen Arzt, sie leben vom Verkauf ihrer Uhren und Ringe. Es gibt Unmengen von Gebrauchtwarenhändlern. Es ist fast unmöglich, jemanden zu finden. Aber ich habe noch nicht aufgegeben. Als nächstes versuche ich es mit allen Drogerien und Wollgeschäften, weil die viel von alten Damen aufgesucht werden.*

*Ich will mich nicht immer wieder bedanken für das, was Sie für mich tun, weil das langweilig würde, nicht? Aber ich vergesse es nicht, nicht eine Sekunde. Ich habe mir all Ihre*

*Bach-Aufnahmen und das ganze übrige Musikprogramm angehört. Was halten Sie von Barenboim? Von Ivan Davis? Aber das können Sie mir ja sagen, wenn wir uns sehen. Ich wünschte, Sie wären hier – die frische Luft dieser Stadt würde Ihnen sicher guttun.*

*Ich kann gar nicht sagen, wie sehr ich mich auf meine Stunden freue.*

*Alles Liebe, Lucy*

*In meinem nächsten Brief werde ich Ihnen von den Süßwarengeschäften erzählen; sie brauchen einen Brief für sich.*

Die städtischen Gärten von Kirby waren auf vier verschiedenen Ebenen terrassenförmig auf den Klippen angelegt. Tagesbesucher machten sich nie die Mühe, über die unterste Ebene hinauszukommen, die die auffälligsten Blumen enthielt, Beete, in denen Geranien und Lobelien in Mustern angepflanzt waren, Tulpen, Narzissen, Rosen, je nach der Jahreszeit. In den höheren Lagen gab es dauerhaftere Büsche. Dort oben standen auch die Bänke. Ältere Dauergäste, die in den kreuz und quer laufenden Straßen des neunzehnten Jahrhunderts über den Gärten wohnten, setzten ihrem unsicheren Abstieg hier ein Ende und sahen von den Bänken aus hinunter auf die Krebsscheren der Hafenmole, den rotweißen Leuchtturm und auf die Weite der Nordsee, gewöhnlich von einem mürrischen Schiefergrau. Aber niemand blieb lange. Die Sträucher, so fest sie auch eingegraben waren, bebten und ächzten unaufhörlich in dem unbarmherzigen Nordwind. Es gab immer leere Plätze auf den Bänken. Aber wenn es auch kalt war hier oben, so war es doch sicher; die langhaarigen, arroganten Teenager, die in unvorhersehbaren Kurven durch die Straßen um den Hafen fegten und mit der zufälligen Plötzlichkeit von Wandervögeln kamen und gingen, machten sich nie die Mühe, hinaufzuklettern. Dort oben gab es nichts für sie; es war kalt und still und langweilig, und die kurzen, lehnenlosen Bänke waren ungeeignet für die Liebe.

Lucy hatte den ganzen Tag migräneartige Kopfschmerzen

gehabt. Normalerweise legte sie sich, wenn das geschah – und das war alle zwei bis drei Monate –, ins Bett und schlief, bis es vorbei war, weil sie wußte, daß es absolut keine andere Möglichkeit gab, den Zustand zu lindern. Aber sie hatte es nicht über sich gebracht, ihre Zeit in Kirby so sinnlos zu verbringen, und war den ganzen Tag durch die Straßen gestreift und hatte alte Damen auf eine Weise angesehen, die diese beunruhigte und erschreckte. Tatsächlich konnte Lucy ihre Gesichter kaum erkennen; sie sah alles verschwommen und manchmal doppelt und hatte einerseits Hunger, während ihr andererseits übel war. In ihrem Kopf dröhnten Geräusche mit der drohenden und zerschmetternden Intensität von elektronischer Musik. Endlich wurde ihr klar, daß sie mit diesem sinnlosen Durchstreifen der Straßen nichts erreichte, und sie machte sich auf den Weg hinauf durch die Gärten, um zurück in ihre Pension in der Redcar Street zu gehen und sich für eine Stunde hinzulegen. Aber die Pension, die billigste, die sie hatte finden können, würde immer noch nach dem gewaltigen, fettriefenden Frühstück riechen, das allen Gästen aufgedrängt wurde, und die Kinder der Pensionswirtin, in den Ferien zu Hause, würden durch das hellhörige Treppenhaus poltern und trampeln, der Hund würde in seiner Hütte bellen, und aus der Küche würde das Erste Radioprogramm kreischen ... Sie setzte sich auf eine der Bänke und stützte den Kopf auf die Hände.

Fast umgehend kam eine Frau und ließ sich auf das andere Ende der Bank fallen. Lucy hätte keine Notiz von ihr genommen, aber die Frau stürzte sich sofort ins Reden, als hätte sie den ganzen Tag nach Zuhörern gejagt und könnte nicht länger warten, auch wenn Lucy nicht gerade einladend aussah.

»Ich bin völlig außer mir vor Wut«, erklärte sie. »Ich weiß nicht, was ich tun soll! Ich war bei dem Grundstücksmakler, beim Auskunftsbüro für ratsuchende Bürger und auch noch bei der Post, und keiner konnte mir einen vernünftigen Rat geben. Ich weiß einfach nicht, was ich tun soll«, wiederholte sie.

»Oh?« Lucy schob sich die Haarsträhne aus der Stirn, wandte den Kopf zur Seite und gewann einen verschwommenen, zweidimensionalen Eindruck von einem roten, mit Federn geschmückten Hut und aufgebrachten Augen in einem dick gepuderten Gesicht.

»Ich habe versucht, die Angelegenheit höflich auf der Straße zu erwähnen, ich habe einen Brief geschrieben, ich habe mehrere Briefe geschrieben«, fuhr die Frau mit großer Geschwindigkeit fort und sah dabei eher durch Lucy hindurch als ihr ins Gesicht.

»Wo liegt denn das Problem?« krächzte Lucy, die nur mit Mühe ihre Stimme fand. Sie wandte sich vorsichtig ab, um sich nach einer Stelle umzusehen, wo sie sich, falls nötig, übergeben konnte.

»Es ist dieser Mann, der in das Haus nebenan eingezogen ist. Der liebe Gott mag wissen, was er tut – sieht aus wie einer von diesen Vertretern! Die Hälfte der Zeit ist er unterwegs. Und aus Gründen, die er wohl am besten kennt, hat er den Namen seines Hauses geändert; es hieß früher ›Der Winkel‹, ein durchaus ehrbarer Name, und er hat es in ›Lorbeerhaus‹ umgeändert, und so heißt mein Haus auch! Wirklich, ich bitte Sie! Man kann nicht zwei Lorbeerhäuser in derselben Straße haben, es führt ständig zu Verwechslungen. Ich bekomme seine Rechnungen, er meine. Ich habe ihn gefragt, ich habe gesagt: ›Warum haben Sie Ihrem Haus einen anderen Namen gegeben?‹ Er sagt, ›Der Winkel‹ gefällt ihm nicht. Also wirklich, ich glaube, er ist verrückt, wirklich. Was für ein absurder Grund. Ich habe ihm geschrieben, ich habe ihn angerufen, ich habe mich bei der Post erkundigt, und dort sagen sie, wir müßten das unter uns abmachen. Also bin ich wieder zu ihm gegangen, und er hat gesagt: ›Mrs. Truslove, lassen Sie mich bitte in Ruhe. Warum suchen Sie sich nicht einen anderen Namen für *Ihr* Haus?‹ Ehrlich! Wie kann man so etwas nur sagen! Und niemand hat auch nur ein bißchen Hilfsbereitschaft gezeigt. Meinen Sie, ich sollte zur Polizei gehen? Oder mir einen Anwalt nehmen? Was, glauben Sie, soll ich tun?«

»Ich würde den Namen meines Hauses ändern«, sagte Lucy vorsichtig.

»Aber das bedeutet, ihm nachzugeben! Er muß verrückt sein, das muß die Erklärung sein.«

»Wahrscheinlich.«

»Ich werde ihn noch einmal aufsuchen«, erklärte die Frau. »Ich werde sagen: ›Hören Sie mal, Mr. Vanson, das muß aufhören. Wenn es nicht aufhört, werde ich mir einen Anwalt nehmen, und ich muß die Polizei informieren.‹ Das werde ich auch.«

Sie erhob sich, als wolle sie es sofort tun. Lucy blinzelte auf zu ihr; es kostete sie große Mühe, die Augen auf einen Fleck zu richten.

»Mrs. Truslove. Sagten Sie, das sei Ihr Name, Truslove?«

»Ja, stimmt«, sagte die Frau, etwas überrascht, plötzlich mit ihrer eigenen Identität konfrontiert zu werden.

»Mrs. Truslove, gehen Sie nicht noch einmal zu dem Mann. Er ist geistesgestört, das sagten Sie selbst. Wenn Sie hingehen und einen Wirbel machen und ihn anschreien, kann er gewalttätig werden. Er wird mit einem H-hammer auf Sie losgehen oder so etwas ähnliches, er wartet nur auf einen Grund ...«

»Also, wirklich! Was für eine außerordentlich seltsame Bemerkung!« Zum erstenmal sah die Frau Lucy voll ins Gesicht. »Was für eine seltsame Art zu reden! Sie müssen Ihre Zunge hüten, junge Frau, oder Sie werden Ärger bekommen, das werden Sie ganz gewiß!«

»Ich ... wollte Sie ... nur warnen«, sagte Lucy mühsam. »Wenn ich Migräne habe – wie jetzt –, habe ich manchmal ... eine Art Einblick in das, was Leute tun werden.«

»Sie können Ihre Einblicke und Ihre Warnungen für sich behalten!« sagte Mrs. Truslove und marschierte davon, vernehmlich vor sich hin murmelnd: »Betrunken, nehm ich an, oder unter Drogeneinfluß. Wirklich, diese Teenager sind überhaupt nicht mehr unter Kontrolle zu bringen!«

Lucy stand vorsichtig auf. Dann schob sie sich hinter einen Rhododendronbusch an der hinteren Mauer des Gartens und übergab sich. Es erleichterte sie, aber nur ein wenig. Sie setzte sich wieder auf die Bank und hielt ihren Kopf mit beiden Händen, um zu vermeiden, daß er auseinanderplatzte. Lieber Max, geht es Ihnen ständig so wie mir jetzt? Ging es Ihnen so, als Sie mir Chopin vorspielten? Wahrscheinlich ja.

Jemand anders setzte sich auf die Bank. Bitte, nicht wieder Mrs. Truslove.

Nein, nicht Mrs. Truslove. Eine freundliche Stimme, eine Stimme wie ein seidener Faden, sagte zögernd: »Sind Sie in Ordnung, mein liebes Kind? Sie sehen nicht sehr gut aus.«

(Oh, gehen Sie weg.) Ohne den Kopf zu heben, brachte Lucy es fertig zu sagen: »Ja, ich bin in Ordnung, danke. Ich habe nur Migräne.«

»Oh, Sie armes Kind. Es ist ein schreckliches Übel. Ich weiß das. Ich hatte eine liebe Freundin, die auch darunter litt.«

Nun also, warum lassen Sie mich dann nicht in Ruhe?

Aber die alte Dame wühlte in ihrer wasserdichten Tragtasche.

»Lassen Sie mich mal sehen, was nehme ich ... Himbeerblättertabletten ... Sie sind nicht schwanger, mein liebes Kind?«

»Nein«, sagte Lucy matt.

»Dann also keine Himbeeren. Ah, Beinwell. Schlucken Sie eine davon, Liebes, es wird Ihnen sehr guttun.«

»Es tut mir schrecklich leid«, sagte Lucy. »Ich glaube wirklich nicht, daß ich im Augenblick schlucken kann.«

Die alte Dame dachte nach. Lucy kniff die Augen zusammen und entschied, daß sie einem Otter ähnlich sah, nein, einem Biber. Sie erweckte diesen merkwürdigen Eindruck, keinen Oberkopf zu haben; gütig, aber ohne Oberkopf. Graues Haar, das unter einem weißen Leinenhut zurückgestrichen war, und aus irgendeinem Grund trug sie einen grünen Augenschirm.

»Stromlinienförmige Ohren«, murmelte Lucy.

»Wie bitte, mein Liebes?«

»Nichts.« In dem Bemühen, sich zu erinnern, warum ihr das Bibergesicht bekannt war, wo sie die alte Dame schon einmal gesehen hatte, preßte Lucy die Finger fest gegen die Schläfen, dann fiel es ihr ein: es war früher am Nachmittag gewesen, in einer Apotheke, wo sie benommen darauf gewartet hatte, Aspirin zu kaufen. Das alte Mädchen hatte ein Rezept vorgelegt, oder etwas in der Art, vor ihr an der Theke. Exakt wie ein Uhrwerk kam die Erinnerung an das Gespräch zurück:

»Sonst kommt immer ein alter Herr, nicht wahr?«

»Er wird nicht mehr kommen; er hatte einen schweren Unfall.«

»O je, o je, das tut mir leid. Ist er schwer verletzt?«

»Sehr schwer.«

Als die alte Dame sich umdrehte, um zu gehen, schien ihr Gesicht voll tragischer Bedeutung, als es in Lucys Gesichtsfeld rückte, aber es war schwer zu entscheiden, ob das einen objektiven Hintergrund hatte oder ob nur in Zusammenhang mit den Worten *schwerer Unfall,* die wie eine eiserne Klapper in Lucys Schädel widerhallten, dieser Eindruck entstand. Die Wirkung einer Migräne war der von Alkohol recht ähnlich: die Dinge überschnitten sich, und Zeit schien oft rückwirkend abzulaufen.

»Ah, ich hab's! Genau das richtige! Wie dumm von mir, nicht gleich daran zu denken! Hier, mein Liebes, riechen Sie einfach daran.«

Etwas kitzelte Lucy in der Nase, ein kühler aromatischer Duft zog durch ihre Nasenlöcher langsam zum Gehirn und ließ dort eine kleine Höhle friedlicher Leere entstehen.

»Das wird Ihnen mit Sicherheit guttun. Behalten Sie es einfach in der Hand und schnuppern Sie weiter daran. Jetzt werde ich Sie nicht länger belästigen. Armes Kind, ich hoffe, es geht Ihnen bald wieder besser. Auf Wiedersehen.«

Ihre Stimme war so leise gewesen, ihr Abgang so mäuschenstill, daß es ein paar Minuten dauerte, bis Lucy klar wurde, daß sie fort war. Einsamkeit, dem Himmel sei Dank, Stille, und dieser nostalgische Duft, der sich einen Weg sucht in meine Stirnlappen und durch meine Großhirnrinde...

Rosmarin.

Sie öffnete ihre Augen, die sich mühelos auf ihr Ziel einstellten, und betrachtete den Zweig, den sie zwischen ihre Finger geklammert hatte. Grüner und härter als Lavendel, nadelähnliche aromatische Blätter, deren Unterseite silbern schimmerte.

Auf dem Weg zur Kirche mit Mutter und zwei alten Damen. Wir hatten die Nacht bei ihnen verbracht; sie hatten eine Kuh, die Blossom hieß, und eine Katze. Ich schlief in einem kleinen Zimmer, in das man über eine Leiter kam. Am Sonntag gingen wir alle zur Kirche und trugen Rosmarinzweige in unseren Taschentüchern.

Lucy sprang auf und begann zu laufen, stolpernd zuerst, dann sicherer, denn ihre Kopfschmerzen ließen nach.

»Warten Sie!« rief sie. »Oh, bitte warten Sie! Nur einen Augenblick!«

Dämmerung senkte sich allmählich über die Stadt; ein oder zwei Straßenlaternen schimmerten zwischen den Platanen über Lucy. In welche Richtung war die alte Dame gegangen? Sicher bergauf, aber hier teilte der Weg sich in drei Pfade, die sich umständlich durch die Büsche wanden. Hinauf, hinunter, weiter. Unmöglich zu sagen, welchen Weg sie eingeschlagen hatte.

Lucy rief sogar: »Tante Fennel! Tante Fennel!«

Aber die alte Dame war wie vom Erdboden verschlungen.

Lucys Gedanken waren noch nicht ganz klar; einen Augenblick stand sie da und starrte mit leeren Augen auf die auseinanderlaufenden Pfade. Dann kehrte ihre Fähigkeit, logisch zu denken, zurück, und sie lief bergab, wieder ins Zentrum der Stadt. Welche Apotheke war es? Es war ein kleiner Laden gewesen, an einer Ecke und gegenüber einer Bank. Auf einem Schild im Fenster stand: *Reformkost und natürliche Heilmittel.* Aber würde der Laden noch geöffnet sein? Sie warf einen Blick auf ihre Uhr, während sie lief. Zwanzig nach fünf. Die

Stadt stellte sich vom Leben und Treiben des Tages auf den Abend um. Lebensmittel- und Gebrauchsartikelläden schlossen, während Cafés und Vergnügungsstätten sich langsam füllten. Der Hafen war fast still, aber die St. Bernard Street, die vom Hafen hinauf in die Stadt führte, leuchtete im Schein mineralfarbener Lichter zu Musicboxklängen.

Eine zweite Straße, eine dritte, Woolworth, Marks und Spencers, nein, es war ein stillerer Teil der Stadt gewesen, eine schmalere Straße mit mehr handwerklichen Betrieben, ein Sattler, ein Schiffsbauer, Fenster, hinter denen Werkzeuge, Seile, Schuhe lagen und auf die Reparatur warteten. Schieferblaues Kopfsteinpflaster. Ah, dort war der Sattler, Thos. Oakroyd. Und hier war die Drogerie, nein, Apotheke, mit ihren altmodischen Retorten, eine mit einer roten Flüssigkeit gefüllt, eine andere mit blauer, ihren Bruchbändern, Sonnenbrillen und Schwammbeuteln. Noch geöffnet, aber ein Mädchen in einem weißen Kittel kam gerade, um die Tür zu verriegeln.

Lucy holte tief Luft, bewegte sich langsamer und war um den Bruchteil einer Sekunde früher an der Tür und in der Apotheke.

»Wollten Sie schnell noch etwas kaufen? Eigentlich schließen wir gerade.«

»Ich wollte nur ... ich wollte Sie fragen, ob Sie mir helfen können.« Lucy stützte sich am Türdrücker und holte noch ein paar Male tief Luft. »Ich war heute schon einmal hier, früher am Tag, und es war eine alte Dame da, die ein Rezept vorlegte, um ein Medikament zu bekommen. Sie sagte, daß jemand einen schweren Unfall gehabt habe.«

Das Gesicht des Mädchens nahm den störrischen Ausdruck einer überlasteten Person an, die für den Tag mit dem Denken abgeschlossen hat und nicht beabsichtigt, noch einmal damit anzufangen. Ein älterer Mann, der die Theke aufgeräumt hatte, schaute mißbilligend hinter einer Kosmetikvitrine hervor.

»Sie sagte etwas von einem alten Herrn, der einen Unfall gehabt hat.«

Der Apotheker preßte die Lippen zusammen.

»Ich fürchte, ich kann wirklich nicht...«

»Nein, nein, darum geht's mir nicht, ich möchte nur die alte Dame finden. Können Sie mir sagen, wo sie wohnt? Es ist nämlich so: ich glaube, daß sie meine Großtante ist.«

Der Apotheker und seine Helferin wechselten einen Blick; ihr Widerstreben, in die Sache hineingezogen zu werden, war offensichtlich. Der Mann war dünn und sah mißtrauisch und magenkrank aus, das Mädchen war eine kuhhaft mollige Blonde.

»Nun... ich weiß nicht...«

»Sehen Sie«, sagte Lucy. Sie kramte in ihrer Reisetasche und brachte ihren Paß zum Vorschein. »Ich heiße Culpepper, sehen Sie? Ich bin aus Amerika hierhergekommen, um meine Großtante zu suchen. Früher lebte sie in Appleby, aber sie ist von dort weggezogen – können Sie mir sagen, ob sie möglicherweise jetzt hier lebt? Eine Miss Culpepper?«

Der Apotheker musterte Lucys Paß voller Zweifel, als bedauere er ein solches Melodrama; beim Anblick des Namens Culpepper jedoch wurde sein Gesicht um eine Idee freundlicher.

»Nun«, sagte er widerwillig, »eine alte Dame, eine Miss Culpepper, ist eine Kundin, die seit vielen Jahren zu uns kommt. Ich glaube, sie wohnte früher in Appleby.«

»Und jetzt lebt sie in dieser Stadt? War sie heute nachmittag hier?«

»Ich fürchte, das kann ich nicht sagen. Wir haben sehr viele Kunden.«

»Haben Sie ihre Anschrift?«

Sie schüttelten die Köpfe; sie schienen sehr erleichtert, daß sie in der Lage waren, Lucy diese Auskunft vorzuenthalten.

»Keine Anschrift auf dem Rezept?«

»Es war kein Rezept«, sagte die Blonde. »Es war ein Scheck, den wir für sie eingelöst haben.«

Der Apotheker runzelte die Stirn; offensichtlich paßte es ihm nicht, daß die Blonde diese Auskunft gab.

»Kommt sie oft hierher? Glauben Sie, daß sie in der Nähe wohnt?«

»Ich fürchte, ich habe keine Ahnung.«

Die Engländer lieben es, einem nicht helfen zu können, dachte Lucy wutentbrannt; zum erstenmal distanzierte sie sich bewußt von dem Land, in dem sie geboren war.

»Ich glaube, sie zieht von einem Ort zum anderen«, sagte das Mädchen freiwillig. »Ich habe das Gefühl, sie wechselt ständig ihre Anschrift.« Diese Mitteilung brachte ihr einen weiteren tadelnden Blick von ihrem Arbeitgeber ein.

»Es tut mir leid, daß wir Ihnen nicht mehr helfen konnten«, sagte er in abschließendem Ton.

»Aber das können Sie!« Lucy lächelte ihn unter ihren Haarsträhnen hervor an. »Sie können ihr diesen Zettel geben, wenn sie das nächste Mal kommt.«

Liebe Tante Fennel, setze Dich bitte mit Deiner Großnichte Lucy in Verbindung, kritzelte sie auf ein Blatt aus ihrem Notizblock und fügte ihre Adresse in der Redcar Street und die von Max Benovek hinzu.

»Hier.« Sie reichte den Zettel dem Apothekeninhaber. »Ich bin nicht die Mafia, ehrlich! Sehen Sie nicht so erschreckt aus, ich habe nicht im mindesten die Absicht, ihr eins über den Schädel zu schlagen.«

Das Gesicht des Apothekers erstarrte wieder, darum verließ Lucy den Laden rasch, damit er sich nicht mehr dagegen wehren konnte, den Zettel anzunehmen.

Er ahnt noch nicht, daß ich seine Apotheke von jetzt an ständig heimsuchen werde.

Aber was sollte sie in der Zwischenzeit tun? Lucy merkte plötzlich, daß sie nach zwei Dingen ausgehungert war: Musik und Essen. Sie befand sich jetzt wieder unter den gelben Natriumlampen der St. Bernard Street; sie war automatisch zurück in Richtung Hafen gegangen.

Sie schaute in das Fenster des Ladens, an dem sie gerade vorbeiging. Es war von oben bis unten vollgestopft mit Süßigkeiten: Kieselsteine aus Zuckerguß in Rosa, Blau und Grün;

dicke Stangen und Scheiben aus Nougat mit großen kandierten Kirschen darin, die Scheiben waren aufgeschnitten wie Biskuitrouladen, um rosa und weiße Streifen zu zeigen; phantastische Gebilde aus Bonbonmasse; Bonbons, die die Form und Farbe von Früchten hatten, von Uhren, von Bücklingen, von Spiegeleiern, von Fischen, von erschreckend echt aussehenden künstlichen Gebissen; lebensgroße rosa Beine mit rüschenbesetzten Strumpfbändern aus Bonbonmasse. Dicke, mit Schokolade überzogene Kokosmakronentafeln, Berge von Schokoladebonbons, von Pfefferminzkissen, von bunten Fruchtbonbons.

Der Anblick von so viel Zucker ließ Lucy schlucken. Sie ging weiter zum nächsten Laden, der voller kleiner Tiere aus geblasenem Glas und Muscheln mit gemalten Sinnsprüchen war. Und weiter zu einer zur Straße hin offenen Bude, aus der es heiß und nach Zwiebeln roch. Versuchen Sie unsere Brötchen mit gebratenem Speck! wurde den Passanten angeboten. Ein Gürtel von Teenagern, drei Reihen breit, umlagerte die Theke. Ruhig und entschlossen bohrte Lucy sich nach vorn durch, kaufte ein Speckbrötchen, schob sich wieder nach draußen und kaufte an einem Straßenkarren eine Tüte Äpfel. Dann machte sie sich auf die Suche nach ihrem Auto, dem lieben kleinen PHO.

Tagsüber war es fast unmöglich, einen Wagen irgendwo in den Straßen von Kirby abzustellen. Sie waren viel zu eng, überfüllt und steil. Der Ortsverkehr schob sich langsam und gewagt um scharfwinklige Kurven und wütend durch unbekümmerte Besuchermengen; vielbeschäftigte Verkehrspolizisten kassierten Berge von Strafgeldern, um die städtischen Mittel aufzubessern. Lucy hatte sehr bald festgestellt, daß sie fast so viel Geld fürs Parken ausgeben mußte, wie sie für Unterkunft und Verpflegung zahlte, wenn sie einen Marsch von zwei Meilen bergauf zu ihrem Auto vermeiden wollte. An diesem Morgen hatte sie den kleinen PHO auf dem am leichtesten zu erreichenden Parkplatz abgestellt, einer großen Tiefgarage, die direkt am Hafen lag. Sie hastete jetzt dorthin zurück, ignorierte die »Hallo, Darling«-Rufe von Seeleuten, die an der Hafenmauer standen, lief die Einfahrtrampe hinunter und stürzte sich in die riesige, widerhallende Höhle. Tagsüber standen die Wagen Stoßstange an Stoßstange wie Blattläuse auf ungespritzten Rosen; nach sechs Uhr abends wurde es langsam leerer. Der kleine PHO stand jetzt in einer verlassenen Ecke und leuchtete in dem trüben Licht auf wie eine bunte Seifenblase. Lucy fuhr zum Kassenhäuschen, reichte das beträchtliche Parkgeld hinüber, beschleunigte schon auf der Rampe und wandte sich oben sofort nach links, entlang der verlassenen Uferpromenade. Sie fuhr etwa eine halbe Meile unter den Klippengärten, wendete, parkte in Richtung Meer und stellte das Radio an.

»... das Wichtigste in Schlagzeilen«, sagte die Stimme. »Keine Einigung in Sicht im für den kommenden Montag beginnenden Streik der Postangestellten. Neue Warnungen vor dem Impfstoff gegen Masern. Die Polizei ging vor gegen randalierende Studenten und Lehrer an der Universität von Salisbury. Scheitern der Friedensgespräche von Paris. Keine Neuigkeiten im Fall des Strafgefangenen, der in der vergangenen Woche aus der Strafanstalt von Durham entkam. Regen und stürmische Winde aus westlicher Richtung... Es folgt ein Konzert italienischer Musik aus dem achtzehnten Jahrhundert, gespielt vom Colchester Chamber Orchestra...«

Heitere Musik strömte in das Auto, während Lucy zuhörte und nachdachte und einen Apfel aß. Draußen war der Abend ausnahmsweise einmal ruhig; die ferne graue See kroch langsam, murmelnd, den leeren Strand hinauf.

Warum sollte eine alte Dame, die ihr ganzes Leben an einem Ort verbracht hatte, von einer Unterkunft zur nächsten ziehen und ihre Schecks in einer Apotheke einlösen, anstatt ein Konto in einer Filiale ihrer Bank zu eröffnen?

Der Gedanke an Banken veranlaßte Lucy, ihr Geld zu zählen; es war beängstigend wenig übrig. Es würde sich sehr bald als notwendig erweisen, etwas zu verdienen, wenn sie weiter in Kirby bleiben wollte. Sie wollte es eigentlich gar nicht; der

Gedanke an Max Benovek, der darauf wartete, sie zu unterrichten, war wie ein Schmerz. Andererseits entwickelte sich etwas Geheimnisvolles und Spannendes in diesem Rätsel um Großtante Fennel. Eine alte Dame, die ihr ganzes Leben damit verbracht hatte, friedlich Bilder zu sticken und Kräuter zu sammeln...

Während Lucy kaute und grübelte, war sie mit den Bildern geistesabwesend den unsteten Bewegungen einer einsamen Gestalt weit weg von ihr auf dem dämmerigen Strand gefolgt. Die Gestalt war zu weit entfernt, als daß Lucy hätte erkennen können, ob es ein Mann oder eine Frau war; sie bewegte sich langsam und unsicher mit gebeugtem Kopf über den Sand, offenbar auf der Suche – nach Muscheln vielleicht? Oder einem verlorengegangenen Gegenstand? Zeitpunkt und Lichtverhältnisse schienen schlecht gewählt für eine solche Suche, aber natürlich kam die Flut heute früher.

Die Gestalt hatte einen Stock und eine ziemlich große Tasche bei sich, so schien es, obwohl man das aus dieser Entfernung nicht mit Gewißheit sagen konnte, und trug auf dem Kopf etwas, das aussah wie eine Nonnenhaube mit grüner Kante...

Ihr eigene Dummheit verwünschend, sprang Lucy aus dem Auto. Die Promenade war von einer Betonmauer gesäumt: Lucy kletterte hinüber und ließ sich auf der anderen Seite auf die Steine gleiten.

Es ist unmöglich, leise über einen Kiesstrand zu laufen. Lange bevor Lucy ihrem Ziel auch nur einigermaßen nahe gekommen war, hatte die ferne Gestalt sich umgedreht, einen schwachen, ängstlichen Ruf ausgestoßen und hastig die Flucht über den nassen Sand begonnen, in ihrem verzweifelten Bemühen zu entkommen fast bis ans Wasser geratend. Als Lucy noch schneller lief, hörte sie ein kleines, klägliches, keuchendes Wimmern.

»Laufen Sie bitte nicht weg!« würgte Lucy hervor, beinah ebenso jämmerlich dran. »Bitte warten Sie! Ich möchte Sie nur fragen... ich möchte nur herausfinden...«

Aber absolutem Entsetzen kann man nicht mit Vernunft beikommen. Die alte Dame – Lucy war jetzt nahe genug, um zu erkennen, daß es dieselbe war, mit der sie sich vorher unterhalten hatte – lief, so schnell sie nur konnte. Im nächsten Augenblick stolperte sie über ihren langen Rock und fiel der Länge nach in den Sand. Danach bewegte sie sich überhaupt nicht mehr, sondern blieb genauso liegen, wie sie gefallen war.

»O Gott, wenn ich sie getötet habe?«

Studentin jagt alte Dame auf dem Strand zu Tode.

Ihr Herz klopfte und flatterte wie ein Tamburin, als Lucy niederkniete.

»Miss Culpepper! Sie sind doch Miss Culpepper, nicht wahr? Bitte sagen Sie etwas. Bitte liegen Sie nicht einfach da! Ich wollte Sie nicht erschrecken ... Ich verspreche, daß ich Ihnen nichts Böses zufügen wollte! Ich bin Ihre Großnichte, ich bin *Lucy.* Erinnern Sie sich noch dran, wie Sie mich, vor vielen, vielen Jahren, mit in die Kirche genommen haben, mit einem Rosmarinzweig in meinem Taschentuch?«

Die alte Dame lag immer noch regungslos da, das Gesicht auf dem Arm, aber der Rhythmus ihres Atmens wurde langsamer, als ob sie zuhöre. Doch konnte sie überhaupt hören? Lucy fühlte sich an jene andere lächerliche Begebenheit vor dem Heim für alte Geistliche erinnert. Behutsam entfernte sie Miss Culpeppers weißen Leinenhut und den Augenschirm, drehte sie vorsichtig um und stützte sie ein wenig auf.

Wenn man doch nur stets eine Flasche Brandy bei sich hätte ... Aber da war ja noch die Tasche der alten Dame. Lucy beugte sich vor, streckte einen Arm aus und konnte sie gerade erreichen. Alte Damen trugen doch immer Stärkungsmittel und die wesentlichsten Dinge für jede Krise – von der Geburt eines Kindes bis zum Untergang eines Schiffes – in ihren vollgestopften Taschen.

Ein schwach protestierendes Stöhnen kam von dem scheinbaren Leichnam, den sie mit ihrem Arm stützte.

»Es ist alles in Ordnung, Miss Culpepper, ehrlich, ich bin kein Straßenräuber. Sehen Sie, ich gebe Ihnen Ihren Stock, dann können Sie mir damit eins überziehen, wenn Sie Angst haben. Würden Sie gern etwas an Ihrem Rosmarin riechen? Meinem Kopf hat er toll geholfen. Und was wollen Sie einnehmen, Beinwelltabletten oder Himbeerblätter... was zum Teufel ist dies... Seetang?« Sie brachte eine feuchte, riechende Plastiktüte zum Vorschein. »Tintenfischschulp, hm. Und in dieser Dose? Neunzigprozentige Pfefferminzbonbons, nach dem Geruch zu urteilen. Hier, Tante Fennel, bitte, bitte nehmen Sie einen Pfefferminzbonbon. Darf ich mir auch einen nehmen, zum Zeichen, daß wir Freunde sind? Und jetzt, wenn ich Ihnen helfe, glauben Sie, daß Sie bis zu meinem Auto gehen können? Dieser Strand ist schrecklich naß.«

Miss Culpepper über den sandigen Teil des Strandes zu befördern war schon Schwerarbeit, aber über den Kiesstrand zu klettern war ein Alptraum. Die Flucht der alten Dame schien eine letzte Anstrengung all ihrer Energien gewesen zu sein; jetzt verhielt sie sich völlig passiv, folgsam bis zu einem gewissen Punkt, aber gefährlich nahe daran, jeden Augenblick zusammenzubrechen. Lucy glaubte, daß nicht Schwäche oder eine Verletzung Ursache dieses Zustandes waren, sondern einfach die Tatsache, daß sie immer noch kopflos vor Angst war.

»Sehen Sie, das ist mein Auto dort oben. Sie können es eben noch vor der Klippe erkennen. Hier sind ein paar Stufen – dem Himmel sei Dank –; glauben Sie, daß Sie es bis zu der Lücke in der Mauer schaffen? Einfach immer einen Fuß vor den anderen setzen – wunderbar! Versuchen Sie, nicht immer wieder abzurutschen. Jetzt werde ich meinen Arm um Ihre Taille legen und Sie irgendwie hochhieven, okay? Wenn ich sage ›hinauf‹, machen Sie einen Schritt nach oben... Meinen Sie, Sie können sich jetzt gegen die Motorhaube lehnen, während ich die Tür öffne...«

Es war ganz offenkundig, daß Miss Culpepper nie zuvor in einem Auto gesessen hatte, und, noch immer vor Angst völlig aus dem Gleichgewicht, keine Vorstellung hatte, wie sie hineinkommen sollte. Der erste Versuch endete damit, daß ihr Rücken nach vorn, ihr Kopf nach unten zeigte. Geduldig begann Lucy von neuem, schob sie Glied für Glied hinein, machte endlich die Tür zu und lief rasch um das Auto herum zu ihrer Seite. Aber Miss Culpepper schien an einen Fluchtversuch nicht mehr zu denken.

Lucy ließ sich in ihren Sitz fallen, ließ den Motor an und stellte die Heizung ein. Sie hatte ihre Tür offengelassen, so daß die Innenbeleuchtung eingeschaltet blieb.

»Ich habe Ihren Stock nach hinten gelegt; möchten Sie den Hut und den Augenschirm wieder aufsetzen? Sehen Sie, Sie können sich selbst sehen in dem kleinen Spiegel.«

Gehorsam, und ohne in den Spiegel zu blicken, setzte die alte Dame ihren Hut wieder auf; der Augenschirm schien ihr zuviel zu sein. Ihre Hände zitterten, und ihre Augen bewegten sich mit den starren, ruckartigen Bewegungen alles andere ausschließender Angst. In ihrem Gesicht zuckte es.

»Wunderbar. Und wie wäre es jetzt mit einem von diesen köstlichen Pfefferminzbonbons? Oder – ich habe auch ein paar Äpfel hier; würden Sie gern einen Apfel essen?«

Unversehens richteten Miss Culpeppers Augen sich auf den Apfel. Sie streckte die Hand danach aus.

»Danke, mein Liebes«, sagte sie leise. »Ich hatte schon immer eine Schwäche für Äpfel – der da sieht wie ein Cox aus. Wir hatten immer unsere eigenen; jetzt bekomme ich nie mehr einen zu Gesicht. Dieda sagt, sie sind zu teuer.«

Sie biß hinein.

»Mögen Sie Musik?« fragte Lucy. »Ich hör mir immer Musik an, wenn ich Äpfel esse; irgendwie scheint das sie besser verdaulich zu machen ...«

Sie saßen nebeneinander und aßen ihre Äpfel. Es fiel einem schwer, sich vorzustellen, daß sie sich noch Minuten zuvor mühsam und auf lächerliche Weise über den Strand gekämpft hatten, der jetzt völlig im Dunkeln lag, durch die Windschutzscheibe ausgesperrt.

»Oh, hören Sie mal«, sagte die alte Dame. »Das kenne ich! Es ist ein Walzer von Strauß, nicht wahr?«

»Ja, das stimmt!«

Lucy sah, daß ihre Begleiterin ihren Apfel fast aufgegessen hatte. Es kam ihr so vor, als ginge etwas verloren, wenn diese winzige Übereinstimmung nicht mehr bestand.

»Hätten Sie gern noch einen, Tante Fennel?«

Die alte Dame schüttelte unschlüssig den Kopf.

»Wollen Sie die Reste in die Tüte tun?«

»Warum nennen Sie mich ständig *Tante Fennel?* Das haben Sie schon ein paarmal getan.« Mißtrauen lag in ihrer Stimme, und eine zitternde Andeutung von Furcht.

»Sind Sie nicht Miss Culpepper?« fragte Lucy sanft.

Es entstand eine lange Pause. Dann sagte die alte Dame:

»Wer sind Sie?«

»Erinnern Sie sich an Paul? Paul Culpepper? Ihren Neffen, den Sohn Ihres Bruders James? Er heiratete ein Mädchen, das Ann Edwards hieß – erinnern Sie sich? Ich bin seine Tochter Lucy. Also bin ich Ihre Großnichte.«

»Pauls Tochter Lucy.« Die Stimme war sehr zurückhaltend, als spreche sie jedes Wort versuchsweise zum erstenmal aus. Wieder entstand eine Pause. Aber dann fuhr sie fort, sehr langsam: »Ann hat Dill und mich ein- oder zweimal mit ihr besucht, nachdem Paul nach Kanada gegangen war. Wir nannten sie immer die kleine Krabbe – komisches kleines Ding, so dünn und blaß, und nicht ein bißchen hübsch, mit diesen schiefen Zähnen.«

Ausnahmsweise zeigte Lucy ihre Zähne nicht. Sie wandte den Kopf zum Fenster.

»Nimm es dir nicht zu Herzen, Tante Fennel, aber ich weine ein bißchen. Ich bin es nicht gewohnt, eine Großtante zu haben.« Nach einer Pause fuhr sie fort, ihre Worte wählend, aber bestimmt: »Das heißt – ich hoffe, du hast nichts dagegen, wenn ich so spreche, aber du *bist* doch Tante Fennel, oder – Miss Culpepper? Es war deine arme Freundin Miss Howe, die starb, nicht wahr? Bitte vergib mir, daß ich davon spreche, aber niemand oben in Appleby schien so recht zu wissen, wer von euch gestorben und wer weggezogen war.«

Die alte Dame schwieg. In ihrem Gesicht bebte und zuckte es ein wenig.

»Dill«, flüsterte sie endlich. »Niemand wußte, wie es geschehen konnte. Sie war hinausgegangen, um den Hühnerstall zuzumachen. Aber das hat sie Abend für Abend getan, Zeit ihres Lebens, und nie zuvor ist sie an den Rand der Böschung gegangen. Ist runtergestürzt und lag dort die ganze Nacht. Ich war früh zu Bett gegangen; ich hatte Kopfschmerzen. Hatte keine Ahnung bis zum nächsten Morgen. Wie konnte ich einfach schlafen, während sie starb? Dill?« Sie begann zu zittern, immer heftiger. »Dilly? Dilly?«

Lucy war entsetzt. »Bitte, bitte nicht, Tante Fennel!« Sie zwängte einen Arm um die zarten Schultern. »Du mußt dir selbst verzeihen – *sie* hätte dir auf der Stelle verziehen, oder etwa nicht? Sie hat dreißig Jahre mit dir zusammengelebt, sie hat dich *geliebt.* Scht! Hör jetzt auf zu weinen und sag mir, wo du wohnst, ich bring dich jetzt nach Hause. Du bist ganz kalt und feucht und durcheinander; du gehörst ins Bett.«

Aber das Zittern hörte nicht gleich auf; Lucy hörte ein gebrochenes Flüstern.

»Siehst du, darum habe ich ja Angst. Woher soll ich wissen, ob er sie töten wollte? Woher soll ich wissen, ob er nicht zurückkommt und *mich* ermordet?«

## 6

*Lieber Onkel Wilbie,*

*sicher hörst Du mit Entzücken, daß ich Großtante Fennel Culpepper gefunden habe – gesund und munter. Sie war von Appleby weggezogen, weil sie nach dem Tod ihrer Freundin, Miss Howe, nicht allein in ihrem Häuschen bleiben wollte, und sie wohnt jetzt in einer Pension in Kirby-on-Sea. Es ist ein scheußliches Quartier, das von einer alten Trinkerin, einer Mrs. Tilney, geführt wird; so ein düsteres, vollgestopftes Loch hast Du Dein Leben lang nicht gesehen. Wie sie es schaffen, sich nicht alle das Genick zu brechen, weiß der liebe Himmel. Einen von ihnen hat es neulich denn auch fast erwischt, habe ich gehört. Ich werde Großtante F. dort rausholen, so schnell ich nur kann. Zufällig ist vor kurzem in Appleby selbst ein Altersheim eröffnet worden, von einer Mrs. Marsham, das einen sehr anständigen Eindruck macht, und ich denke, daß ich das alte Mädchen dort unterbringen kann. Es wäre sehr viel besser geeignet, und sie wäre gern wieder in ihrem Heimatdorf, wenn richtig für sie gesorgt wird. Ich werde Dir schreiben, wie die Sache sich weiter entwickelt. Da aber ab nächster Woche die Post hier streikt, wird es wahrscheinlich eine Weile dauern, bis Du wieder von mir hörst. Und es hat keinen Sinn, mir zu schreiben, denn Dein Brief würde nicht durchkommen.*

*Grüß bitte Tante Rose und Corale von mir.*

*Deine Lucy*

Lucy lächelte ihr pfiffiges Lächeln, als sie das Luftpostkuvert zuklebte; sie dachte an all die klaffenden Lücken in ihrem Brief. Die größte Lücke war natürlich, daß sie bis jetzt noch keinen wie auch immer gearteten Beweis dafür hatte, daß Tante Fennel tatsächlich Tante Fennel und nicht Tante Fennels beste Freundin war. Aber das würde sie Onkel Wilbie nicht schreiben. Sie würde auch nicht gestehen, daß die alte Dame noch weit davon entfernt war, Lucy voll zu vertrauen – sich immer noch in einer sehr merkwürdigen Verfassung befand, die zwischen Furcht und Zuneigung schwankte, zwischen Entsetzen, Widerspenstigkeit und kleinen Schüben von Vertrauen.

Es war, als habe man mit einem hochgradig gestörten Kind zu tun, das einen hohen Intelligenzquotienten und überhaupt keine Erziehung hatte.

Ein anderes Thema, das Lucy nicht erwähnt hatte, waren die Bilder.

Solange Tante Fennel lebt, dachte sie, kann Onkel Wilbie gar keinen Anspruch auf die Bilder erheben, und ich hab nicht die geringste Absicht, ihm dazu zu verhelfen, seine Pfoten daraufzulegen. Und wenn mein altes Mädchen in Wirklichkeit Miss Howe ist, wird Tante Fennel die Bilder wahrscheinlich ihr hinterlassen haben, und er hat immer noch keinen Anspruch. Ob Tante Fennel jemals ein Testament gemacht hat? Und ob der alte Sauertopf in der Bank in York das sagen würde?

Das dritte von Lucy nicht erwähnte Thema war eines, dem sie auch vor sich selbst eher aus dem Wege ging. Warum war Tante Fennel – so würde sie sie nennen, bis es einen Grund gab, es nicht zu tun – warum nur war Tante Fennel wie gelähmt vor Angst? Denn es bestand kein Zweifel, daß Angst sie veranlaßt hatte, ihr geliebtes Häuschen zu verlassen und von Appleby fortzuziehen; Angst trieb sie von einer schäbigen Pension zur nächsten, Angst ließ sie ihre Anschrift geheimhalten und Verwirrung in ihre Identität bringen. Und wer war die Person, von Tante Fennel als »der Andere« bezeichnet, die sie verdächtigte, ihre Freundin ermordet zu haben? Warum hatte sie ganz offensichtlich den Verdacht, daß der Täter, wer auch immer es gewesen sein mochte, nachstoßen würde, indem er auch sie umbrachte? Ging es hier nur um die Wahnvorstellungen einer alten Dame? Altersparanoia? Oder hatte sie wirklich Grund, sich zu fürchten? Wer könnte Interesse daran haben, eine alte Dame zu töten – ein harmloses altes Mädchen in einem Dorf am Ende der Welt? Aber eine alte Dame war schon getötet worden ...

Machen wir keine Berge aus einem Maulwurfshügel, dachte Lucy. Im Alter gibt es eben Unfälle, ob man es wahrhaben will oder nicht; alte Damen stürzen manchmal in einen Bach und sterben an Unterkühlung. Wahrscheinlich ist das alles nur ein Haufen Unsinn.

Ja? Und was ist mit dem Dorfklatsch – das wehklagende Gespenst im Tal, das nach Vergeltung ruft?

Der Dorfklatsch konnte ihr gestohlen bleiben. Wenn Menschen durch vierzig Meilen ödes Hochland von der Umwelt abgeschnitten sind, in einem nicht gerade heiteren Dorf, besteht ihre einzige Ablenkung in Prügeleien und im Erfinden von Geistern.

»Wo war Lenny Thorpe am Freitagabend?«

Lenny Thorpe konnte ihr auch gestohlen bleiben. Jedenfalls waren der Aberglaube im Dorf und Tante Fennels Ängste sehr subjektiv, während Tante Fennels Gefährdung bei Mrs. Tilney wirklich bestand.

Es war etwa halb acht abends, als sie bei dem Haus in der Reservoir Street ankamen, das Tante Fennel nach beträchtlichem Widerstreben als ihre Adresse preisgegeben hatte.

»Ehrlich, Tante Fennel, du kannst nicht zu Fuß nach Hause laufen, du bist viel zu müde und durcheinander. Und die Straßen in dieser Stadt sind ja fast senkrecht.«

Es stellte sich heraus, daß die Reservoir Street nur zwei Häuserblocks entfernt von der Redcar Street war.

»Ich hätte dir in den letzten Tagen jederzeit über den Weg laufen können!« sagte Lucy.

»O nein, mein Liebes, ich gehe nämlich nie nach draußen. Aber heute mußte ich, um den Scheck einzulösen.«

»Früher oder später hätte ich dich gefunden«, sagte Lucy.

Das Haus von Mrs. Tilney, Nummer 19, war ein zweistökkiges, flaches Gebäude. Der winzige Vorgarten war mit Trödel fast völlig zugestellt: alte Kohleneimer, Waschtische mit Marmorplatten, Vorhangschienen und kaputte Stehlampen. Eine bewegliche Person konnte sich gerade eben hindurchquetschen. Lucy fragte sich, wie sie mit Lieferungen klarkamen. Vielleicht wurde nie etwas geliefert.

»Wir müssen klingeln«, sagte Tante Fennel.

»Gibt sie euch keine Hausschlüssel?«

»O nein, Liebes.«

Lucy fragte sich schon, ob die Klingel funktionierte, aber schließlich öffnete sich die Tür, und eine kleine, weißhaarige Frau in einem bedruckten Kittel stand vor ihnen und sah sie aus trüben Augen an.

»Oh, Sie sind's«, sagte sie, als sie Tante Fennel endlich erkannte. »Wo um alles in der Welt sind Sie gewesen? Sie bekommen jetzt natürlich kein Abendessen mehr; das haben wir schon seit Ewigkeiten hinter uns. Also, kommen Sie rein.«

»Sind Sie Mrs. Tilney?« fragte Lucy.

Die Augen der kleinen Frau huschten hin und her, um Lucy einzuschätzen. Sie schielte, so daß ihre Augen auf verwirrende Weise in verschiedene Richtungen blickten. Lucy wandte sich an das rechte.

»Ja, ich bin Mrs. Tilney; wer zum Teufel sind Sie?«

»Ich heiße Culpepper; ich bin Miss Culpeppers Großnichte«, sagte Lucy, kühl die Filzpantoffeln, das Kopftuch über Lockenwicklern und eine säuerlich-süße Ginwolke registrierend.

Mrs. Tilneys Aggressivität wurde durch eine fade Höflichkeit ersetzt.

»Oh, freut mich, Sie kennenzulernen, Schätzchen. Wollen Sie nicht reinkommen und einen Tr ... eine Tasse Tee trinken? Müssen schon in der Küche sitzen, fürchte ich; die lieben Alten sitzen alle in der Halle vorm Fernseher; da drinnen ist kein Platz.«

Nirgendwo Platz, dachte Lucy, während sie sich fassungslos einen Weg durch den eineinhalb mal eineinhalb Meter großen Flur suchte, der vollgestopft war mit Fahrrad, Standuhr, Schirmständer und zwölf Mänteln. Dabei erhaschte sie einen Blick auf das winzige Vorderzimmer, das völlig ausgefüllt wurde von einem riesigen Fernsehapparat und von einer Anzahl leichenähnlicher, Ellbogen an Ellbogen sitzender Personen.

»Ich glaube, meine Tante sollte sofort ins Bett; sie ist sehr müde. Ob ich ihr etwas Milch warmmachen könnte?«

»Aber ja, gewiß, Schätzchen, das heißt, wenn wir Milch haben. Wenn nicht, springe ich rasch rüber und pump mir eine Tasse voll von Mrs. Holbrook.«

Die Küche roch nach abgestandenem Fett und enthielt vier Stühle, von denen jeder einzelne von einem fetten schorfigen Tier eingenommen wurde. »Ich liebe Katzen und Hunde«, sagte Mrs. Tilney und goß sich verstohlen eine Teetasse ›Booth's Dry‹ ein. »Man sagt, das bedeutet ein weiches Herz, nicht?«

»Ach ja?« Lucy fand ein Ei und schlug es in den Topf mit bläulicher Milch.

»So ist's recht, Schätzchen, fühlen Sie sich wie zu Hause. Irgendwo werden Sie eine Tasse finden...« Mrs. Tilney schwankte zu einem Stuhl, kippte das darauf sitzende Tier hinunter und setzte sich. »Ich werde abends so müde, nachdem ich mich den ganzen Tag um die lieben Alten gekümmert habe...« Ihre Augen schlossen sich.

Lucy spülte eine Tasse aus, fand eine Wärmflasche, füllte sie mit kochendem Wasser aus dem Kessel und machte sich auf den Weg nach oben. Sie brachte es fertig, nicht über die lose Staubsaugerschnur zu stolpern, wich der Venusstatue (wer um alles in der Welt hatte *die* ins Haus gebracht?) und dem den größten Teil des oberen Flurs einnehmenden Kleiderschrank aus und tastete sich durch zu einem trüben Licht. Sie fand Tante Fennel damit beschäftigt, sich beim Licht einer Kerze mühsam von ihren Kleidern zu befreien, in einem kleinen Zimmer, in dem drei Betten standen, drei Nachtstühle, noch ein Kleiderschrank und eine große Kommode.

»Hier, Tante Fennel, ich habe dir eine heiße Milch gebracht. Laß mich dir helfen; so geht's besser. Oh, du möchtest dein Korsett unter dem Kopfkissen haben?«

»Ja, das habe ich immer, mein Liebes.«

»Okay. Jetzt schnell ins Bett mit dir, und trink die Milch, solange sie heiß ist. Hier ist eine Wärmflasche für deine Füße.«

»Oh, mein liebes Kind!« Tante Fennel nahm die Tasse mit zitternden Händen und trank in kleinen Schlucken. Eine Träne rollte ihr über die Wange. »Niemand hat sich so um mich gekümmert, seit Dill tot ist.«

»Von jetzt an werden sie es tun«, sagte Lucy böse und schaute auf das Gewirr von Frotteetüchern, die von einem Nagel in der Wand zwei Fuß von der flackernden Kerze entfernt baumelten. »Wieso ihr noch nicht alle in euren Betten verbrannt seid, kann ich mir nicht vorstellen. Und was die alte Gin-Schwester da unten betrifft...«

»Oh, Mrs. Tilney ist gar nicht so schlimm«, protestierte Tante Fennel in besorgten Flüstertönen. »Ich war in viel schlimmeren Unterkünften als dieser, Liebes! Sie hat ein gutes Herz.«

»Gut oder nicht«, sagte Lucy, »morgen kündige ich ihr für heute in einer Woche.«

Nein, es gab nicht den leisesten Zweifel, daß Großtante Fennel im Alten Herrenhaus von Appleby weitaus besser versorgt werden würde, so scheußlich es auch aussah, und obwohl Mrs. Marsham nicht gerade Lucys Geschmack entsprach. Aber sie war eindeutig eine gute Organisatorin, und das Heim war sauber und wurde anständig geleitet.

Lucy nahm ihre Reisetasche und lief die Treppe ihrer eigenen Pension runter.

»Ich habe heute morgen keine Zeit zu frühstücken«, verkündete sie fröhlich und steckte den Kopf durch die Tür zum Speisezimmer, aus dem ihr eine dicke Wolke von Geruch nach fettem Speck entgegenwehte. »Ich muß um neun beim Arzt sein.«

»Unten an der Knapp Street, letztes Haus rechts. Etwas nicht in Ordnung, Schätzchen?«

»Nein, es geht nicht um mich, danke. Es geht um meine Tante.«

Während eines ihrer plötzlichen Vertrauensschübe hatte Tante Fennel Lucy enthüllt, daß sie häufig unter Zahnschmerzen leide, zu deren Linderung ihre Heilkräuter seltsamerweise nur wenig beitrugen. Lucy war fest entschlossen, vor ihrer Abfahrt von Kirby einen zuverlässigen Zahnarzt zu suchen, der die Zähne der armen alten Dame in Ordnung brachte, auch wenn das bedeutete, daß sie persönlich ihre Tante zum Zahnarztstuhl schleppen mußte. Die betrunkene Mrs. Tilney hatte natürlich die Namen sämtlicher Zahnärzte vergessen, glaubte aber, daß ihr Arzt eine Liste von ihnen habe.

Das letzte Haus unten an der Knapp Street bot den abgenutzten Eindruck, den Häuser von Ärzten manchmal annehmen. Lucy folgte dem Schild PRAXIS und gelangte über einen schmalen Weg zum hinteren Teil des Gebäudes. Als sie an einem Fenster vorbeikam, schaute sie automatisch hinein und sah ein Wohnzimmer, das in einer angenehmen Mischung aus modernen Stahlrohrmöbeln und kostbaren orientalischen Stoffen eingerichtet war; an den Wänden hingen mindestens acht von Tante Fennels Bildern, wahrscheinlich mehr, dachte Lucy und drückte ihre Nase gegen das Fenster im vergeblichen Bemühen, um die Ecke zu blicken. Irgendwo in nicht allzu großer Entfernung hörte sie jemanden recht gut Klavier spielen und eine männliche Stimme singen.

Sie ging in das Wartezimmer. Es war niemand sonst dort, aber die Tür hatte eine Klingel ertönen lassen; als Lucy sich nach einer Liste von Zahnärzten umsah, betrat Dr. Adnan forschen Schrittes das Zimmer.

Diesmal trug er eine gelbe Brokatweste über einem geblümten Feinkordhemd.

»Sind Sie die einzige Patientin?« begann er, dann erkannte er Lucy. »Wir treffen uns wieder! Wie reizend! Ich hoffe, Sie haben eine Krankheit, die ich heilen kann?«

»Das halte ich für höchst unwahrscheinlich«, sagte Lucy kühl.

»Oh, bedauerlich; Sie sind zu jung, um bereits ein unheilbares Leiden zu haben.«

»Hören Sie mal«, sagte Lucy, »warum haben Sie neulich das Blaue vom Himmel heruntergelogen? Wie steht's bei Ihnen mit dem hippokratischen Eid?«

»Meine liebe junge Dame, ich habe Ihnen gegenüber nicht ein einziges Mal gelogen! Und der hippokratische Eid hat mit einem Fall dieser Art nichts zu tun; er erwähnt Lügen nicht.«

»Sie haben gesagt, Sie hätten noch nie von meiner Großtante Fennel Culpepper gehört! Sie, der Sie eins von ihren Bildern in genau dem Augenblick im Kofferraum hatten, von acht weiteren in Ihrem Salon ganz zu schweigen!«

»Zehn, wenn wir genau sein wollen. Eine sehr fleißige

Dame, Ihre Großtante. Würden Sie sich gern die anderen ansehen?«

Er führte sie durch ein Büro in das Wohnzimmer, das sich als L-förmig erwies; an der Wand, die Lucy nicht hatte sehen können, hingen zwei weitere Bilder von Tante Fennel. Unter ihnen stand ein modernes Klavier, auf dem einige handgeschriebene Noten lagen.

»Warum haben Sie also gesagt, daß Sie Tante Fennel nicht kennen?«

»Ah« – er unterbrach sie mit erhobener Hand. »Seien wir doch präzise. Ich habe gesagt, sie sei nicht meine Patientin. Völlig korrekt. Natürlich hatte ich von ihr *gehört.*«

»Wieso? Wieso natürlich?«

»Nun, mein liebes Mädchen, als ich zum erstenmal nach Appleby kam und einige dieser großartigen, dieser Wunderbilder in den Häusern der Leute hängen sah, habe ich es mir zur Aufgabe gemacht, herauszufinden, wer sie gemacht hatte. Eine alte Dame, wurde mir gesagt, die vor kurzem nach Kirby gezogen ist. Sie schienen sich zu wundern, daß ich die Bilder bemerkenswert fand; nur ein Hobby der alten Miss Culpepper, sagte man mir.«

»Und warum haben Sie mir das neulich nicht gesagt?« fragte Lucy empört. »Ich bin schließlich ihre Großnichte!«

Dr. Adnan warf ihr aus seinen pflaumendunklen Augen einen unergründlichen Blick zu. »Sie haben lange genug gebraucht, um herzukommen und nach ihr zu sehen«, sagte er schließlich. »Wie soll ich wissen, ob Ihre Absichten gut oder böse sind?«

»Warum um Himmels Willen sollten sie böse sein?»

»Wie soll ich das wissen? Ich weiß nur, daß irgend etwas im letzten Jahr die alte Dame in große Angst versetzt hat, und daß sie es vorzieht, sich in Kirby zu verstecken, wo – vielleicht – ihre liebevollen Verwandten sie nicht finden können. Ich werde gewiß nicht derjenige sein, der ihren Aufenthaltsort preisgibt.«

»Sie wußten also, wo sie war!«

»Das habe ich nicht gesagt.«

»Nun, Sie können sich weitere Skrupel sparen«, sagte Lucy scharf, »weil ich weiß, daß sie bei Mrs. Tilney in der Reservoir Street wohnt; ich nehme an, Sie haben sie dort gesehen.«

»Nicht als Patientin; ich besuche ein oder zwei andere der alten Leute in dem Haus. Sie hält nichts von Ärzten, wie Sie vielleicht wissen. Aber sie toleriert mich, weil ich ihre Bilder gern mag.«

»Das habe ich festgestellt!«

»Aber Sie haben sie ja bis jetzt kaum angesehen; sind sie nicht wunderschön?« fragte er. In seiner Begeisterung ergriff er ihren Arm und führte sie durch das Zimmer. »Welches gefällt Ihnen am besten? Manchmal denke ich, Daniel in der Löwengrube, aber die Vision des Johannes ist wirklich ein Meisterwerk; es müßte eigentlich eine größere Wand haben, leider habe ich im Augenblick nicht mehr zu bieten. Sehen Sie sich nur das Detail an! Es ist besser als Breughel.« Er schaltete ein paar Lampen an und brummte: »Mit Licht ist es in diesem Land hoffnungslos, hoffnungslos – aber wenn ich sie mit in die Türkei nehme ... Oh!«

»Oh!« sagte Lucy frostig. »Reizend! Sie lassen das arme alte Mädchen also in dem Schmutzloch hausen, während Sie ihre Bilder sammeln und sie mit in die Türkei nehmen. Was, meinen Sie, würde *sie* dazu sagen?«

Dr. Adnan dachte nach, die Stirn runzelnd. Auf dem Klavier lag eine rote Samtmütze mit einer Quaste; gedankenverloren nahm er sie auf und schob sie auf seinem Kopf hin und her, bis sie bequem saß.

»Wissen Sie, ich glaube, das wäre ihr völlig egal«, sagte er. »Ich habe den Eindruck, wenn sie erst fertig ist mit einem Bild, interessiert es sie nicht mehr als ... eine Schüssel Kartoffelbrei. Sie hat sie weiß Gott großzügig verschenkt. Und was das Schmutzloch betrifft, sie hat es sich selbst ausgesucht – welches Recht habe ich denn, sie durch die Gegend zu hetzen? Bei euch Angelsachsen weiß man leider schon immer im voraus, was ihr tun werdet; Wohltätigkeit läuft bei euch immer darauf hinaus, Ordnung in das Leben von Leuten zu bringen auf eine Weise, die ihnen wahrscheinlich überhaupt nicht paßt.«

»Aber das Haus ist gefährlich! Irgendein alter Knabe hat sich vor ein paar Tagen auf der Treppe fast das Genick gebrochen.«

»Ja? Die Straße ist auch gefährlich, aber Sie würden sie nicht davon abhalten, rauszugehen, trotz der Tatsache, daß sie von einem Auto überfahren werden könnte. – Nebenbei bemerkt: Man hat bisher nicht herausgefunden, wer diesen armen Clough angefahren hat.«

»Hören Sie«, sagte Lucy. Hinter ihr stand ein Tisch; geistesabwesend setzte sie sich darauf. Sie schob sich das Haar aus der Stirn und fragte Adnan ernsthaft:

»Glauben Sie, daß es *wirklich* Großtante Fennel ist? Glauben Sie, daß sie diese Bilder wirklich gemacht hat? Im Augenblick scheint sie keins in Arbeit zu haben.«

»Nun, die Umstände sind kaum förderlich, nicht wahr? Außerdem habe ich gehört, daß während des letzten Jahres ihre Sehkraft nachgelassen hat. Und wenn sie nicht sie selbst ist – wer ist sie dann? Sie sprechen in Widersprüchen.«

»Sie könnte ihre Freundin sein – die, die in den Fluß gefallen ist. Ich meine, es könnte Großtante Fennel gewesen sein, die hineingefallen ist.«

»Was wäre der Zweck eines solchen betrügerischen Auftretens?« fragte der Arzt langsam und ließ sich auf dem Klavierhocker nieder.

»Nun, die Firma meines Onkels zahlt Tante Fennel eine Jahresrente. Mit ihrem Tod würde die Zahlung eingestellt.«

Er musterte sie nachdenklich. Lucy fühlte, daß sie rot wurde. »Das war die Idee meines Onkels«, sagte sie aufsässig.

»Er hat also Sie hierhergeschickt, um der Sache nachzugehen?«

»Und wenn schon! Es ist seine Firma, die das Geld auf den Tisch blättert.« Lucy hatte das Gefühl, sie habe sich in eine falsche Situation manövriert, und kehrte zu ihrer ursprünglichen Frage zurück. »Die Sache ist... sie erscheint meistens so kindlich...«

»Sie meinen, die Person, die diese Bilder gemacht hat, war nicht kindlich? Aber schließlich handelt es sich um naive Malerei.«

»Ja-a«, stimmte Lucy zu, »aber wenn ein Mensch Kunstwerke in... in dem Umfang geschaffen hat, würde man doch erwarten, daß sein Wesen dies irgendwie erkennen läßt?«

»Und Sie sind der Meinung, bei Miss Culpepper sei das nicht der Fall? Kennen Sie sie schon so gut?«

»Ich habe die letzten Tage mit ihr verbracht und sie allmählich kennengelernt.«

»Vielleicht ist sie gescheiter als Sie! Vielleicht täuscht sie vor, *nicht* Großtante Fennel zu sein!«

Lucy starrte ihn an. »Warum sollte sie?«

»Meine liebe Miss... wie heißen Sie mit Vornamen?«

»Lucy«, sagte sie mechanisch.

»Danke. In der Türkei benutzen wir lieber den Vornamen. Lucy – aha! Sehr passend. Miss Lucy Snowe!« Wie üblich schien er sich auf ihre Kosten über irgend etwas zu amüsieren. »Wie soll ich wissen, welche Gründe Ihre Tante haben mag, um vorzugeben, nicht Ihre Tante zu sein? Ihr Angelsachsen seid so oft ein großes Geheimnis.«

»Gerade eben sagten Sie, bei uns weiß man immer schon im voraus, was wir tun werden.«

»In der Masse, ja. Als Einzelperson, nein. Mit den Türken geht es genau anders rum; man kann voraussagen, was ein einzelner Türke tun wird, aber die Nation, niemals!«

Er schwang sich auf dem Hocker herum und begann plötzlich zu singen, sich selbst am Klavier begleitend:

*Ruf mich an übers Linguaphon,*
*Ich bin allein, ich wart so lange schon;*
*Laß deinen Computer meinen wählen,*
*Neun, neuf, nono, nine mußt du zählen;*
*Oh, wird es werden ein Jubel dann,*
*Wenn Land zu Land echt sprechen kann!*

»Finden Sie das nicht sehr gut?« fragte er Lucy.

»Die Melodie ist nicht schlecht. Der Text macht keinen Eindruck auf mich.« Aber in Wirklichkeit war sie durchaus beeindruckt von seiner Stimme – einem angenehmen Tenor – und von seinem gewandten Spiel. Dr. Adnan lächelte sie an.

»Soll ich Ihnen jetzt eine Tasse Kaffee holen oder Sie verführen?«

»Keins von beiden«, sagte Lucy kalt. »Ich bin gekommen, um mir einen Zahnarzt für meine Tante nennen zu lassen. Sie scheint in ihrem ganzen Leben noch nie einen aufgesucht zu haben.«

»So können wir ihre Identität also nicht mit Hilfe von Brücken nachweisen. Nun, Fawcett ist wohl der beste in Kirby. Erwähnen Sie meinen Namen, dann bekommt sie einen früheren Termin.«

Es läutete an der Tür zur Praxis.

»Schade«, sagte Dr. Adnan. »Ich hatte gerade das Gefühl, wir seien im Begriff, einander kennenzulernen. Und es wär der beste Kaffee gewesen, den Sie je getrunken haben – türkischer Kaffee natürlich. Egal – ein anderes Mal. Sie können direkt durch diese Tür hinausgehen. Es hat mich wirklich gefreut, Sie wiederzutreffen. Auf Wiedersehen.«

»Einen Moment noch«, sagte Lucy. »Was haben Sie für diese Bilder gezahlt – und an wen?«

Er lächelte wieder sein aufstrahlendes Lächeln; es erinnerte sie an Mr. Jackson in *The Tale of Mrs. Tittlemouse.*

»Mein liebes Mädchen – ich bin der Arzt; meistens sind die Leute froh, wenn sie sie mir in Anerkennung meiner Fähigkeiten schenken dürfen.«

Lucy ging ärgerlich davon mit dem Gefühl, daß Dr. Adnan wesentlich mehr über sie erfahren hatte als sie über ihn.

Sie rief Fawcett an, der für elf Uhr eine Absage erhalten hatte und Miss Culpepper für diese Zeit einen Termin gab; damit hatte Lucy noch eine Stunde Zeit. Es war sinnlos, zu früh zu kommen; Mrs. Tilney, verkatert durch die Gegend schlurfend und ihren ältlichen Gästen das Frühstück ans Bett bringend, konnte es nicht ausstehen, wenn jemand vor halb elf in das Haus kam.

Lucy ging in ein Espresso und bestellte sich eine Tasse Kaffee, keinen türkischen, aber etwa tausend Prozent besser als das Gebräu, das den Gästen in Redcar Street angeboten wurde. Jemand hatte eine Frühausgabe der *Kirby Evening Advertiser* auf dem Platz neben ihr liegenlassen; sie nahm die Zeitung in die Hand und fragte sich, ob Tante Fennel Spaß daran haben würde, mit ihr ins Kino zu gehen. Aber weder *Drakulas Sohn* noch *Das verborgene Leben von Sexy Sandra* schien passend, besonders angesichts der Tatsache, daß Tante Fennel wahrscheinlich in ihrem ganzen Leben noch kein Kino betreten hatte.

Unter der Schlagzeile MIT HAMMER AUF WITWE EINGESCHLAGEN fiel ihr Blick auf einen bekannten Namen: »Mrs. Geraldine Truslove, 44jährige Witwe, wohnhaft im ›Lorbeerhaus‹ in der Tingwell Street, wurde letzte Nacht unter Schock stehend und mit einer Gehirnerschütterung ins Krankenhaus eingeliefert, nachdem sie von einem Mann tätlich angegriffen worden war. ›Ich hatte eine Meinungsverschiedenheit mit einem Nachbarn wegen des Namens seines Hauses‹, erklärte sie dem Reporter unserer Lokalredaktion. ›Es hat viele Probleme mit sich gebracht.‹ Ein Mann wurde von der Polizei vorläufig festgenommen ...«

O je, dachte Lucy. Arme törichte Frau. Wenn ich nicht versucht hätte, sie davon abzuhalten, hätte sie es vielleicht nicht getan. Hoffentlich ist sie nicht schlimm verletzt.

Sie las über eine Vorstellung der Thespisjünger von Kirby von *French Without Tears*, daß Clough, der Gärtner aus Appleby, der von einem flüchtigen Fahrer angefahren worden war, sich gut erholt habe, der für den Unfall Verantwortliche sich aber nicht gemeldet habe, daß der flüchtige Strafgefangene aus Durham sich jetzt in London aufhalten solle.

»Die Polizei Südlondons fand in einem Gebüsch bei Putney Heath einen gestohlenen Wagen. Auf dem Lenkrad befanden sich die Fingerabdrücke von Harbin, dem entflohenen

Mann, der eine dreißigjährige Gefängnisstrafe abbüßte, weil er an einem Schmuggel beteiligt war, bei dem Gold im Wert von 30 000 Pfund außer Landes gebracht wurde; er hatte noch zehn Jahre seiner Strafe abzusitzen. Harbin wurde damals zusammen mit einem anderen Mitglied der Bande festgenommen, als das Flugzeug, mit dem sie England verlassen wollten, kurz nach dem Start in Liverpool abstürzte. Harbin verlor bei dem Absturz eine Hand. Goetz, der zweite Mann, wurde im letzten Jahr aus dem Gefängnis entlassen, nachdem er seine leichtere Strafe abgesessen hatte. Beide Männer hatten schon vorher mehrere Ausbruchsversuche gemacht. Das gestohlene Geld wurde nie gefunden. Seit seiner Entlassung hat die Polizei Goetz aus den Augen verloren ...«

Bevor ich geboren bin, dachte Lucy. Sie versuchte, sich die Gefühle eines Menschen vorzustellen, der nach zwanzig Jahren aus dem Gefängnis entkommen ist. Man würde sich schutzlos fühlen, ratlos, wie ein alter Mensch, der dem Fortschritt nicht folgen kann; unglücklich wahrscheinlich, und feindselig; man würde alles und jeden auf paranoide Weise verdächtigen ...

Aus diesem Grund überzeugten Tante Fennels Ängste sie auch nicht völlig; sie schien den gleichen Verdacht zu hegen, das gleiche Entsetzen zu empfinden gegenüber ihrer Zimmergefährtin, die, so sagte sie, ihre warmen Winterunterhemden gestohlen habe, wie gegenüber dem unbekannten hypothetischen Mörder ihrer Freundin Dill.

Aber alte Leute waren wirklich schutzlos; sie hatten ein Recht auf ihre paranoiden Ängste; wenn du hingegen aus dem Gefängnis kommst und weißt, daß irgendwo 30 000 Pfund für dich versteckt sind, würdest du dich vermutlich bis zu einem gewissen Grad dem Unbekannten gewachsen fühlen.

Dennoch: was für eine veränderte Welt, in die man kam! Raumflüge, Nierentransplantationen, künstliche Befruchtung der menschlichen Eizelle, verschmutzte Umwelt – es konnte kaum wie die gleiche Welt aussehen.

»Das Land scheint sich nicht viel verändert zu haben«, sagte Goetz und blickte hinaus über das nichtssagende weite Moorland, das aus dem Fenster eines Schlafzimmers im dritten Stock des Alten Herrenhauses von Appleby zu sehen war. »Warum wolltest du ein Haus in dieser gottverlassenen Ecke kaufen?«

»Grundbesitz ist billig in dieser Gegend«, sagte Mrs. Marsham kurz. »Und es ist ruhig.«

»Das ist es weiß Gott.«

»Nun? Hast du irgendwelche Beschwerden?«

»Nein, nein«, sagte er. »Du hast alles sehr gut arrangiert, das bestreite ich nicht.«

»Spülen bitte«, sagte Harold. Harbin, dem seine neue Gebißplatte angepaßt wurde, spülte und spuckte. »Und außerdem«, fuhr Harold fort, »hat Ma eine gefühlsmäßige Bindung an diese Gegend, nicht wahr, Ma? Kann nicht behaupten, daß ich sie teile; ich werde froh sein, nach Birmingham zurückzugehen, wenn ich dich in Ordnung gebracht habe.«

»Gefühlsmäßige Bindung?« sagte Goetz. »Was du nicht sagst! Ich könnte mir vorstellen, das einzige, an das Linda eine Herzensbindung entwickeln könnte, wäre ein menschlicher Zerstörer.«

Mrs. Marsham entgegnete nichts, preßte aber die Lippen zu einer dünnen Linie zusammen. Sie wechselte den Verband auf Harbins umgeformter Nase rasch und präzise.

»Aber du kommst doch nicht von hier?« Harbin sprach mühsam und bewegte vorsichtig die Augenbrauen auf und ab. »Du bist an den Ufern des Mersey geboren und aufgewachsen, stimmt doch?«

»Alter Verehrer von ihr stammte aber von hier«, sagte Harold. »Glaubt sie jedenfalls. Das wäre geschafft«, sagte er zu Harbin. »Kann mir nicht vorstellen, warum du deine eigenen so lange getragen hast; sie waren in einem schrecklichen Zustand. Gab es im Knast keine vernünftigen Zahnärzte?«

Goetz sah beunruhigt aus; Harold nahm einen Behälter mit benutzten Verbänden auf und verließ das Zimmer.

»Alter Verehrer?« Harbin hatte sich in einem Rasierspiegel von der Seite betrachtet, jetzt drehte er sich heftig um. »Wer?«

Goetz dachte nach; nach einer Pause sagte er: »Du meinst doch nicht Fred?«

»Fred hat nie verraten, woher er stammt«, sagte Harbin. »Im Vergleich zu Fred leiden Fische geradezu an Wortdurchfall.«

»Aber ich möchte wetten, daß es Fred war«, sagte Goetz und beobachtete Mrs. Marshams ausdrucksloses Gesicht. »Nun, da siehst du's, was eine gefühlsmäßige Bindung ist.«

»Wie hast du es rausbekommen?« fragte Harbin.

Im Treppenhaus läutete es. »Da ist jemand an der Tür. Ich muß gehen«, sagte Mrs. Marsham.

»Oh, komm, Linda«, sagte Goetz. »Sei doch nicht so zugeknöpft. Wir sind schließlich auch an Freddie interessiert, vergiß das nicht. Die Dingsda kann an die Tür gehen.«

»Es war eigentlich nur eine Vermutung«, sagte Mrs. Marsham schließlich.

»Bei Vermutungen warst du immer sehr hell, Linda, in jenen guten alten Tagen, als du die Königin der B.I.C.A.-Stewardessen warst.«

Sie schwieg wieder. Dann sagte sie: »Es waren nur drei Kleinigkeiten, die ihm zu verschiedenen Zeiten entschlüpft sind. Als ich ihn kennenlernte, hatte er eine Brieftasche mit den Initialen W.C. drauf. So etwas vergißt man nicht, oder? Und ich habe es nicht vergessen. Danach hieß er nur noch Fred Smith. Ich habe ihn einmal nach der Brieftasche gefragt, und er sagte, er hätte sie von einem Burschen namens Cooper geliehen, aber er hatte den Namen nicht gleich parat.« Harbin nickte.

»Dann, bei einer anderen Gelegenheit, unterhielten wir uns zufällig über Ortsnamen, die anders geschrieben werden, als man sie ausspricht, wie Worcester, und er sagte: ›O ja, Appleby gehört auch dazu und hielt dann inne und schien über sich selbst ärgerlich. Wie sollte er auf einen so winzigen

Ort kommen, wenn er keine Verbindungen dorthin hätte?«

»Hm«, sagte Harbin. »Aber doch ziemlich magere Gründe, um hierherzuziehen. Was war die dritte Sache?«

»Das war einmal, als er ein bißchen zuviel getrunken hatte. Fred trank nie viel; er wollte nie je die Kontrolle über sich selbst verlieren. Aber es war in Hongkong, und wir hatten eine erfolgreiche Reise hinter uns, und er war entspannter als gewöhnlich. Er sagte: ›Ich werde Erfolg haben in der Welt, Linda. Es ist mir gleichgültig, auf welche Weise. Ich möchte nur, daß mein Name nicht nur deswegen in Erinnerung bleibt, weil er einer von vieren auf dem Kriegerdenkmal eines Dorfes ist.‹«

Es herrschte Schweigen, während sie darüber nachdachten. Dann sagte Harbin: »Ich nehme an, es gibt hier vier Namen?«

»Ein Holroyd, ein Crabtree und zwei Scarthwaites.«

»Viele Nachnamen im Dorf, die mit einem C anfangen?«

»Eine ganze Menge. Crabtree, Crossley, Coxwold, Clough, Culpepper – dann ist vor kurzem ein Ehepaar namens Carados hierhergezogen...«

»Welche drunter, die seit langem verschollene Verwandte haben?«

»Fast alle«, sagte sie. »Appleby ist ein Ort, den die meisten Menschen verlassen.«

Harbin zuckte mit den Schultern.

»Die Chance, daß er je zurückkommt, ist ziemlich gering, glaubst du nicht? Wenn er überhaupt von hier kommt.«

»Vielleicht. Aber Fred war habgierig. Wenn etwa jemand sterben würde und die Frage nach einer Erbschaft träte auf – und was die Lage sonst betrifft...«

»Sicher. Ich beklage mich nicht. Dies Altersheim war eine verdammt gute Idee. Könnte mir vorstellen, daß es zu einer kleinen Goldgrube wird.«

Das Haustelefon summte. Mrs. Marsham nahm den Hörer auf. Noras Stimme ertönte.

»Oh, Mrs. Marsham, hier ist eine junge Dame, die nach einem Platz für ihre Tante fragt.«

»Sagen Sie ihr, wir haben keine ...«, fing Mrs. Marsham gereizt an. »Oder nein ... es ist wohl besser, wenn ich nach unten komme. Sagen Sie ihr, daß ich gleich komme, aber ich kann nichts versprechen. Wie heißt sie?«

Es entstand eine Pause, dann war Nora wieder am Apparat.

»Sie sagt, ihre Tante hat früher in dem Dorf hier gelebt, darum möchte sie gern herkommen. Sie haben neulich mit der jungen Dame gesprochen. Sie heißt Culpepper.«

## 7

»Zum Teufel mit diesem Mädchen!« rief Wilbie ärgerlich, zerknüllte den Brief und warf ihn dann neben seinen noch nicht berührten Drink auf den Couchtisch. »Ich sage ihr genau, was sie zu tun hat, ich zahle ihr auch noch den Fahrpreis, und was passiert?«

»Was ist denn passiert?« fragte Russ. Er nahm Lucys Brief auf. Er war ein langsamer Leser, und während seine Augen bedächtig von links nach rechts und den ganzen blauen Bogen hinunter wanderten, rutschte Wilbie hin und her, preßte die Lippen zusammen und trommelte mit seinen dicken rosa Fingern auf die Armlehne seines Sessels. Das Haus war leer; Rose und Corale waren zu einer Cocktailparty gegangen. Wilbie sollte nachkommen, wenn er sich nach des Tages Mühen erfrischt hatte.

»Der gottverdammte kleine Dummkopf hat eine alte Dame aufgegabelt, die sie nach allen Regeln der Kunst hinters Licht führt. Jetzt benutzt sie meinen ganzen Zaster dazu, diese alte Schwindlerin in irgendeinem Luxus-Wohnheim unterzubringen.«

»Warum sind Sie so sicher, daß sie nicht das richtige alte Mädchen ausfindig gemacht hat?« fragte Russ träge, ließ den Brief wieder auf den Tisch fallen und griff nach seinem Drink.

»Es ist doch offensichtlich, daß sie weiß, wie ihr Verhalten einen ärgern muß«, fuhr Wilbie zornig fort. »Vermutlich hätte ich klüger sein sollen, hätte wissen müssen, daß sie der letzte Mensch ist, dem man diesen Auftrag anvertrauen konnte. Ich weiß doch, daß sie mich haßt wie die Pest. Aber wenn sie will, kann sie sehr raffiniert sein, und von den Bildern war sie völlig hingerissen – wenn es funktioniert hätte, wäre es ... na ja, zum Teufel damit, es hat keinen Sinn, sich auf Frauen zu verlassen; sie lassen dich immer im Stich.«

»Meinen Sie?« sagte Russ. Wenn Wilbie darauf geachtet hätte, wäre ihm eine gewisse Ironie in der Stimme seines Assistenten aufgefallen, aber er las gereizt noch einmal Lucys Brief.

»Und sie in dieses Heim in Appleby zu schicken, wie heißt es, Wildfell-Herrenhaus, das kommt überhaupt nicht in Frage; da werde ich energisch werden müssen.«

»Was stört Sie denn so an dem Wohnheim – wissen Sie etwas darüber?«

»Was? ... oh, nein, aber es ist doch klar, daß ein solches Heim ein kleines Vermögen kostet – gerade eröffnet, alle Anschaffungskosten müssen gedeckt werden«, sagte Wilbie rasch. »Es muß Dutzende von besser geeigneten Unterkünften geben. Und überhaupt wird Culpepper den Teufel tun zu blechen, damit eine alte Schwindlerin sich *irgendwo* in Luxus vollfressen kann.«

»Sie werden die Bank veranlassen, die Rentenzahlungen zu überprüfen?« fragte Russ, »einen großen Skandal auslösen, öffentliches Aufsehen erregen, wegen einer solchen Bagatelle? Schließlich – selbst wenn sie eine Betrügerin ist – die alte Dame ist über neunzig, sagen Sie? Viel länger kann sie nicht leben.«

»Wenn es nicht Tante Fennel Culpepper ist, ist es Geld, auf das sie keinen Anspruch hat«, sagte Wilbie mit dem Eigensinn eines Geizhalses. »Es ist mir egal, wieviel es ist, es geht um das Prinzip.«

»Na ja, es ist natürlich Ihre Entscheidung. Aber Sie können

Gift darauf nehmen, daß eins geschieht, wenn Sie eine Menge von juristischen Untersuchungen und Verfahren in Gang setzen...«

»Was?« schnauzte Wilbie und trank gereizt einen Schluck aus seinem Glas.

»Nun, da die kleine Lucy das alte Mädchen so ins Herz geschlossen zu haben scheint, wird sie, sobald sie merkt, was abläuft, alle Bilder, die sie in die Finger kriegt, verkaufen, um für den Aufenthalt im Altenheim zu zahlen.«

Wilbies Gesicht lief dunkel graurot an. Seine glanzlosen Augen umwölkten sich und traten hervor.

»Aber das wäre Betrug!« sagte er scharf.

»Hängt davon ab, wie sie an die Bilder geraten ist.«

»Bei Gott, wenn sie das getan hat, werde ich... werde ich...«

»Sie halten wirklich eine Menge von diesen Bildern, was?« fragte Russ kühl. »Ich weiß, wir haben erwartet, daß sie ein ganz hübsches Sümmchen einbringen könnten, wenn man es richtig anfängt, aber werden sie auch einen Haufen Ihrer Zeit und Energie wert sein, wenn Sie sich eigentlich um die Übernahme des *Dinky Yank* kümmern sollten?«

Wilbie beachtete ihn nicht. Mit einem entschlossenen, fanatischen Ausdruck im Gesicht starrte er aus dem Fenster, in mehr oder weniger östliche Richtung.

»Wenn ich annehmen müßte, daß sie das tut«, murmelte er, »werde ich mich wirklich und wahrhaftig selbst auf die Reise machen... *ich* habe die Bilder entdeckt, und niemand sonst – ganz gewiß nicht dieses kümmerliche, undankbare, hinterhältige kleine Knochengespenst – wird sich damit schmücken. Die Leute werden sehen, daß ich etwas von Kunst verstehe...«

»Nach *England* gehen?« fragte Russ überrascht.

»Ich lasse es nicht zu, daß diese kaltblütige, intrigierende kleine Heuchlerin mich aufs Kreuz legt.«

»Was würden Sie tun – zu diesem Appleby fahren und eine große Gegenüberstellung arrangieren?«

Wilbie wurde plötzlich vorsichtig.

»Nein, dafür wäre wohl keine Zeit«, sagte er schnell. »Aber ich könnte nach York fahren – *Pugwash Pharmaceuticals* einen Besuch machen, wenn ich schon mal da bin, und das Geschäft abschließen –, und ich könnte Lucy sagen, sie soll das alte Mädchen nach York bringen, weil ich mit ihr sprechen möchte. Das würde sie ganz schön aufrütteln; ich wette, da würde sie ganz schnell klein beigeben.«

»Sie sind also ziemlich sicher, daß es wirklich die Falsche ist, die das Geld einkassiert? Was macht Sie so sicher?«

»Oh«, Wilbie fuchtelte mit seiner behaarten rosa Hand, »eine Menge Kleinigkeiten. Alles scheint sich zu summieren.«

»Vielleicht nehmen Sie mich lieber mit«, sagte Russ. »Wenn Sie so sicher sind. Dann könnte ich hinüber nach Appleby fahren und die Angelegenheit dort in Ordnung bringen, während Sie *Pugwash* aufsuchen.«

»Seien Sie nicht töricht«, sagte Wilbie kurz. »Wie kann ich Sie mitnehmen? Falls ich gehe – was noch nicht feststeht –, brauche ich Sie hier, damit Sie sich um das Geschäft mit *Dinky Yank* kümmern.«

»Sie täten viel besser daran, mich mitzunehmen.«

»Ich habe Ihnen doch gerade gesagt, Russ, ich ...«

»Wissen Sie, als ich neulich auf Ihrem Speicher war, habe ich eine interessante Entdeckung gemacht«, fuhr Russ gelassen fort.

Wilbie wurde weiß wie ein Kabeljau-Filet unter der gesunden Bräune, die er sich beim Golf, Speerfischen, Skilaufen, Entenschießen und Kundenbeobachten erworben hatte.

»Entdeckung gemacht ... wie sind Sie ... Was zum Teufel meinen Sie?«

»Als ich die Bilder für Sie wieder auf dem Boden verstaut hab, an dem Tag, als Lucy sie runtergeschleppt hat, war der ganze Speicher aufgeräumt und blitzblank; jemand hatte dort Ordnung gemacht, nehm ich an. Ich wollte mich schon immer mal da oben umsehen, und das schien eine gute Gelegenheit.

Ich fand ein Bündel Briefumschläge, auf denen ›Kernahan‹ stand. Ich steckte mir ein paar in die Tasche; Kernahan war der Mädchenname meiner Mutter, wie Sie vielleicht noch wissen.«

Wilbie schwieg und starrte Russ mit aufgerissenem Mund an, als habe ein Golfschläger in seiner Hand plötzlich begonnen, Botschaften aus dem Weltall zu übermitteln.

»Ich habe schon immer gedacht, daß es der Geschichte von Mom, wie mein Vater bei einem Autounfall auf einer Schnellstraße ums Leben gekommen sei, am Detail mangelte«, sagte Russ nachdenklich. Dann grinste er. »Und jetzt weiß ich auch, warum Sie so in die Luft gegangen sind bei der Vorstellung, daß ich Corale heiraten könnte – abgesehen von der Tatsache, daß es ein Rockefeller sein müßte, mein ich. Eine Ehe zwischen ihr und mir würde eine Art klassisches Element haben, nicht wahr – das alte Ödipus-Zeug, so etwa?«

Wilbie lockerte seine verkrampften Kiefer und massierte seinen Gaumen mit klebriger Zunge.

»Es tut mir ohnehin nicht leid«, fuhr Russ in leichtem Ton fort. »Corale zu heiraten hätte nicht gerade einen intellektuellen Festschmaus bedeutet; wenn das Mädchen jemals zwei Gedanken gehabt hat, hat sie wahrscheinlich versucht, sie aneinander zu reiben, um Feuer zu machen. Die Art, wie die Dinge laufen, paßt mir viel besser in den Kram.«

Wilbie hatte seine Stimme wiedergefunden.

»Willst du etwa sagen« – er hörte sich wirklich verletzt an –, »daß du all das für dich behalten hast, seit vor der Zeit, als Lucy nach England ging? Ich muß mich über dich wundern, Russ, und bedauern tu ich es auch. Nach allem, was ich für dich getan habe! Ich hätte nicht erwartet, daß du so undankbar sein würdest...«

»Zweifellos hattest du vor, mir eines Tages alles zu erzählen – wenn du es für richtig hieltest?«

»Sicher – natürlich hatte ich das vor! Habe ich dich nicht ins Geschäft genommen, habe ich dich nicht für eine Schlüsselstellung in der Firma ausgebildet?«

»Nun, der Tag ist etwas früher gekommen, als du vorgesehen hattest, das ist alles«, sagte Russ freundlich. »Von jetzt an werde ich wirklich deine rechte Hand sein, lieber alter Dad!«

»Russ... ich bitte dich... sei um Himmels willen diskret...«

Wilbie warf einen gequälten Blick auf das Fernsehgerät, als könnte es zuhören und ihre Worte aufzeichnen.

»Oh, ich werde diskret sein«, sagte Russ. »Wofür hast du mich ins Business College geschickt, wenn nicht, damit ich lerne, den Burschen ganz oben zu bändigen? Du arrangierst dich mit mir, und ich werde so diskret sein wie die Fußpflegerin der Königin. Und ich werde mit nach England kommen und diese Tantchen-Fennel-Geschichte für dich erledigen. Schließlich ist sie auch meine Großtante! Und die kleine Miss Lucy Hochhinaus hat mich weiß Gott oft genug vor den Kopf gestoßen – es wird ein Vergnügen sein, ihr einen Schreck einzujagen.«

Es entstand eine längere Pause. Dann nickte Wilbie nachdenklich.

»Da ist vielleicht etwas dran«, sagte er. Er schien sich weitgehend beruhigt zu haben.

Russ, der Menschen gewöhnlich nicht analytisch betrachtete, war etwas überrascht, daß Wilbie die Enthüllung so verhältnismäßig gelassen hingenommen hatte. Er schien fast erleichtert – als sei die Offenbarung nicht das, was er erwartet hatte, und tatsächlich viel weniger verheerend, als sie hätte sein können.

Während er sich nachdenklich verabschiedete, nahm Russ sich vor, dem Speicher bei der nächstmöglichen Gelegenheit einen weiteren Besuch abzustatten.

Mrs. Marshams Büro war klein und ordentlich, ausgestattet mit Schreibtisch, Aktenschrank und, als winzige Konzession an Besucher, zwei klapprigen kleinen Kaminsesseln, in denen der bedauernswerte Gast gezwungen war, mit bis an die Brust hochgezogenen Knien zu sitzen.

Mrs. Marsham betrat das Büro wachsam, wie jemand, der

zum ersten Mal den Dschungel betritt und noch nicht weiß, ob seine Rolle die des Jägers oder die der Beute sein wird. Aber ein Blick auf die beiden zu ihr erhobenen Augenpaare beruhigte sie. In dem Mädchen erkannte sie das schäbig-unbedeutende, mausartige, hellhaarige, stille kleine Ding, das letzte Woche bei ihr aufgetaucht war mit irgendeiner sinnlosen Frage nach freien Plätzen; lästige, hartnäckige Person; warum war sie wiedergekommen, nachdem ihr deutlich genug mitgeteilt worden war, daß es zur Zeit keine freien Plätze gebe? Und die alte Dame bei ihr mußte die Tante, Großmutter, Großtante oder was auch immer sein. Auch an ihr nichts Ungewöhnliches, entschied Mrs. Marsham, während sie mit erfahrenem Blick den schäbigen Mantel, den Hut, die verschiedenen hinunterhängenden Tücher und vollgestopften Behälter registrierte. Alte Damen ihrer Art fand man zu Dutzenden in jeder Straße. Sie würde sich leicht den Vorschriften fügen, wenn sie Aufnahme fände, aber davon konnte natürlich keine Rede sein.

»Ja?« fing sie forsch an, während sie die Tür hinter sich schloß. »Es tut mir leid, daß Sie Ihre Zeit vergeuden, indem Sie noch einmal herkommen. Ich dachte, ich hätte, als Sie neulich hier waren, eindeutig zum Ausdruck gebracht, daß wir keine freien Plätze haben, daß es uns völlig unmöglich sei, zur Zeit jemanden neu aufzunehmen.«

Sie lächelte das Mädchen frostig an, und ihr Blick glitt wieder über die alte Dame, die so bescheiden dasaß, die knotigen Füße in den halbhohen schwarzen Schnürschuhen geradeaus gerichtet, den altmodischen Leinenhut auf den schütteren Knoten gedrückt.

»Sie sagten nicht, daß Sie keine freien Plätze hätten«, erwiderte Lucy, »Sie sagten, daß Sie freie Betten hätten, aber zu wenig Arbeitskräfte, weil gerade jemand gekündigt habe.«

»Keine Betten, kein Personal – es läuft auf das gleiche hinaus, nicht wahr?« Mrs. Marshams Lächeln wurde gereizter. Sie schaute auf ihre Uhr. »Ich fürchte also, daß es unter den gegebenen Umständen sinnlos wäre, die Angelegenheit noch weiter zu diskutieren. Irgendwann in der Zukunft vielleicht – aber ich kann nichts versprechen. Wenn Sie mich jetzt entschuldigen würden – ich bin wirklich sehr beschäftigt ...«

»Da Sie also so große Schwierigkeiten zu haben scheinen«, fuhr Lucy ruhig fort, »habe ich gedacht, Sie könnten vielleicht daran interessiert sein, mich einzustellen? Als Gegenleistung für die Aufnahme meiner Tante sozusagen. Ich bin kräftig, vernünftig, habe einen Kursus in Erster Hilfe gemacht und Hauswirtschaft als Schulfach gehabt ...«

Mrs. Marshams Mund öffnete sich. Ausnahmsweise einmal schien sie völlig verblüfft und sah Lucy verständnislos an.

In diesem Moment wagte es die alte Dame, offensichtlich verwirrt durch das Schweigen, zum erstenmal, eine Äußerung zu machen.

»Was ist denn, Liebes?« fragte sie schüchtern. »Haben sie keinen freien Platz? Ich habe nicht ganz verstanden. Können sie mich nicht nehmen?« Sie stellte die Lautstärke ihres Hörgeräts so hoch, daß es knatterte und pfiff, und schaute inzwischen kurzsichtig von Lucy zu Mrs. Marsham und wieder zurück.

»Wir wissen es noch nicht genau«, entgegnete Lucy langsam und deutlich und lächelte ihre Großtante beruhigend an. »Vielleicht können wir etwas arrangieren – mach dir keine Gedanken.«

»Wirklich, Miss ...«

»Culpepper.«

»Ich denke nicht ...«

»Nein, aber tun Sie es doch mal!« drängte Lucy sie. »Denken Sie jetzt. Denken Sie darüber nach. Ich wette, Sie haben schon wesentlich schlimmere Hilfskräfte als mich eingestellt in dieser abgelegenen Gegend. Ich kann kochen, ich habe sogar schon als Stewardess gearbeitet. Sie können mir nichts mehr darüber beibringen, wie man alten Damen Schüsseln bringt.«

»Oh, das ist doch absurd«, fing Mrs. Marsham an. Sie wurde unterbrochen durch ein lautes Klopfen an der Tür, die anschließend aufflog. Alle zuckten zusammen, Mrs. Marsham besonders.

Nora, die Köchin, wogte herein, sich die Hände an der feuchten, fettigen Schürze wischend.

»Miss Marsham, ich kann nicht bleiben«, verkündete sie ohne Einleitung. »Nellie war grad da und hat gesagt, unsrer Annie geht's sehr schlecht mit den Masern. Darum muß ich sofort nach Hause, ich bin nur gekommen, um's Ihnen zu sagen. Weiß nicht, wann ich wiederkomme.«

»Sofort *nach Hause?* Aber Sie können nicht einfach so fortlaufen!« Mrs. Marsham war außer sich. »Was ist mit dem Lunch?«

»Tut mir wirklich leid«, sagte Nora beharrlich. »Aber mein eigen Fleisch und Blut muß zuerst kommen, nicht? Werden wohl den Lunch selber fertig machen müssen. Kartoffeln sind aufgesetzt; ich hatte sie schon fertig, als Nellie kam. Sie fühlt sich auch so komisch, sagt sie; sollte mich nicht wundern, wenn sie auch die Masern kriegt, sie ist überall rot und hat so verklebte Augen. Fleisch ist im Kühlschrank. Hier ist die Einkaufsliste was gebraucht wird. Ich geh dann. Ich sag Ihnen Bescheid, wann ich wieder kommen kann.«

Sie ging und zog die Tür hinter sich zu.

»O *lieber* Gott!« rief Mrs. Marsham zornig. »Und das elende Kind ist Tag für Tag nach der Schule hier in der Küche herumgehangen und hat ihre Bazillen überall verbreitet – ich frage mich, wie viele von den Heimbewohnern keine Masern gehabt haben ...«

Sie sprach mehr zu sich selbst, während sie aus dem Fenster auf Noras breitrückige Gestalt starrte, die sich auf einem altersschwachen Fahrrad die Auffahrt hinunter entfernte.

»Sie sitzen ganz schön in der Klemme, nicht wahr?« sagte Lucy ruhig. »Ich habe in der Post von Masern in der Familie Ihrer Köchin gehört; deswegen kam ich auf die Idee, mich selbst für den Job anzubieten. Masern dauern mindestens zwei Wochen. Und ich hatte sie mit vierzehn; über mich brauchen Sie sich also keine Gedanken zu machen. Was ist mit dir,

Tante Fen? Hast du Masern gehabt? Masern?« wiederholte sie, etwas lauter; Tante Fennel schien heute einen ihrer besonders tauben Tage erwischt zu haben.

»Eh? Oh, ja, Liebes. Masern? Ja, vor langer Zeit, als ich noch ein Kind war.« Miss Culpepper sah verwirrt aus.

»Das ist also in Ordnung«, sagte Lucy. »Wir fahren zurück nach Kirby, packen Tante Fennels Sachen, zahlen Mrs. Tilney eine Woche Vergütung und kommen morgen nachmittag zurück. Werden Sie bis dann klarkommen? Ich würde ja sagen heute, aber dummerweise hat Tante Fennel morgen um zwei einen Termin beim Zahnarzt, und davor sollte sie sich nicht drücken. Wird das in Ordnung sein?«

»Nun...« sagte Mrs. Marsham langsam. Sie biß sich auf die Lippe, verärgert und unentschlossen.

»Wenn das Kind jeden Tag Bazillen verstreut hat«, fuhr Lucy fort, »können die unter Ihren alten Leutchen, die keine Masern gehabt haben, jetzt jeden Augenblick mit einem Ausschlag rechnen. An Ihrer Stelle würde ich einem geschenkten Gaul nicht ins Maul schauen.«

»Nun, Sie müssen verstehen, daß es sich nur um eine vorübergehende Abmachung handelt. Ich kann nichts von Dauer anbieten, weder für Sie noch für Ihre Tante...«

»Gewiß, gewiß. Das können wir alles später besprechen. Vielleicht passen wir nicht zusammen, das gilt für alle Teile. Ich bin ohnehin nicht auf der Suche nach einer Dauerstellung, ich dachte nur, wenn ich Ihnen helfe, die Zeit zu überbrücken, bis Sie jemand anders finden, könnte ich Sie überreden, Tante Fennel aufzunehmen! Jetzt machen wir uns lieber auf den Weg; Sie haben viel um die Ohren.«

Lucy lächelte unter ihrer Haarsträhne hervor Mrs. Marsham mit ihrem schiefen Lächeln an, während sie Tante Fennel aus dem unbequemen Sessel half.

Als Mrs. Marsham die Tür öffnete, ertönten draußen vom Flur aufgebrachte Stimmen.

»Ich werde es Mrs. Marsham sagen!«

»Das wagen Sie nur, Sie falsches Weibstück, dann erzähl ich

ihr, daß Sie neulich Käse vom Servierwagen geklaut haben...«

»Eine arme, stumme Kreatur zu mißhandeln...«

»Arm? Das Viech ist besser ernährt als Sie oder ich, und was das stumm betrifft...«

»Stumm, ich wünschte, einige von euch wären stumm«, rief Mrs. Marsham gereizt und fegte an Lucy und Miss Culpepper vorbei. »Was ist denn jetzt wieder los?«

»Sie hat die Katze getreten!« stieß eine alte Frau atemlos heraus, während sie sich am Wandgeländer festhielt und anklagend auf eine andere alte Frau zeigte. »Hat Ihre arme Mieze getreten, Mrs. Marsham, die ihr nichts Böses getan hat!«

»Das hab ich nicht. Gestolpert bin ich über sie, und das ist was ganz andres. Kann doch keiner von mir erwarten, daß ich sie um meine Füße rumstreichen seh, wo doch jeder weiß, wie schlecht ich sehe. Ich hab schon oft gesagt, daß es gefährlich ist, ein Tier wie das im Haus zu haben, wo hier doch ältere Leute sind. Aber sie *getreten* haben...«

»Und das ist gelogen! Und habe ich Sie nicht mit meinen eigenen Ohren sagen hören, daß Sie das schorfige überfressene Viech nicht ausstehen können und ihm gern mal einen kräftigen Tritt versetzen würden...«

»Wer lügt jetzt? So was hab ich nie gesagt!«

»Doch haben Sie das!«

»Meine Damen, meine Damen, Ruhe bitte! Was sollen unsere Besucher denken? Worum geht es überhaupt?« sagte Mrs. Marsham scharf. »Was ist denn passiert? Wo ist die Katze?«

»Sie ist in die Küche gelaufen«, sagte die Anklägerin wichtigtuerisch. Sie war eine kleine Frau mit Knopfaugen, fast völlig kahl, mit einem langen kastanienbraunen Strickkleid und Pantoffeln bekleidet. Während sie sich mit der einen Hand am Geländer festklammerte, gestikulierte sie heftig mit der anderen. »Mrs. Crabtree ging die Treppe herunter, und als sie unten ankam, lief die Katze vorbei, und sie versetzte ihr einen kräftigen Tritt, dem armen Ding! Und dann wollte sie sie auch noch mit ihrem Stock schlagen, aber sie fiel beinah über ihre eigenen Füße, und die Katze rannte weg, bevor sie ihr Gleichgewicht wiederfand.«

»Es ist von vorn bis hinten kein Wort Wahrheit an dem, was Emma Chiddock da sagt! Hat was gegen mich, das ist es, weil ich gesehen hab, wie sie an den Käse ging. Außerdem«, fügte Miss Crabtree hinzu und versetzte damit ihrer eigenen Sache einen empfindlichen Schlag, »lief die Katze nach oben, und das ist nicht erlaubt.«

Mrs. Crabtree war eine untersetzte Frau mit jener kräftigen Farbe, die auf ein hitziges Temperament schließen läßt, einer dicken Brille, einem unordentlichen weißen Haarschopf und einem weißen Stock in der Hand. Sie blinzelte verteidigend in Mrs. Marshams Richtung. »Aber ich habe sie nie absichtlich getreten«, wiederholte sie.

»Mrs. Crabtree, Sie regen sich zu sehr auf, mir scheint, Sie könnten erhöhte Temperatur haben«, sagte Mrs. Marsham. »Ich glaube, Sie sollten sich lieber auf Ihr Bett legen und Ihr Gebiß herausnehmen. Denken Sie daran, was der Doktor gesagt hat; Sie werden wieder die Tabletten nehmen müssen, wenn Sie sich zu sehr aufregen.«

Diese Worte wurden ganz ruhig gesagt, hatten aber eine vernichtende Wirkung auf Mrs. Crabtree, die ohne Widerrede kehrt machte und mit großer Schnelligkeit nach oben humpelte.

»Sie hat Ihre Katze wirklich getreten, Mrs. Marsham«, sagte Emma Chiddock wichtigtuerisch, sobald ihre Widersacherin außer Hörweite war. »Mitten in den Bauch auch noch!«

»Schon gut, schon gut, sie wird ihn wohl nicht verletzt haben, er kann auf sich selbst achtgeben«, sagte Mrs. Marsham gereizt. »Jetzt plagen Sie mich um Himmels willen nicht mit weiteren Geschichten. Wenn Sie sich nützlich machen wollen, können Sie im Eßraum die Tische decken. Sie finden selbst hinaus, nicht wahr?« sagte sie zu Lucy und Miss Culpepper.

»Ich erwarte Sie dann also morgen nachmittag irgendwann. Jetzt muß ich mich um den Lunch kümmern.« Damit eilte sie fort in Richtung Küche.

»Will sehen, wie es ihrer kostbaren Katze geht, glaube ich eher«, sagte Emma Chiddock ausgesprochen boshaft. »Sie betet jedes Barthaar von dem fetten Viech an. Ich wette, sie läßt Alice Crabtree wirklich die Tabletten nehmen. Alice mag Tabletten nicht – sie träumt scheußliche Sachen, wenn sie sie nimmt, sagt sie.«

Leise kichernd drehte sie sich um und tastete sich am Geländer entlang zum Eßraum.

Lucy war etwas bestürzt.

»Willst du auch wirklich hierherkommen, Tante Fen?« fragte sie, während sie ihre Tante zum Auto führte. »Sie scheinen ein zänkischer Haufen zu sein.«

»Oh, alte Leute streiten immer, Schätzchen«, entgegnete Tante Fennel gelassen. »Es ist das gleiche in jedem Heim, wie es auch geführt wird. Weißt du, Streiten ist das, was sie am Leben hält.«

Lucy war, wie so oft, beeindruckt von dem plötzlichen Scharfblick der alten Dame.

Dennoch beunruhigte sie irgend etwas an der Atmosphäre im Wildfell-Wohnheim, etwas nicht Greifbares und schwer zu Definierendes. Es war nicht die Fehde zwischen den alten Damen, auch nicht ihre Haltung, halb verteidigend, halb besänftigend, gegenüber der Leiterin; noch die leichte, unausgesprochene Drohung in Mrs. Marshams angedeuteter Disziplinarmaßnahme, sondern eine Kombination aus allen dreien und etwas anderem daneben, das dem Wohnheim einen säuerlichen Beigeschmack verlieh, wie der anonyme, irgendwie beunruhigende Geruch nach Chemikalien in einem Laboratorium. Wahrscheinlich bilde ich mir das ein, entschied Lucy. Altersheime sind immer voller störrischer, boshafter alter Leute, die ihre Familien vermissen, die sie früher herumkommandieren konnten. Man müßte ein Heiliger sein, um nicht manchmal die Geduld zu verlieren, und Mrs. Marsham ist eindeutig keine Heilige. Aber sie scheint durchaus vernünftig zu sein. Und wenn ich für eine Woche oder so hier bin, werde ich Zeit haben, ein Gefühl für die Atmosphäre zu bekommen, und wenn wirklich etwas nicht in Ordnung scheint, kann ich Tante leicht herausholen, sie vielleicht mit nach Südengland nehmen und dort etwas für sie in der Nähe von Max' Sanatorium suchen. Aber Tante Fennel scheint Wildfell Hall wirklich gut zu gefallen.

»Alice Crabtree«, sagte Tante Fennel nachdenklich. »Sie war schon immer eigensinnig und widerborstig, auch als junges Mädchen. Ich kann mich noch erinnern, wie Lenny Thorpe – nein, es muß natürlich Lenny Thorpes Vater gewesen sein, Sam Thorpe – sagte, sie würde sich nicht trauen, auf Galloways Weide zu gehen, wo sie den Bullen hingebracht hatten. Ich weiß nicht, wie sie da lebend wieder rausgekommen ist! Fünf Männer mußten den Bullen in Schach halten, und einer davon brach sich das Bein . . .«

»Du kennst Mrs. Crabtree also?«

»O ja, Schätzchen, sie hat immer in Appleby gelebt. Sie und ich waren natürlich nie eng befreundet, aber ich habe nichts dagegen, gelegentlich ein Schwätzchen mit ihr zu halten.«

Aha, dachte Lucy, hier haben wir einen Zeugen aus erster Hand, jemand, der Tante Fennel wirklich kennt. Was für ein glücklicher Zufall. Geduld, Geduld, und alles wird sauber entwirrt. Lieber Max, es wird etwas länger dauern als erwartet, wegen der Masern und diesem Job, aber es wird sehr kurzfristig sein – irgend etwas sagt mir sehr vernehmlich, daß Mrs. Marsham mich nicht länger als unbedingt erforderlich in ihrem Ein-Frauen-Königreich herumwirken haben möchte; so ist das Ende schon abzusehen.

Sie schaute auf zu dem Moor- und Heideland über ihnen, an dessen Ausläufern sie entlangfuhren. Der Himmel war bedeckt von pflaumengrauen Haufenwolken, hinter die die Sonne sich bläßlich verzogen hatte; Wolkenschatten, die über das gewölbte Land huschten, hatten genau die gleiche Farbe wie der Himmel, nur in dunklerem Ton. Weit entfernt, auf einem höckrigen Bergrücken, waren drei riesige silberne Kugeln über den Hang verteilt wie gestrandete Monde.

»Was sind das für Dinger, Tante Fennel?«

»Was für Dinger, Schätzchen?«

»Dort drüben.«

»Zu weit für meine armen alten Augen. Wie sehen sie aus?«

»Rund und silbern, wie Ballons, nur größer.«

»Ach, *die.* Hat irgendwas mit den Russen zu tun, Liebes. Wenn die Russen kommen, läuten sie, glaube ich.«

»Eine Art Fahrradklingeln, ich verstehe«, sagte Lucy fröhlich. Tante Fennel blieb immer die Siegerin in diesen kleinen Streitgesprächen, aber Lucy war ihr deswegen nicht böse. Sie schloß die alte Dame von Tag zu Tag mehr ins Herz.

»Ein Haufen Unsinn, wenn du mich fragst«, fuhr Tante Fennel fort. »Wenn die Russen wirklich kämen, würde sich wahrscheinlich herausstellen, daß sie nicht anders als jedermann sonst sind. Mögen gern Gurken, glaube ich, und Marmelade in ihren Tee. Nichts dagegen einzuwenden, wenn es selbstgemachte Marmelade ist.«

Lucy fuhr langsam, die Augen auf die dahinjagenden purpurschwarzen Schatten gerichtet.

»Hast du nicht manchmal Lust, wieder ein Bild zu machen, Tante Fennel?« fragte sie.

Sie erwartete eigentlich eine weitere auf die schwachen Augen ihrer Tante ausweichende Antwort, aber Tante Fennel überraschte sie, indem sie sagte: »Ja, Schätzchen, manchmal habe ich das. Nun – man kann nie wissen. Wenn es im Wildfell-Heim einen alten Gärtnerei- oder Lagerraum gibt, wo ich meine Siebensachen und meine Farben lassen kann – ich bestreite nicht, daß das wirklich schön wäre.«

Lucy hielt beinah den Atem an. Tante Fennel lächelte vor sich hin, ein sanftes, heimliches Lächeln, wie das einer alten, zerbrechlichen Maus, die gerade einen ganzen Stiltonkäse entdeckt hat. »Wenn meine Augen mitmachen, meine ich natürlich. Aber wir werden abwarten müssen. Diese Heimleiterin würde es mir wahrscheinlich nicht erlauben«, fügte sie abschließend heiter hinzu. »Hat es gern, wenn sich alles nach ihr richtet, das sieht man.«

»Wo sind all die Sachen für deine Bilder, Tante Fennel?«

»Nun, im Cottage, Schätzchen. In High Beck.«

»Würdest du nicht gern einmal hingehen und nach allem sehen – schauen, daß deine Sachen nicht schimmeln oder von den Motten gefressen werden?«

Die alte Dame dachte nach.

»Hm ... ich weiß nicht ...«, sagte sie zweifelnd.

»Hast du den Schlüssel bei dir?«

»O ja, Liebes, natürlich; ich habe ihn immer bei mir.« Tante Fennel legte eine Hand schützend in die Gegend ihres Zwerchfells.

»Ja und ...?«

»Aber wenn der Andere noch immer in der Gegend herumschleicht und auf mich lauert?«

»Tante Fennel!«

»Ja, Schätzchen?«

»Wer ist dieser Andere?«

»Oh, Schätzchen, das darf ich dir nicht sagen!« Die alte Dame schien völlig entsetzt über solch eine Frage. Sie zog aus einem kleinen schwarzen Samttäschchen ein Taschentuch hervor und drückte es sich gegen die Stirn. Ihre Lippen zitterten. Ein kräftiger Duft nach grünem Rainfarn wehte durch das Auto.

»Aber warum nicht?«

»Wenn er wüßte, daß du es weißt, wäre er sehr wahrscheinlich auch hinter dir her.«

Lucy runzelte die Stirn angesichts dieses Wirrwarrs.

»Aber, Tante Fen ...«

»Ja, Schätzchen?«

»Woher weißt du, daß ich es nicht weiß?«

»Nun, du hast mich gerade gefragt, nicht? Was hätte es für einen Sinn zu fragen, wenn du es wüßtest?«

»O Mann«, sagte Lucy, »wir drehen uns im Kreis herum. Aber wie konntest du sicher sein, daß ich nicht irgend etwas mit diesem Anderen zu tun hatte? Angenommen, er hat mich wirklich geschickt, um dich zusammenzuschlagen?«

»Nun, Schätzchen, zuerst hatte ich tatsächlich gewisse Bedenken...« *Bedenken,* dachte Lucy und dachte an die herzzerreißende Verfolgung über den Kiesstrand. »...Aber als ich dich besser kennenlernte, sah ich natürlich sehr bald, daß du nichts mit diesem Anderen zu tun haben konntest. Sie ist ein liebes kleines Ding, dachte ich, sobald ich dich besser kannte.«

Eine magere, vogelähnliche Kralle kam hervor und tätschelte Lucys Hand auf dem Lenkrad; Lucy drückte die Kralle kurz, legte sie dann sanft in den Schoß der Besitzerin zurück und fuhr weiter, sich ungewöhnlich demütig fühlend.

»Schätzchen...«

»Ja, Tante Fen?«

»Du siehst den Trecker da vorn, oder?«

»O je, danke... nicht ganz meine übliche Vorsicht und Aufmerksamkeit!«

Mit einem leisen Lächeln änderte Lucy die Fahrtrichtung. Die Gefahr war nicht bedrohlich gewesen; der Traktor, der einen ausziehbaren Kran mit einer kombinierten Rechen- und Sägeblatt-Vorrichtung transportierte, tuckerte langsam an der anderen Seite der Straße entlang und verkleinerte die Hecke auf die Hälfte ihrer Höhe. Die Aufmerksamkeit des Fahrers war darauf gerichtet, sein Schneidegerät im richtigen Winkel zu halten; es blieb nicht viel davon für andere Verkehrsteilnehmer übrig.

»So etwas gab es nicht, als ich jung war«, sagte Tante Fennel mißbilligend. »Damals schnitten die Leute ihre Hecken mit Gartenmessern, wie es sich gehört, anstatt ein scheußliches zerhacktes Durcheinander zu hinterlassen. Und diese Straßenrand-Sprays – sie machen nur die Wildblumen kaputt.«

»Aber was ist mit dem Anderen, wenn du im Wildfell-Heim wohnst?« fragte Lucy, auf ihr vorheriges Thema zurückkommend. »Wirst du dort keine Ängste seinetwegen haben?«

»Dort werden immer Leute in der Nähe sein; er wird es

nicht wagen, in eine so große, gutgeführte Anlage wie diese einzudringen. Außerdem wird er nicht damit rechnen, daß ich nach Appleby zurückkehre.«

Das hörte sich vernünftig an; es hatte gewiß keinen Sinn zu widersprechen.

»Kanntest du den Mann, der den Traktor fuhr?« fragte Lucy zusammenhanglos.

»Du lieber Himmel, Schätzchen, so weit kann ich nicht sehen, jedenfalls kein Gesicht erkennen!«

Dreißig beide, dachte Lucy. Sie schaute zur Seite und sagte sanft: »Dein Hörgerät ist abgestellt, wußtest du das?«

»Im Auto hör ich immer viel besser«, erklärte Tante Fennel gelassen. »Vermutlich sind es die Vibrationen.«

Vierzig zu dreißig.

»Hättest du Lust, bei irgend jemand in Appleby vorbeizuschauen, während wir durchfahren?«

»Ich glaube nicht, Liebes, trotzdem vielen Dank. Dill und ich waren zusammen so alt geworden, wir machten uns nicht viel daraus, Nachbarn zu besuchen. Die meisten unserer eigenen Freunde waren schon vor langer Zeit gestorben, und die jungen Leute haben keine Lust, zwei komische alte Damen zu besuchen – vermutlich wußten sie kaum, wer von uns wer war.«

Spiel und Sieg an Tante Fennel, dachte Lucy.

»... Aber ich würde sehr gern einen Blick auf High Beck werfen«, schloß Tante Fennel ab. »Denkst du, du kommst mit deinem Auto die Straße hinauf?«

»Ich werde mir Mühe geben. Aber was ist mit dem Anderen?«

»Nun, ich habe gedacht... Du kannst das Auto abschließen, nicht? Du schließt es immer ab, wenn du es in der Tiefgarage stehen läßt?«

»Sicher.«

»Dann könntest du mich im Auto einschließen, während du zum Haus gehst? Dann könnte der Andere mir doch nichts anhaben, selbst wenn er in der Nähe wäre, oder?«

Wie so oft, wenn sie mit Tante Fennel zusammen war,

wußte Lucy kaum, ob sie lachen, weinen oder schimpfen sollte; die Mischung aus Phantasie und gesundem Menschenverstand bei der alten Dame erfüllten sie mit Bewunderung und Verzweiflung. Noch nie zuvor mit einem Auto in nähere Berührung gekommen, hatte Tante Fennel den kleinen PHO sehr ins Herz geschlossen; sie war nie glücklicher als dann, wenn sie herumgefahren wurde, gleichgültig wohin, und jetzt schien sie den kleinen Austin auch noch mit magischen Schutzkräften ausgestattet zu haben.

»Natürlich könnte ich dich einschließen«, sagte Lucy freundlich. »Das ist eine gute Idee. Was soll ich im Haus tun?«

»Nun – du könntest dich ein wenig umsehen, dich vergewissern, daß die Sachen nicht zu feucht werden. Und ... ja, du könntest ein oder zwei Dinge mitbringen, Leinwand und Farbtuben, und meine kleinen Stickereien, wenn noch welche dabei sind, die aufzuheben sich lohnt.«

»Gut, machen wir uns auf den Weg.« Lucy bremste, bis sie nur noch krochen, und folgte einer Wagenspur, die gegenüber der von einem Gespenst heimgesuchten öffentlichen Bedürfnisanstalt parallel zum Bach lief.

»Bei dem Häuschen ist ein Steg, nicht wahr?«

»Ja, Schätzchen. An dieser Seite des Stegs ist Platz für das Auto. Manchmal, bei wirklich schlimmem Wetter, überflutet der Bach den Steg, und dann ist das Häuschen völlig abgeschnitten. Man kann nicht über die Klippe hinter dem Haus klettern, wir konnten es jedenfalls nicht. Einmal waren wir drei Wochen lang abgeschnitten.«

»Das muß Spaß gemacht haben«, sagte Lucy und manövrierte den kleinen PHO vorsichtig den steilen steinigen Weg hinauf, der Bach in seinem Bett unten zu ihrer Linken.

»Oh, das hat es, Schätzchen.« Aus Tante Fennels Stimme klang die Erinnerung an vergangene Vergnügen. »Wir hatten natürlich immer reichlich Vorräte und unsere eigenen Eier und auch Gemüse – Dill buk Brot, und wir machten Pastinakenwein und Holundermarmelade.«

»Wie habt ihr es mit der Post gemacht ... und Brennstoff?«

»Holz hatten wir reichlich. Und geschrieben hat uns nie jemand, außer einmal deine Tante Rose, um sich für die Bilder zu bedanken. Ganz hingerissen, schrieb sie, seien sie.«

Es versetzte Lucy einen Stich; sie erinnerte sich an das, was Tante Rose gesagt hatte: »Wilbie sagte, ich solle mich bedanken und sie in den Speicher stellen. Sie würde es nie erfahren.«

Sie sagte herzlich: »Es waren hinreißende Bilder, Tante Fen. Besonders gut hat mir Samuel als Kind gefallen. Sind noch welche im Haus?«

»Kann schon sein, Schätzchen. Ich kann mich wirklich nicht mehr erinnern«, sagte die alte Dame unbestimmt. »Meine meisten Sachen habe ich verschenkt, als ich beschloß, wegzugehen. Der alte Colonel Linton bot an, sie für mich zu den Leuten zu bringen. Er war sehr nett; als Dill noch lebte, kam er oft vorbei und trank ein Glas von unserem selbstgemachten Wein.«

»Colonel Linton. Ist das der alte Knabe, der im Pfarrhaus wohnt? Weißes Haar und ziemlich taub und reizbar?«

»Er hat viel hinter sich, Schätzchen.« Tante Fennels Ton war tadelnd. »Er ist einmal Besitzer des Herrenhauses und des ganzen Landes hier herum gewesen, aber er hat sein ganzes Geld bei Pferderennen verloren und mußte verkaufen. Sehr traurig war das damals; seine Familie hat Gott weiß wie lange hier gelebt.«

Noch ein Zeuge aus erster Hand; gut, dachte Lucy und steuerte den kleinen PHO fort von der steilen Böschung des Flusses in eine Art Nische in der steilen Wand rechts von ihnen. Ich muß noch einmal hingehen und es ein zweites Mal mit Colonel Linton versuchen.

Sie hielt und stieg am Steg aus. Tante Fennel begann, umständlich in ihren Kleidern zu wühlen. Als erstes legte sie mehrere Halstücher ab, dann knöpfte sie ihr Wollkleid und das Leibchen auf. Ein paar Häkchen etwa bis zur Mitte ihres Korsetts wurden anschließend mit einiger Mühe geöffnet.

»Kann ich dir helfen?« fragte Lucy.

»Nein, danke, Schätzchen, ich komm schon zurecht. Ha, ich hab's.« Sie zog an einer Art Angelschnur, die mit einer Sicherheitsnadel befestigt war, und zum Vorschein kam ein kleiner Beutel aus Sämischleder, warm und zerknittert. »Hier bewahre ich mein Vermögen auf, mußt du wissen«, und wieder einmal überzog ein triumphierendes Lächeln ihr Gesicht. Mit ungläubigen Augen erhaschte Lucy einen Blick auf ein dickliches Bündel Banknoten, bevor Tante Fennel zwischen den Scheinen einen Schlüssel hervorzog und das Geld in den Beutel zurücksteckte. Dann begann sie mit dem komplizierten Wiederverstauen und Wiederzuknöpfen.

»Tante Fennel ...«

»Ja, Schätzchen?«

»Findest du es vernünftig, das alles mit dir herumzutragen?«

»Wohin sonst sollte ich es tragen?«

Auf diese Frage schien es keine Antwort zu geben.

»Aber wenn du soviel Bargeld bei dir hast, warum löst du dann umständlich einen Scheck in der Apotheke ein?«

Tante Fennel war schockiert. »Dies ist nur für *Notfälle.*«

»Oh, ich verstehe ...«

Etwas aus dem Gleichgewicht gebracht, stieg Lucy aus und schloß Tante Fennel sorgfältig im Auto ein.

»Ich bleibe nicht lange!« rief sie laut und mit betonten Lippenbewegungen und ging dann hinunter zum Steg. Es war eine schmale Konstruktion, aus diagonal verlaufenden Holzrippen bestehend, die an dickem, dreifach gedrehtem Zaundraht befestigt waren; er wackelte und schaukelte, als Lucy ihn überquerte, und sie mußte sich festhalten an dem Drahtseil, das an beiden Seiten ein Geländer ersetzte. Unter ihr stürzte sich der mostfarbene Wildbach über moosbewachsene Steine. Drei Holzstufen führten von der Brücke hinunter – was für ein Bauwerk, das zwei alte Damen jedesmal überqueren mußten, wenn sie ins Dorf hinunter wollten! Und dann ging es eine Treppe aus unregelmäßigen Steinplatten hinauf zu der Stelle, wo High Beck etwa auf halber Höhe der Böschung am Hang klebte. Terrassenartig angelegte Blumenbeete vor dem Häuschen waren wieder zur Wildnis geworden, aber ein paar Ringelblumen und Kapuzinerkresse leuchteten immer noch zwischen dem üppigen Unkraut hervor. Zwei Steintröge rechts und links von der Eingangstür waren mit Butterblumen gefüllt.

Der Schlüssel drehte sich rostig im Schloß, und dann trat Lucy ins Haus.

Ein feucht-dumpfer Geruch nach nassen Steinen und Kälte schlug ihr entgegen, dann roch es nach Ruß und schimmelndem Holz. Eine schmale Treppe lag gegenüber dem Eingang, und Türen an beiden Seiten. Lucy wählte die linke Seite und fand sich in einer großen Küche mit einem roten Fliesenboden, einem Küchenschrank, einer Standuhr, die um zwanzig vor fünf stehengeblieben war, einem Tisch und zwei Holzhokkern. In einer Wandnische stand ein einfacher Herd mit Ofen, eine Tür an der hinteren Seite führte in eine Spülküche, und unter den beiden Fenstern, deren schwere Holzläden zurückgeschoben waren, befanden sich eingebaute Fenstersitze. An den tapezierten Wänden hingen keine Bilder. Lucy sah sich im anderen Vorderzimmer um, das offenbar als Wohnzimmer benutzt worden war und eine mit Gitterwerk, Rosen und blauen Vögeln geschmückte Tapete hatte, sehr feucht, abblätternd. Auch hier keine Bilder, aber in einem Schrank neben dem Kamin entdeckte sie einen Karton voller Stickseide und Stoffstücke, alles zu feucht und schimmlig, um noch benutzt werden zu können. Oben stieß sie in einem der beiden kleinen Schlafzimmer auf einen Stapel alter Rahmen und Bilder, von der Art, wie man sie in Bauernhäusern findet, viktorianische Stiche und Aquarelle. Eines oder zwei von ihnen waren mit einer Deckfarbe übermalt oder mit einem Stück Leinwand überspannt worden; offensichtlich hatte Tante Fennel sparen wollen und diese als Grundlage für ihre eigenen Arbeiten benutzt. Lucy fand auch ein paar Tuben Ölfarbe, vertrocknet und nicht mehr zu gebrauchen. Keine Bilder; Colonel Linton hatte offenbar reinen Tisch gemacht – oder jemand anders; es würde natürlich ein leichtes sein, in das Haus mit seinen zerbrochenen Fenstern einzudringen.

Sie drehte sich um und schaute aus dem Flügelfenster in das baumbewachsene Tal und auf die schmale, spinnenartige Brücke. Weiter unten, von hier nicht zu sehen, lief der Wildbach schwatzend über die Steine. Auf der anderen Seite warteten Tante Fennel und der kleine PHO geduldig.

Lucy wandte sich wieder ihren Nachforschungen im Haus zu. Sie wußte nicht, was sie zu finden erwartet hatte, nur, daß sie es nicht fand. Photographien? Identitätsbeweise? Es gab nichts derartiges. Aber was sie spürte und was sie umhüllte, stärker als der Geruch nach feuchtem Ruß, war eine fast unerträgliche Traurigkeit, ein Gefühl von Verrat.

»Du hast mich im Stich gelassen! Du hast mich alleine sterben lassen!«

»Ich konnte nichts dafür«, murmelte Lucy – an wen gerichtet? An das Haus? »Es war nicht meine Schuld! Ich war nicht einmal hier.« Aber die Vorwürfe gingen weiter, bis sie sich am liebsten die Finger in die Ohren, ins Herz gepreßt hätte. Es war wie ein ununterbrochener Schmerzensschrei. Gott sei Dank, daß ich Tante Fennel nicht mit nach hier oben gebracht habe. Wenn ich es so empfinde, wie hätte sie es ertragen können? Kein Wunder, daß sie weggezogen ist. Es ist, als ob der Ort verflucht wäre.

In ihrem Kopf begann es heftig zu pochen. Sie nahm wahllos einen Armvoll Leinwand auf und quetschte sich damit ungeschickt die enge Treppe hinunter. Als sie in der Küche eine Pause machte, um ihre Last anders zu ordnen, wurde ihr plötzlich schwindelig, und sie mußte, an den Türpfosten gelehnt, warten, bis sie wieder klar sehen konnte. Einen Augenblick lang hatte sie den Eindruck, daß sie zwei Bilder vor sich sah, eines dem anderen überlagert, wie ein Dreifarbenbild, in dem die Farben nicht genau übereinanderpassen. Sie sah die Küche eingerichtet, sonnenbeschienen, Feuer im Herd, eine schlafende Katze auf dem Teppich vor dem Kamin, Goldlack in einem Messingtopf auf dem Tisch, eine grauhaarige Frau in einem bedruckten Kittel, damit beschäftigt, etwas auf einem Holzbrett kleinzuhacken ... das Bild verblaßte.

»Zum Teufel«, murmelte Lucy. »Ich fang noch an, Gespenster zu sehen! Ich muß hier raus.«

»Komm zurück!« flehte das kleine Haus, als sie ihre Leinwand fallenließ und sich umdrehte, um die Tür abzuschließen. »Bitte, bitte, komm zurück!« Und dann, drohend: »Du wirst zurückkommen, du wirst zurückkommen müssen.«

»Ach wirklich? Da kannst du lange warten!« Sie schob den Schlüssel in ihre Tasche und nahm die Leinwand wieder auf. Eine gescheckte Katze, dieselbe, die sie bei ihrem ersten Besuch gesehen hatte, krauste die Nase und fauchte sie stumm an, um dann hinter einer Regentonne zu verschwinden. Lucy ging vorsichtig die steinernen Stufen hinunter. Sie fühlte sich ausgelaugt und elend; in ihrem Kopf pochte es immer noch. Es kostete sie ihre ganze Konzentrationskraft, mit der Leinwand die schwankende Schaukelbrücke zu überqueren. Langsam folgte sie dem Weg zurück zum kleinen PHO Tante Fennel schien eingenickt zu sein, das Kinn auf der Brust, und zuckte heftig zusammen, als Lucy die Wagentür aufschloß.

»Ich habe ein paar Stücke Leinwand, Tante Fennel, aber die Stickereisachen waren nicht mehr zu gebrauchen. Zu feucht – alles ist verfault. Ich lege die Leinwand in den Kofferraum.«

Das tat sie, dann ließ sie sich in den Fahrersitz fallen.

»Wie kam dir das Haus vor, Schätzchen?«

Wie sollte man diese furchterregende Ausdünstung von Gram und Vorwurf erklären – oder verschweigen?

»Na ja ... es war ziemlich staubig und feucht«, sagte sie.

»Damit muß man rechnen, wenn ein Haus leersteht«, sagte Tante Fennel gelassen. »Sonst alles in Ordnung? Du siehst etwas blaß aus, Schätzchen ... du hast doch niemanden gesehen? Niemand in der Nähe? Nicht ... nicht dieser Andere?« Sie senkte die Stimme zu einem Flüstern.

»Nein, niemanden. Es ist nur eine von meinen Kopfschmerzenattacken. Es wird gleich wieder besser sein.«

»Aber, aber, nun, wir wissen ja, was dagegen hilft, nicht

wahr – Beinwelltabletten. Und ein paar Züge von meiner Rosmarinessenz; wie gut, daß Mrs. Tilney mir erlaubt hat, in ihrer Küche etwas davon herzustellen.«

»Ich kann im Augenblick keine Tablette schlucken, Tante Fennel, lieb von dir, aber der Rosmarin ist wunderbar, er hilft wirklich. Sehen wir, daß wir hier wegkommen, was?«

Lucy kam es jetzt so vor, als sei das ganze Tal erfüllt von der Atmosphäre des Hauses, sie konnte nicht schnell genug wegfahren. Den Kopf aus dem Fenster gereckt, fuhr sie rückwärts gefährlich schnell den unebenen Weg hinunter, bis sie Platz zum Wenden hatte und wieder auf die Hauptstraße des Dorfs stieß. Ihr Besuch bei Colonel Linton in dem Pfarrhaus würde warten müssen; sie hatte das Gefühl, daß sie im Augenblick nicht die Kraft hatte, mit ihm fertigzuwerden.

Aber als sie das Dorf halb durchquert hatten, bremste sie.

»Tante Fennel, ich glaube, ich versuche es mit zwei oder drei von deinen Tabletten, und ich muß unbedingt einen Schluck Wasser trinken. In dem Haus dort wohnt eine junge Frau, die mir wohl ein Glas Wasser geben würde – kannst du noch einmal ein paar Minuten warten? Oder möchtest du mit hineinkommen?«

»Oh, ich warte, Schätzchen, danke. Du kannst mich wieder einschließen. Bakers Haus – laß mich überlegen. Das stand leer, als ich wegzog. Wer wohl jetzt drin wohnt?«

»Leute, die Carados heißen, fremd hier im Dorf«, informierte Lucy sie zuvorkommend, während sie das Auto wieder abschloß.

Der Name schien Tante Fennel nichts zu sagen. Sie lehnte sich gelassen in ihrem Sitz zurück.

»... Ja?« sagte Fiona Carados, als sie die Tür öffnete. »Oh, Sie sind es wieder. Was wünschen Sie?«

»Ich wollte fragen, ob Sie so nett sind ... oh«, sagte Lucy, »Sie haben Ihr Baby also bekommen!«

»So etwas kommt vor; das sind die Wege der alten Dame Natur«, erwiderte Mrs. Carados kühl. »Aber Sie sind doch nicht hier, um mir das zu erzählen?«

»Nein, tut mir leid; könnten Sie mir freundlicherweise ein Glas Wasser geben, damit ich ein paar Tabletten runterschlukken kann? Ich habe schreckliche Kopfschmerzen.«

»Sie sehen wirklich hundsmiserabel aus.« Eine Spur von Anteilnahme machte sich in Mrs. Carado's Oberschichtstimme bemerkbar. »Kommen Sie mit in die Küche und setzen sich. Wollen Sie nicht lieber einen Whisky?«

Sie schien viel entspannter als bei Lucys letztem Besuch.

»Nein, bitte nur Wasser, vielen Dank.«

Die Küche befand sich diesmal in einem nicht ganz so schlimmen Durcheinander; hier und da waren schwache Spuren von Aufräumen sichtbar. Ein winziges Baby schlief in einem Körbchen auf dem Boden.

»Das ist mein kleiner Knabe; ist er nicht ein Komiker?« sagte Fiona und reichte Lucy einen dicken weißen Becher mit sehr kaltem Wasser.

»Er kann doch erst vor kurzem geboren sein; ist es nicht reichlich früh für Sie, schon wieder aus dem Krankenhaus zurück zu sein?«

»Ich bin gar nicht bis dahin gekommen. Als ich begann, mich etwas sonderbar zu fühlen, war es schon zu spät. Aber der alte Knochenbrecher kam erst an, als alles vorüber war.«

»Großer Gott.« Lucy schluckte ihre Tabletten und musterte ihre Gastgeberin voller Achtung. »Muß Ihrem Mann einen ganz schönen Schreck eingejagt haben.«

»Oh, *der* war auch nicht da. Ich habe ihn rausgeschmissen. Schreckliche kleine Zecke. Außerdem war er sowieso nicht mein Mann«, erklärte Fiona, bei der die Niederkunft eine befreiende Veränderung bewirkt zu haben schien.

Lucy fiel es schwer, sich eine angemessene Entgegnung einfallen zu lassen.

»Ich verstehe«, sagte sie und trank noch einen Schluck Wasser.

»Es ist *phantastisch,* wenn Robin nicht ständig verstohlen umherschleicht und sich wegen meines ledigen Status schämt«, vertraute Fiona Lucy an. »Das einzige, was stört –

ich werde einen Weg finden müssen, ein bißchen Bares zu verdienen. Was macht der Kopf?«

»Wird schon besser, danke. Was haben Sie vorher gemacht?«

»Hatte eine Boutique in der King's Road. Sind Sie sicher, daß Sie okay sind?«

»Ja, mir geht es viel besser. Ich sollte wieder zu meiner Tante gehen. Und vielen Dank.«

»War mir ein Vergnügen. Irgend etwas sagt mir« – Fiona warf durch das Fenster einen Blick auf die verlassene Hauptstraße von Appleby-under-Scar, »daß der Bedarf an Boutiquen hier in der Gegend nicht besonders groß ist.«

»Nein, wohl kaum.«

»Sie könnten mir wohl nicht einen Fünfer leihen?« fragte Fiona plötzlich und beiläufig. »Der verdammte kleine Robin schickt mir jetzt überhaupt nichts mehr, obwohl es sein Baby ist. Aber die Miete hier ist bis Dezember bezahlt, ich werde also den Teufel tun und eher ausziehen.«

»Nun ...«, Lucy war nicht eben versessen darauf, sich von ihren eigenen mageren Mitteln zu trennen. Sie zögerte.

»Wir könnten auch einen Handel machen, wenn Ihnen Anleihen nicht gefallen«, fuhr Fiona fort. »Kaufen Sie etwas – irgend etwas, was Ihnen gefällt. Was halten Sie zum Beispiel von meinem alten Kaninchen?« Sie zeigte auf ein zottiges Bündel – konnte es Zobel sein? –, das sorglos über den Griff des Kinderwagens geworfen war.

»Danke, aber den werden Sie hier selber brauchen, wenn der Winter kommt. Außerdem mach ich mir nicht viel aus Pelz.« Plötzlich kam Lucy eine glänzende Idee. »Aber ich will Ihnen was sagen – das Bild, das bei Ihnen im Wohnzimmer über dem Kamin hing, ist es noch da? Könnte ich das bekommen?«

»Großer Gott, ja. Kann mir nicht vorstellen, warum Sie es haben wollen, aber nehmen Sie es bloß mit.«

»Ihr Hausbesitzer wird nichts dagegen haben?«

»Wenn er etwas dagegen hat, werde ich ihm erklären, daß

das Baby sich darauf übergeben hat. Ich glaube nicht, daß er es überhaupt merkt. Er kommt kaum je hierher. Hält nichts von dem Laden«, sagte Fiona gleichgültig. »Hier, ich hänge es für Sie ab. Danke«, fügte sie hinzu, als Lucy fünf Pfundnoten hervorkramte, »das wird uns für eine Woche oder so über Wasser halten, Trockenmilch und Scotch eingeschlossen.«

»Gut.« Adam und Eva und die Schlange begehrlich an sich drückend, ging Lucy auf die Tür zu.

»Da fällt mir ein«, sagte Fiona beiläufig, »waren Sie nicht auf der Suche nach einem alten Mädchen mit einem komischen Namen, als Sie das letzte Mal hier vorbeikamen? Culpepper, Fenella Culpepper oder so ähnlich?«

»Ja, das war ich.« Lucy blieb stehen, die Hand auf der Türklinke. »Warum?«

»Ich habe mich nur gefragt, ob Sie sie gefunden haben.«

»Um ehrlich zu sein«, sagte Lucy, »ich könnte es Ihnen nicht sagen.«

## 8

Der große weiße Metallkorb, der Lucy und Dr. Adnan enthielt, drehte sich im Kreis herum und drehte sich dann, ohne sein horizontales Kreisen aufzugeben, von oben nach unten und beschrieb gleichzeitig in einem komplizierten Geschaukel eine Acht.

»Heiliger Strohsack!« rief Lucy. Sie waren sicher angeschnallt, aber sie griff hastig nach dem Geländer.

»Ängstigen Sie sich bitte nicht, meine liebe Miss Lucy Snowe. Kein Leid wird Ihnen widerfahren, ich verspreche es.« Dr. Adnan lachte sie an, eine große Menge makelloser Zähne in seinem leicht geröteten Gesicht entblößend. Durch die blassen Strähnen ihres zerzausten Haars grinste Lucy zurück.

»Ich habe keine Angst, danke, es kam nur so unerwartet. Aber ich bin froh, daß ich keinen Lunch gegessen habe!«

»Keinen Lunch?« Er sah sie mißbilligend an. »Ihr jungen Damen kümmert euch kein bißchen um euch selbst. Wenn ich das gewußt hätte, als wir uns vor der Zahnarztpraxis trafen, hätte ich Sie zuerst zu Bier und Bratwurst eingeladen.«

»Hätte ich unmöglich essen können«, erklärte Lucy ihm. »Ich hatte Kopfschmerzen.«

»Kopfschmerzen?« Zum erstenmal schien seine außerordentliche Zufriedenheit mit sich selbst und dem gemeinsamen Erlebnis leicht erschüttert. »Wenn ich das gewußt hätte, wäre ich nicht auf die Idee gekommen, einen Besuch dieses lauten Rummelplatzes vorzuschlagen.«

»Das ist schon in Ordnung; ich dachte, das könnte meinem Kopf guttun. Was mich nicht umbringt, macht mich stark.«

Von ihrem hohen, kreisenden Sitz aus schaute Lucy hinunter auf den Jahrmarkt von Kirby. »Und es hat geholfen; ich fühle mich viel besser. All die frische Luft!« Sie lachte ihn an, während sie vergeblich versuchte, ihr wehendes Haar unter Kontrolle zu bringen. Der Metallkorb drehte sich wieder um seine Längsachse.

»Woher kommen diese Kopfschmerzen?« erkundigte sich Dr. Adnan wie bei einer Patientin.

»Oh, meine Kopfschmerzen sind etwas merkwürdig; sie scheinen oft ohne jeden Grund zu kommen. Und manchmal verschwinden sie ebenso schnell. Diesmal war es so. Ich hatte seit gestern nachmittag Kopfschmerzen. Jetzt sind sie weg.« Lucy vermied es, High Beck zu erwähnen: sie mochte immer noch nicht darüber nachdenken, was genau eigentlich dort geschehen war – wenn etwas geschehen war –, und sie war überzeugt, daß Dr. Adnan einem solchen Phänomen sehr skeptisch gegenüberstehen würde.

»Nun, dann gehen wir jetzt Kaffee trinken, um die Behandlung vollständig zu machen.« Ihr Korb landete sanft auf dem Boden, und die Tür öffnete sich automatisch. Ein Aufseher kam, um die Sicherheitsgurte zu lösen. Die Fahrgäste kletterten unsicher hinaus und lächelten einander verlegen an.

Adnan führte Lucy zu einem Imbißlokal mit Tischen im

Freien, unter Plastikpalmen, wo er ihr Kaffee in einem Plastikbecher brachte und ein großes Rechteck von einer Substanz, die wie Sandstein aussah.

»Pfefferkuchen«, erklärte er mit ernsthafter Stimme. »Eine örtliche Delikatesse. Oh, ich vergaß, daß Ihre Ahnen aus dieser Gegend stammen. Und dieses ist, fürchte ich, nicht eben der beste Kaffee, den Sie je getrunken haben. Macht nichts; ein anderes Mal suchen wir uns etwas Besseres aus.«

»Es ist okay. Er ist heiß.« Lucy trank durstig den Kaffee und schaute dann auf ihre Uhr.

»Bitte tun Sie das nicht dauernd. Es erzeugt bei mir ein Gefühl der Unbeständigkeit, während ich mich Ihrer Gesellschaft erfreuen will. Ihre alte Dame ist für gute zwei Stunden bei Fawcett in sicheren Händen; er sagte mir, daß er einige komplizierte Brücken anpassen müsse. Und er hat eine sehr nette kleine Sprechstundenhilfe, die sich um Miss Culpepper kümmern wird, falls er fertig sein sollte, bevor Sie zurückkommen. Entspannen Sie also und amüsieren Sie sich!«

»Ich bin das nicht gewohnt.«

»Das merke ich. Ich werde es Ihnen beibringen.«

Dr. Adnan war offensichtlich ein Meister im Sich-Amüsieren. An diesem Tag trug er eine dunkelgrüne taillierte Wildlederjacke, ein weißes Hemd mit Rüschen, Schnallenschuhe und eine Menge Ringe. Untersetzt, adrett und gutgelaunt, kümmerte er sich sehr zielbewußt um ihre Unterhaltung.

»Noch ein Stück Pfefferkuchen?« fragte er und nahm selbst eins. »Nein? Sie sollten etwas zunehmen, wissen Sie. In der Türkei werden so dünne junge Damen wie Sie als sexuell nicht attraktiv angesehen.«

»Wie schrecklich. Jedenfalls«, sagte Lucy, »sind wir jetzt nicht in der Türkei. Dr. Adnan, ich möchte mit Ihnen über die Bilder meiner Tante sprechen. Ich möchte wirklich mehr davon ...«

»Ach ...« Er hob vorwurfsvoll die Hand. »Später, später. Wir wollen doch Vergnügen nicht mit Geschäft vermischen. Ich habe Sie hierher gebracht, damit Sie sich unterhalten. Tun wir das weiter innerhalb der gesetzten Grenzen. Was würden Sie gern als nächstes tun? Bingo?«

»Großer Gott, nein. Vielleicht einen der Stände?«

Der Jahrmarkt war übersät mit runden Buden, die Preise für die verschiedensten Fähigkeiten anboten: Pfeilwerfen, Ringwerfen, Luftpistolenschießen und geheimnisvollere Spiele, zu denen Goldfischgläser, Tischtennisbälle, Miniatur-Krabbenkescher und magnetische Angelruten gehörten. Die Preise waren groß, glitzernd und scheußlich, die Stände schlecht besucht. Dr. Adnan musterte sie verächtlich.

»Ich halte diese kleinen Schaubuden für eine gewaltige Geldverschwendung; sie sind es nicht wert.«

»Sie sind ziemlich knickerig, oder? Wollten Sie nicht, daß ich mich amüsiere?«

»Kommen Sie, meine liebe Miss Lucy Snowe, ein Mädchen mit Ihrer Vernunft wird doch nicht Geld und Energie an solchen Stumpfsinn verschwenden wollen, zumal die Aussicht, einen dieser häßlichen Gegenstände zu gewinnen, etwa eins zu hundert ist.«

Lucy wußte, daß das stimmte, lächelte Dr. Adnan jedoch boshaft mit ihren schiefen Zähnen an und sagte, daß sie gern einen Goldfisch gewinnen würde.

»Er wird mir und Tante Fennel im Wildfell-Heim Gesellschaft leisten.«

»Ich bezweifle, daß Mrs. Marsham Haustiere zuläßt. Ich bin ganz und gar nicht damit einverstanden, daß Sie die arme alte Dame dort oben hinaufschleppen.«

»Oh, und warum nicht?« fragte Lucy und nahm im Austausch für fünfundzwanzig Pence acht Tischtennisbälle entgegen. Sie warf einen von ihnen auf einen Tisch voller glitzernder Goldfischgläser mit engen Hälsen; der Ball hüpfte in ein Glas hinein, hüpfte wieder heraus und wurde von einem tödlich gelangweilten jungen Burschen mit einem Krabbennetz eingefangen.

»Pech. Es ist zu einsam, das Dorf. In Kirby gibt es wenigstens Gesellschaft und die Annehmlichkeiten der Zivilisation. Dort oben – wer weiß, was dort vor sich geht?«

»Es gefällt ihr dort oben. Es ist ihre Heimat.« Zwei weitere ihrer Bälle gingen daneben.

»Pech. Nun, wir werden sehen. Ich, ich denke, daß Mrs. Marsham ihre Meinung ändern wird. Sie werden heute abend dort ankommen und feststellen, daß Sie nicht willkommen sind. Was dann?«

»Zurück zu Mrs. Tilney, nehm ich an.« Wieder sprangen drei Bälle vom Tisch.

»Kein Glück. Nun, ich denke, wenn alle Stricke reißen, könnte meine Haushälterin Sie unterbringen.«

»Oh, Sie haben also eine Haushälterin?« Der letzte Ball hüpfte ins Gras.

»Künstlerpech! Natürlich habe ich eine Haushälterin, eine außerordentlich tüchtige. Sie ist eine begnadete Köchin (etwas, was man von Ihnen nicht behaupten kann, nehme ich an, Lucy Snowe); außerdem ist sie warmherzig, ohne Boshaftigkeit und intelligent.«

»Ein wahres Juwel also«, sagte Lucy kalt. »Zufällig koche ich ziemlich gut.«

»Das höre ich mit Freuden. Wollen wir es mal mit diesem Karussell versuchen?«

»Ja, gern. Ist es nicht hübsch?«

»Bemerkenswert, ja. Es erinnert mich sehr an die Bilder Ihrer Tante.«

»Ja, nicht wahr? Wenn wir gerade beim Thema sind ...«

»A-a! Zuerst das Vergnügen. Lassen Sie mich Ihnen hinaufhelfen.«

Das große Karussell war wirklich hinreißend. Die Sitze, bunt bemalte Pferde, hingen in Dreierreihen an Seilen um eine Dampforgel in der Mitte, deren silbern glänzende Pfeifen sich zu einem Büschel barocker Formen erhoben, riesige Ziermünzen und Glasflöten in farbenfreudigen Rot-, Grün-, Gelb- und Zuckergußrosatönen in sich vereinend. Dr. Adnan hob Lucy geschickt auf eines der inneren Pferde und schwang sich auf eines der äußeren neben ihr, dem Aufseher bedeutungsvoll zunickend.

»Einer Ihrer Patienten?« fragte Lucy.

»Ganz recht. Wie klein Sie dort oben auf dem feurigen Roß aussehen! Nun ja, in der Türkei haben wir ein Sprichwort: alle außerordentlichen Dinge findet man in kleinen Päckchen.«

»So ein Sprichwort haben wir auch, aber Sie sagten doch, junge Mädchen, die so dünn sind wie ich, werden nicht...«

»Festhalten; es geht los!«

Lucy wurde den Verdacht nicht los, daß Dr. Adnan seinen ehemaligen Patienten bestochen hatte, das Karussell doppelt so schnell wie sonst laufen zu lassen; sie erreichten sehr bald eine wilde, eine teuflische Geschwindigkeit. Der Jahrmarkt um sie herum verschwamm zu einer Reihe von undeutlichen Streifen, und die Zentrifugalkraft schleuderte ihre Pferde so weit nach außen, daß die Seile fast waagerecht lagen. Adnan schien ein Stammgast zu sein, denn er ritt ganz unbekümmert, einen Ellbogen um das Seil gekrümmt, mit dem anderen Arm galant Lucy stützend, die feststellte, daß sie all ihre Kraft brauchte, um sich auf dem Pferd zu halten und weiterzuatmen; sobald sie Atem geholt hatte, schien er von hinten aus ihr herausgesogen zu werden, bis sie sich vorkam wie ein Ballon, den man aufgebunden hat und der herumwirbelt, bis alle Luft verbraucht ist.

»Wie können Sie so ruhig da sitzen ...«, keuchte sie, als die wilde Kreisfahrt langsamer wurde und die Schwerkraft sich wieder behaupten konnte.

Dr. Adnan lächelte gleichmütig.

»Das machen all die Jugendtage, die ich damit verbrachte, auf einem vorwitzigen Kamel durch die Wüste zu reiten.«

»Gibt es in der Türkei Kamele?« fragte Lucy mißtrauisch.

»Wenn es keine gäbe, wie könnte ich dann auf welchen geritten sein? Erlauben Sie!« Er hob sie herunter und stützte sie fürsorglich, während es in ihren Ohren weitersauste.

»Und jetzt vielleicht eine Runde auf der Skooterbahn?«

»Großer Gott, nein!«

»Sie dürfen mit mir in einem Auto fahren, und ich übernehm das Lenkrad; Sie müssen sich nur entspannen.«

»Danke, aber ich würde es eindeutig vorziehen, es nicht zu tun.«

Lucy hatte bereits Erfahrung mit Dr. Adnans Fahrkünsten; nachdem sie sich vor dem Haus des Zahnarztes begegnet waren, hatte er sie in seinem Alfa hinunter zum Jahrmarkt gefahren, steile Straßen, unübersichtliche Ecken und Ampeln unbekümmert mißachtend, und sie war überzeugt, daß er bei den Skootern eine noch hemmungslosere Technik anwenden würde.

»Ich würde jetzt gern einen Hamburger essen«, sagte sie bestimmt. »All das freigewordene Adrenalin hat mich hungrig gemacht. Und dann muß ich wieder zu meiner Tante gehen.«

»Liebevolle Nichte! Also gut, wenn Sie darauf bestehen.«

Er nahm ihren Arm und steuerte sie zu dem Hamburger-Stand, wo er ihr einen Riesen-Pflanzers-Blockhütten-Punschburger und eine supersahnige Molkerei-Nuß-Ahornbutter Schweizer Überraschung kaufte.

»Jetzt erzählen Sie etwas über sich selbst. Sie interessieren mich außerordentlich, liebe Miss Lucy Snowe«, sagte er und biß kräftig in seinen eigenen Kingsize-Yorkshire-Wurstburger. »Zum Beispiel Ihr Beruf? Irgend etwas sagt mir, daß Sie nicht die Absicht haben, Ihr Leben damit zu verbringen, Geschirr für alte Damen zu spülen.«

»Ich bin Pianistin – werde eine Pianistin werden.«

»Aha! Wessen Schülerin sind Sie?«

»Max Benovek wird mich unterrichten.«

Er blickte scharf auf, musterte sie durchdringend.

»So? Dann muß man hoffen, daß Sie sich als schnelle und tüchtige Schülerin erweisen.«

»Das werde ich«, sagte Lucy mit ruhiger Gewißheit.

»Und woher werden Sie seine Honorare nehmen? Spieler mit seinem Ruf, und in einem Gesundheitszustand wie er, unterrichten nicht für einen Apfel und ein Ei.«

»Er hat gesagt, ich solle mir keine Sorgen wegen seiner Honorare machen. Also mache ich mir keine Sorgen. Aber natürlich werde ich das Honorar nachzahlen, wenn es möglich ist. Vorläufig habe ich ihm eines von Tante Fennels Bildern geschickt; es war das schönste Geschenk, das mir einfiel.«

»Großer Gott, mein liebes Kind, wie unvergleichlich leichtsinnig!« Adnan schien erschrocken und nicht eben entzückt; er stellte seinen Kaffeebecher so ruckartig auf den Tisch, daß er überschwappte.

»Warum?« Jetzt war es Lucy, die ihn eingehend musterte; sie schob die Haarsträhnen zur Seite.

»Warum? Wissen Sie nicht, daß Benovek mit Picasso, Britten, Kermansky, Writtstein befreundet ist? Wenn ihm dieses Bild gefällt – was es zweifelsohne wird – werden sofort Horden von Experten und Sammlern hier sein, einfallen wie Lemminge, wie Heuschrecken, und nach jedem Fitzelchen jagen, das Ihre Tante je zusammengebastelt hat.«

»Ja und? Das hoffe ich ja. Sie werden großzügig zahlen, und das alte Mädchen wird ihre Tage in Wohlstand beenden können.«

»Lucy, Lucy, Sie sind sehr einfach, naiv und vertrauensvoll! (Darum mag ich sie so gern)«, sagte Dr. Adnan. »Aber ich halte es für unwahrscheinlich, daß die Dinge sich so entwickeln, wie Sie es erwarten. Ich halte es für sehr unwahrscheinlich. Einmal gibt es da die kleine, aber wichtige Frage nach dem gegenwärtigen Besitzer. All die guten Seelen im Dorf, die noch Bilder haben – glauben Sie, daß die Ihrer Tante den Gewinn zukommen lassen werden, wenn Kunsthändler kommen und ihnen Hunderte von Pfund bieten?«

»Natürlich werden sie das«, sagte Lucy hartnäckig, aber sie hatte doch leichte Zweifel. Sollte sie Max Benovek warnen? Nein, das beste war, einfach weiterzumachen mit dem Bildersammeln, so schnell es ging. Wenn sie oben in Appleby wohnte, würde das die Sache erleichtern.

»Und was ist mit dem Onkel, der Sie angestellt hat, die Arbeiten der alten Dame aufzuspüren? Wenn sie international als Kunstobjekte anerkannt werden, wird er Schwierigkeiten bekommen. Wissen Sie, daß Sie eine Ausfuhrlizenz haben müssen, wenn Sie ein Bild oder eine Skulptur von einem Wert von über zweitausend Pfund aus dem U.K. ausführen wollen? Die achtbaren Briten haben nichts dagegen, ihre wertvollsten Kunstwerke ins Ausland zu verkaufen; sie wollen nur sichergehen, daß für sie eine Menge Geld dabei herausspringt.«

»Ich bezweifle irgendwie, daß die Bilder Tante Fennels so hoch taxiert werden könnten. Wer bestimmt überhaupt darüber?« Lucy biß wieder in den Pflanzers-Punschburger.

»Es gibt eine Prüfungskommission für den Export von Kunstwerken.«

»Sie scheinen viel darüber zu wissen?« Sie sah ihn kritisch an.

»Aber sicher. Ich interessiere mich für solche Dinge. Sie sehen also, man kann nur hoffen, daß Benovek besonnen handeln wird.«

»Oh, das wird er«, sagte Lucy zuversichtlich.

»Sie lieben diesen Benovek«, sagte Dr. Adnan ärgerlich. »Es ist eine große Dummheit, die Krönung all Ihrer anderen Dummheiten. Wie konnten Sie sich auf ein so kurzfristiges Unternehmen einlassen...«

Lucys Mund öffnete sich; ihr Gesicht lief langsam rosa an.

»Das ist ja kompletter Unsinn!« sagte sie.

»Unsinn? Jedesmal wenn Sie von ihm sprechen, verändern sich Ihr Gesicht, Ihre Stimme, Ihr ganzes Wesen. Zum Besseren, das ist nicht zu bestreiten, Liebe hat einen sehr vermenschlichenden Einfluß, und den brauchen Sie zweifelsohne, aber welch eine Verschwendung! Es macht einen ungeduldig.«

»Wie können Sie so töricht sein? Ich habe ihn nur ein einziges Mal eine Viertelstunde gesprochen. Und ich sehe ohnehin nicht ein, was es Sie angeht, selbst wenn ich sämtliche Wiener Philharmoniker liebe«, sagte Lucy temperamentvoll. »Und jetzt würde ich gern wieder zu meiner Tante gehen, wenn Sie so freundlich sind, mich hinzufahren. Fawcett müßte jetzt fertig sein mit ihr, oder fast.«

Adnan warf einen Blick auf seine Uhr.

»Ich bezweifle es, aber gut. Ich wollte Ihnen anbieten, Sie mit in mein Haus zu nehmen und Ihnen eines der Bilder Ihrer Tante nach Ihrer Wahl zu überlassen«, sagte er. »Wohlgemerkt, gegen mein eigenes Interesse, aber manchmal muß man uneigennützig handeln, und von einem einzigen Bild, denke ich, könnte ich mich vielleicht trennen. Zwei? Nein, ich glaube nicht. Eins jedoch dürfen Sie haben! Als Zeichen meiner freundlichen Gefühle für Sie.«

»Das ist sehr großzügig von Ihnen; ich weiß das zu schätzen«, sagte Lucy trocken. Sie sah ihn an, halb gerührt, halb mißtrauisch. »Ich werde Sie beim Wort nehmen, aber nicht jetzt gleich.« Sie schaute auf ihre eigene Uhr. »Ich möchte jetzt wirklich zurück zu Fawcetts Praxis.«

»Wenn es sein muß! Was für eine Pünktlichkeitsfanatikerin Sie sind. Aber wann werden Sie jemals Zeit haben, sich Ihr Bild auszusuchen, wenn Sie im Wildfell-Heim Geschirr spülen?«

»Ich denke, Mrs. Marsham wird mir dann und wann zwischen den Masern einen freien Abend geben.«

Er zahlte, und sie überquerten die Promenade und stiegen die Treppe zur Tiefgarage hinunter.

»Der Inspektor von der städtischen Baubehörde«, informierte Adnan Lucy, während er einen Schlüssel wählte und die Beifahrertür seines Alfa aufschloß, »hat mir gesagt, daß diese Garage außerordentlich gefährlich sei. Benutzen Sie sie nie bei Sturm, es sei denn, Ertrinken ist die von Ihnen bevorzugte Todesart.«

»Oh, wirklich? Warum?« fragte Lucy und wünschte, er würde sich beeilen.

»Unzulängliche Kanalisation. Wenn das Meer die Promenade überfluten sollte – wie es gelegentlich bei Nordoststürmen geschieht – und genug Wasser hereinströmt, um die Autos zu bedecken, und die Leute nicht mehr raus können ...«

»Ja, leuchtet mir ein.« Sie schauderte ein wenig, während sie sich in dem dunklen, höhlenartigen Raum umsah. »Das wäre scheußlich, nicht wahr? Es ist nicht so sehr der Gedanke ans Ertrinken als die Vorstellung, in einer Falle zu ertrinken ...«

»Genau.« Er ließ den Motor an und hielt an der Schranke, um zu bezahlen. »Darum ist es bei stürmischem Wetter besser, einen Strafzettel zu riskieren.«

»Da wir gerade davon sprechen«, sagte Lucy, »hoffentlich hatten Sie recht, als Sie sagten, ich könne den kleinen PHO ruhig vor Fawcetts Praxis stehenlassen. Mir gefielen diese Halteverbotslinien nicht.«

»Oh, die Polizei kommt nie so weit nach oben. Ich habe mein Auto schon stundenlang da stehenlassen, wenn ich mit Bill Fawcett Schach spielte.«

»Ja, aber Sie und Bill Fawcett sind wahrscheinlich dick befreundet mit der Polente hier – er zieht ihnen die Backenzähne, und Sie bringen ihre Babys zur Welt ...«

»Nein, nein, so korrupt ist diese Stadt nicht, das versichere ich Ihnen!«

»Ausgenommen die unzulängliche Kanalisation und die Schwatzhaftigkeit des Inspektors von der städtischen Baubehörde.«

»Was das betrifft«, sagte Adnan fröhlich, kurbelte mit dem Lenkrad und bog in eine steile, von der Promenade abzweigende Straße ein, »er hat mir noch viel schlimmere Dinge über den Zustand des Staubeckens im Hochmoor von Appleby erzählt. Der Bauunternehmer (ein Schwager des Bürgermeisters) hat bei der erforderlichen Zementmenge gemogelt, eine billigere Qualität genommen, und die ganzen zweihunderttausend Tonnen Wasser können jeden Moment herunterschießen ...«

»Oh, entzückend! Und Sie sagen immer noch, es war falsch, Tante Fennel aus der Reservoir Street herauszuholen, über die sich, nehme ich an, die ganzen zweihunderttausend Tonnen ergießen würden?«

»Ach, ich glaube, daß es doch ziemlich unwahrscheinlich ist. Und wenn Sie mich jetzt bitte entschuldigen wollen...« Er hielt vor Fawcetts Haus und schaute auf seine Uhr. »Ich bin eigentlich schon sehr spät dran für meinen Vortrag zur Familienplanung und für die Gebärmutterhalsabstriche; Ihre charmante Gesellschaft hat mich verführt, aber die Pflicht ruft...«

Er langte hinüber und öffnete Lucys Tür, ergriff geschickt Lucys Hand, drückte einen raschen Kuß darauf und schob Lucy aus dem Wagen, alles in einer fließenden Bewegungsfolge. Dann schlug die Tür zu, und der Alfa spritzte davon.

»Also!« sagte Lucy und schaute verblüfft hinter ihm her. »Wenn das orientalische Höflichkeit ist! *Er* ist spät dran... der unverschämte Kerl!«

Empört lief sie die drei makellos weißen Stufen zu Fawcetts Haustür hinauf und drückte auf den Messing-Klingelknopf.

»Miss Culpepper? Die sehr alte Dame?« Fawcetts nette kleine Sprechstundenhilfe – ein samthäutiges, kätzchenhaftes Kind von sicher nicht mehr als sechzehn – war dennoch mindestens im fünften Monat schwanger; hätte Adnans Vorträge zur Familienplanung besuchen sollen, dachte Lucy hartherzig. »Die alte Dame mit dem weißen Hut? Oh, ja, die ist schon vor *Ewigkeiten* gegangen.«

»Sie ist schon gegangen? Aber ich dachte, Mr. Fawcett habe gesagt, daß er mindestens zwei Stunden für sie brauchen würde?«

»Oh, ja, er ist *viel* schneller fertig geworden, als er erwartet hatte.«

»Aber ich habe ihr gesagt, sie solle hier warten, bis ich sie abhole.«

»Ja?« Das Mädchen war nicht besonders interessiert. »Ja, sie ist gegangen; hat sich wohl an Besorgungen erinnert, die sie noch machen wollte. Ja, *Ewigkeiten* muß das her sein.«

Sie hatte einen bemerkenswerten Akzent; ein hoffnungsvoller Versuch, den heimischen Yorkshire-Dialekt mit Cockney zu überlagern.

»Sie haben nicht gesehen, welche Richtung sie eingeschlagen hat?«

»Ooh, nei-n!«

Vermutlich ist sie wieder zu Mrs. Tilney gegangen, um ihre Sachen fertigzupacken, dachte Lucy schuldbewußt. Sie hatte selbst die Absicht gehabt, in die Pension zu gehen, um die letzten Sachen zu packen, während der Zahnarzt am Werk war, sich aber von Dr. Adnans Angebot von Kaffee und Unterhaltung verführen lassen.

»Gut, okay, danke«, sagte sie verdrossen und wandte sich bergauf dem Platz zu, wo sie den kleinen PHO geparkt hatte. Aber der kleine PHO war nicht mehr da; es sah so aus, als habe Lucy sowohl ihre Tante als auch ihr Auto verloren.

»Ihre Lucy hat Ihnen jetzt auch noch ein Paket geschickt«, sagte Dee Lawrence mit gerümpfter Nase und stampfte mit dem großen, in Wellpappe gewickelten rechteckigen Paket in das Zimmer. »Soll ich es auspacken?«

Sie legte es mit einem improvisierten dumpfen Schlag auf den Flügel.

Max Benovek hob die Augen von den Auslandsmeldungen des *Guardian.* Sein Gesicht hatte heute die bläuliche Blässe einer ausgeschalteten Glühbirne; seine Bewegungen waren schwerfällig und langsam, als müsse er jeden einzelnen Bewegungsablauf vorher nach Richtung und Muskelkraft planen; diese Trägheit war nicht entspannend, sondern diente der Vermeidung von Schmerzen. Dennoch leuchteten seine Augen auf, als Dee das Paket hinlegte. Er hob eine Hand halb in die Höhe und ließ sie wieder fallen.

»Im Moment noch nicht, Dee, danke«, sagte er sanft. »Rees-Evans wird bald hiersein; es muß nicht unbedingt ein Haufen Bindfaden und Verpackungsmaterial herumliegen, wenn er kommt.«

»Es wird noch Stunden dauern, bis er kommt«, sagte Dee

mißbilligend. »Ich habe ihn mit der Oberin Kaffee trinken sehen, als ich vorbeiging; sie erprobte ihre ganze Anziehungskraft an ihm. Ich wette, sie täte es mit ihm in einer Schubkarre, wenn er ihr nur ein Zeichen gäbe.«

»Wirklich, Dee!« Seine Stimme klang matt, nicht schokkiert; ihre Anflüge von Boshaftigkeit waren mehr, als nachzuvollziehen er sich die Mühe machen mochte.

»Oh, tut mir leid, tut mir leid!« Dee war gereizt in der letzten Zeit; ihre große, warmherzige Person war zu einem Bündel nervöser Spannung geworden. Sie warf einen erbosten Blick auf das Paket, sie hätte es gern ausgepackt, seiner Verwendung zugeführt, weggeräumt, und doch konnte sie nicht umhin, sich im geheimen zu freuen, daß Max es mit dem Auspacken nicht so eilig zu haben schien.

»Gut, wenn Sie es sich noch nicht ansehen wollen, packe ich jetzt die Bänder für den B.B.C. ein und bringe sie für den Boten nach unten. Ihre Tabletten schon genommen? Ein Glas Gerstenlimonade? Gut; ich bin in etwa einer halben Stunde wieder da.«

Sobald ihr fester Schritt im Flur verklungen war, erhob sich Max, der aufmerksam gelauscht hatte, aus seinem Armstuhl und ging langsam hinüber zum Flügel. Seit Lucys Besuch war er schwächer geworden, und auch dünner; seine Schulterblätter, Ellbogen und Hüftknochen zeichneten sich eckig unter seinem dunklen Seidenrock ab. Aber er sah ruhig, entschlossen und zielbewußt aus.

Die Knoten im Bindfaden waren jedoch zuviel für ihn. Nach zwei oder drei Minuten gab er den Kampf auf, schwitzend, und sah sich um. Auf der Kommode lag eine Nagelschere; er ging durch das Zimmer und dann mit der Schere vorsichtig zurück. Er durchsäbelte den zähen Bindfaden. Das Paket war auch noch großzügig mit braunem Klebeband gesichert, Schicht um Schicht, das so steif wie Holz geworden war. Benovek kratzte und säbelte mit der kümmerlichen Schere vergeblich daran herum.

»Teuflisches Zeug!« Er war außer Atem, einerseits wegen

der Anstrengung, andererseits aus Wut über seine eigene Unzulänglichkeit. »Wenn das mückenhafte Wesen es packen konnte, sollte ich fähig sein, es auszupacken. Sie ist wirklich ein tüchtiges Mädchen, zum Teufel mit ihr.« Er betrachtete mit einem merkwürdig beruhigenden Gefühl die groß und schwarz mit Filzstift geschriebene Adresse: MAX BENOVEK, Queen-Alexandra-Sanatorium, Coulsham, Surrey, und die Anschrift des Absenders, ebenso energisch geschrieben: LUCY CULPEPPER, Poste Restante, Kirby. »Ich muß sie Beethoven spielen lassen; warum habe ich das nicht getan, als sie hier war?«

»He!« Rees-Evans hatte hinter ihm das Zimmer betreten. »Was geht hier vor? Pakete auspacken? Wo steckt Ihr Wachhund? Sie sollte das tun.«

»Oh, sie erledigt irgend etwas.«

»Gut, dann lassen Sie es mich tun. Setzen Sie sich hin.«

»Danke, Hugh.«

»Was ist es? Eine eingerahmte Urkunde, daß Sie die Zwischenprüfung am Royal College of Music bestanden haben? Oh, nein, Kirby, ich verstehe. Ihre Bewunderin aus dem Norden. Es wird Yorkshire-Pudding sein, eine tiefgekühlte Scheibe; man braucht sie nur noch heiß zu machen und zu servieren.«

»Ich habe noch nie echten Yorkshire-Pudding gegessen«, sagte Max geistesabwesend. »Jedesmal wenn diese Delikatesse in irgendeiner Form auf den Tisch kam – und es gibt zahlreiche Formen –, sagte irgend jemand: ›Ah, aber dies ist nicht Yorkshire-Pudding, wie er sein sollte‹, obwohl die Beschreibungen, wie er sein sollte, nie übereinstimmten.« Seine Stimme klang vage, aber seine Blicke verließen nicht für eine Sekunde die Klebebandstreifen, die Rees-Evans mühelos und ohne Anstrengung von dem Paket entfernte.

»Yorkshire-Pudding sollte knusprig sein, wie Toast. Was soll ich mit diesem Abfall tun?« Rees-Evans ließ eine Handvoll auf den Boden fallen und trat darauf.

»Lassen Sie es liegen. Dee kann es wegräumen, wenn sie

kommt«, sagte Max gleichgültig. »Können Sie die Wellpappe entfernen?«

»Kein Problem.« Er riß die Pappe mit einem einzigen Griff auseinander. »Das wär's also. Etwas übers Bett zu hängen vielleicht?« Er beseitigte eine letzte Lage des *Kirby Advertiser.*

»Großer Himmel.«

»Großer Himmel, wie Sie sagen.« Rees-Evans starrte verblüfft auf das Bild, das er ausgepackt hatte; dann durchquerte er das Zimmer und stellte das Bild aufrecht auf den Flügel, an die Wand gelehnt. »Ein naiver Maler aus Yorkshire«, sagte er ehrfürchtig. »Der Garten Eden, gesehen mit den Augen eines der Pioniere von Rochdale.«

Max Benovek sagte nichts, aber während er in seinem Sessel saß und das Bild ansah, begann er zu lächeln. Es war ein so freudiges Lächeln, daß Rees-Evans, als er sich zu ihm wandte, ein unsinniger Gedanke kam:

»Er könnte sich erholen. Es hat Fälle von unerwarteter Remission gegeben. Sogar jetzt noch, sogar bei seinem Zustand, glaube ich, er könnte genesen! So habe ich ihn noch nie gesehen. Ich glaube nicht, daß ich ihn schon jemals habe lächeln sehen.«

»Adam und Eva und die Schlange«, sagte Max verträumt. »Ich habe noch nie eine längere Schlange gesehen, Sie, Hugh? ›Some flowrets of Eden ye still inherit, but the Trail of the Serpent is over them all.‹ Sie hat das Grün von Eden eingefangen, nicht wahr? Das ist es, was wir verloren haben. Grün bleibt nie so grün, wie es ist. Aber im Garten Eden tat es das.«

»Die Figuren sind auch recht ausgeprägte Persönlichkeiten«, sagte Rees-Evans und lächelte. »Man sieht, daß Adam ein unentschlossener Träumer ist und Eva so eigensinnig, wie man sich nur vorstellen kann.«

»Und die Schlange gehört zur Art Hamlets; sie gibt beiden die Schuld für die Rolle, die sie zu spielen hat, und hat vor lauter Nervosität einen Knoten in ihren Schwanz geschlagen.«

»Ich hatte schon immer eine Schwäche für die Schlange. Sie

wollte den Apfel ja nicht einmal für sich selbst; es war eine miese Rolle, die sie da zugeschustert bekam.«

»Niemand erhält je die Rolle, die er sich selbst aussuchen würde.« Benovek schaute auf seine Hände hinunter, die so dünn und durchsichtig wie Federkiele waren.

»Und das ist wahr! Na ja, sehe ich Sie mir mal an, ja?«

Während die Untersuchung ihren Gang nahm, kam Dee wieder hereingestürmt.

»Also wirklich!« sagte sie. »Was um alles in der Welt ist hier vor sich gegangen? In meinem ganzen Leben habe ich noch nie ein solches Durcheinander gesehen. Wollten nicht, daß das Zimmer so unordentlich ist, wenn Dr. Rees-Evans kommt, hah!«

»Räumen Sie bitte auf, Dee, seien Sie so lieb, ja«, sagte Max ruhig. Sie tat es, mit zusammengepreßten Lippen und mit ostentativer Gründlichkeit. Ein Blatt Briefpapier schwebte aus den Umhüllungen, und sie hob es auf.

»Hier, wollen Sie Ihr billet-doux nicht lesen? Dies wird zu einer echten Daddy-Long-Leg-Affäre«, sagte sie zu Rees-Evans, der höflich lächelte und schwieg.

Max nahm den Bogen kommentarlos an sich und behielt ihn in der Hand, während Rees-Evans seine Untersuchung zu Ende führte. Dann las er die erste Zeile.

*Lieber Max, ich wollte, ich könnte dabei sein, wenn Sie dieses öffnen. Ich wünschte wirklich, ich hätte Ihr Gesicht gesehen, als Sie es zum erstenmal anschauten.*

»Großer Gott«, sagte Dee, die sich zum erstenmal dazu herabließ, das Bild auf dem Flügel zur Kenntnis zu nehmen. »Ist das der Inhalt des Pakets von Lucy Culpepper? Was für ein sonderbares Erzeugnis. Sieht mir mehr nach der Krakelei eines sechsjährigen Kindes aus. Verbringt diese berühmte Großtante mit so was ihre Zeit?«

»Miss Lawrence«, sagte Rees-Evans und sah auf seine Uhr, »ob Sie wohl einen Moment Zeit hätten, mit mir nach unten zu kommen und ein paar Bücher zu holen, die ich Mr. Benovek leihen wollte? Ja? Das ist wirklich nett – ich muß mich beeilen; ich bin ohnehin spät dran.«

Nachdem er Dee aus der Tür geleitet hatte, blieb er einen Augenblick stehen und fragte: »Sagten Sie nicht, daß Writtstein Sie in dieser Woche besuchen wollte?«

»Am Mittwoch.« Max hob die Augen kurz von seinem Brief.

»Ich bin gespannt, was er von dem Rochdale-Eden hält«, sagte Rees-Evans und schloß leise die Tür hinter sich.

*Ich wünschte wirklich, ich hätte Ihr Gesicht gesehen, als Sie es zum erstenmal anschauten.*

Max hob die Augen zu der leeren Wand gegenüber.

Er brauchte sich so etwas nicht zu wünschen. Er sah ihr Gesicht ständig: blaß, sommersprossig, wach, durch eine feine Haargischt aufblickend wie ein freundlicher Seeigel. Er kannte die Konturen auswendig; er umhüllte sie den ganzen Tag mit Gedanken, trug ihre Silhouette zusammen von dem Fels seines Unwissens, grübelte, stellte Vermutungen an, sondierte, verwarf. Jeder ihrer Briefe richtete seine Erkundungen auf ein neues Gebiet.

*Aber finden Sie nicht, Max, daß es ein wunderschönes Bild ist? Und es ist genauso wie Tante Fennel selbst. Wenn Sie sie kennenlernen (Sie müssen sie kennenlernen, Max, Sie werden sie ins Herz schließen), haben Sie das Gefühl, sie sei völlig unschuldig und gut, und auch ein wenig verrückt, oder zumindest exzentrisch; ihre Wertvorstellungen sind ganz persönlich, überhaupt nicht beeinflußt von denen irgendeines anderen Menschen. Glauben Sie, daß das das Geniale ist? Sie haben auch diese geniale Schöpferkraft, das weiß ich, aber bei Ihnen hatte ich nicht dieses Gefühl, daß Ihnen der Rest der Welt kaum zum Bewußtsein kommt – im Gegenteil, Ihr Abgeschnittensein von der Welt schien Sie zu quälen. (Hoffentlich quäle ich Sie nicht noch mehr, wenn ich das sage?) Ich würde mir gern vorstellen, daß das Bild Tante Fennels Ihnen ein bißchen von der Welt zurückgibt.*

*Ich muß jetzt Schluß machen; ich habe Packpapier und Bindfaden in einer Schreibwarenhandlung gekauft, und ich werde das Paket in der Post von Kirby zusammenpacken. Morgen, nach dem Besuch beim Zahnarzt, bringe ich Tante Fennel hinauf ins Wildfell-Heim, wo ich für ein paar Wochen helfen werde, für sie und die armen alten Geschöpfe mit Masern zu sorgen.*

*Es ist mir sehr arg, selbst diese kurze Zeit von unseren Stunden abzuzwacken, Max. Aber ich fühle mich Tante Fennel außerordentlich eng verbunden – ich kann sie einfach nicht verlassen, bevor ich das Gefühl habe, daß sie okay ist. Und es ist ein gutes Gefühl, nützlich zu sein und gebraucht zu werden. Ich bin sicher, Sie verstehen das – ich fühle diese Verbundenheit auch Ihnen gegenüber. Sofort wenn ich Tante Fennel gut untergebracht sehe, fahre ich in Richtung Süden. Alles Liebe, Lucy.*

*P.S. Erinnern Sie sich an das Mädchen Carados, das ich in einem früheren Brief erwähnte? Ich habe etwas Komisches herausgefunden. Erzähl es Ihnen das nächste Mal. Aber vielleicht kann ich eine Weile nicht schreiben – dieser verflixte Poststreik!*

»Nützlich sein und gebraucht werden!« sagte Max bitter.

»Wer ist nützlich und wird gebraucht?« Rees-Evans war zurückgekommen. »Hab mein Stethoskop vergessen«, erklärte er sanft und schlenderte zum Flügel, um noch einen Blick auf Tante Fennels grünen Garten Eden zu werfen.

»Ich dachte, Sie seien eine Stunde zu spät dran? Was haben Sie mit Dee gemacht?«

»Sie gebeten, ein bißchen Ordnung in meine Bücher zu bringen; ich hatte das Gefühl, sie ging Ihnen ein bißchen auf die Nerven. Wer ist nützlich und wird gebraucht?«

»Ich scheine es jedenfalls nicht zu sein. Das Mädchen verstrickt sich immer tiefer in die Unterbringung ihrer Großtante – allmählich bekomme ich eine Vorahnung wegen ihrer Stunden.«

»Was für eine Vorahnung?« fragte Rees-Evans beunruhigt.

»Oh, ich nehme an, daß zu viele Dinge sich verschwören,

um sie aufzuhalten, und daß sie einfach zu spät in den Süden kommen wird. Daß ich sie nie unterrichten werde.«

Wenn man sowohl ein Auto als auch eine Tante verloren hat, wen sucht man dann zuerst? Und wie geht man vor?

Lucy stand auf dem Bürgersteig und war ausnahmsweise einmal völlig unentschlossen, hatte leere Hände, einen leeren Kopf und fühlte sich beraubt. Sie konnte im Augenblick noch nicht einmal Wut über die Dummheit der Sprechstundenhilfe empfinden, auf Adnan wegen seiner Hinhaltetaktik und auf sich selbst, weil sie sich hatte hinhalten lassen. Die Wut würde später kommen. Alles, was sie im Augenblick empfand, waren Schock und Verlust.

Von der See her war Nebel aufgekommen, mit der unvorhersehbaren Plötzlichkeit des Wetters an der Küste. Kirby in seiner tassenähnlichen Höhlung erschien gedämpft und gespenstisch. Die kleinen Häuser mit ihren Pfannendächern kletterten den Hügel hinauf und versanken im Nichts; die Masten im Hafen schwanden dahin, körperlos wie Bleistiftkratzer vor einer weißen Leere. Der Verkehr schien zum Stillstand gekommen zu sein; das einzige Geräusch war der regelmäßige, schwermütige Ruf des Leuchtturms, der die Schiffe warnte, auf der Hut zu sein bei der schmalen, gefährlichen Hafeneinfahrt und den angrenzenden erbarmungslosen Klippen.

Es war natürlich sinnlos, wartend auf der leeren Straße zu stehen und auf ein Wunder zu hoffen. Lucy machte sich mit raschen Schritten auf den Weg. Zuerst Mrs. Tilney: vielleicht war Tante Fennel dort, vielleicht war sie in Sicherheit, vielleicht. All die nicht ausgesprochenen Zweifel, die halbherzigen Überzeugungen, die Lucy wegen Tante Fennels Ängsten gehegt hatte, kehrten jetzt zurück, nagend und stechend. Die Furcht der alten Dame übertrug sich auf Lucy und wurde in der grauen Trübe plötzlich zur Wirklichkeit, um so bedrohlicher, als ihr Ursprung unbekannt war. Die Existenz des Anderen, die Lucy bisher mit Skepsis betrachtet hatte, wurde auf einmal möglich, wahrscheinlich, *gewiß;* sie ertappte sich dabei, daß sie nach Schritten hinter ihr auf dem mit Kopfsteinen gepflasterten Hügel lauschte, und schüttelte ungeduldig den Kopf.

Lieber Max, hier sitzen wir nun, in einen richtigen alten Horror-Comic hineingeraten. Jetzt brauchen wir nur noch einen unheimlichen Schrei und aus dem Nebel auftauchende Vampir-Krallen. O Max, warum zum Teufel hab ich mich von dem glattzüngigen Türken auf den Jahrmarkt schleppen lassen? Ich dachte, ich könnte etwas mehr über Tante Fennels Bilder herausfinden, und wer sie hat, aber nein, das ist nicht die ganze Wahrheit; ich dachte, es würde Spaß machen, er schien aufrichtig freundlich zu sein.

Und es *hat* auch Spaß gemacht, dachte sie wütend und kam fast im Laufschritt bei Mrs. Tilneys Pforte an, nur schien im Rückblick das ganze Vergnügen verdorben und wie ein herzloser Akt der Verantwortungslosigkeit, während die alte Dame vielleicht verloren in der Gegend umherwanderte.

Aber vielleicht war sie während der ganzen Zeit in Sicherheit bei Mrs. Tilney.

Plötzlich sehr müde, lehnte Lucy sich an den Türpfosten und drückte auf den rostigen Klingelknopf. Lange Zeit kam niemand an die Tür. Aber sicher mußte doch jemand im Haus sein; all die alten gebrechlichen Bewohner konnten doch nicht gleichzeitig beschlossen haben, bei einem so trüben und unfreundlichen Wetter auszugehen? Wahrscheinlich waren sie zu taub, um die Klingel zu hören. Aber was war mit Mrs. Tilney selbst?

Endlich wurde die Tür geöffnet, von einem schwächlichen Mann; Lucy erinnerte sich, ihn unter den anderen regungslosen, vor dem Fernsehapparat aufgereihten Wasserspeierfiguren gesehen zu haben. Er spähte mißtrauisch aus einem Türspalt und zog sich ostentativ einen rehbraun-karierten Schal bis über die Ohren, um sich gegen die sofort zwischen Schirmständer und Fahrräder in den überfüllten Flur ziehenden Nebelschwaden zu schützen.

»Ist Miss Culpepper hier?« fragte Lucy. Sein Gesicht blieb völlig ausdruckslos; er schien entweder taub zu sein oder sich in irgendeine unnahbare Region seines Inneren zurückgezogen zu haben. Nachdem er Lucy hereingelassen hatte, war für ihn seine Zuständigkeit beendet, und er humpelte zurück in die Halle. Lucy folgte ihm und überflog mit den Augen die Gruppe von alten Menschen, die geduldig dasaßen, wie alte Hunde vor einem Kamin ohne Feuer, und den leeren Bildschirm anschauten; offensichtlich hatte das Abendprogramm noch nicht begonnen.

Tante Fennel war nicht darunter.

»Ist Miss Culpepper oben?« fragte Lucy mit lauter Stimme. Einer oder zwei schüttelten den Kopf; entweder verneinend oder weil sie nichts verstanden hatten. »Können Sie mir dann sagen, wo Mrs. Tilney ist?«

»Ist sie nicht in der Küche?« fragte schließlich eine ältliche Stimme zweifelnd. »Nachmittags ist sie meistens in der Küche.«

Warum geht sie dann nicht an die Tür, dachte Lucy, aber sie bedankte sich bei dem Sprecher und zog sich zurück, vorsichtig einen Weg zwischen dünnen alten Beinen und ausgestreckten weißen Stöcken suchend.

Die Küche, erfüllt mit den üblichen Ausdünstungen abgestandenen Bratfetts und ungepflegter alter Tiere, enthielt auch die Lösung der Frage, warum Mrs. Tilney nicht an die Tür ging. Sie schlief, umgeben von ihren Lieblingen, in einem Korbstuhl, mit in unbequemem Winkel nach vorn hängendem Kopf und einer halb geleerten Flasche Gordon's neben sich auf dem Boden. Von Zeit zu Zeit gab sie ein rasselndes Schnarchen von sich. Der Raum befand sich in dem gewohnten Verschmutzungszustand. Eine große Waschschüssel mit Kartoffeln stand auf dem Tisch und wartete darauf, geschält zu werden, vermutlich fürs Abendessen.

Als sie auf das leere schlafende Gesicht mit dem offenen, schlaffen, sabbernden Mund blickte, auf die geplatzten, purpurfarbenen Adern, die zerknitterten Wangen und den Ausdruck völliger Aufgabe, nahm Lucy eine beunruhigende Umkehr ihrer Gefühle wahr; statt als betrunkene Blutsaugerin, die davon lebte, arme alte Leute in noch schlimmerer Verfassung als sie selbst auszubeuten, erschien Mrs. Tilney plötzlich krank, erschöpft, bemitleidenswert. Lucy sah mit einer Art Qual auf die schwieligen, geschwollenen, vom Abwaschen fettig glänzenden Hände hinunter. Es schien sinnlos zu sein, sie aus dem einem Schlaf solcher Erschöpfung zu wecken; außerdem hatte Lucy schon in dem Augenblick, als sie das Haus betrat, instinktiv gespürt, daß Tante Fennel nicht hier war. Sie ging jedoch die Treppe hinauf, um sich zu vergewissern, und warf einen Blick in das Zimmer, das Tante Fennel mit den beiden anderen alten Damen teilte. Es war niemand da. Ein Taschentuch und eine Reservedose Himbeerblätterpastillen lagen auf einem Stuhl, wo sie morgens abgelegt worden waren. Im Zimmer roch es muffig nach alten Damen. Während sie neben dem Bett stand und überlegte, was sie als nächstes tun sollte, spürte Lucy unerwartet einen brennenden Schmerz in der Seite; sie konnte sich nicht entscheiden, ob der Ursprung psychisch oder physisch war; es fühlte sich an, als umklammere Kummer ihr Herz. Nicht nur Kummer: Scham. Ich habe meine Familie verloren, dachte sie, und meine eigene Dummheit und Sorglosigkeit sind schuld daran.

Zwei heiße schwere Tränen rollten ihr die Backen hinunter.

Ungeduldig gab sie sich einen Ruck und lief hastig nach unten. Mrs. Tilney schlief immer noch; die alten Wasserspeier warteten immer noch vertrauensvoll vor dem leeren Bildschirm. Lucy ging hinaus in den Nebel.

Es war naheliegend, daß sie als nächstes zur Polizei gehen mußte. Sie begann, die steil geneigten, kleinen, terrassenförmig angelegten Straßen hinunterzulaufen auf der Suche nach Telefonzellen, die hier seltener schienen als rote Heringe in einem Wald. Es war wohl besser, wenn sie sich in Richtung Hafen und Einkaufstraße begab. Sie wünschte, sie hätte ihren Dufflecoat nicht im Auto gelassen, als sie mit Adnan zum

Jahrmarkt ging; der Nebel drang feucht und kühl durch ihr Baumwollhemd und ihre Jeans.

Wo konnte Tante Fennel *sein?* Was mochte sie tun? Während der letzten paar Tage hatte die alte Dame sich so völlig und so vertrauensvoll Lucys lenkender Kraft anvertraut, daß es fast unmöglich erschien, sich vorzustellen, daß sie plötzlich wieder unabhängige Entschlüsse faßte, in den Nebel marschierte, um ihrem eigenen Vergnügen nachzugehen. Hinunter in die Apotheke, um pulverisierte Ulmenrinde oder Lattichseife zu kaufen? Nein, alle Läden waren geschlossen; es war der Tag, an dem die Geschäfte früher zumachten, und Tante Fennel wußte das ganz genau, denn sie hatte Lucy daran erinnert, Schreibpapier und Shampoo vor dem Mittagessen zu kaufen.

Unerwartet tauchte aus der Düsternis ein hoher schwarzer Schatten auf wie ein Kegel; mit ungeheurer Erleichterung sah Lucy, daß es ein Polizist war, der knirschenden Schritts gewichtig einherschritt und gelegentlich stehenblieb, um in trübe Gassen und durch die Fenster von geparkten Autos zu spähen.

Sie sprach ihn hoffnungsvoll an.

»Können Sie mir helfen, bitte? Ich habe eine alte Dame und ein Auto verloren.«

»Eine alte Dame und ein Auto?« Er musterte sie eingehend mit nicht unbilligem Zweifel. »Was für ein Wagentyp war es denn?«

»Ein pflaumenfarbener Austin A30.« Und was für ein Typ alter Dame, dachte Lucy. Gute Frage. Eine einzigartige alte Dame, eine schwer zu deutende alte Dame, eine unersetzbare alte Dame.

»Hat die alte Dame den Wagen gefahren?« fragte der Polizist.

Trotz ihrer Sorge fiel es Lucy schwer, nicht zu kichern bei der Vorstellung, Tante Fennel mit gerade aufgesetztem grünem Augenschirm und heruntergezogenem weißem Leinenhut am Lenkrad des kleinen PHO durch Kirby rasen zu sehen.

»Nein, das ist ja gerade so unerklärlich; die beiden Mißgeschicke scheinen völlig unabhängig voneinander stattgefunden zu haben.«

»Wo hatten Sie das Fahrzeug geparkt?«

»In der Market Street, vor dem Haus des Zahnarztes Fawcett. Und die alte Dame war *in* dem Haus des Zahnarztes.«

»Also wenn Sie das Fahrzeug in der Market Street stehenlassen haben, hat die Polizei es wahrscheinlich abgeschleppt.« Der Polizist hörte sie mißbilligend an; er steckte seinen Notizblock ein. »Da darf nicht geparkt werden; wußten Sie das nicht? Haben Sie nicht die doppelten Linien gesehen? Jetzt gehen Sie am besten hinunter zur Wache und erkundigen sich dort.«

»Zur Wache?«

»Zur Polizeiwache. An der anderen Seite des Hafens. Das sollten Sie tun.«

Lucy spürte Erleichterung. Diese Erklärung hörte sich so vernünftig an, daß sie sich fragte, warum sie ihr nicht schon früher gekommen war.

»Und die alte Dame? Glauben Sie, daß sie die auch abgeschleppt haben?«

Sein Gesicht blieb ausdruckslos und unempfänglich.

»Leidet diese alte Dame an Ohnmachtsanfällen oder an gelegentlichem Gedächtnisschwund?«

»Soviel ich weiß nicht. Sie ist meine Tante, Miss Culpepper.«

Der Notizblock kam wieder zum Vorschein.

»Wie schreibt sich das?«

Lucy buchstabierte es ihm vor, zweimal, langsam, stellte jedoch gereizt fest, daß er den Namen trotzdem falsch verstand, während er ihn umständlich notierte. »Also, am besten fragen Sie auf der Wache auch nach ihr, mehr kann ich Ihnen nicht sagen«, erklärte er dann, nicht gerade hilfreich. »Wenn es einen Bericht über einen Unfall gibt, wird man es Ihnen dort sagen können.«

»Gut, danke«, sagte Lucy ohne große Begeisterung. »Wie kommt man am schnellsten zur Polizeiwache?«

Er gab ihr Anweisungen, schien aber sehr erstaunt, als sie ihnen folgte, als habe er den Verdacht, das Ganze sei ein zweifelhafter Teenagerscherz.

Die Polizeiwache von Kirby war solide aus Granit gebaut – in einer Art Rokoko; sie sah aus wie das Bühnenbild für jene Sorte von grausamen Märchen, in denen Leute in Öfen geschoben oder in Fässern mit Nägeln den Berg hinuntergerollt werden.

Aber der Sergeant mittleren Alters, der Lucy befragte, schien nicht unfreundlich.

»Ihnen ist ein Auto abhanden gekommen, Miss? Ein pflaumenfarbener Austin, Kennzeichen PHO 898 A? Darf ich bitte Ihren Führerschein sehen?«

Lucy reichte ihm ihre Papiere und wartete, mit dem üblichen Fühlen von Besorgnis und Schuld, während er die Papiere lange schweigend studierte. Wie töricht es ist, dachte sie abschweifend, daß man sich immer für die falschen Dinge schuldig fühlt. Man kann mir Vorwürfe dafür machen, daß ich Tante Fennel verloren habe, aber wenn sie mich bestrafen, wird es für etwas sein, von dem ich nicht einmal wußte, daß es verboten ist. Wilbie sagt immer, daß das Finanzamt seine rechtmäßigen Ausgaben ignoriert und ihn zwingt, eine Menge falsche zu erfinden. Wenn das auch kein sehr guter Vergleich ist; was immer auch die Gesellschaft ihm angetan haben mag, ich wette, Onkel Wilbie würde in jedem Fall krumme Geschäfte drehen. Wie komme ich jetzt auf ihn?

Nachdem er einmal in ihren Gedanken aufgetaucht war, wollte Wilbie nicht wieder gehen, sondern verharrte dort wie ein Mühlstein; sie stellte sich vor, wie wütend, wie wenig bereit zu helfen er sein würde, wenn er von ihrer gegenwärtigen mißlichen Lage wüßte.

»Du hast dir die Suppe eingebrockt, Prinzessin, jetzt kannst du sie auch auslöffeln! Wie kann man nur so verdammt blödsinnig sein! Im Ausland falsch zu parken! Wenn es etwas gibt, was ich nicht ausstehen kann, dann ist es Blödheit. Nein, ich werde die Strafe für dich nicht zahlen!«

Sie fragte sich, wie hoch die Strafe sein würde, wenn es eine Wahl gäbe zwischen Buße und Gefängnis. Die Frage schien trivial, verglichen mit ihren Sorgen um Tante Fennel. Außer: wenn sie ins Gefängnis mußte, wer würde sich um die alte Dame kümmern? Sie war im Begriff, mit dieser Frage herauszuplatzen, als der Sergeant ihr ihre Papiere zurückgab, sich umdrehte und über die Schulter brüllte: »Harold!«

In der Ferne antwortete eine unverständliche Stimme.

»Pflaumenblauer A30, Kennzeichen PHO 898 A, um 14 Uhr in der Market Street stehengelassen? Wir haben hier die Besitzerin.« Dann wandte er sich wieder Lucy zu und sagte: »Nun, wir werden diesmal großzügig sein, da Sie noch nicht lange in diesem Land sind. Aber geben Sie acht, daß es nicht nochmal geschieht!«

»Sie schicken mich nicht ins Gefängnis?« Sie traute ihren Ohren kaum.

Der Sergeant grinste. »Diesmal noch nicht.«

»Und Sie haben wirklich mein Auto?«

»Es steht unten, hinten im Hof.«

»Was ist mit meiner Tante? Besteht Hoffnung, daß Sie die auch irgendwo versteckt haben?«

Die Rückkehr des kleinen PHO hatte Lucy neuen Mut gemacht; sie fühlte sich wie eine Schnecke, der ihr Häuschen wiedergegeben worden ist.

»Nun, ich fürchte, wir können keine Wunder bewirken, junge Dame! Wir werden nach ihr Ausschau halten, das ist alles, was wir versprechen können. Können Sie mir Ihre Tante beschreiben?«

Das tat Lucy, aber der Sergeant schüttelte den Kopf.

»Kirby steckt voller alter Damen, die so aussehen.«

»Wem sagen Sie das! Aber wo kann sie sein?« rief Lucy verzweifelt. »Sie ist beinah taub, sie ist fast blind, sie geht so langsam ...«

Stimmt das alles, fragte sie sich plötzlich. Habe ich ein völlig falsches Bild von Tante Fennel? Hat sie mich die ganze Zeit geschickt an der Nase herumgeführt?

»Wahrscheinlich ins Joe Lyons gegangen, um eine Tasse Tee zu trinken«, schlug der Sergeant ermutigend vor und führte Lucy zur Tür. Es war offensichtlich, daß er zwar Verständnis hatte, doch der Meinung war, sie mache aus einer Mücke einen Elefanten und daß sich sehr bald eine völlig logische Erklärung anbieten würde.

»Und jetzt gehen Sie einfach nach hinten in den Hof, Miss, und holen sich Ihr Auto ab – unterschreiben Sie dies und geben es dem diensthabenden Polizisten –, und dann würde ich an Ihrer Stelle noch einmal zur Pension der alten Dame gehen; zehn zu eins, daß sie inzwischen dorthin zurückgefunden hat. Aber bleiben Sie mit uns in Verbindung, und ich werde dafür sorgen, daß man nach ihr Ausschau hält. Und, Miss...«

»Ja?«

»Wenn Sie feststellen, daß sie wieder zu Hause aufgetaucht ist, vergessen Sie doch nicht, uns zu benachrichtigen, nicht wahr? Wir wollen ja nicht Zeit und Energie mit der Suche nach jemandem verschwenden, der gar nicht vermißt wird, nicht?« Er lächelte Lucy wohlwollend an. »Und jetzt machen Sie sich keine Sorgen; wenn sie irgendeinen Unfall gehabt haben sollte, werden wir es schnell genug erfahren.«

Was soll das schon nützen, dachte Lucy verdrießlich, während sie hinter dem Gebäude ein paar Stufen hinunterging, die auf einen dämmrigen, nebelverhangenen Hof führten, wo der kleine PHO bescheiden zwischen lauter Polizei-Jaguaren stand. Ein Verkehrspolizist wartete ungeduldig darauf, sie abfahren zu sehen, darum zog Lucy sich nicht erst ihren Mantel an, der zusammen mit Decke und Schlafsack auf dem Boden vor der Hinterbank lag, sondern schaltete Scheinwerfer und Heizung ein und fuhr rasch davon.

Als erstes fahre ich zurück zu Mrs. Tilney, dachte sie, das war ein guter Rat. Aber wenn Tante Fennel immer noch nicht da ist, was soll ich dann machen?

Bis sie die Reservoir Street erreicht hatte, war es wirklich dunkel geworden, und der Nebel verdichtete sich noch. Sie fuhr vor Mrs. Tilneys Haus vor (der gewaltige Trödelhaufen im Vorgarten wurde von dem matten, verschwommenen Licht einer zehn Meter entfernten Straßenlaterne beleuchtet) und griff nach hinten, um ihren Dufflecoat hervorzuholen.

Ihre Hand stieß auf etwas Warmes, das sich bewegte.

Lucy hatte einen langen, anstrengenden und von Sorgen erfüllten Tag hinter sich; ihre Nerven waren in keiner guten Verfassung. Sie stieß einen schrillen Schrei reinen Entsetzens aus und riß ihre Hand zurück.

Eine zaghafte, bebende Stimme sagte: »Ist das Lucy?«

»*Tante Fennel!* Mein Gott, bist du es?«

Lucy wagte kaum, ihren Ohren zu trauen und klappte den Beifahrersitz zurück, um nach hinten zu kriechen.

Sie tastete zwischen dem Durcheinander von Mantel, Decke und mit Kapok gefüttertem Schlafsack herum, fand eine Hand, eine knochige Schulter; die alte Dame war in den engen Raum zwischen Vorder- und Rücksitzen geklemmt und hatte sich den Dufflecoat über den Kopf gezogen. Behutsam, vorsichtig half Lucy ihr aus ihrer unbequemen Lage heraus und setzte sie auf den Rücksitz. Selbst jetzt konnte sie kaum glauben, daß Tante Fennel wirklich da war; sie umarmte die alte Dame, tastete sie von oben bis unten ab und umarmte sie wieder.

»Aber was hast du dort unten gemacht, Tante Fennel? Bist du eingeschlafen und runtergerutscht? Was ist überhaupt passiert? Ich habe mich zu Tode geängstigt deinetwegen – ich dachte, jemand müsse dich entführt haben! Bist du nicht aufgewacht, als die Polizei das Auto abschleppte?«

Zwei schwache alte Arme kamen hervor und legten sich um ihren Hals, dann legte sich ein krallenartiger Finger über ihre Lippen.

»Pst, Schätzchen! Wo sind wir?«

Tante Fennel flüsterte, und Lucy wurde plötzlich klar, daß sie zitterte und angespannt war wie eine Bogensehne. Etwas hatte ihr große Angst gemacht, machte ihr immer noch Angst.

»Wir stehen vor Mrs. Tilneys Haus. Möchtest du hineingehen, deine Sachen packen?«

»Ist jemand auf der Straße, Schätzchen?«

Lucy sah sich forschend auf der schwach beleuchteten steilen Straße um.

»Keine Menschenseele.«

»Laß uns trotzdem ein Weilchen warten, nur für den Fall.« Tante Fennel schwieg einen Augenblick; Lucy konnte das Klopfen und Flattern ihres Herzens spüren, durch Veloursmantel, Zopfmusterstrickjacke, Jerseykleid, Korsett, Unterhemd und Leibchen hindurch. Oder war es ihr eigenes Herz, das in plötzlich zunehmender Furcht pochte?

»Du mußt wissen, Schätzchen«, flüsterte Tante Fennel, »ich habe ihn *gesehen.*«

»Wen? Wen hast du gesehen?«

»Den Anderen. Ich kam aus der Praxis des Zahnarztes, und du warst nicht da.« Es lag kein Vorwurf in der milden Stimme.

»Es tut mir so leid, Tante Fennel. Es war gemein von mir, nicht rechtzeitig zurückzukommen.«

»Es macht nichts, Schätzchen. Du hattest das Auto nicht abgeschlossen, ich bin also eingestiegen und habe dort gesessen.«

»Das war wirklich vernünftig.« Lucy umarmte die alte Dame noch einmal. Als das Auto verschwunden war, hatte sie sich Vorwürfe gemacht wegen ihrer Nachlässigkeit; jetzt erwies es sich als ein glücklicher Zufall, daß sie es unverschlossen gelassen hatte.

»Hast du da den Anderen gesehen?«

»Ja, Schätzchen. Ich saß im Auto, als er daherkam; er ging zum Zahnarzt hinein. Aber er blieb nicht dort; er kam wieder raus und schaute die Straße hinauf und hinunter. Mich hat er aber nicht gesehen; na ja, er hat natürlich nicht erwartet, daß ich in einem Auto sitzen würde. Hat gar nicht hergekuckt.«

»Wie weit war er von dir entfernt?«

»Nur bis an die andere Seite des Gehwegs.«

»Du konntest ihn erkennen?«

»O ja, Schätzchen. Er hat eine besondere Art zu gehen, federnd. Ich würde diesen Gang erkennen, wenn ich ihn in China träfe. Und dann diese Dinger, die er raucht; ich habe sie gerochen. Ich würde ihn überall erkennen.«

Berufsmäßiges Beobachten, dachte Lucy; das Auge des Künstlers. Nach ihren gerade durchgemachten eigenen Ängsten neigte sie mehr dazu, Tante Fennels Geschichte ernst zu nehmen; dies hörte sich nach echtem Beweismaterial an.

»Was geschah dann?«

»Er ging weg, die Straße entlang. Und ich versteckte mich hinter dem Sitz, falls er noch einmal zurückkommen und nach mir Ausschau halten sollte.«

»Aber, Tante Fennel – warum bist du so überzeugt, daß er nach *dir* Ausschau hielt?«

»Warum sonst sollte er in Kirby sein, Liebes?«

»Ich weiß es nicht. Wohnt er nicht hier?«

»Oh, nein, Liebes. Der Himmel mag wissen, wo er wohnt.«

»Was tut er? Was für einen Beruf hat er?«

»Ich weiß es nicht, Liebes. Und wenn ich es wüßte, würde ich es dir nicht sagen.«

Wieder der tote Punkt; kein Weg führte daran vorbei. »Aber Tante Fennel – was dachtest du, als die Polizei kam und den Wagen mitnahm; dachtest du, er sei es ... oder was dachtest du?«

»Nein, Liebes, ich hörte ihre Stimmen. Ich habe mir natürlich Sorgen gemacht«, sagte die alte Dame schlicht, »aber ich wußte, irgendwann würdest du mich finden.«

Manchmal fühlte Lucy sich Tante Fennel nicht gewachsen. Dies war ein solcher Moment. Sie schluckte, holte tief Atem, drückte die Hand der alten Dame und sagte nach einer Weile: »Ich denke, ich packe lieber noch den Rest ein, und dann machen wir uns auf den Weg. Möchtest du im Auto bleiben? Ich kann dich einschließen.«

»Ich glaube, das wäre das Beste, Liebes.«

»Soll ich Mrs. Tilney und die anderen von dir grüßen?«

Gelegentlich zeigte Tante Fennel einen Hang zu gelassener Nüchternheit.

»Nein, Schätzchen. Sie bedeuteten mir nichts, und wir werden einander nicht vermissen. Bring mir nur meine Sachen.«

Während der langen, dunklen Fahrt hinauf nach Appleby wagte Lucy, zum Teil, um das Schweigen unbeantworteter Fragen und unausgesprochener Gefühle zwischen ihnen zu brechen, ein Thema anzuschneiden, das sie seit Tagen beschäftigte.

»Tante Fennel?«

Die alte Dame löste sich aus einem Zustand der Versunkenheit.

»Ja, Liebstes?«

»Du hast meinen Vater gut gekannt, als er jung war, bevor er heiratete?«

Wieder entstand eine ziemlich lange Pause. Dann sagte Tante Fennel: »Ja, das habe ich, Liebes. Ziemlich gut. Beide. Ihre Eltern starben, als die Jungen noch Teenager waren, und ich war ihre einzige Verwandte.«

Aus ihrer Stimme klang eine gewisse Zurückhaltung, die Lucy nicht so recht einordnen konnte. Sie fuhr fort: »Ich wäre sehr froh, wenn du mir etwas über meinen Vater erzählen könntest. Das hat noch nie jemand getan, weißt du, außer Onkel Wilbie, und alles, was er sagt, klingt wie eine einzige große eifersüchtige Lüge.«

Tante Fennel schwieg wieder lange.

»Es gibt eigentlich nicht viel zu erzählen, Schätzchen.«

Lucy blieb hartnäckig. »Irgend etwas muß es doch geben.«

»Nun, Schätzchen, ich denke darüber nach, und eines Tages werde ich es dir erzählen«, sagte Tante Fennel mit der gleichen leisen, unerwarteten Bestimmtheit. »Aber nicht jetzt. Nicht heute abend. Nach all der Angst bin ich ein bißchen müde.«

Lucy fühlte sich zu Recht getadelt und fuhr weiter über das dunkle Heideland.

Da sie annahm, daß alte Leute früh zu Bett gehen, hatte sie

ein von Ruhe und Dunkelheit umhülltes Wildfell-Heim erwartet, doch das war durchaus nicht der Fall. In mehreren Stockwerken brannte Licht in den Fenstern, und die Vorhänge waren nicht zugezogen. Es herrschte ein reges Treiben.

»Da sind Sie endlich!« rief Mrs. Marsham und trat in die Vorhalle, während Lucy Tante Fennel aus dem Auto half. »Ich dachte, Sie wollten zur Teezeit hiersein.«

»Wir wurden aufgehalten, tut mir leid.« Lucy hatte nicht die Absicht, Erklärungen abzugeben, und Mrs. Marsham wartete nicht darauf.

»Nun, da Sie jetzt da sind, können Sie sich nützlich machen. Ich habe Ihre Tante zusammen mit einer anderen alten Dame in einem kleinen Zimmer im ersten Stock untergebracht; sie geht am besten gleich zu Bett.«

»Sie hat noch nicht zu Abend gegessen«, sagte Lucy kalt.

»Nun gut, Sie können ihr ein Tablett ins Zimmer bringen.«

Lucy war schon im Begriff, gegen diese hochfahrende Art und Weise zu protestieren, aber Tante Fennel mischte sich mit sanfter Stimme ein. »Das wäre mir recht, Schätzchen. Ich bin wirklich recht müde.«

Lucy schluckte ihren Unmut hinunter und half Tante Fennel die Treppe hinauf in ein kleines, freundliches Zimmer, früher wahrscheinlich einmal ein Ankleidezimmer, mit Blick auf die Auffahrt vor dem Haus. Eines der zwei Betten war schon belegt. Kaum hatte Mrs. Marsham sie mit der Anweisung, Lucy möchte in die Küche kommen, sobald sie es ihrer Tante bequem gemacht habe, mit ihrem Gepäck alleingelassen, da schoß die Zimmergefährtin in ihrem Bett hoch. Lucy erkannte in ihr eine der beiden alten Damen, die sich um die rotgelbe Katze gestritten hatten. Die kleine, kahle mit den Knopfaugen – Chiddock, so hieß sie.

»Masern gehabt?« erkundigte sie sich wichtigtuerisch.

»Ja, wir beide. Warum, hat es jemanden erwischt?« Lucy holte alles, was Tante Fennel sofort brauchen würde, hervor und legte es zurecht, zog ihren Trennvorhang zu und schlug die fröhlich bunte Patchwork-Decke zurück. »Hier ist dein

Nachthemd, Tante Fennel; ich lauf jetzt und bringe dir gleich eine Wärmflasche.«

»Meine Güte, ja! Vier oder fünf haben Fieber und zwei Ausschlag – Mrs. Marsham ist ganz aus dem Häuschen«, sagte Mrs. Chiddock, befriedigt, daß sie als erste so dramatische Neuigkeiten mitteilen konnte. »Sie weiß bald nicht mehr, wo sie alle in Quarantäne legen soll. Und dieser Mrs. Crabtree geht's sehr schlecht, hat auch noch Lungenentzündung. Müßte eigentlich ins Krankenhaus, hat der Doktor gesagt, aber sie ist zu krank für den Transport.«

Lucys Mitgefühl für die in Bedrängnis geratene Mrs. Marsham wuchs, und sie half Tante Fennels langsamem Weg ins Bett etwas nach.

»So, jetzt hast du alles, Tante Fen – Wärmflasche, Rosmarin, Himbeertabletten –, und du weißt, wo das Badezimmer ist, gerade nebenan. Ich lauf rasch runter und hol dir dein Abendessen. Haben Sie schon gegessen?« fragte sie Mrs. Chiddock.

»Ja, meine Liebe, danke. In den Zimmern auf der anderen Seite vom Flur liegen die Quarantäne-Fälle. Gehen Sie nur nicht hinauf ins nächste Stockwerk, das ist Mrs. Marshams Privatwohnung, und da läßt sie keinen rauf. Wo haben Sie gelebt, bevor Sie hierher kamen, meine Liebe?« erkundigte Mrs. Chiddock sich bei Tante Fennel, offensichtlich einen hübschen Schwatz erwartend. Aber Tante Fennel nahm ihr Hörgerät heraus und hängte es ostentativ sorgfältig über das Fußende ihres Bettes.

»Ich fürchte, ich bin beinahe stocktaub«, sagte sie laut und langsam. »Ich werde Sie nicht verstehen können durch das ganze Zimmer hindurch.«

Mrs. Chiddock ließ sich enttäuscht neben ihr Transistorradio zurückfallen, als Lucy das Zimmer verließ.

In der Küche hantierte Mrs. Marsham effizient herum, kochte ab, sterilisierte, bereitete heiße Getränke zu. »Nehmen Sie sich für Ihre Tante aus der Speisekammer, was Sie wollen«, sagte sie zu Lucy. »Macht es Ihnen etwas aus, noch ein wenig mit Ihrem eigenen Essen zu warten? Ich bin im Rückstand mit den bettlägerigen Patienten, und der Arzt kommt noch einmal wegen Mrs. Crabtree.«

Hah, dachte Lucy mürrisch, ich wette, es macht ihm gar keinen Spaß, so spät am Abend den ganzen Weg hier raufzufahren. Er mit seinen Familienplanungsvorträgen.

Sie machte ein Tablett und etwas Heißes zu trinken für Tante Fennel zurecht, und nachdem sie die versorgt hatte, hetzte Mrs. Marsham sie ein paar Stunden lang herum. Sie mußte Aspirin und Getränke an die fiebrigen Patienten verteilen, Betten neu machen, wackelige alte Heimbewohner zur Toilette begleiten und die Bettschüsseln von anderen, die zu schwach zum Aufstehen waren, leeren.

Wie F. Nightingale, sagte sie zu sich. Nun, ich wollte es ja nicht anders, und jetzt hab ich's so. Lieber Max, Sie werden dies sicher nicht gutheißen, aber irgendwer muß es doch tun, und es scheinen nicht viele andere Bewerber dazusein. Außer ihr selbst schien die ganze Hilfe aus einem schmollenden Mädchen aus Kirby zu bestehen, die brummte, eigentlich sei es ihr freier Abend, und sie wüßte nicht, was Mam sagen würde, das wüßte sie wirklich nicht. Nichtsdestoweniger war Lucy beeindruckt, wie es Mrs. Marsham gelang, Wildfell makellos sauber zu halten, trotz der augenblicklichen Krise und trotz der offensichtlich unbeständigen und unzuverlässigen Hilfskräfte. Jedes Zimmer, das sie betrat, war sauber und aufgeräumt, die Fußböden glänzten vom Bohnern, und die alten Leute waren zweifellos gut ernährt und versorgt. Was für ein Gegensatz zu Mrs. Tilneys baufälligem Unternehmen. Und doch, fühlten sich die Heimbewohner wirklich wohl hier? Es schien eine gewisse Spannung, eine Beklemmung in der Luft zu liegen, doch das konnte, räumte Lucy ein, auch an der Epidemie liegen. Oder vielleicht war es nur ihre eigene, ganz persönliche Reaktion; es war ein langer, schwerer Tag gewesen. Und er war noch nicht vorüber. Um halb elf klingelte es an der Tür. Lucy und Mrs. Marsham versuchten gerade, einen im leichten Delirium befindlichen Mann zu seinem eigenen Bett zurückzuführen; er war unten in der Halle umhergewandert mit der Vorstellung, er müsse sich beeilen, wenn er den Nachtzug nach Euston nicht verpassen wolle.

»Gehen Sie an die Tür«, japste Mrs. Marsham. »Ich habe ihn jetzt. Kommen Sie doch, Mr. Cordwainer, ich habe Schlafwagen für Sie gebucht, und sie halten das Bett für Sie frei, aber der Zug kann nicht ewig warten! Ich hoffe nur, daß Adnan reichlich Beruhigungsmittel mitgebracht hat; es wird einer Kingsize-Dosis bedürfen, um den hier zu beruhigen.«

Lucy lachte und lief nach unten, um Dr. Adnan die Tür zu öffnen. Als er vor ihr stand, zwischen den Säulen der Vorhalle, schwand ihre Belustigung; sie erinnerte sich zu lebhaft an die schrecklichen Sorgen dieses Nachmittags.

»Ah, Sie sind also sicher untergebracht, liebe Lucy Snowe!« begrüßte er sie. »Wie mich das freut; es versöhnt mich sogar mit der Notwendigkeit, zu dieser Zeit noch einen Besuch zu machen. Und die Tante – sie liegt behaglich in ihrem Bett, hoffe ich?«

»Nicht *Ihr* Verdienst«, sagte Lucy mit eisiger Stimme.

Seine schwarzen Brauen hoben sich. Sie waren dicht, wie pelzige Raupen. An diesem Abend trug er einen kurzen Mantel aus Schafleder mit exotischen Stickereien über einem Overall aus schwarzem Cordsamt und eine weiße Beau-Brummel-Halsbinde. Trotz ihres Zorns konnte Lucy der Versuchung nicht widerstehen, nachzuschauen, ob er Sporen an seinen schwarzen Stiefeln trug. Er tat es nicht, aber es fehlte nicht viel; sie hatte das Gefühl, er hätte sie vielleicht im Auto zurückgelassen.

»Nicht mein Verdienst?« sagte er, aber Mrs. Marsham beugte sich über das Treppengeländer und rief leise:

»Kommen Sie doch bitte herauf, Doktor. Ich wäre froh, wenn Sie sich Mrs. Crabtree gleich ansehen würden.«

Es folgte eine lange Besprechung über Mrs. Crabtree, deren Zustand offenbar sehr besorgniserregend war. Währenddessen brachte Lucy, die Mrs. Crabtrees Krankenzimmer nicht hatte betreten dürfen, einigen anderen fiebrigen Patienten etwas zu trinken und Wärmflaschen zu einer ganzen Reihe von Heimbewohnern ohne Masern, die durch all die Störungen wach geworden waren und sich gereizt über die Kälte beklagten; es wehte ein schneidender Wind über das nächtliche Heidemoor. Lucy fand einen Stapel von Decken, die sie verteilte. Sie kümmerte sich auch darum, daß Tante Fennel alles für die Nacht hatte.

»Ich bin wirklich froh, daß du mich hierhergebracht hast, mein Liebes«, sagte die alte Dame schläfrig. »Es scheint ein sehr gut geführtes Heim zu sein. Ich bin sicher, daß ich mich hier wohl fühlen werde.«

Lucy lächelte ihr schiefes Lächeln und fragte sich, wo sie selbst untergebracht war und wie bald sie wohl dahin gelangen würde.

Als sie im Begriff war das Zimmer zu verlassen, ließ sie ein Flüstern aus der anderen Ecke zusammenzucken.

»Mrs. Crabtree schon von uns gegangen?«

»Von uns gegangen?«

»Von uns gegangen. Gestorben.«

»Warum sind Sie so sicher, daß sie sterben wird?« fragte Lucy kurz.

»Mrs. Marsham wird sich nicht besonders bemühen, *die* zu retten«, flüsterte Mrs. Chiddock überzeugt. »Nicht, nachdem Alice ihr liebes Miezekätzchen so getreten hat. Noch dazu haben sie sich furchtbar gestritten letzte Nacht. Hab sie selbst gehört. Alice ging's in der Nacht sehr schlecht, sie hat hier geschlafen, müssen Sie wissen, und hat mich gebeten, zu Mrs. Marsham zu gehen und etwas zu holen, damit sie sich besser fühlte. Geh doch selber, habe ich gesagt, du warst es doch, die gesagt hat, ich hätte Käse vom Servierwagen gestohlen.«

Gehässiges altes Weib, dachte Lucy.

»Sie ist also nach oben zu Mrs. Marshams Zimmer gegangen. Das ist nicht gestattet, sage ich zu mir, das gibt Ärger. Und tatsächlich, ein paar Minuten später hab ich sie gehört, in voller Lautstärke. Sie wissen doch, daß Sie hier oben nichts zu suchen haben, sagt Mrs. Marsham, konnten Sie nicht zwanzig Minuten warten, bis ich meine Nachtrunde mache? Bis dann wär ich tot gewesen vor Schmerzen, sagt Alice, dann hätte Ihre Nachtrunde mir nicht mehr viel geholfen, was? Nun werden Sie nicht unverschämt, meine Dame, sagt Mrs. Marsham, oder Sie können lange auf Ihre Medizin warten. Oh, ich mußte wirklich lachen. Denken Sie an meine Worte, Mrs. Marsham wird sich keine Mühe machen, *die* am Leben zu halten.«

Lucy entzog sich ohne Bedauern diesen makaberen Betrachtungen, trug einen Stapel Bettwäsche nach unten und stopfte sie in die Waschmaschine. Kurz darauf tauchte Mrs. Marsham auf, erschöpft aussehend.

»Würden Sie eine Kanne Tee für Dr. Adnan und mich aufgießen, während wir mit den Impfungen weitermachen? Wir werden in ein paar Minuten herunterkommen. Ich nehme an, Sie könnten auch eine Tasse vertragen.«

»Ich würde einen Eierflip vorziehen«, rief Adnan leise und bestimmt über das Treppengeländer, »das heißt, wenn Miss Lucy weiß, wie man den macht?«

»Natürlich weiß ich das«, murmelte Lucy und ging in die Vorratskammer, um Eier zu holen. »Und wenn ich schon dabei bin – vielleicht hätten Sie gern eine komplette Mahlzeit mit vier Gängen?«

Nach einigem Nachdenken jedoch erschien ihr die Idee mit dem Eierflip gar nicht so übel; sie war selbst hungrig, aber zu müde für eine richtige Mahlzeit. Sie fand Eier, Milch und einen einfachen, aber wirkungsvollen Mixer. Mrs. Marsham hatte, zweifellos wegen der Unzuverlässigkeit der ihr zur Verfügung stehenden Arbeitskräfte, ihr Unternehmen mit den besten mechanischen Hilfsmitteln ausgestattet; es gab einen Tiefkühlraum, einen sich selbst reinigenden Backofen, einen Infrarotgrill, einen elektrischen Schrubber, einen elektrischen Polierer, eine elektrische Kartoffelschälmaschine. Lucy fragte sich, wie oft alle kaputtgingen.

»Eierflip, ah, köstlich – sie weiß wirklich, wie man den

macht!« sagte Adnan, in der Küchentür auftauchend. »Sie haben wohl nicht einen Tropfen Cognac, den wir hineintun könnten, liebe Mrs. Marsham?«

Wortlos schloß Mrs. Marsham einen Schrank auf und brachte eine Flasche Martell zum Vorschein.

»Hätten Sie auch gern einen Schluck?« sagte sie zu Lucy. »Ich muß sagen, Sie waren mir heute abend eine große Hilfe. Ich weiß nicht, wie wir es ohne Sie geschafft hätten.« Ihre Worte waren höflich, aber ihrem Ton und ihren Augen fehlte die Wärme; sie gehört zu denen, die es hassen, jemandem verpflichtet zu sein oder in einem Streit den kürzeren zu ziehen, dachte Lucy; sie würde niemals zugeben, daß sie sich geirrt haben könnte.

Von oben ertönte ein dumpfer Schlag und ein Stöhnen.

»Wenn der alte Mr. Cordwainer schon wieder aus dem Bett gefallen ist...« rief Mrs. Marsham zornig, »diesmal bekommt er wirklich eins aufs Dach von mir.« Sie lief die Treppe hinauf, Kampfeslust in den Augen und so frisch, als ob für sie der Tag gerade beginne.

»Wundervolle Frau«, sagte Adnan und nippte an seinem Eierflip. »Wie froh ich bin, daß ich nicht mit ihr verheiratet bin. Selbst als nur eine von vier Frauen, die der Koran zuläßt, wäre sie eine Nervensäge.«

Er warf einen Seitenblick auf Lucy, um ihre Reaktion auf seine Bemerkung zu sehen, aber sie hatte ihren Eierflip getrunken und stapelte schweigend Geschirr in die Geschirrspülmaschine.

»Liebe Miss Lucy, eine Wolke scheint über mir zu hängen, warum, sagen Sie es mir bitte.« Er legte eine Hand aufs Herz und sang leise:

*Eine Wolke über mir*
*Verdammt mich, doch ich trotze ihr,*
*Fünfmal aber rufe ich dir zu:*
*Wozu, liebe Lucy, sag mir, wozu?*

»Ich hoffe, Sie haben den Hinweis auf Wordsworth mitbekommen? Als ich in den Norden Englands kam, habe ich Wert darauf gelegt, die ganze einschlägige Literatur nachzulesen! Süße Lucy, Kind der Natur, sagen Sie mir, womit ich Sie verärgert habe?«

»Als ich heute nachmittag zurückkam, habe ich festgestellt, daß meine Tante schon vor Stunden gegangen war. Ich konnte sie Ewigkeiten lang nicht finden und hab mir schreckliche Sorgen um sie gemacht.«

»Aber wie konnte ich wissen, wie lange Fawcett brauchen würde?« fragte Adnan.

»Außerdem sagten Sie, es wäre völlig in Ordnung, wenn ich meinen Wagen in der Market Street stehenlassen würde, tatsächlich aber hat die Polizei ihn abgeschleppt, und ich hatte eine Menge Ärger und konnte von Glück sagen, daß ich nicht auch noch Strafe zahlen mußte.«

Er lachte laut auf.

»O je! Ich bitte ergebenst um Verzeihung. Jetzt verstehe ich, warum ich in der Verbrecherkartei gelandet bin, zusammen mit dem habgierigen Onkel, der alle Bilder grapschen möchte und keine Rente mehr zahlen will – wie heißt er übrigens?«

»Genauso wie ich – nicht, daß es Sie etwas angeht. Warum fragen Sie?«

»Mein Vater – ein Mann mit großem Fingerspitzengefühl in finanziellen Dingen, in den alten Zeiten wäre er ein Pascha gewesen – hat mir ein paar Aktien einer amerikanischen Firma mit dem Namen *Culpepper's Pharmaceuticals* geschenkt. Sie steigen und steigen, und ich bin sehr zufrieden mit ihnen. Kann es sich da um die Firma Ihres Onkels handeln?«

»Ja, das ist Onkel Wilbie.« Lucy lächelte still in sich hinein.

»Drehen Sie sich bitte hierher, wenn Sie lächeln, ich mag die schrägen Schneidezähne so gern! Und dann erzählen Sie mir, worüber Sie lächeln? Wahrscheinlich blüht das Geschäft des Onkels so, weil er mit von armen ausgebeuteten Türken angebautem Heroin handelt?«

»Ich weiß nichts vom Heroin – aber da ich meinen Onkel kenne, würde mich das nicht ein bißchen wundern.«

»Warum dann das Lächeln? Teilen Sie dies bißchen unwiderstehlichen Humors mit mir – denken Sie daran, wie hart ich arbeite, wie sehr ich Aufmunterung brauche!«

Adnan mochte unzuverlässig sein, ein Egoist, undurchschaubar, aber zweifellos wäre er auch genau der Mensch, der eine kleine Information zu würdigen wüßte, über die Lucy sich köstlich amüsiert hatte, als sie vor einem Jahr zufällig darauf gestoßen war; ihre einzige Enttäuschung seit damals war, daß es nicht einen einzigen Menschen gab, dem sie es hätte weitererzählen können.

»Na ja, es ist bloß – mein Onkel, müssen Sie wissen, ist so schrecklich ehrbar, er lebt ein wunderschönes Direktoren- und Golfspielerleben, und meine Tante stammt aus einer angesehenen Familie und kennt die richtigen Leute, und meine Cousine kennt noch richtigere Leute und ist dazu ausersehen, irgendeinen Rockefeller zu heiraten ...«

»Ach ja? Dies alles ist bewundernswert – ich sehe nicht, wo da der Witz liegt.«

»All diese bewundernswerte Schicklichkeit stützt sich auf die ungeheuren Verkaufszahlen eines kleinen Artikels, der ›Hymen Halfterette‹ heißt.«

Adnan lachte schallend.

»H. H.! Ich verstehe. Kein Wunder, daß dieser ehrenwerte Mann den Wunsch hat, sich jetzt als Sammler von Kunstwerken einen Namen zu machen. Und wissen die Tante und die Cousine, auf was ihr Wohlstand ruht?«

»Großer Gott, nein!«

»Wie haben Sie das denn herausgefunden?«

»Oh, ein Geschäftsfreund meines Onkels, den er lange nicht gesehen hatte, stieß auf uns, als mein Onkel mich nach Boston bringen mußte, um meine Augen testen zu lassen, und er sprach Onkel Wilbie als ›H. H.‹ an. Onkel Wilbie stopfte ihm sehr schnell den Mund. Das sind nicht die Initialen meines Onkels, darum behielt ich sie irgendwie im Gedächtnis.

Und als ich im Ferienlager von einem Jungen hörte, daß dieser kleine Artikel ein Doppel-H genannt werde, dämmerte es mir.«

»Aber Sie haben keinen echten Beweis?«

»O doch, das habe ich, weil ich dann vor Russ – das ist der Assistent meines Onkels – so tat, als wisse ich alles darüber. Er war erbost – und auch irgendwie beunruhigt – und sagte, ich sollte Onkel Wilbie lieber nicht merken lassen, daß ich Bescheid wisse, sonst würde ich wirklich Ärger bekommen.«

»Sie haben es ihn also nicht merken lassen?«

»Nein. Nicht daß er etwas hätte tun können.«

Adnan schüttelte den Kopf.

*Sie folgten von des Ufers Schnee*
*Den Spuren Schritt für Schritt*
*Bis auf die Planke in den See*
*Dann gab's keine Spuren mehr!*

»Lucy, Lucy, Ihr Talent, Dinge herauszufinden, wird noch dazu führen, daß man Sie unter einen Zug stößt, wenn Sie sich nicht zurückhalten. Sie sind zu clever für ein Mädchen, fürchte ich! Während Sie hier wohnen, möchte ich Sie im besonderen davor warnen ...«

Mrs. Marsham kam, ihre makellosen Ärmel hinunterkrempelnd, in die Küche zurück.

»Noch immer hier?« sagte sie, nicht sehr gastfrei, zu dem Arzt. »Ich dachte, Sie wären schon gegangen. Sie haben sich jetzt alle beruhigt. Aber Sie kommen morgen schon früh, um sich Mrs. Crabtree anzusehen?«

»Ja«, sagte er seufzend. »Vielleicht schafft sie es. Sie hat eine zähe Konstitution, die alte Dame. Haben Sie mir die Schachtel mit dem B-Serum zurückgegeben?«

»Sie ist in Ihrer Tasche dort.«

»Ah; danke. Dann verabschiede ich mich. Gute Nacht«, sagte er steif zu Lucy und verließ mit raschen, selbstsicheren Schritten die Halle. Die Haustür schlug zu, und sie hörten den Alfa die Auffahrt hinunterdonnern.

»Soll ich Sie bei der Nachtwache ablösen?« fragte Lucy, ein Gähnen unterdrückend.

»Nein, danke. Mein Sohn ist auf Besuch bei mir; er wird mir helfen, wenn es erforderlich ist. Kommen Sie, ich zeige Ihnen Ihr Zimmer. Es ist in einem der Außengebäude, fürchte ich; bei all den Quarantäne-Fällen habe ich hier kein einziges Zimmer frei. Vielleicht fahren wir am besten mit Ihrem Auto hinüber; vergessen Sie Ihre Tasche nicht.«

Lucy gefiel es nicht, in einem anderen Gebäude als Tante Fennel untergebracht zu sein, sie sah aber ein, daß es sich nicht ändern ließ. Mrs. Marshams Anweisungen folgend, fuhr sie zur Rückseite des Wohnheims und ein paar hundert Meter weiter durch den Park zu einem mit Kopfsteinen gepflasterten Hof.

»Das dort ist Ihr Häuschen«, sagte Mrs. Marsham. »In dem nebenan wohnt der Gärtner, und das dritte steht im Augenblick leer. Ich habe Ihnen im oberen Vorderzimmer ein Bett gemacht. Würden Sie um sieben rüberkommen? Wachen Sie selbst auf, oder möchten Sie angerufen werden? Wir haben ein Haustelefon.«

»Normalerweise wache ich von selbst auf, aber es war ein langer Tag; vielleicht rufen Sie mich lieber an. Danke.«

»Gut. Sie können Ihr Auto hier im Hof stehenlassen. Würden Sie Ihre Scheinwerfer anlassen, bis ich wieder im Haus bin? Ich habe meine Taschenlampe vergessen. Gute Nacht.«

Während Mrs. Marsham rasch den Fußweg entlang zurückging, lief Lucy nach oben und sah sich ihr neues Quartier an. Das Haus war klein, zwei Zimmer oben, zwei Zimmer unten, ähnlich wie in High Beck. Die Einrichtung war dürftig, reichte aber, und am oberen Ende der Treppe war ein winziges Badezimmer eingebaut. Als sie von dort aus aus dem Fenster schaute, sah sie im Scheinwerferlicht einen Mann; er drehte sich um und warf einen Blick auf die offene Tür von Lucys Häuschen, dann folgte er Mrs. Marsham zum Hauptgebäude.

Lucy sah ihm verblüfft nach.

So unwahrscheinlich es auch erscheinen mochte, und obwohl sie ihn zum letztenmal in Boston gesehen hatte, dreitausend Meilen entfernt, und keinen Grund zu nennen wüßte, warum er plötzlich in Yorkshire auftauchen sollte – sie wäre fast bereit zu schwören, daß die Person, die Mrs. Marsham folgte, Russ McLartney war, der Assistent ihres Onkels Wilbie.

Sie ging nach unten, stellte die Scheinwerfer aus, verschloß und verriegelte die Tür, wusch sich und ließ sich ins Bett fallen. Draußen auf dem Heidemoor hörte sie Eulen rufen.

Russ – es gab keinen Sinn. Konnte Russ der Andere ihrer Tante Fennel sein, ihr Alptraum-Verfolger? Nein, absurd, außerdem, zu der Zeit, als Miss Beatrice Howe das Schicksal ereilte, angeblich von dem Anderen gestoßen, hatte Russ Tante Rose und Corale verdrießlich auf einer Reise zu den Everglades in Florida begleitet.

Russ, der Andere, Adnan mit seinen warnenden Worten: »Lucy, Lucy, Sie sind zu clever für ein Mädchen. Während Sie hier wohnen ...«

Zu clever? Lieber Max, ich werde daraus nicht mehr schlau. Zu kompliziert. Zu viele Dinge, die beunruhigend sind. Ich werde nie einschlafen, dachte Lucy, drückte das Gesicht in das Kissen und schlief ein.

## 9

»Das war unsauber«, sagte Max Benovek. »Fangen Sie noch einmal beim hohen F an!«

Lucy schlug das hohe F an, und noch einmal, und noch einmal. Es lag ihr weiter schrill im Ohr. »Fuß vom Gas«, dachte sie, »wir kommen an eine Kurve, lieber runterschalten.«

Der schrille Ton hielt an, und widerwillig aus dem Schlaf auftauchend streckte sie einen Arm nach dem Telefon neben ihrem Bett aus.

»... läßt sich Zeit mit dem Abheben«, sagte Mrs. Marshams Stimme. »Wenn du dort vorbeikommst, Harold, bring doch bitte den Patienten in den beiden Zimmern die Thermometer, ja? Sag ihnen, daß ich gleich komme.«

»Hallo?« sagte Lucy benommen.

»Oh, da sind Sie, Miss Culpepper. Sind Sie wach? Wenn Sie zum Hauptgebäude rüberkommen – könnten Sie eine Rolle Gummituch mitbringen? Sie finden sie in dem Milchraum neben dem Haus des Gärtners, auf einem Bord, in braunes Papier eingewickelt, neben ...«

Mrs. Marshams Worte wurden von der Stimme eines Mannes unterbrochen, der aus einiger Entfernung rief:

»Mutter! Komm lieber her!«

»Was ist denn los?« Mrs. Marsham hatte offensichtlich den Kopf vom Telefon abgewendet, hielt den Hörer aber noch in der Hand; Lucy hörte das Ticken einer Uhr und, irgendwo in der Nähe, das Miauen einer Katze.

»Sie ist nicht mehr da.«

»Wer?«

»Die Alte.«

»Oh – entschuldigen Sie, Miss Culpepper«, sagte Mrs. Marsham eilig in den Hörer. »Kommen Sie bitte so schnell wie möglich herüber, und bringen Sie das Gummituch mit. Wir haben viel zu tun.«

»Okay.« Lucy glitt aus dem Bett und zog Bademantel und Hausschuhe an. Hieß ›nicht mehr da‹ tot oder verschwunden? Und wer war ›die Alte‹?

Sie kleidete sich rasch an, fuhr sich hastig mit dem Kamm durch die Haare, wusch sich in dem winzigen Badezimmer, lief nach unten und hinaus in den Hof. Die Luft über dem Heidemoorland war kühl und roch nach den hohen Bäumen, Kiefern und Araukarien, die die Stallungen vom Hauptgebäude trennten. Wo war der Milchraum? Es gab mehrere Türen. Eine führte in einen Schuppen, der voller Blumentöpfe und Gartengeräte war, eine andere in eine Garage, in der ein weißer, schlammbespritzter Rover stand. In einem dritten Nebengebäude hing an drei Wänden ein breites Schieferbord;

dies mußte der Milchraum sein. Hier fand Lucy auch das Gummituch.

Merkwürdig, dachte sie, während sie die Rolle, die zu schwer zum längeren Tragen war, in ihrem Auto verstaute und den Motor anließ, merkwürdig, daß der Rover so schlammbespritzt war, wo es seit über einer Woche keinen Regen gegeben hat. Vielleicht kam er aus einer anderen Ecke des Landes? Oder war seit dem letzten Regen nicht benutzt worden – wie lange war das her?

Während sie zurückdachte, erinnerte sie sich an das Gewitter an dem Tag, als sie zum erstenmal nach Appleby gekommen war; für eine kurze Zeit hatte es so heftig gegossen, daß sie anhalten mußte. Aber seitdem war es trocken gewesen, ungewöhnlich trocken für die Jahreszeit, sagten die Einheimischen. Heute jedoch war der Himmel bedeckt und unheilverkündend; gut, daß ich gestern mit Tante Fennel umgezogen bin, dachte Lucy. Selbst wenn sie nicht nach draußen gehen möchte – hier kann sie wenigstens drinnen umherlaufen, wenn es regnet.

Lucy hatte gedacht, wenn Tante Fennel sich erst hier eingelebt hatte, in nächster Nähe von Appleby, würde sie Spaziergänge machen wollen, alte Plätze wieder aufsuchen oder alten Nachbarn einen Besuch machen, aber die alte Dame hatte solche Ideen gelassen von sich gewiesen.

»Ich bleibe vorläufig drinnen, danke, Schätzchen. Es ist ein wunderschönes großes Haus, und ich werde genug Bewegung haben, wenn ich auf den Fluren und Gängen umhergehe. Und ich kann die gute Luft einatmen und durch die Fenster das Heideland sehen. Und der Andere würde es nie wagen, in ein so großes Haus wie das Wildfell-Heim einzudringen, wo so viele Leute in der Nähe sind. Solange ich im Haus bleibe, kann mir nichts passieren.«

Nun, man mußte hoffen, daß es bei Mrs. Marsham keine unerbittlichen Vorschriften wegen eines täglichen Spazierganges für die Bewohner gab, oder sie würden Ärger bekommen, dachte Lucy, während sie bei der Hintertür parkte und das

Haus durch die Küche betrat; bei einem Wettkampf in Willensstärke wären Mrs. Marsham und Tante Fennel vermutlich etwa gleichwertige Gegner.

In der Küche traf sie auf Emma Chiddock, die weniger Logis zahlte und als Gegenleistung bei der Hausarbeit half. Im Augenblick war sie emsig damit beschäftigt, Messer, Gabeln und Servietten auf Servierwagen zu verteilen.

»Sind Sie es, Miss Culpepper?« fragte sie und blinzelte in Lucys Richtung. »Mrs. Marsham sagt, Sie sollen gleich, wenn Sie da sind, nach oben kommen und das Gummituch mitbringen.«

Sie trat näher an Lucy heran und zischte mit gedämpfter Stimme bedeutungsvoll: »Hab ich es nicht gesagt? Die alte Alice Crabtree ist in der Nacht dahingegangen. Hab ich das nicht gesagt? Arme Frau – es ist böse, eine Schande ist es, wenn Sie mich fragen, ich wette, sie hätt's noch ein paar Jährchen ausgehalten.«

Lucy war überrascht und hatte ein etwas schlechtes Gewissen, als sie Tränen auf Mrs. Chiddocks runzligen Wangen sah.

»Es tut mir wirklich leid. Ich wußte nicht, daß Sie sie so gern hatten«, sagte sie schüchtern.

»Alice Crabtree und ich, wir waren befreundet, seit wir zur Schule gingen. Oh, wir hatten unsre kleinen Streitereien, aber das heißt nicht, daß ich dachte, man sollte sie *aus dem Weg räumen* ...«

»Sind Sie das, Miss Culpepper?« rief Mrs. Marsham von der Treppe herunter. »Bringen Sie doch bitte den großen Kessel mit heißem Wasser nach oben und stellen Sie einen anderen auf. Emma, können Sie mit dem Toast fürs Frühstück weitermachen?«

Auf halber Höhe der Treppe befand sich über der Vorhalle am Eingang ein Fenster. Als Lucy im Vorbeigehen hinausschaute, sah sie einen Mann von der Seite des Hauses kommen, die Motorhaube eines dort stehenden Kombiwagens hochklappen und hineinschauen. Es war derselbe Mann, den sie in der vergangenen Nacht gesehen hatte. Aber bei Tageslicht war die Ähnlichkeit mit Russ weniger ausgeprägt; er war größer, hatte helleres Haar und hagerere Gesichtszüge. Sein Haar stand in einem Schopf hoch; er sah aus wie irgendein Vogel, eine Schnepfe vielleicht? Dennoch war die Ähnlichkeit beträchtlich – ein merkwürdiger Zufall.

Lieber Max, Wildfell würde Ihnen gefallen. Ich bin überzeugt, daß ich schon bald, in einem Raum mit Folterwerkzeugen, auf einen altmodischen Schrank aus Ebenholz und Gold stoßen werde und es mir, da er nur mit ein paar Riegeln und einem Vorhängeschloß gesichert ist, nach einiger Mühe gelingen wird, ihn zu öffnen, und daß ich ein Foto von mir als Kind finden werde, einen ganzen Stapel geheimnisvoller Wäschelisten, drei Scharfrichterschürzen, zwei Leichentücher und ein Totenhemd.

Das Totenhemd brachte Lucy sehr plötzlich Mrs. Crabtrees Tod in Erinnerung, und sie ging ernüchtert weiter nach oben. Als sie den Flur überquerte, hörte sie die Motorhaube zuschlagen und den Kombi davonfahren.

»War das mein Sohn, der davonfuhr?« fragte Mrs. Marsham, ihr entgegenkommend, und nahm ihr den Kessel ab. »Wie dumm, ich wollte ihn bitten, ein paar Besorgungen für mich im Dorf zu erledigen, bevor er abfuhr. Nun ja, vielleicht könnten Sie das später übernehmen, es ist praktisch, daß Sie ein Auto haben.«

»Wann kommt Ihr Sohn zurück?« erkundigte Lucy sich, während sie Betten machten; sie war immer noch neugierig und hätte ihn gern aus größerer Nähe gesehen.

»Oh, er lebt nicht hier; er ist nur für ein paar Tage herübergekommen, um mir zu helfen. Er ist Knochenmarkspezialist, hat eine Praxis in Birmingham, darum kann er nicht lange bleiben. Aber es fügte sich gut, daß er letzte Nacht hier war; mehrere von den Masern-Patienten waren sehr unruhig, und eine alte Dame ist gestorben; Dr. Adnan hatte schon mit der Möglichkeit gerechnet.«

»Das tut mir leid.«

»Ach, in einem Altersheim gewöhnt man sich an Todesfälle«, sagte Mrs. Marsham gleichgültig und zog mit professionellem Geschick ein Laken glatt, »schließlich ist es ja das, wofür sie herkommen, nicht wahr? Würden Sie jetzt rasch den anderen Kessel von unten holen, Miss Culpepper? Oh, und könnten Sie auf dem Weg diese Proben auf den Schreibtisch in meinem Büro stellen? Und dann kümmern Sie sich um das Frühstück.«

Etwas verblüfft nahm Lucy Kessel und Flaschen entgegen. Mrs. Marshams Ansichten und ihre eigenen schienen so verschieden, daß es keine Berührungspunkte geben konnte; es lohnte kaum die Mühe, einen Versuch der Kontaktaufnahme zu machen. Außerdem will sie offensichtlich gar keinen Kontakt zu mir, dachte Lucy. Während sie die Flaschen auf dem Schreibtisch abstellte, fiel ihr Blick auf einen eingerahmten Zeitungsausschnitt; er stammte aus dem *Kirby Advertiser* und zeigte ein ungeschöntes Bild vom Wildfell-Herrenhaus, Bogen, Säulen, Steinkugeln, Vorhalle und alles andere. Eingefügt in den Text darunter war ein Foto von Mrs. Marsham, und über dem Bericht stand: »Ex-Stewardess S.R.N. wird neues Altersheim in Appleby leiten.« Lucy erinnerte sich plötzlich an etwas, und ihr wurde klar, warum ihr Mrs. Marshams Züge vage bekannt vorgekommen waren bei ihrer ersten Begegnung; natürlich mußte sie diesen Artikel gesehen haben, ohne besondere Notiz davon zu nehmen, als sie alte Zeitungen auf Onkel Wilbies Speicher stapelte. Vielleicht war auch ein Bild von Mrs. Marshams Sohn dabeigewesen, vielleicht hatte sie sich deshalb die Ähnlichkeit mit Russ eingebildet? Aber nein, je länger sie darüber nachdachte, um so sicherer war sie, daß es sich um wirklich vorhandene Gemeinsamkeiten handelte, eben eine von diesen unerklärlichen Ähnlichkeiten.

Inzwischen waren die Heimbewohner, soweit dazu in der Lage, aufgestanden und auf dem Weg nach unten, in Erwartung des Frühstücks. Emma Chiddock schien es trotz ihrer schlechten Augen einigermaßen gut geschafft zu haben, die Tische zu decken und Toast zu machen. Lucy bereitete rasch einen großen Topf Instant-Porridge zu.

»Eier auch, haben wir immer«, sagte Emma geschäftig. »Immer ein Ei zum Frühstück hier. Sie ist eine harte Frau, Mrs. Marsham, aber sie kuckt darauf, daß wir ein gutes Frühstück bekommen, das muß ich sagen. Nicht, daß ich zur Abwechslung nicht mal gern ein Stück gebratenen Speck hätte anstatt der ewigen Eier, Eier, Eier.«

»Weichgekochte oder Rühreier?«

»Rührei, Rührei. Viele sehen schlecht und kommen mit weichgekochten nicht zurecht, aber Rührei kommt in diesen Kunststoffschüsseln auf den Tisch, und sie essen es mit dem Löffel. Und wir rühren die Eier mit dem da...«

Sie griff kurzsichtig nach dem elektrischen Schneebesen; mit der Sicherheit der Gewohnheit steckte sie das Kabel in die Steckdose, schlug Eier in eine Schüssel und begann sie zu schlagen, während Lucy nach einigem Suchen eine riesige Bratpfanne fand und sie auf den Herd stellte. »Wunderbare Apparate gibt's heute«, sagte Emma, während sie Lucy die Schüssel mit dem gelben Schaum reichte und den Schneebesen abstellte; dabei schoß der eingebaute Korkenzieher hervor wie ein Speer und bohrte sich bis zum Griff in einen Brotlaib.

»He, mit dem Ding müssen Sie aufpassen!« rief Lucy erschrocken. »Sie haben mich nur um ein Haar verfehlt! Das nächste Mal halten Sie es besser über das Spülbecken, sonst bohren Sie jemandem noch ein Loch in den Magen!«

»Wunderbare Apparate«, murmelte Emma, ohne von Lucy Notiz zu nehmen, während sie das Schneebesenteil liebevoll abspülte und trocknete, es wieder in das Gerät einsetzte und an seinen Haken hängte. »Ist das Rührei also fertig? Gut; dann geh ich und klingel zum Frühstück.«

Sie humpelte davon, doch als sie ging, wurde deutlich, daß sie Lucy doch gehört hatte, denn sie brummte vor sich hin: »Ja, und einigen Leuten geschähe es nur recht, wenn sie's in den Magen kriegten, wenn Sie mich fragen.«

Im nächsten Augenblick ertönte aus der Halle ein schrilles Klingeln, offenbar legte Emma all ihre rachsüchtigen Gefühle in die Aufforderung zum Frühstück.

Während des Bettenmachens hatte Lucy Zeit gefunden, zu Tante Fennel ins Zimmer zu schlüpfen, um sich zu vergewissern, daß bei der alten Dame alles in Ordnung war. Tante Fennel lag friedlich auf ihre Kissen gestützt da und schaute hinaus auf den graupurpurfarbenen Streifen Heidemoors, der jenseits des Grundstücks zu sehen war.

»Ja, danke, Schätzchen, ich habe wunderbar geschlafen; die Luft hier bekommt mir sicher besser als all der Rauch und Nebel unten in Kirby. Unruhe? Nein, ich habe nichts gehört. Aber ich hatte mein Hörgerät natürlich herausgenommen! Ich fühle mich wirklich erholt, und nach und nach, nach dem Frühstück, werde ich aufstehen. Bring mir nur eine Schüssel Porridge und eine Tasse heißes Wasser, ich tue dann ein bißchen von meinem Kamillentee hinein.«

Das tat Lucy, als sie den bettlägerigen Patienten, die essen konnten, ihr Frühstück brachte.

»Köstlich«, seufzte Tante Fennel und ließ eine Handvoll gelben Staub in das Wasser fallen, von dem sofort ein bitterer Geruch aufstieg. »Es sind schon Monate vergangen, seit ich zum letztenmal richtigen Kamillentee getrunken habe.«

Während sie zu anderen Aufgaben eilte, hoffte Lucy, daß Mrs. Marsham Verständnis für Tante Fennels Kräutergebräue zeigen würde. Lieber Max, ich bin mir einfach nicht sicher wegen Mrs. Marsham. Zweifellos ist sie tüchtig, Eier zum Frühstück, warme Bettwäsche, alles schön und gut, aber *gütig?* Was die alte Emma in ihrer Haßliebe über sie murmelt, kann man vergessen – oder nicht? Masern plus Lungenentzündung würden reichen, die meisten alten Damen umzubringen – aber andererseits wäre es natürlich außerordentlich einfach, unter solchen Umständen das Ende eines Menschen etwas schneller herbeizuführen. Adnan hat gesagt, Mrs. Crabtree sei zäh. Nun, er muß herkommen, um den Totenschein auszustellen, nicht wahr? Er würde doch schnell einschreiten, wenn etwas verdächtig aussähe? Oder nicht?

Sie lief nach unten, um einen Blick auf die Rührei-Esser zu werfen, die zufrieden vor sich hinmampften an ihren roten Tischen, die Servietten unters Kinn gestopft, die Augen ins Leere gerichtet, während sie sich ernsthaft einer der wichtigsten Tätigkeiten ihres Tages widmeten. Außerhalb der großen Fenster strömte ein beständiger Regen vom schieferfarbenen Himmel herunter, und die verschiedenen Nadelbäume neigten und hoben sich unregelmäßig. Drinnen schien es friedlich und gemütlich, aber es lag ein Hauch von Unsicherheit in der Luft, wie wenn die hoffnungsvolle Wärme der Sonne gerade von einer Gewitterwolke verschlungen zu werden droht.

Nachdem Lucy Tee nachgeschenkt und Kleckse Orangenmarmelade verteilt hatte, aß sie rasch selbst eine Untertasse voll Rührei und ging dann nach oben, um zu fragen, was sie als nächstes tun sollte. »Mir beim Waschen der bettlägerigen Patienten helfen; Mrs. Thwaites Ann hat gesagt, sie würde um zehn kommen und das Geschirr spülen.«

Mrs. Marsham gähnte; zum erstenmal seit ihrer kurzen Bekanntschaft sah sie müde aus. Ihr Gesicht war grau-bläßlich, ihre Augen rotgerändert.

»Es war eine anstrengende Nacht, ich werde eben meine Kontaktlinsen herausnehmen«, sagte sie. »Meine Augen tun weh; die Linsen waren fast 24 Stunden drin.«

Mit einem Finger zog sie nacheinander den Winkel beider Augen weiter hinaus und hielt das Auge blinzelnd über die andere Handfläche, dann legte sie die beiden hemdenknopfgroßen Linsen vorsichtig in ein goldenes Kästchen und setzte eine Hornbrille auf, die sie gleichzeitig älter und intelligenter aussehen ließ. Lucy fragte sich plötzlich, ob sie Mrs. Marsham unterschätzt hatte.

»Fallen die Linsen nie versehentlich raus?« fragte sie.

»Nur wenn man Staub ins Auge bekommt und reibt. Ich trage meine nicht an staubigen, sandigen Orten, aber bei dieser Arbeit sind sie nützlich, weil sie nicht beschlagen.«

Mrs. Marsham schien, vielleicht weil sie so erschöpft war, gesprächiger als gewöhnlich, und Lucy war froh darüber; es wäre ihr peinlich gewesen, die ältlichen Patienten unter verschlossenem, mürrischem Schweigen zu waschen. Als

Mrs. Marsham sie fragte, wie lange sie schon in England sei und wo sie vorher gelebt habe, beantwortete sie die banalen Fragen höflich mit einem kurzen Abriß ihrer Lebensgeschichte und ihrer Verbindung nach Amerika.

»Boston? Wie interessant. Ich war noch nie in Amerika. Aber Sie sagen, Ihr Onkel kam ursprünglich aus dieser Gegend?«

»Nun, nein, eigentlich aus Liverpool, aber seine Familie stammte von hier, und meine Großtante lebte in Appleby. Onkel Wilbie kam als Junge manchmal her, um sie zu besuchen.«

»Und er heißt Culpepper wie Sie? Kann er sich gut an Appleby erinnern? Wie alt ist er wohl?«

»Oh, Ende Fünfzig, Anfang Sechzig vielleicht. Er ist immer in Kontakt mit Tante Fennel geblieben; sie hat ihm ein paar ihrer gestickten Bilder geschickt. Er möchte gern mehr davon auftreiben«, sagte Lucy, die dachte, daß Mrs. Marsham in dieser zugänglichen Stimmung sich als Informationsquelle erweisen könnte. »Aber Tante Fennel scheint alle weggegeben zu haben, als sie ihr Haus verließ. Kennen Sie jemanden im Dorf, der vielleicht eines davon hat und bereit wäre, sich davon zu trennen?«

Sie wuschen gerade den alten Mr. Cordwainer, und als Lucy sanft seine magere alte Achselhöhle mit einem seifigen Schwamm abrieb, sagte er unerwartet:

»Nee, wenn Sie einen im Dorf finden, der sich von den Bibelbildern von der alten Miss Culpepper trennt, können Sie von Glück sprechen.«

»Wieso?« Lucy tupfte den gewaschenen Teil sorgfältig trocken und begann mit dem Brustkorb, der mit einem beeindruckenden Masern-Ausschlag bedeckt war.

»Nun fangen Sie nich an, mich zu kitzeln, Mädchen, oder ich muß zappeln, und all das schöne Seifenwasser wird überschwappen. Also, jeder im Dorf glaubt, daß diese Bibelbilder Glück bringen; Mrs. Thwaites Dad hat nen großen Lottogewinn gemacht, als die alte Dame ihm eins gegeben hat, die

Holroyds haben für ihren Bullen viel mehr gekriegt, als sie dachten, und Mary Coxwold wurde sich einig mit Lenny Thorpe, was keiner nich mehr erwartet hatte. Ich glaub nich, daß Sie jemanden finden, der Ihnen eins gibt.«

»Wo Dr. Adnan seine wohl her hat«, sagte Lucy. »Er hat fast ein Dutzend. Er sagt, die Leute hätten sie ihm geschenkt.«

»Vielleicht solche, die nich an Glück glauben. Aber bei denen allen muß er schon gewesen sein. Letzten Sommer hat er im ganzen Dorf rumgefragt, aber keiner wollte sich von seinem Bild nich trennen. Oh, und natürlich hat der Doktor gleich vier auf einmal gekriegt, als sie Sam Thorpes Sachen versteigerten – ein Traktor ist auf Sam gefallen, und all seine Neffen und Nichten sind in Brasilien.«

»Es hört sich nicht nach Glück an, wenn man unter einen Traktor kommt«, stellte Mrs. Marsham trocken fest.

»War's aber doch, weil er seit Monaten keine Steuern nich gezahlt hatte, das Finanzamt hat ihm einen Brief nach'm andern geschickt, und dann brauchte er überhaupt nich mehr zu zahlen!« sagte der alte Mr. Cordwainer triumphierend und streckte die Arme wie zwei Selleriestangen nach den Ärmeln seines Schlafanzugs aus. »Und nachdem die alte Miss Culpepper gestorben ist...«

Lucy schnappte nach Luft. »Miss Culpepper! Aber sie ist hier! Es war doch die andere alte Dame, die gestorben ist, Miss Howe?«

»Na ja, wer's nun auch war, der gestorben ist; die meisten Leute konnten sie nich' auseinanderhalten. Sie sahen beide gleich aus, und sie kamen nich so oft ins Dorf runter. Jedenfalls, was ich sagen wollte, als eine von ihnen starb und die andre wegzog, gingen 'n paar Leute rauf zu ihrem Haus; die wollten nach Bildern suchen. Aber Colonel Linton hatte sie alle rausgeholt.«

»Welches war Miss Culpeppers Haus?« fragte Mrs. Marsham.

»Über dem Wildbach, ganz für sich. Hat man mal erzählt, daß es dort spukt?« fragte Lucy Mr. Cordwainer.

»Nich' daß ich wüßte. Es ist diese öffentliche Bedürfnisanstalt, von der Colonel Linton sagt, daß's da spukt.«

»Also wirklich, was für ein Blödsinn!« sagte Mrs. Marsham ungeduldig, aber Lucy fragte: »Wer spukt denn da?«

»Na, die alte Dame natürlich, die, die gestorben ist. Der Colonel sagt, er hat ihren Geist getroffen da, ächzend und jammernd und schreiend, daß man sie zu Tode gestoßen habe, einer von den Sommergästen, die hier rauf nach Appleby kommen und Ruinen von früher erwarten und Tee mit Sahne für zwanzig Pence.«

»Hat man sie wirklich zu Tode gestoßen?«

»Du meine Güte, nein. War bloß eine von den Spinnereien vom alten Colonel, wenn er ein paar von seinen Hochland-Glockenblumen gekippt hatte.«

Lucy fragte sich, was eine Hochland-Glockenblume war, aber inzwischen waren sie fertig mit Mr. Cordwainer, und Mrs. Marsham stand schon wartend am nächsten Bett und schaute auf die Uhr.

»Dem alten Mr. Cordwainer scheint es heute viel besser zu gehen«, sagte Lucy.

»Das ist immer so, wenn der Ausschlag durchkommt. Können Sie hier allein weitermachen, Miss Culpepper, ich glaube, der Arzt ist gerade gekommen. Und wenn Sie fertig sind – könnten Sie ins Dorf fahren? Der Einkaufszettel liegt auf dem Küchentisch.«

»Haben Sie etwas dagegen, wenn ich vorher nach meiner Tante sehe?« Lucy hätte gern noch mit Adnan gesprochen, um ihn zu bitten, seine geheimnisvolle Warnung vom Abend vorher zu erklären.

»Ihr geht es wunderbar – sie wird nichts dagegen haben zu warten, bis Sie zurückkommen«, sagte Mrs. Marsham ungeduldig. »Ich habe eben gerade reingeschaut, um nach Emma Chiddock zu sehen, und da schlief sie noch.«

Da Tante Fennel tatsächlich nach dem Frühstück häufig ein kleines Nickerchen machte, sogar in Mrs. Tilneys ungemütlicher Halle, schien diese Bemerkung gerechtfertigt zu sein.

Nachdem sie den letzten Patienten im Bett gewaschen hatte, sah Lucy kurz ins Zimmer ihrer Tante, vergewisserte sich, daß sie noch schlief, lief nach unten, steckte den Einkaufszettel ein und fuhr nach Appleby.

Als sie die Besorgungen für Mrs. Marsham erledigt hatte, entschied Lucy, daß sie Anspruch auf zehn Minuten für ihre eigenen Geschäfte habe, stellte den kleinen PHO bei der Toilette, wo es spukte, ab und ging hinauf zum alten Pfarrhaus.

Diesmal öffnete Colonel Linton sofort die Tür. Er hatte offensichtlich einen mächtigen Kater; seine Augen sahen aus, als könnten sie jeden Moment davonrollen, davon abgesehen aber schien er ordentlicher und in besserer Verfassung als bei Lucys letztem Besuch, vielleicht, weil es noch nicht so spät war.

»Was denn nun?« brummte er und richtete die Augen mit Mühe auf sie, aber das Brummen schien eine reine Formalität zu sein, lediglich seine gewohnte, gegen niemanden im besonderen gerichtete Sprechweise. Dann veränderte sich sein Gesicht: faltete sich zu den Seiten hin in ein unheimliches, doch irgendwie rührendes Lächeln. »Oh, das ist ja die kleine Cathy! Meine kleine Enkelin Cathy ist gekommen, um mich zu besuchen!«

»Nein, ich bin nicht die kleine Cathy«, sagte Lucy, die endlose Komplikationen voraussah, falls dieses Mißverständnis nicht auf der Stelle aus der Welt geschafft wurde. »Kann ich trotzdem reinkommen und mit Ihnen sprechen?«

Während er sie noch zweifelnd durch halb geschlossene Augen anblinzelte, quetschte sie sich an ihm vorbei und durchquerte eine dunkle, mit Steinplatten belegte Halle, die in ein ebenso dunkles Eßzimmer führte, wo der düstere Glanz goldener Bilderrahmen ihr ins Auge fiel. Sie wurde nicht enttäuscht. Eine ganze Heerschar von Ahnen war offensichtlich aus den Rahmen entfernt und durch mindestens ein Dutzend von Miss Culpeppers Bildern ersetzt worden. Die Wirkung in dem düster eingerichteten viktorianischen Zimmer mit seinem gewaltigen Mahagonitisch war großartig; die Bilder schimmerten und leuchteten an den Wänden wie Glühwürmchen in einem dämmrigen Gebüsch. Lucy holte tief Luft vor Entzücken und ging langsam an den Bildern vorbei und ordnete sie ein: Jakob und der Engel beim Tauziehen mit einer Leiter; ein Familienstück: Jakob, Esau, Leah und Rachel unterhalten sich vor einem mit erstaunlich vielen Ziermünzen besteckten Sonnenuntergang; Daniel mit mehreren glanzäugigen Löwen; Moses, Aaron und eine Schlange; David, Saul und eine Harfe...

»Wenn Sie nicht die kleine Cathy sind«, verlangte Colonel Linton zu wissen, »wer zum Teufel sind Sie dann? Wie heißen Sie?«

»Culpepper.«

»Ach *so*. Warum hast du das nicht gleich gesagt? Das erklärt es natürlich. Eins von Großtante Cathys Kindern, Bell Earnshaw, *die* hat einen Culpepper geheiratet. Das erklärt die Ähnlichkeit. Ihr gleicht euch wie ein Ei dem anderen. Hier, kuck mal...«

Er drehte sich um und fing an, in einem Stapel ungerahmter Bilder zu wühlen, die nachlässig im leeren Kamin aufeinandergestapelt waren.

Eigentlich habe ich genug von Ähnlichkeiten, dachte Lucy. Noch mehr von dem Ein-Ei-wie-das-andere-Zeug wird mir ein bißchen zuviel Zufall.

Aber dann kam ihr in den Sinn, daß in einem einsamen, abgeschnittenen Ort wie Appleby, wo noch während der ersten Hälfte des zwanzigsten Jahrhunderts Inzucht die Regel war und nur wenige Menschen fortgingen, wo beinah jeder mit jedem verwandt war, Ähnlichkeiten durchaus normal sein würden. Wahrscheinlich bin ich eine entfernte Cousine von seiner kleinen Cathy und allen anderen Dorfbewohnern.

Aber das erklärt nicht die Ähnlichkeit zwischen Russ und dem – wie heißt er noch – Harold Marsham. Sie können kaum verwandt miteinander sein – Russ hat mir erzählt, daß seine Familie aus Irland stamme.

»Hier!« sagte Colonel Linton. Er wischte das Bild, das er

ausgesucht hatte, mit seinem Ärmel ab und legte es auf den Eßtisch. »Das ist sie – Großtante Cathy Earnshaw; Linton war natürlich ihr Mädchenname. Sieh dir selbst an, wie ähnlich ihr euch seid!«

Lucy sah es. Es war, als ob sie in einen Spiegel schaute, nur daß das Mädchen auf dem Bild ihr langes Haar mit einem Band zurückgebunden und ein paar Ringellöckchen hatte.

»Sogar die vorstehenden Zähne!« sagte Colonel Linton triumphierend. »Du bist keine Schönheit, mein Mädchen, aber du bist eine echte Linton, ein echter Zweig vom alten Baum. Soso! Komm mit in die Küche und laß uns feiern. Die Sonne steht noch nicht ganz über der Wäscheleine, aber dies ist ein Anlaß für eine Hochland-Glockenblume.«

Er faßte Lucy liebevoll am Arm und führte sie in einen warmen, unordentlichen Raum, in dem ein paar Hühner in majestätischen viktorianischen Hutschachteln vor dem Kohleherd saßen.

»Spart einem den Weg zum Hühnerstall«, erklärte Colonel Linton. Dann brachte er Lucy ziemlich aus der Fassung, indem er einen kleinen Schluck Whisky in ein Marmeladeglas füllte und einen großzügig bemessenen Achtelliter vergällten Spiritus hinzuschüttete.

»Ist... ist das eine Hochland-Glockenblume?« fragte sie stotternd.

»Ja, ist es, meine Liebe. Hab ich selbst erfunden«, sagte der Colonel und kippte gedankenverloren die Hälfte seines Drinks hinunter.

»In dem Fall glaube ich... ich meine... denkst du, daß ich in meinen Milch haben könnte anstatt des Alkohols? Weißt du, ich muß noch fahren«, erklärte Lucy listig.

»*Milch?* Ich glaube nicht, daß ich Milch im Haus habe, meine Liebe. Du könntest ein Ei haben«, sagte der Colonel, schob beiläufig eine Hand unter ein Huhn und zog eines hervor. »Es gibt nichts Besseres als ein in Whisky geschlagenes Ei, wenn du unter einem Irrawaddy-Magen leidest, wie ich es tue.«

»Mein Magen ist im Augenblick okay, danke. Ich denke, ich nehme nur ein bißchen Wasser zum Scotch, wenn du das hast?«

Als sie mit einem Drink versorgt war – zu ihrer Überraschung kam Wasser aus dem Hahn – und Colonel Linton sich eine zweite Hochland-Glockenblume gemixt hatte, sagte er:

»Nun, was kann ich für dich tun, meine Liebe? Es wird mir ein Vergnügen sein, jemandem zu helfen, der Großtante Cathy so ähnlich sieht.«

Lucy erklärte wieder einmal die Geschichte von Großtante Fennel und ihren Bildern. Der Colonel hörte aufmerksam zu und mixte sich nebenbei einen weiteren Drink.

»Verstehst du also – wenn ich ein Dutzend, vielleicht nur ein halbes Dutzend zusammenbekäme, könnte ich mir vorstellen, daß die genug einbringen, um sie bis ans Ende ihrer Tage behaglich leben zu lassen.«

»Sehr guter Plan, mein Mädchen, hervorragende Idee. Ich leugne nicht, daß es mir schwerfallen wird, mich von meinen eigenen zu trennen – muß zugeben, daß ich die besten selbst behalten hab, als sie mir sagte, ich solle sie verschenken – aber ich werde natürlich gern, hick!, entschuldige, sehr viel Blütenstaub in der Luft diesen Herbst, gern helfen. Würde mich auch freuen, deine Tante wiederzusehen – waren dicke Freunde, als wir jung waren. Hab einen von den beiden sogar einen Heiratsantrag gemacht, welche war es nur? Jedenfalls, hick!, ist das eine alte Geschichte. Wollte sich nicht von ihrer Freundin trennen, hingen sehr aneinander, die beiden. Dill und Daff. Sahen sich sogar ähnlich – so wie Leute manchmal ihren Tierlieblingen ähnlich werden. Oder, hick!, anders rum.«

»Hast du Tante Fennel nach Miss Howes Tod noch einmal gesehen?«

»Nein, hab ich nicht. Schickte mir einen Brief, bat mich, mich um die Bilder zu kümmern. Scheußliche Geschichte war das. Die Böschung hinuntergestoßen von einem ausländischen Touristen – wahrscheinlich war er betrunken nach all diesem Kräutergebräu, das die alten Damen für Touristen zusammenmixten. Die Leute trinken ja auch alles mögliche, wenn sie auf Urlaub sind. Übrigens schon mal Irish Coffee versucht? Ich mache ihn ohne die Sahne, und mit Scotch natürlich. Es ist gerade Zeit für ein zweites Frühstück – was hältst du von einem Schlückchen? Wollen mal sehen, was ist denn hier für ein Zeug im Kessel?«

Es stellte sich heraus, daß der Kessel voller Ameiseneier war.

»Bitte bemüh dich nicht«, sagte Lucy hastig. »Gibt es wirklich ein Gespenst im Tal?«

»Hab's schon Dutzende von Malen gehört. Hört sich wie eine Eule an. Zeigt doch, daß man sie umgebracht hat, oder? Gespenster werden nicht vom Gemeinderat bezahlt, um zu spuken – hick?«

»Könnte ich Tante Fennel mal mit herbringen?«

»Wäre entzückt, meiliebe. Und was ist mit den Bildern? Willst sie gleich mitnehmen?«

Er machte sich auf den Weg ins Eßzimmer, seine vierte Glockenblume in der Hand.

»Ich glaube, ich sollte mich lieber erst um Verpackung und Transport kümmern«, sagte Lucy. »Vielleicht darf ich morgen noch einmal kommen? Ich glaube nicht, daß es so gut wäre, sie mit nach Wildfell zu nehmen ...«

*»Wohin?«*

»Das Wildfell-Herrenhaus – das Altenheim. Tante Fennel ist jetzt dort untergebracht, und ich selbst arbeite vorübergehend ...«

*»Raus!«*

Lucy hatte nie geglaubt, daß Menschen buchstäblich schwarz vor Wut werden können; sie hatte das immer für eine Redewendung gehalten. Jetzt sah sie, daß es das wirklich gab, denn Colonel Linton führte es ihr vor. Sein Gesicht war beängstigend dunkel geworden, seine Augen glichen Blutblasen.

»Willst du damit sagen, daß sie *da* wohnt – du besitzt die Frechheit, herzukommen, hick!, und mir zu erzählen, daß du *da* eine Stellung angenommen hast, hick? Der Name des Hauses, laß dir das gesagt sein, ist nicht irgendeine blödsinnige Erfindung aus einem Dreigroschenroman, sondern lautet ALTES HERRENHAUS APPLEBY! Und jetzt – raus!«

Ohne sich des Vorgangs bewußt zu werden, fand Lucy sich vor der Eingangstür, von Kopf bis Fuß vibrierend, als sei jemand mit dem Daumen über all ihre Saiten gefahren. Die Tür knallte hinter ihr zu.

Zu blöd, dachte sie, ich hatte vergessen, daß das Herrenhaus einmal ihm gehörte, zumindest war mir nicht klar, wieviel es ihm bedeutete. Wie dumm von mir. Und ausgerechnet, als alles so gut lief. Lieber Max, diesmal haben wir es wirklich vermasselt. Aber wird er sich daran erinnern, wenn ich noch einmal hingehe? Er scheint so ziemlich die Übersicht verloren zu haben. Vielleicht vergißt er diesen Besuch, jedenfalls ist es einen zweiten Versuch wert.

Wenn er sich erinnert, dachte sie, wäre es ein Grund, Tante Fennel von Wildfell wegzuschaffen.

Ein vager Plan hatte in ihrer Vorstellung langsam Gestalt angenommen. Als ersten Schritt machte sie Fiona Carados einen Besuch.

»Hi. Wie geht's dem Baby?«

»Oh, dem geht's prächtig. Kommen Sie rein und sehen selbst. Er hat sechzig Gramm zugenommen und kann schon lächeln und hat einen richtigen Haarschopf.«

Lucy sah sich das Baby an, das ihren unwissenden Augen kein bißchen anders als vor zwei Tagen erschien.

»Er sieht seinem Vater überhaupt nicht ähnlich.«

»Nein, Gott sei Dank! Was ich jemals in diesem Tropf gesehen habe...«

Fiona streckte die Arme aus, ungeheuer erleichtert, so schien es, daß sie nichts mehr mit Männern zu tun hatte. Sie war fast zu groß für das winzige Zimmer; an diesem Tag trug sie einen unförmigen Pullover aus naturfarbener irischer Wolle über derben Cordhosen. »Eine meiner vielen Tröstungen ist, daß ich jetzt nicht mehr die schrecklichen Bücher vom armen Vater des Kindes lesen muß.«

»Oh, dann ist er *der* Robin Carados, der all diese Kinderbücher schreibt? Ich habe mich schon gefragt ...«

Lucy hatte sie in Kirby bei W. H. Smith gesehen, als sie ihr Packpapier kaufte: ein Regal nach dem anderen mit bunten, dünnen, roten und grünen und blauen Büchern, drei Schilling pro Stück; *Fred der Fischer, Zack der Zerstörer, Rickie das Rettungsboot, Frank die Fähre, Larry der Lastkahn, Sam der Schoner, Percy das Paddelboot, Dan das Dingi.*

»Genau«, sagte Fiona, »das ist er. Er war gerade dabei, sich seine politischen Theorien für *Ned das Nuklear-Unterseeboot* zurechtzulegen, als wir Schluß machten. Und wissen Sie, was das Letzte war? Warum er darauf bestand, mich in diesem Versteck zu verstauen, weit weg von der tobenden Menge? Weil es sich nicht schickte, *seinen* guten Ruf als frommer Lieferant von moralisch anspruchsvollen Seefahrtsklamotten für die lieben Kleinen besudeln zu lassen. Irgendwer im Mittelalter hat die Frau als einen Sack voll Mist bezeichnet, nicht? Und das genau ist es, was der liebe süße Robin wirklich von mir hielt, und am Ende habe ich es kapiert.«

»Was hielten Sie von ihm?«

Es entstand ein Schweigen, und dann lachte Fiona. »Ich will nicht eine Menge böser Worte in das Unterbewußtsein des armen kleinen Bubis einpflanzen; wird nicht behauptet, alles was man hört, bevor man drei Monate alt ist, haftet besser als Kleister?«

»Vermutlich hörte er es in jedem Fall, ob Sie es nun sagen oder denken«, erwiderte Lucy. »Warum haben Sie und Robin nicht geheiratet?«

»Oh, der Skandal einer Scheidung war nichts für jemanden in seiner erhabenen Position; ehrlich, es war, als habe man mit dem königlichen Haus zu tun. Ich glaube, in Wirklichkeit wollte er beides, das ist wohl auch das Übliche, nicht? Er ist jetzt wieder bei seiner Frau; sie hat ziemlich viel Geld. Möchten Sie einen Drink?«

»Nein, danke. Ich habe schon etwas getrunken. Ich habe Colonel Linton besucht.«

»Den alten Knaben im Pfarrhaus? Er ist doch süß, oder? Ich habe ihn ein paarmal getroffen, wenn ich mit dem Bubi im Tal spazieren ging; er hört das Geräusch vom Wasser gern.«

»Wasser? Ich würde sagen, das ist nicht ganz ... oh, Sie meinen das Baby. Haben Sie Masern gehabt?«

»Du lieber Gott, ja. Als ich vierzehn war. Warum?«

»Sind Sie noch immer auf der Suche nach einer Möglichkeit, etwas zu verdienen?«

»Ja, tatsächlich wird es allmählich kritisch. Ich habe schon daran gedacht, wieder nach London zu gehen, nur müßte ich den Kinderwagen verkaufen, um die Fahrt bezahlen zu können, und es ist nicht sehr wahrscheinlich, daß jemand in Appleby ihn haben will.«

»Was halten Sie davon, im Wildfell-Wohnheim einzuspringen? Dort bin ich augenblicklich. Wir haben eine Krise: es sind Masern ausgebrochen, und es gibt fast überhaupt keine Hilfe.«

»Ich habe schon gedacht, daß Sie ein bißchen erschöpft und spitz aussehen«, sagte Fiona. »Sind Sie sicher, daß Sie keinen Drink wollen? Nein? Es könnte ganz lustig sein, nehme ich an. Das ist das Altenheim, nicht wahr? Nicht das Haus mit den pensionierten Geistlichen? Aber würde die alte Xanthippe, die es leitet, *mich* nehmen? Ich habe sie ein paarmal gesehen; sie sieht aus, als hätte sie Haare auf den Zähnen.«

»Ich denke, im Augenblick würde sie Fanny Hill einstellen, wenn sie nur arbeitete.«

»Ich müßte einen Platz für den jungen Oedipus Carados finden; Masern wären wohl nicht das Gelbe vom Ei für ihn. Aber ich denke, das ließe sich machen. Gut, ich mach mit, wenn sie mich einstellt. Wie läuft es ab? Soll ich das Schwarzseidene anziehen und mich an der Hintertür melden?«

»Ich werde es Mrs. Marsham heute vormittag vorschlagen und Sie dann anrufen, wenn das okay ist. Haben Sie Telefon?«

»Ich bitte Sie! Telefon? In Appleby? Ich ruf Sie an, von dem wunderschönen öffentlichen Postamt aus. Welche Zeit ist am günstigsten?«

»Gegen fünf, glaube ich, wenn die Alterchen beim Tee sind.«

»Gut. Und vielen Dank. Inzwischen suche ich mir einen Babysitter. Vielleicht tut ihr alter Colonel mir den Gefallen.«

»Nicht wenn Sie ihm sagen, wo Sie arbeiten«, sagte Lucy lachend und erzählte die Geschichte ihres Besuchs dort.

»Sie haben Ihre Bilder also nicht bekommen? Das tut mir leid. Warum wollen Sie sie haben?«

»Sie könnten eine Menge einbringen, glaubt mein Onkel. Er hatte vor, ein Vermögen damit zu machen – oder der Szene zu zeigen, daß er ein unerkanntes Genie im Entdecken von Talenten ist –, aber *ich* habe vor, dafür zu sorgen, daß Tante Fennel von dem Erlös behaglich leben kann.«

»Soll ich versuchen, den ehrenwerten Dorfbewohnern ein paar abzuhandeln? Sie haben doch im Augenblick gewiß nicht genug Zeit, von Tür zu Tür zu gehen.«

»Nein; ich müßte schon zurück sein; Mrs. Marsham denkt wahrscheinlich, ich hätte mich mit dem Haushaltsgeld davongemacht. Ja, das wäre nett von Ihnen, haben Sie vielen Dank.«

»Ich erwarte eine Kommission für jedes, das ich aufgable«, sagte Fiona gelassen. Sie begleitete Lucy hinaus auf die High Street von Appleby. Eine Gestalt in einem Overall, die Lucy vage bekannt vorkam, schwankte unsicher auf einem rostigen Fahrrad vorbei und winkte Fiona zu, und Fiona winkte zurück. Nach kurzem Nachdenken identifizierte Lucy die Gestalt als Clough, den Mann, der angefahren worden war.

»Ist er wieder in Ordnung?« fragte sie.

»Clough? So weit, wie er jemals in Ordnung sein wird. Er ist ein wenig einfältig. Hat aber ein Herz aus Gold. Er hat mir geholfen, als sich eine Saatkrähe in meinem Schornstein verfangen hatte. Das war ein weiteres Vergehen vom lieben, süßen Robin; er fuhr Clough über den Haufen und blieb nicht einmal stehen, um nach ihm zu sehen.«

»Oh, das war Robin – sind Sie sicher?«

»Nun, da es sich um Robin handelt, hat er es natürlich nie zugegeben, aber es paßte alles zusammen. Clough hat gesagt, er sei von einem weißen Auto angefahren worden, und es war genau um die Zeit, als Robin zum letztenmal hier war, an dem Tag, als Sie aufkreuzten.«

»Ja, ich erinnere mich. Oh, da ist Adnan«, sagte Lucy mit einem Blick über die regennasse Dorfstraße.

»Er ist eine komische Figur, der kleine Türke, oder? Hat er Sie schon aufgefordert, sich seinem Harem anzuschließen? Nun, er wird es noch. Oh, entschuldigen Sie mich, ich höre Oedipus quieken. Ich ruf Sie heut abend an.« Fiona verschwand im Haus.

Der Alfa hielt, Wasser aufspritzend, neben Lucy an.

»Liebe Lucy Snowe! So trifft man sich wieder.«

»Kommen Sie vom Wohnheim?« Lucy zog den Dufflecoat enger um sich; der Regen drang langsam durch.

»Ja, das tue ich, ich habe sogar mit Ihrer Tante gesprochen. Sie scheint sich sehr wohl zu fühlen. Vielleicht war es doch richtig, daß Sie mit ihr umgezogen sind.«

»Sagen Sie, was meinten Sie letzte Nacht, als Sie sagten, ich sollte mein Talent, Dinge herauszufinden, zügeln, während ich dort oben wohne?«

»Habe ich das gesagt?« Er sah unsicher aus. An diesem Tag trug er einen flaschengrünen Blazer mit zwei Bronzeknöpfen über einem terrakottafarbenen Hemd mit breitem Kragen und eine weiße Seidenkrawatte; er schnipste sorgfältig einen Fussel von seinem Aufschlag.

»Ja, das haben Sie.«

»Nun ja, vermutlich meinte ich nur, daß Mrs. Marsham keine Frau ist, die es dulden würde, wenn man sich in ihre Angelegenheiten mischt; sie würde Sie sehr schnell an die Luft setzen, wenn Sie nicht spuren. Aber soviel ich weiß, haben Sie ja ohnehin nicht vor, längere Zeit zu bleiben?«

»Was ist mit dem Tod von Mrs. Crabtree?« fragte Lucy unvermittelt.

Adnan sah überrascht und zurückhaltend aus; seine pflaumenfarbenen Augen verschleierten sich.

»Was soll damit sein?« fragte er.

»War es ein natürlicher Tod? Haben Sie den Totenschein unterschrieben?«

»Großer Himmel, meine liebe Miss Lucy, heute sehen Sie Gespenster hinter jedem Busch! Natürlich habe ich den Totenschein unterschrieben, und ja, es war ein natürlicher Tod. Im Alter von dreiundachtzig an Masern und Lungenentzündung zu sterben ist keineswegs ungewöhnlich, kann ich Ihnen versichern. Ich kümmere mich jetzt darum, daß ein Krankenwagen kommt und die arme alte Dame zum Bestattungsinstitut bringt.«

»Sie hat nicht etwa Injektionen mit dem Anti-Masern-Impfstoff erhalten, der aus dem Verkehr gezogen werden mußte, weil die Leute davon Herzattacken bekamen?«

»Bestes Mädchen!« Er sah die Dorfstraße hinauf und hinunter. »Sie sollten Fernsehmanuskripte schreiben, Sie sind fehl am Platz in einem friedlichen abgelegenen Ort wie Appleby-under-Scar! Keine dunklen Elemente dieser Art hatten etwas mit dem Tod der armen alten Dame zu tun, das kann ich Ihnen aufrichtig versichern! Welcher Art auch immer! – Aber ich lasse Sie im Regen stehen, was unverzeihlich ist. Auf Wiedersehen für jetzt; wir werden uns sicher häufig begegnen, solange die Epidemie anhält.«

Der Alfa schoß davon, in einer Gischt von Matsch und Auspuffgasen.

Lucy, inzwischen ziemlich naß, lief zu ihrem kleinen PHO und fuhr schnell zurück zum Wildfell-Heim. Unterwegs hörte sie im Radio ein Konzert von Dennis Matthews, der die Nummern 7 bis 12 aus dem Band 1 des *Wohltemperierten Klaviers* spielte. Einerseits hörte sie aufmerksam zu, diese Interpretation mit Benoveks vergleichend, andererseits versuchte sie, sich eine Meinung, irgendeine Meinung über Dr. Adnan zu bilden. Sagte er die Wahrheit jemals, gelegentlich, oft oder immer? Sie kam zu keinem Ergebnis.

Lieber Max, ich wäre verdammt erleichtert, wenn Mrs. Marsham damit einverstanden ist, Fiona zur Aushilfe einzustellen. Vielleicht hat Adnan recht, vielleicht sehe ich wirklich Gespenster hinter jedem Busch. Aber Fiona scheint ein realistischer Mensch zu sein; wir werden sehen, was sie von all dem hält. Es ist unwahrscheinlich, daß sie sich Dinge einbildet. Obwohl ich das Gefühl habe, bei Clough könnte sie sich irren; es muß nicht Robin gewesen sein, der ihn angefahren hat. Was ist zum Beispiel mit dem weißen Rover? Wer hat den gefahren? Harold Marsham? Oder Mrs. M.? Nein, sie kann es nicht gewesen sein; sie war im Wohnheim, als es passierte.

In diesem Augenblick tauchte Mrs. Marsham persönlich auf; Lucy war dabei, die Einkäufe auszupacken. Weit entfernt davon, ärgerlich zu sein, daß Lucy so lange fortgeblieben war, schien Mrs. Marsham in ungewöhnlich freundlicher Verfassung, gratulierte Lucy zu ihrem Vorschlag, Fiona als Hilfskraft heranzuziehen, und sagte, da Mrs. Thwaites Ann den Lunch zubereite, könne sie, Lucy, sich eine Stunde frei nehmen.

»Danke, dann gehe ich jetzt hinauf und schaue, wie Tante Fennel zurechtkommt.«

Lucy lief nach oben und fand Tante Fennel friedlich in ihrem Zimmer herumhantieren.

»Es gefällt mir so gut hier, Schätzchen«, sagte sie zufrieden. »Keiner kommt und sagt dir, daß du unten in der Halle sein solltest. Ich fühle mich hier wirklich wohl! Im Badezimmer kann man richtig plätschern – es ist riesig –, und Mrs. Chiddock sagt, es gibt noch drei oder vier mehr, und die Leute ballern nicht dauernd an die Tür! Und in den Zimmern gibt es auch noch Waschbecken.«

»Soll ich dir das Haar waschen und dir eine Maniküre machen, Tante Fen? Ich habe ein bißchen Freizeit.«

»Das wäre nett, Schätzchen. Ich suche gleich das Lattich-Shampoo raus.«

Während Lucy das dünne, feine weiße Haar der alten Dame wusch, sah sie plötzlich ein Bild vor sich, das das Wort ›Plätschern‹ in ihrer Erinnerung erweckt hatte: wir machten Picknick an einem Bach in der Nähe eines Bahnhofs. Ich erinnere mich an Wasser und Felsen und an ein Gefühl der Vollständigkeit; *alle*, die eine Rolle spielten, waren da. Heißt das Mutter *und* Vater? Vermutlich ja. Er – Vater? – hatte eine Mundharmonika und spielte darauf. Irgend jemand – Tante Fennel? – sagte: »Das hört sich wie das Plätschern eines Bachs an! Spiel es noch einmal.«

»War mein Vater musikalisch?« fragte sie plötzlich.

»Er hat nie gelernt, irgendein Instrument zu spielen«, sagte Tante Fennel. »Aber ja, Schätzchen, er hatte ein Ohr für Musik; konnte sich immer eine Melodie auf dem Klavier zusammensuchen oder die zweite Stimme singen. Das war eine seiner nettesten Seiten, und deine Mutter war natürlich immer ganz hingerissen. Sie war auch musikalisch.«

Wie immer hatte Lucy das Gefühl, daß vieles nicht gesagt worden war. Sie hätte weiter gefragt, aber in diesem Augenblick sprang eine dicke rotgelbe Katze vom Balkon durch das Fenster und ließ sich selbstbewußt auf Tante Fennels Bett nieder.

»He, raus mit dir!« rief Lucy und jagte die Katze wieder zum Fenster hinaus.

»Lassen Sie sich dabei nicht von Mrs. Marsham erwischen!« sagte Emma Chiddock, die gerade hereinkam, warnend.

Tante Fennel sah der Katze nach, die sanfte Stirn leicht gerunzelt.

»Diese Katze erinnert mich ständig an Taffypuss«, murmelte sie. »Die arme Taffypuss wurde von einem Fuchs getötet – das hat Dill jedenfalls behauptet. Sie wollte nicht, daß ich mir die Leiche ansehe; sagte, ich würde mich aufregen. Sie bat Colonel Linton, Taffypuss zu begraben.«

»Das war auch viel besser«, stimmte Lucy zu. »Sehr vernünftig von Dill. Sieh nur, hier ist ein richtiger Fön. Von allem das Modernste. Jedenfalls bin ich sicher, Taffypuss war viel netter als dieses fette, überfütterte Tier.«

»Die verdammte Katze ist schon wieder durchs Fenster reingekommen«, sagte Goetz.

Harbin telefonierte. »Du bringst das also in Ordnung«, sagte er. »Ja; gut; die Adresse hast du. Grüner Morris Combi, CRU 299 P. Etwas Einfaches, höhere Gewalt oder so. Ich überlaß das dir. Keine Hast – außer er beginnt, mißtrauisch zu werden. Ja, laß ihn beschatten. Wie war das – wie lange ich noch hier bleibe? Einen Monat, vielleicht zwei oder drei. Stoker bringt das Haus in Palma in Ordnung? Gut. Ihr werdet also in Verbindung bleiben – okay.«

Er legte den Hörer auf.

»Was soll das heißen, ihn erledigen lassen?« fragte Goetz.

»Ich mag es nicht, wenn noch etwas offenbleibt. Leute, die reden können.«

Er drehte sich um, sah die Katze und sagte: »Schaff das Viech hier raus, oder es gibt einen zweiten Fall von höherer Gewalt, hier und jetzt.«

Goetz kicherte.

»Ich habe einen alten Pfeil und Bogen draußen in dem herausgeputzten Gartenhaus bei den Sträuchern gefunden«, sagte er. »Die Katze würde ein gutes Ziel abgeben, nicht? Nasses, fettes Biest.« Er packte die Katze – seine Hände versanken zentimetertief in dem dicken, struppigen Fell –, trug sie zum Fenster und warf sie auf das Dach, wobei die Katze sich während der ganzen Zeit wehrte und eine Art jammerndes Fauchen von sich gab. »Komm schon, kleiner Bruder, mein Liebling, du bist hier eindeutig unerwünscht.«

»Kleiner Bruder«, murmelte Harbin. »Judas, was für ein Name! Außerdem, was hattest *du* draußen beim Gartenhaus zu suchen?«

»Schon recht, schon recht, ganz ruhig bleiben. Ich bin ein Bürger dieses Landes, ich bin nirgends ausgebrochen, ich kann gehen, wohin ich will.«

Harbin musterte ihn einige Minuten lang schweigend. Sein blasser Blick entnervte Goetz; er murmelte rechtfertigend:

»Es war sowieso nach Einbruch der Dunkelheit, stockfinster war es! Als du vorletzte Nacht vorm Fernsehen hocktest, hatte ich plötzlich das Gefühl, ich würde durchdrehen, wenn ich nicht ein bißchen frische Luft schnappen könnte. Niemand hat mich gesehen, niemand, ich schwöre es!«

»Dir ist doch klar«, sagte Harbin mit beherrschter Stimme, »wenn irgend jemand, der von uns weiß, dich sieht, werden sie natürlich ihre Schlüsse ziehen und auf die Idee kommen, daß ich auch in der Nähe bin, nicht wahr? Ist dir das klar? Es wird nicht nötig sein, daß ich noch einen Fall von höherer Gewalt arrangiere?«

Goetz war außer sich. »Hör mir zu, ehrlich, niemand hat mich gesehen, aber okay, ich tu's nicht noch einmal, wenn du dir deswegen Gedanken machst. Aber ich werde heilfroh sein, wenn ich wegkomm von diesem gottverdammten Leichenschauhaus! Und außerdem, wenn du dir Gedanken machst, daß die Leute ihre Schlüsse ziehen könnten – was ist mit Linda? Ich habe nicht bemerkt, daß du irgendwelche Fälle von höherer Gewalt für *sie* arrangiert hast!«

»Sie wollte diesen Laden leiten, oder nicht?« sagte Harbin gelassen. »Zeit genug, die Sache mit Linda in Ordnung zu bringen, wenn wir weg sind. Außerdem hat sie sowieso einen anderen Namen angenommen, und es liegt alles schon Jahre zurück. Keiner wird auf die Idee kommen, sie mit dieser Geschichte in Verbindung zu bringen. Zudem ...«

»Achtung«, sagte Goetz plötzlich. Sie hörten Schritte auf dem Flur vor ihrer Tür. Goetz schob leise den neuen Messingriegel vor. Einen Moment später klopfte es dreimal; erleichtert öffnete er die Tür, und Mrs. Marsham kam mit einem Tablett mit Essen ins Zimmer.

Sie sah nicht ganz so ruhig wie sonst aus; ihre Hände zitterten ein wenig, als sie das Tablett absetzte, und es lag ein Hauch von Röte auf ihren vorstehenden Backenknochen.

»Ich glaube, ich bin da auf etwas gestoßen«, sagte sie.

»Schon wieder Haschee!« Goetz blickte angewidert auf das Essen.

»Auf was?« Harbins blasse Augen starrten in die Mrs. Marshams.

»Es geht um Fred.«

»Alte Linda, immer dasselbe im Kopf«, seufzte Goetz, nahm sich eine große Portion Haschee und begann, es gierig hinunterzuschlingen. »Denkst du je an was anderes als deinen verlorenen Liebsten?«

Harbin fragte: »Auf was bist du gestoßen?« Mrs. Marsham füllte ihm Essen auf den Teller, aber er rührte es nicht an; er bewegte den rechten Arm mit dem Handschuh ruhelos hin und her.

»Dieses Mädchen Culpepper, das Mädchen, das gerade mit ihrer Tante angekommen ist – sie hat einen Onkel namens Wilberfoss Culpepper, der vor etwa zwanzig Jahren von Liverpool nach Amerika ausgewandert ist; die Familie stammt aus diesem Dorf.«

Harbin saß da und sah sie schweigend an. Goetz jedoch brach in schallendes Gelächter aus und verschluckte sich fast an seinem Haschee.

»War das nicht die Kleine, die du nicht hierhaben wolltest? Entschuldige, wenn ich lache, aber das ist wirklich köstlich, wirklich!«

»Wo ist der Onkel jetzt?« fragte Harbin.

Lucy ging an das Telefon, als es klingelte, da Mrs. Marsham verschwunden zu sein schien.

»Fiona hier. Wie sieht's mit der Epidemie aus?«

»Nimmt ihren Lauf. Mrs. M. sagt, gute Idee, und wann können Sie anfangen?«

»Wenn sie will, morgen. Mrs. Thwaite vom Postamt wird sich um Jung Oedipus kümmern. Und ich kann wahrscheinlich mit dem Postauto zum Wohnheim raufkommen.«

»Klasse. Bis morgen also. Ich mach jetzt lieber Schluß; ich war gerade dabei, das Haschee zu verteilen.«

Als Lucy auflegte, fiel ihr plötzlich mit heftigen Gewissensbissen ein, daß sie versprochen hatte, bei der Polizei anzurufen, wenn Tante Fennel wieder auftauchte. Sie hatte es völlig vergessen. Sie schoß zurück in das Eßzimmer, wo die alten

Leute geduldig warteten, verteilte Haschee und Gemüse auf die Teller und kehrte zum Telefon zurück.

»Ist dort die Polizeiwache von Kirby? Oh, ich heiße Culpepper – ich war gestern bei Ihnen, um meine Tante als vermißt zu melden. Also, ich habe sie wiedergefunden; ich rufe Sie nur an, um das zu melden.«

»Wann haben Sie sie gefunden, Miss? Und wo war sie?«

Beschämt und mit Schuldgefühlen berichtete Lucy über die Umstände von dem Auffinden Tante Fennels.

»Und warum haben Sie uns das nicht früher gemeldet, Miss?«

»Es tut mir schrecklich leid, es kam so vieles zusammen, ich fürchte, ich habe es einfach vergessen«, sagte Lucy demütig.

»Sie haben der Polizei viel unnötige Arbeit gemacht, Miss. Wir haben Suchmeldungen durchgegeben, Erkundigungen eingezogen und ihren Namen auf die Liste der vermißten Personen gesetzt...«

»Es tut mir leid, es tut mir wirklich leid! Wir stecken im Augenblick in einer Krise, verstehen Sie, wir haben hier eine Masern-Epidemie...«

»Wo ist das?«

»Das Alte Herrenhaus von Appleby – Wildfell-Altenwohnheim.«

Sie hörte ihn die Worte wiederholen, während er sie sich notierte.

»Gut, Miss. Danke für Ihren Anruf. Aber denken Sie daran, wenn Sie unsere Zeit mit falschen Alarmen verschwenden, wird es ein anderes Mal nicht so leicht sein, uns davon zu überzeugen, daß etwas nicht in Ordnung ist.«

»Nein, das sehe ich ein«, sagte Lucy und dachte, gestern hast du dich auch nicht gerade überschlagen, mir zu glauben, mein Freund. »Recht vielen Dank. Ich weiß, wieviel die Polizei zu tun hat.«

»Jedenfalls ist es unwahrscheinlich, daß ihr im Alten Herrenhaus von Appleby etwas zustößt.«

Lucy legte auf. Als sie sich umdrehte, war Mrs. Marsham in das Büro getreten.

»*Hier* sind Sie, Miss. Culpepper. Sie warten alle auf ihren Nachtisch; ich hatte keine Ahnung, wo Sie steckten.«

»O verflixt, das tut mir leid«, sagte Lucy und fragte sich, warum Mrs. Marsham plötzlich so ärgerlich schien; die Alterchen waren nicht mehr als vier Minuten allein gewesen und konnten kaum schon soweit sein. »Ich kümmere mich sofort um sie.«

## 10

»Das haben Dill und ich früher füreinander getan«, sagte Tante Fennel behaglich. »Wenn du alt wirst, Schätzchen, wird es immer schwerer, an deine Füße heranzukommen. So ist es wirklich angenehm.«

»Das muß schrecklich sein«, sagte Lucy und versuchte sich vorzustellen, wie hilflos man sich fühlen mußte, wenn man seine eigenen Zehennägel nicht mehr schneiden konnte. Sie bearbeitete ein Hühnerauge sorgfältig mit einem Bimsstein, rieb es mit einer dunkelgrünen Schöllkraut-Tinktur aus einer kleinen Flasche ein und legte den kleinen Baumwollfleck mit dem Loch in der Mitte darauf.

»Aber meine Hühneraugen haben mir nie Schwierigkeiten gemacht«, fuhr Tante Fennel fort, »doch Dill hatte eine Menge Ärger damit. Besonders im Sommer, wenn wir nachmittags Tee für die Touristen machten.«

»Hattet ihr da viel zu tun, Tante Fennel?«

»An den Wochenenden schon, Schätzchen. Wir hatten unten am Wildbach ein Schild ›Nachmittags-Tee‹, und an Samstagen oder Sonntagen hatten wir oft ein bis zwei Dutzend Gäste. Dills Gebäck war vorzüglich, und die Leute merkten sich das und kamen wieder. Auf die Weise ist auch der Andere zu uns gekommen.«

Lucy lehnte sich auf die Fersen zurück und musterte die alte Dame mit Interesse, aber sie stellte keine Fragen. Während der zehn Tage, die sie jetzt im Wildfell-Heim lebte, war

Tante Fennel, die sich offensichtlich in diesem großen, gut eingerichteten Haus sicherer fühlte, ein bißchen weniger zugeknöpft bezüglich des Anderen gewesen, aber Fragen konnten sie immer noch verstummen und das Vertrauen verlieren lassen.

»Er kam hierher und tat so, als sei er einer von diesen ausländischen Touristen, trug einen kleinen Hut mit einer Feder, eine Sonnenbrille und ausländisch aussehende Schuhe, und er hatte einen Akzent – damals war ich natürlich noch nicht so taub«, fügte sie rasch hinzu.

Lucy wartete.

»Dill brachte den Gästen den Tee; wir hatten drei oder vier kleine Tische im Wohnzimmer. Ich habe die Leute manchmal gar nicht gesehen. Aber an dem Tag ging ich hinein, um heißes Wasser nachzufüllen, und ich sah ihn; er war allein. Das Gesicht kenn ich doch, dachte ich, wenn er sich auch verändert hat, einen Bart hat und eine Brille trägt, was er früher nie tat. Aber das ist kein Ausländer. Noch bevor er etwas sagte, war ich ganz sicher, weil ...«

Vor der Tür waren rasche Schritte zu hören.

»Der Postbote war da, hier sind ein paar Briefe für Sie, Miss Culpepper«, sagte Mrs. Marsham und trat in das Zimmer.

»Oh, ist der Poststreik also zu Ende?«

»Ja, sie haben es gestern abend in den Fernsehnachrichten gesagt. Ich nehme an, sie brauchen mindestens sechs Wochen, um den ganzen Rückstand aufzuarbeiten.«

Lucy musterte ihre Briefe neugierig – wer könnte ihr geschrieben haben? Einer der Briefe war mit der Maschine geschrieben und in York abgestempelt; vielleicht Tante Fennels Bank? Er sah langweilig aus. Der andere, und ihr Herz machte einen Sprung, als sie das sah, kam aus Coulsham, Surrey, und ihre Anschrift war in einer ungewöhnlich schönen Schrift geschrieben, wohlgeformt und ausgeprägt, wenn auch ein wenig zittrig.

Sie hatte das Bedürfnis, ihn wegzustecken, bis sie allein war.

»Hier sind deine Hausschuhe, Tante Fennel; ich gieße nur das Wasser weg und räume ein bißchen auf.«

Sie brachte Badematte, Schüssel, Nagelschere, Handtuch und Feile weg. Mrs. Marsham sortierte frische Wäsche in einen großen Schrank im Flur ein.

»Oh, übrigens«, fragte Lucy sie, »wissen Sie schon, wann Nora voraussichtlich zurückkommen wird?«

»Nora? Wahrscheinlich Anfang nächster Woche. Warum?«

»Naja...« Lucy war etwas überrascht, »da mein Aufenthalt hier nur vorübergehend sein sollte, um Ihnen über die Masern und Noras Abwesenheit hinwegzuhelfen, und da die Epidemie zurückgeht und Sie jetzt auch Fiona haben, dachte ich, Sie würden mich nicht mehr viel länger brauchen.«

Mrs. Marsham schien ebenso überrascht.

»Bitte haben Sie nicht das Gefühl, Sie müßten jetzt auf dem schnellsten Weg gehen, Miss Culpepper! Ihre Arbeit ist sehr zufriedenstellend« – das möchte ich wohl meinen, dachte Lucy, vierzehn Stunden am Tag Schwerarbeit –, »und wir wollen Sie gewiß nicht verlieren, wenn Sie gern noch eine Weile blieben, bis Ihre Tante sich gut eingelebt hat.«

»Das ist sehr freundlich von Ihnen«, sagte Lucy mit unbewegtem Gesicht. Als das erste Mal die Rede davon war, hast du eine andere Melodie gesungen. Schmeichelhaft natürlich, aber seien wir ehrlich, so sehr bin ich dir doch auch nicht ans Herz gewachsen. Was führst du jetzt im Schilde?

»Nun, denken Sie darüber nach«, sagte Mrs. Marsham und lächelte das starre Lächeln, bei dem sich ihre mageren Wangen in diagonale Falten legten. »Um ehrlich zu sein, ich würde lieber auf Mrs. Frazer verzichten als auf Sie – sie neigt dazu, *ein wenig* unbesonnen zu handeln.«

Frazer, hatte sich herausgestellt, war Fionas richtiger Name (das Mrs. war eine von Mrs. Marsham hinzugefügte Höflichkeitsbezeichnung, von Fiona undankbar aufgenommen); den Namen Carados lehnte Fiona jetzt verächtlich ab; sie sagte, er erinnere sie an einen Abschnitt ihres Lebens, den sie unverzüglich zu vergessen gedachte.

»Also gut, wenn Sie sicher sind...«, sagte Lucy unbestimmt. Der unbestimmte Ton überdeckte einen inneren Konflikt: sie hatte den dringenden Wunsch, von hier wegzukommen, nach Südengland zu fahren und mit ihrem Unterricht bei Benovek zu beginnen, mit ihrem eigenen Leben. Tante Fennel schien es gemütlich zu haben, wurde gut versorgt und fühlte sich pudelwohl. Aber war dies wirklich der geeignete Ort für sie? Wenn man nur sicher sein könnte.

»Du hast meine Strümpfe vergessen, Schätzchen.« Tante Fennels Stimme klang leicht gequält, als Lucy zu ihr zurückkam. Sie streckte einen Fuß aus, wie ein Kind, dachte Lucy, das sofort versucht, die Aufmerksamkeit auf sich zu lenken, wenn es merkt, daß das Interesse der Erwachsenen sich von ihm abgewandt hat.

»Das tut mir leid, Tante Fen. Schau, hier sind sie, mollig warm von der Heizung.«

»Von wem waren deine Briefe, Schätzchen?«

»Ich habe sie noch nicht gelesen«, sagte Lucy abwehrend.

»Willst du sie dir nicht ansehen?«

Es wäre unfreundlich, diese sanfte Beharrlichkeit zurückzustoßen.

»Ich glaube, einer ist von Benovek, dem Mann, der mir Klavierunterricht geben wird.«

Tante Fennel schwieg. Es war ein beredtes Schweigen; sie hatte keinen Hehl daraus gemacht, daß sie von Lucys Berufswahl nicht viel hielt. Aber vielleicht war das nur Folge einer unschuldigen Selbstsucht, der Wunsch, ihre neu erworbene Nichte nicht jetzt schon wieder zu verlieren?

»Und der andere?«

»Ich weiß nicht. Er kommt aus York. Ich werde mal einen Blick hineintun.« Sie zog den Umschlag aus der Tasche, sorgfältig darauf bedacht, Benoveks Brief für einen späteren Zeitpunkt zurückzuhalten.

»Er ist von jemandem, der im Royal Turpin Hotel wohnt – großer Himmel, er ist von Onkel Wilbie! Wer hätte gedacht daß *der* sich je die Zeit nehmen würde, nach England zu kommen?«

Ist er gekommen, um festzustellen, warum ich bis jetzt noch keine Bilder sichergestellt habe? fragte sie sich. Hält er wirklich soviel von ihnen? Oder ist er entschlossen, Tante Fennel ein für alle Male als Schwindlerin zu entlarven? Aus welchem Grund er auch gekommen sein mag, ich möchte wetten, daß er nichts Gutes im Schilde führt.

»Willst du hören, was er schreibt?« Sie las den Brief laut vor, den Text im voraus überfliegend, redigierend, kürzend. »Alles sauber getippt; er muß sich eine Sekretärin genommen haben – oh, ich verstehe, er hat Russ mitgenommen. ›Liebe Lucy, ich erhielt deinen Brief...‹ hm, hm... ›Ich glaube nicht, daß das Alte Herrenhaus Appleby der geeignete Ort für Tante Fennel ist, diese privaten Heime sind häufig schlecht geführt, und in jedem Fall ist es unmöglich, nach so kurzem Bestehen des Heims zu sagen, wie es sich entwickeln wird...‹ Hm! ›Mußte geschäftlich nach England... besuche Firmen in dieser Gegend... denke, es wäre am besten, wenn du deine Großtante rüber nach York bringst, damit wir uns treffen... müssen besprechen, was wir mit ihr machen...‹ Als ob du ein Paket wärest!« sagte Lucy empört. »Du wirst ihm die Meinung sagen müssen... Was hat er sich überhaupt einzumischen! Es kommt gar nicht in Frage, daß er dich hier rausholt, außer du willst es selbst. Dir gefällt es hier doch, nicht wahr?«

Sie stellte belustigt fest, daß ihre Sympathien sich umgekehrt hatten und jetzt eindeutig Mrs. Marsham und ihrem reibungslos funktionierenden Wohnheim galten.

»›Russ McLartney begleitet mich... schlage vor, du rufst an und vereinbarst einen Termin für euren Besuch...‹ hm, hm...« Lucy unterschlug den letzten Absatz, in dem Onkel Wilbie sich wütend erkundigte, warum sie noch nicht weitergekommen sei mit dem Erwerb von Tante Fennels Bildern, was mit dem Geld geschehen sei, das sie für diesen Zweck erhalten habe, warum die Angelegenheit der Identität noch nicht geklärt sei, und, ganz allgemein gesprochen, was zum

Teufel eigentlich vor sich gehe. Unterschrieben Onkel W. »Typisch«, sagte Lucy. Sie war versucht, den Brief zu zerreißen und wegzuwerfen, aber es war wohl besser, wenn sie ihn wenigstens anrief. »Möchtest du ihn sehen, Tante Fennel? Hast du Lust, eine kleine Autofahrt nach York zu machen? Vielleicht lädt er uns zu einem Sektfrühstück ein.«

Tante Fennel war völlig stumm gewesen, seit Lucy den Brief geöffnet hatte. Es war, als sei sie mit ihren Gedanken woanders, sehr weit weg, und sie schien kaum zuzuhören. Jetzt sagte sie: »Ihn sehen? Nein, ich will ihn nicht sehen, Schätzchen. Ich bin hier sehr zufrieden. Ich finde es sehr nett hier.«

»Du möchtest nicht einen Ausflug nach York machen? Einen kleinen Einkaufsbummel?«

»Nein, danke, Schätzchen. Ich habe nie viel von den Geschäften in York gehalten.«

»Okay. Ich werde ihm sagen, wo's langgeht. Wenn er dich sehen will, kann er herkommen.«

»Ich möchte ihn *überhaupt* nicht sehen, Schätzchen.«

»Wer möchte das schon?« stimmte Lucy zu. »Aber man kann ja trotzdem höflich sein. Ich glaube nicht, daß er kommt.« Außer die Gier nach den Bildern bringt ihn her, dachte sie.

Tante Fennel sah immer noch abwesend und in sich gekehrt aus. Sie murmelte mit geschlossenen Lippen, und in ihren Augen stand der ängstliche Ausdruck, den sie allmählich verloren hatte, seit sie nach Wildfell Hall gekommen war.

»Du kannst mit ihm sprechen, wenn er kommt, Schätzchen. Ich werde es nicht tun. Aber du wirst nicht zulassen, daß er mich von hier wegbringt, nicht wahr? Versprichst du es mir?«

Ihre mageren Finger umklammerten Lucys Hände. Elender kleiner Scheißkerl, dachte Lucy, den alten Schatz wieder in solche Angst zu versetzen. Er wird sie nicht mehr beunruhigen, wenn ich es verhindern kann.

»Mach dir keine Sorgen«, sagte sie. »Wenn du es nicht

willst, brauchst du ihn nicht zu sehen. Du kannst jederzeit sagen, du seiest erkältet, und dich ins Bett verziehen.«

»Das ist eine feine Idee; eigentlich fühle ich mich auch jetzt nicht besonders wohl; von ihm zu hören, hat mich durcheinandergebracht. Ich denke, ich werde mich jetzt ein wenig hinlegen.«

»Ja, tu das nur.«

Lucy half der alten Dame ins Bett, vorher unwirsch den Kleinen Bruder verscheuchend, der auf der Patchwork-Decke geschlafen hatte. Er gähnte, streckte seinen plumpen Körper und sprang hinaus auf die Vorhalle.

»Ich frage mich, ob Taffypuss wirklich von einem Fuchs getötet wurde«, murmelte Tante Fennel, ihm nachblickend. »Sagtest du nicht, daß du eine Katze gesehen hättest, als du nach High Beck gingst?«

»Ja, aber das konnte doch gewiß nicht dein Taffypuss gewesen sein. Du sagtest, Colonel Linton habe ihn begraben. Es war wahrscheinlich eine streunende Katze.«

»Und wenn Colonel Linton sich geirrt hat?«

»Das ist nicht sehr wahrscheinlich. Jetzt mach dir darüber keine Gedanken mehr – halte ein schönes Nickerchen. Ich wecke dich rechtzeitig vor dem Abendessen.«

Beunruhigt durch Tante Fennels abschweifende Redeweise und den verträumten, leeren Gesichtsausdruck, lief Lucy hinunter, um Fiona beim Putzen der Karotten für das Abendessen zu helfen.

»Was ist? Du siehst aus wie Madame Defarge beim Schleifen der Guillotine.«

»Ich denke gerade über meinen Onkel nach. Er ist nach England gekommen und macht einen Mordswirbel – will wissen, warum ich noch keine Bilder habe.«

»Soll er doch selbst versuchen, sie den guten Leuten von Appleby abzuschwatzen«, sagte Fiona vergnügt. »Dann wird er wissen warum. Übrigens, als ich meine Überredungskünste an Mrs. Thorpe ausprobiert habe, ohne Erfolg, fürchte ich, erfuhr ich etwas Interessantes über Mrs. Marshams Sohn.«

Sie warf einen Blick auf die Tür.

»Ach ja?« Lucy hörte nur mit halbem Ohr zu; sie sehnte sich danach, endlich allein zu sein und ihren Brief zu lesen.

»Er hat angefangen, Medizin zu studieren, scheint dann aber wegen einer Hintertreppen-Abtreibungsaffäre in Birmingham Schwierigkeiten bekommen zu haben und mußte sein Studium aufgeben. Jetzt arbeitet er als Chiropraktiker, und das Ganze ist, laut Mrs. T., ein sehr zwielichtiges Unternehmen; sie kannte jemanden, der eine Freundin hat, die eine Cousine hat, die eine Nachbarin hat, die eine Tochter hat, die ein nichtsnutziges Ding ist und zu ihm gegangen ist, du weißt schon wofür. Lauter Beweise aus erster Hand, wie du siehst.«

Lucy hielt inne mit dem Schälen. »Das ist eine Belastung«, sagte sie langsam. »Ob Harold der Grund dafür ist, daß ich in diesem Haus ein so ungutes Gefühl habe, und für Adnans Warnung? Er würde so etwas wissen. Ist es richtig von mir, Tante Fennel hierzulassen?«

»Mrs. T. hat gesagt, daß all das nichts mit Mrs. Marsham zu tun habe. Sie sei so ehrlich und aufrecht und fleißig, wie man sich nur wünschen könne.«

»Fiona«, sagte Lucy unvermittelt, »ich nehme an, für *dich* käme es nicht in Frage, dich um Tante Fennel zu kümmern?«

»Wie meinst du das, mein Lämmchen? Mich wo um sie kümmern?«

»In ihrem eigenen Cottage – wenn man sie dazu überreden könnte. Es ist ein hübsches Häuschen ...« Ein hübsches kleines Haus, wo es spukt, dachte Lucy, aber Fiona war völlig phantasielos; wenn ihr eine Manifestation des Übernatürlichen begegnete, würde sie ihr wahrscheinlich ins Schienbein treten und ihr einen forschen Schlag mit einem Hockeyschläger versetzen ... »Du könntest dort dein Baby bei dir haben, das wäre doch toll!«

»Also, ich muß sagen, ich hätte nichts dagegen«, sagte Fiona langsam. »Deine Tante Fennel ist wirklich süß und ein Schatz, mit ihr würde ich gut zurechtkommen ...«

»Siehst du, es würde nicht mehr kosten als hier, weniger

wahrscheinlich. Und wenn sie wieder nach High Beck zöge, könnte man Colonel Linton überreden, sich von seinen Bildern zu trennen. Das Hauptproblem könnte sein, Tante Fennel selbst dazu zu überreden, aber du bist groß und kräftig, und sie mag dich ... wenn sie das Gefühl hätte, sie wäre sicher aufgehoben bei dir ...«

»Ich werde es mir überlegen«, sagte Fiona. »Wirklich, es ist keine schlechte Idee. Ich glaube nicht, daß die liebe Mrs. M. und ich uns noch lange so super vertragen werden, nachdem die Masern jetzt in den letzten Zügen liegen.«

Die Karotten waren geschält; es mußte nur noch der Fisch gedämpft werden. Lucy zog sich für ein paar Minuten zurück und lief hinüber zum Hof, wo der kleine PHO abgestellt war. Sie setzte sich auf den Fahrersitz und zog Benoveks Brief aus der Tasche ihrer Jeans; es würde gerade noch hell genug zum Lesen sein.

Der Umschlag war groß und weiß.

Eigentlich müßte er versiegelt sein, dachte sie und drehte ihn um, an *Villette* denkend. Ich müßte meine Stickschere holen und es ausschneiden, es sorgfältig aufbewahren, um es unter mein Kissen zu legen. Schade, daß man keine Siegel mehr benutzt.

Der Brief hatte kein Siegel, aber etwas anderes fiel ihr auf: das dicke Haar einer gelbroten Katze, das unter der zugeklebten Klappe hervorragte. Merkwürdig, sehr merkwürdig, dachte Lucy; es sieht genauso aus wie eins von den Haaren des widerlichen Kleinen Bruders, aber wie sollte es *unter* die Klappe geraten?

Sie zerrte an dem Haar; es blieb, wo es war.

Auf Lucys Jeans waren immer Katzenhaare, weil Kleiner Bruder, ob willkommen oder nicht, sich heftig an jedem menschlichen Bein, dem er begegnete, rieb und büschelweise Haare verlor. Lucy fand eines davon auf ihrem Hosenbein und verglich es mit dem unter der Umschlagklappe. Sie schienen völlig gleich zu sein.

Hat die verdammte Mrs. Marsham meine Post gelesen?

Die Vorstellung ließ sie brennen vor Zorn, aber es schien die einzige Erklärung. Sie wünschte, sie hätte Wilbies Umschlag noch, um zu überprüfen, ob sich an dem auch jemand zu schaffen gemacht hatte, aber den hatte sie in den Küchenherd geworfen.

Endlich, mit einem Gefühl, als drückten sich fettige Finger auf ihren Arm, als flüsterten höhnische Stimmen hinter ihrem Rücken, öffnete sie den Umschlag mit einem Bleistift, so daß das Katzenhaar weiter an der Klappe festhing.

*Liebe Lucy,*

*Julius Writtstein, der mich letzten Mittwoch besuchte, war außerordentlich beeindruckt vom Bild Ihrer Tante und sagte, wenn es noch mehr davon gibt und wenn sie einverstanden ist, würde er gern den Verkauf für sie in seiner Galerie in Mayfair übernehmen. Ich möchte hinzufügen, daß es für Julius keineswegs üblich ist, einen solchen Vorschlag zu machen, nachdem er nur ein einziges Werk des Künstlers gesehen hat; dies ist also ein ernstzunehmendes Angebot, was Sie sicher zu würdigen wissen. Können Sie ihm so bald wie möglich mitteilen, was Ihre Tante von der Sache hält (meine Sekretärin wird die Anschrift der Galerie unten angeben) und ihm, wenn sie einverstanden ist, alle Bilder, deren Sie habhaft werden, schikken? Julius hat sich zu diesem Zeitpunkt noch nicht auf Preise festlegen wollen, aber, ganz offen, wenn Sie oder Ihre Tante zehn oder zwanzig Bilder dieser Qualität zusammenbekommen, brauchen Sie sich von jetzt an keine finanziellen Sorgen mehr um sie zu machen.*

*Sie haben recht, ich finde das Bild großartig! Ich schaue es den ganzen Tag an. Und Ihre Briefe machen mir unsagbare Freude. Aber jetzt sollten Sie keine Zeit mehr verlieren dort im Norden Englands – es hat schon zuviel Verzögerung gegeben. Kommen Sie schnell an meinen Flügel zurück!*

*Max B.*

Lucy schaute auf ihre Uhr und erschrak, als sie merkte, daß sie mit dem Lesen dieses kurzen Briefes und dem Nachdenken darüber schon zwanzig Minuten in ihrem Auto verbracht hatte. Schuldbewußt schob sie ihn in den Umschlag zurück und wollte gerade gehen, als sie sah, daß jemand das kleine Gartenhaus zwischen den Koniferen verließ und auf das Hauptgebäude zuging, nicht auf dem direkten Weg über den ungepflegten Rasen, sondern verstohlen entlang der Umrandung aus immergrünem Buschwerk. Die Dämmerung breitete sich aus; eine große Eule schwebte auf mondfarbenen Flügeln vorbei. Lucy konnte den Mann nicht sehr deutlich sehen; er war klein und trug etwas unter dem Arm – einen Golfschläger? Eine Angelrute? Vielleicht Harold Marsham, der zurückgekommen war? Nein, zu klein für Harold und zu schnell für Clarkson, den Gärtner, der ein Bein nachzog. Einen Moment später hatte er die Tür erreicht, die über eine Hintertreppe zu Mrs. Marshams Wohnung führte, und verschwand dahinter.

Vielleicht hat sie einen Freund, dachte Lucy. Obwohl es ein kühner Bursche sein mußte, der sich an sie heranwagte. Aber ehrlich, dieser Ort macht mir allmählich Angst, ich hoffe nur, daß Fiona und Tante Fennel mit meinem Plan einverstanden sind; sicher wäre das die beste Lösung.

Sie lief zurück in die Küche, wo Mrs. Marsham Fiona dabei half, den gedämpften Fisch mit Kartoffelbrei und Karotten anzurichten.

»Mein Onkel ist in York«, sagte sie rasch, bevor Mrs. Marsham sie fragen konnte, warum sie so spät käme. »Ist es Ihnen recht, wenn ich ihn nach dem Abendessen anrufe und morgen nachmittag hinüberfahre, um mich mit ihm zu treffen?« Ich wette, das weißt du bereits, du alte Hexe, ich wette, du hast den Brief gelesen.

»Natürlich können Sie sich einen freien Nachmittag nehmen«, sagte Mrs. Marsham sanft. »Aber warum laden Sie Ihren Onkel nicht ein, hierherzukommen? Ich könnte mir vorstellen, daß er sich gern Miss Culpeppers Umgebung ansehen würde.«

»Ja, danke, das werde ich tun, aber er ist geschäftlich in England und hat vielleicht nicht viel Zeit.«

Lucy fiel auf, daß Tante Fennel zum Abendessen kaum etwas aß; ihre Gedanken schienen zu wandern; manchmal machte sie, den Löffel auf halbem Weg zum Mund, eine Pause und verfiel in besorgte Grübelei.

»Laß den Reisauflauf nicht kalt werden, Tante Fen, Liebes!«

»Ich muß immer an Taffypuss denken«, sagte Tante Fennel entschuldigend. »Ich frage mich immer wieder, ob er doch noch oben bei High Beck ist, halb verhungert, und keiner kümmert sich um ihn. Ich wünschte, du würdest nach dem Abendessen auf einen Sprung dorthin fahren – mit deinem kleinen Auto ist das im Handumdrehen getan – und dich nach ihm umsehen. Wenn es Taffy ist, hat er ein großes schwarzes A mitten auf der Stirn.«

Dies schien ein so unvernünftiges Verlangen, daß Lucy ganz bestürzt war. Hatte die Nachricht von Onkel Wilbies Ankunft Tante Fennel so durcheinandergebracht, daß sie etwas senil reagierte?

»Es ist jetzt dunkel draußen, Tante Fennel«, sagte sie freundlich. »Soll ich nicht lieber morgen nachschauen?«

»Gut, Schätzchen«, seufzte die alte Dame. »Ich gehe dann zu Bett – wenn du heute abend wirklich nicht hinauffahren kannst?« Sie sah Lucy etwas vorwurfsvoll an und ging dann langsam nach oben.

»Er ist in York – wenn er es ist.« Mrs. Marsham stellte das Tablett ab. Goetz warf einen Blick unter die Warmhaltehauben aus Metall.

»Gedämpfter *Fisch* – du lieber Himmel! Kannst du uns nichts Besseres vorsetzen?«

»Kommt er her?«

»Ich weiß es nicht. Das Mädchen ruft ihn an – sie will hinfahren. Ich habe gesagt, sie soll ihn hierher einladen.«

»Gut. Wann will sie anrufen?«

»Jeden Augenblick.«

Harbin nahm den Hörer vom Nebenanschluß ab und legte ihn hin. Sie saßen da und lauschten. Nach einer Weile hörten sie ein Knacken, dann eine Stimme.

»Royal Turpin Hotel? Kann ich Mr. Wilberfoss Culpepper sprechen... Onkel Wilbie? Hier ist Lucy. Ich habe deinen Brief bekommen.«

»Hallo, Prinzessin! Wie geht es unserer kleinen Hoheit?«

Mrs. Marsham schnappte nach Luft.

»Mir geht's gut, danke. Ich habe deine Botschaft an Tante Fennel weitergegeben, Onkel Wilbie, aber sie will nicht nach York. So wirst du wohl herkommen müssen, wenn du sie sehen willst.«

»Das paßt mir aber überhaupt nicht, Prinzessin.« Wie üblich hörte er sich gekränkt und ausgenutzt an. »Tatsächlich glaube ich, daß es sich nicht einrichten läßt. Russ und ich stekken bis zum Hals in Besprechungen. Das ist doch lächerlich! Es ist äußerst wichtig, daß wir uns alle treffen und miteinander reden.«

»Tut mir leid«, sagte Lucy. »Ich bin bereit, morgen zu dir nach York zu kommen, wenn du willst. Aber Tante Fennel läßt sich nicht überreden. Sagt, daß sie sich hier wohl fühle und den Ort nicht verlassen wolle.«

»Wie soll ich denn überhaupt wissen, ob sie die ist, die zu sein sie behauptet?« fragte Onkel Wilbie ärgerlich. »Kannst du ein Foto von ihr mitbringen?«

»Also wirklich, Onkel Wilbie! Was würde das beweisen? Wann hast du sie zum letztenmal gesehen? Außerdem habe ich keinen Fotoapparat. Ich fahre also morgen rüber und bin gegen fünf bei dir. Okay? Bis dann.«

»He, warte, Lucy, was ist mit den Bildern?«

»Sag ich dir, wenn wir uns sehen.«

»Was ist das für eine Geschichte mit Bildern?« wollte Harbin wissen, als Lucy aufgehängt hatte.

»Ach, irgendein Unsinn. Als die alte Dame noch zu Hause lebte, malte sie Bilder, bei denen sie auch mit Stickereien und

Flicken arbeitete, und sie schenkte sie Leuten in Appleby – es gibt hier eine Menge davon. Jetzt sieht es so aus, als seien die Culpeppers der Meinung, man könne ein Geschäft mit diesen Bildern machen, und sie versuchen, alle in die Finger zu bekommen. Hört sich ganz nach Fred an, nicht wahr; er wollte schon immer alles an sich reißen, was sich als wertvoll erweisen könnte.«

Harbin nickte langsam und zustimmend.

»Glaubst du, daß es Fred *war*?«

»Na ja – er hatte natürlich einen amerikanischen Akzent. Aber den hätte jeder nach zwanzig Jahren dort. Es könnte Fred gewesen sein. So ähnlich hat er gesprochen.«

Harbin nickte wieder.

»Schade, daß er nicht herkommen will. Warum wohl nicht? Könnte er wissen, daß du hier bist, Linda?«

»Er kann nicht wissen, daß ich meinen Namen geändert habe.«

»Ich rufe Crossley an und sag ihm, er soll ein Foto von dem Burschen machen.«

Goetz kicherte. »Er will ein Foto von seinem alten Tantchen, du willst eins von ihm – wie bei Hochzeiten unter dem Hochadel. Alle zieren sich.«

»Harold könnte hingehen und ihn sich ansehen«, sagte Mrs. Marsham. »Er ist morgen in York.«

»Harold wird nicht ...«

»Wird was nicht?«

»Wird ihn nicht erkennen.«

»Er könnte sich ein Foto von ihm besorgen.«

»Nicht nötig, Harold zu belästigen; ich werde Crossley auf seine Spur setzen. Und vielleicht sollten wir uns ein paar von diesen Bildern beschaffen?«

»Warum?« fragte Mrs. Marsham. »Wozu sollen die nützen?«

»Als Köder vielleicht.«

Goetz lachte wieder. »In Wirklichkeit will er nur nicht, daß Fred sie kriegt.«

»Wer hat die Bilder?«

»Oh, fast alle im Dorf. Und Adnan, der Arzt in Kirby. Aber offenbar wollen die Leute sie nicht hergeben; das scheint schwierig zu sein.«

»Ich habe nichts gegen ein paar Schwierigkeiten, wenn es um Fred geht.«

»Und Linda auch nicht, nicht wahr, Linda, mein Engel? Was willst du mit ihm machen, ihm ein kaltes Bad verpassen wie dem alten Mädchen, das hier oben herummarschierte?«

»Fred ist mein Bier«, sagte Harbin. »Den überlaß nur mir.«

Mrs. Marsham zuckte mit den Schultern und verließ das Zimmer.

»Da ist noch ein anderer Aspekt«, sagte Harbin und sah ihr gedankenvoll nach. »Ich will nicht, daß sie sich einmischt. Linda wird ein bißchen diktatorisch auf ihre alten Tage. Vielleicht sollte sie mal einen Tag frei nehmen; zwei Fliegen mit einer Klappe.« Er griff wieder nach dem Telefon.

Lucy machte sich bei zielbewußtem, strömendem Regen auf den Weg nach York; aus dem Sommer war Herbst geworden. Blätter wehten in großen Mengen von den windzerzausten Bäumen; das ganze höherliegende Land sah mißhandelt und beschmutzt aus.

Unterwegs hatte sie das Glück, ein Fünf-Minuten-Pausen-Programm vor dem Nachmittagskonzert zu erwischen: Max Benovek spielte Sonaten von Scarlatti.

Liebster Max, wenn ich nicht zwischendurch manchmal an Sie denken könnte, würde ich durchdrehen, ich schwöre es. Wilbie benimmt sich genauso stur wie eh und je, und Tante Fennel verhält sich heute eindeutig sonderbar; ich mache mir Sorgen um sie. Kann es sein, daß sie tatsächlich gar nicht Tante Fennel ist, und daß Wilbies Ankunft sie in Schrecken versetzt hat?

Es war sehr angenehm, aus der Nässe in die üppige Orientteppich-und-Topfpalmen-Atmosphäre des Royal Turpin Hotels zu kommen – bis sie ihren Onkel sah, völlig unverändert.

»Hallo, Onkel Wilbie, hi, Russ.«

»Also, Prinzessin, nun erzähl uns einfach die ganze Geschichte, ja?«

»Da gibt es eigentlich nicht viel zu erzählen«, sagte Lucy. Sie schaute über den Tisch hinweg den lächelnden, rosawangigen kleinen Wilbie an und haßte ihn genauso wie immer. Das Wiedersehen mit ihm machte ihr klar, wie das Leben sich für sie verändert hatte, seitdem sie nicht mehr in seinem Haus wohnte. Ihre Liebe zur ulkigen alten Tante Fennel, ihre Liebe (ja, schon recht, Mr. Besserwisser Adnan!) zu Max Benovek hatte sie auf eine neue Erfahrungsebene geführt, und es widerstrebte ihr außerordentlich, auch nur einen Teil davon Onkel Wilbie zum Geschenk zu machen, der sie mit plumper Boshaftigkeit angrinste, auf butterbestrichenen Plätzchen kauend, und alles zur Intrige und Gegenintrige erniedrigte – betrügen und planen oder betrogen werden.

»Wo sind also all die Bilder von dem alten Mädchen?«

»Über das ganze Dorf verstreut. Keiner will sie hergeben; man glaubt, daß sie Glück bringen. Adnan, der Arzt, der sich um die alten Leute im Heim kümmert, hat neun oder zwölf. Aber er will sich auch nicht von ihnen trennen. Na ja, eins hat er mir angeboten.«

»Großzügig. Wo wohnt er?«

»In Kirby.«

»Ich werde ihn mir vornehmen«, sagte Russ.

Lucy wollte etwas sagen, überlegte es sich aber anders. Adnan war ein zäher Bursche; um den brauchte sie sich keine Sorgen zu machen, der konnte auf sich selbst aufpassen. Aber sie beschloß, Colonel Linton nicht zu erwähnen. Er war ein netter alter Junge; außerdem war er Lucys Reserve.

»Und was ist mit der Identität des alten Mädchens? Du weißt es ehrlich immer noch nicht mit Sicherheit? Woher weißt du, daß sie nicht Miss Howe ist?«

»Ich halte es genausogut für möglich, daß sie Tante Fennel ist, die vorgibt, Miss Howe zu sein, die vorgibt, Tante Fennel zu sein.«

»Warum um Himmels willen sollte sie das tun?«

»Ich weiß es nicht«, sagte Lucy. »Manchmal habe ich den Eindruck, daß sie inzwischen selbst nicht mehr genau weiß, welche von beiden sie ist. Sie glaubt, daß jemand ihre Freundin getötet hat und jetzt sie töten will.«

»Hört sich total bekloppt an«, sagte Wilbie. »Irgendwelche Aussichten, sie in eine Nervenheilanstalt zu stekken?«

»Großer Gott, *nein;* sie ist nicht im mindesten geistesgestört«, sagte Lucy, mit Mühe die Ruhe bewahrend.

»Nun, Prinzessin, du hast ein ganz schönes Durcheinander aus allem gemacht, oder?« sagte Onkel Wilbie jovial.

Lucy explodierte. »Das gefällt mir! Ich habe sie gefunden, oder nicht? Ich hab sie aus dem schrecklichen Haus der alten Säuferin geholt und sie in einem anständigen Heim untergebracht, wo sie glücklich ist...«

»Und was ist mit den Bildern? Und was ist mit dem Geld? Ich vermute, das hast du für die verrückte Kiste, die ich da draußen sehe, ausgegeben?«

»Das Geld ist hier«, sagte Lucy zornig. Sie knallte einen Stapel American-Express-Schecks auf den Tisch. »Alles mit Ausnahme von zehn Dollar, die ich dir geben werde, wenn ich meinen Lohn von Mrs. Marsham bekommen habe.«

Wilbie stieß einen Pfiff aus. »So! Und woher stammt das Auto?«

»Sie hat es im Wald gefunden«, schlug Russ vor, der bisher geschwiegen hatte. Lucy, die ihm von Zeit zu Zeit einen prüfenden Blick zuwarf – ja, er sah Harold Marsham wirklich erstaunlich ähnlich, mit Ausnahme der Gesichts- und Haarfarbe –, fand seine ironischen Augen immer auf sie gerichtet, was sie noch ärgerlicher machte.

»Max Benovek hat es mir geschenkt, wenn du es genau wissen willst.«

»Tatsächlich? Das ist der Bursche, der dir Klavierstunden geben will? Der Mensch, der im Sterben liegt? Das war mächtig anständig von ihm, findest du nicht, Russ?«

»So sehr scheint er mir nicht im Sterben zu liegen«, sagte Russ. »Dein Vorspielen muß ihm großen Eindruck gemacht haben.«

»Was er wohl als Gegenleistung für das Auto erwartet?« sagte Wilbie. »Ich meine, wir alle wissen, daß unsere kleine Prinzessin wirklich ein Genie auf den Tasten ist, aber dies kommt mir sehr ungewöhnlich vor – oder verteilt er kunterbunte Autos an all seine Freun..., Verzeihung, seine Schülerinnen?«

Großer Gott, wie er mich verabscheut, dachte Lucy, als ihre und Wilbies Blicke sich über dem fettigen Plätzchenteller hinweg trafen.

Da sie selbst ihn so sehr haßte, hätte der wilde Haß, den er empfand, sie eigentlich nicht überraschen dürfen, aber es war doch wie ein Schock. Die Tatsache, daß Benovek sie akzeptiert hatte, schien Wilbies Abneigung gegen sie bis zu dem Punkt gesteigert zu haben, wo sie kaum noch unter Kontrolle zu bringen war.

»Ich bleibe nicht hier, um mich verhöhnen zu lassen«, sagte sie wutentbrannt und schob ihren Stuhl zurück. »Ich habe dir alles gesagt, was ich weiß, und du weißt, wo du Tante Fennel finden kannst, wenn du sie sprechen willst. Ich gehe.«

Sie hängte sich den Dufflecoat um die Schultern und marschierte hinaus in den strömenden Regen.

»He, Lucy, komm sofort zurück!« rief Wilbie ärgerlich, riß seine neben dem Teller liegende Uhr an sich und begann, hinter ihr herzulaufen.

»Ach, was soll das?« sagte Russ gleichmütig. »Sie wird nicht zurückkommen. Du hättest nicht gegen den Burschen Benovek sticheln sollen. Es scheint dich wirklich sauer zu machen, daß sie als einziges Mitglied der Familie eine kreative Ader hat! Zu schade, daß Corale ein so hoffnungsloser Fall ist.«

»Du behältst deine Meinung für dich«, sagte Wilbie wütend. »Wenn du dich nützlich machen willst, sieh nach, wo dieser Arzt wohnt, wie heißt er, Adnan. Und miete uns einen

Wagen, etwas mit Vierradantrieb und guten Reifen und viel Platz hinten. – Was ist da draußen für ein Lärm?«

»Autounfall«, berichtete Russ, als er kurze Zeit später zurückkam.

»Es wäre wohl zuviel zu hoffen, daß unsere kleine Lucy beteiligt war?«

»Ich fürchte ja. LKW kippte um, als irgendein Typ gerade aus seinem Wagen stieg. Der LKW war bis zum Rand mit Zeitungspapier beladen, und er liegt immer noch drunter.«

»Oh«, sagte Wilbie, das Interesse verlierend. »Ist das da eine Abendzeitung? Was gibt's im Kino?«

Aufgebracht fuhr Lucy nach Appleby zurück, viel schneller und leichtsinniger überholend, als sie es sonst tat. Eben vor Appleby jedoch mußte sie ihr Tempo bis zu einem Kriechen drosseln, weil der Heckenschneider auf Rädern gerade ein besonders schmales Stück der Landstraße bei einer Höchstgeschwindigkeit von fünfzehn Meilen per Stunde bearbeitete und der Fahrer sie nicht vorbeilassen konnte oder wollte; sehr wahrscheinlich konnte er sie nicht hören, denn der Traktor und die elektrischen Schneidblätter gemeinsam stotterten mit gewaltigem Lärm voran. Endlich hielt er am Fuß des Weges, der nach High Beck hinaufführte, das Fahrzeug an, und Lucy schoß ärgerlich vorbei, und erst, als sie schon auf halbem Weg zum Wildfell-Heim war, fiel ihr ein, daß sie versprochen hatte, bei High Beck Ausschau zu halten nach einer streunenden gestreiften Katze mit einem schwarzen A auf der Stirn.

»Ach, zum Teufel«, dachte sie, »ich werde es morgen tun. Tante Fennel muß eben noch einen Tag warten. Schließlich scheint die Katze absolut gesund und in Ordnung zu sein; ernährt sich wahrscheinlich prächtig von Kaninchen. Oder Colonel Linton füttert sie.«

Die Wut über Onkel Wilbie hatte sie erschöpft; sie lastete auf ihr und schmerzte, so daß sie kaum fähig war, die Vorstellung zu ertragen, jetzt den alten Leuten ihr Abendessen geben und sie dann zu Bett geleiten zu müssen.

Mrs. Marsham kam ihr in der Halle entgegen.

»Oh, Miss Culpepper, Gott sei Dank, daß Sie wieder da sind.«

Lucy erstarrte innerlich. »Ist etwas nicht in Ordnung?« fragte sie nach einem Blick auf Mrs. Marshams Blässe und ihr beunruhigtes Aussehen. »Nicht Tante Fennel?«

»Nein, nein – es geht um Harold, meinen Sohn. Er hatte einen Unfall in York, er liegt dort im Krankenhaus; sie haben mich gerade angerufen. Können Sie sich hier um alles kümmern? Adnan kommt entweder heute abend oder morgen – Miss Copell hat etwas erhöhte Temperatur.«

»Es tut mir so leid, das muß schrecklich für Sie sein. Ja, ich kümmere mich um alles; hoffentlich sieht es besser aus, wenn Sie hinkommen. Nichts Besonderes, was ich tun müßte?«

»Nein, nur das Übliche. Oh, ich glaube, ich habe eine meiner Kontaktlinsen verloren. Sie sind versichert, da sie so winzig sind, daß es fast unmöglich ist, sie wiederzufinden, wenn man sie einmal verloren hat, aber wenn Sie sie zufällig entdekken sollten – würden Sie sie in die Schachtel auf meinem Schreibtisch legen?«

»Natürlich.«

Mrs. Marsham lief durch die Küche hinaus. Lucy folgte ihr und fand Fiona damit beschäftigt, in einem riesigen Topf mit gebackenen Bohnen zu rühren.

»Mahlzeiten, Mahlzeiten – ich muß sagen, sich um nur eine Großtante zu kümmern, wäre eine hübsche Abwechslung. Hast du gehört, was mit Mrs. Marshams Sohn passiert ist? Armer Teufel, sechzehn Tonnen Zeitungspapier sind auf ihn gekippt. Sie haben eine Stunde gebraucht, um ihn rauszubuddeln. Man gibt ihm keine Überlebenschancen.«

»Arme Frau – wie schrecklich für sie.«

Am Abend rief Onkel Wilbie Lucy an.

»Hi, Prinzessin«, sagte er, als hätten sie sich am Nachmittag im besten Einvernehmen voneinander verabschiedet. »Ich rufe nur an, um dir zu sagen, daß Russ und ich das Quartier wechseln; wir ziehen um nach Kirby. Ins Promenade Hotel, falls du mit mir sprechen möchtest.«

»Ach, wirklich?« sagte Lucy kalt. »Morgen?«

»Nein, heute abend. Wir haben unsere Besprechungen in York abgeschlossen, und ich hatte plötzlich Sehnsucht danach, das Meer zu riechen. Im Promenade sind ein paar Zimmer frei, und wir sind gerade dabei, unsere Zelte abzubrechen. Vielleicht schauen wir morgen bei dir vorbei, nachdem wir jetzt in der Nähe sind.«

»Morgen ist kein günstiger Tag für einen Besuch«, sagte Lucy kühl. »Die Heimleiterin mußte plötzlich weg, weil ihr Sohn einen Unfall hatte, und wir haben zu wenig Personal.«

»Ich habe von dem Unfall gehört; sie haben es in den Lokalnachrichten gebracht, ist genau vor unserem Hotel passiert. Armer Kerl«, sagte Onkel Wilbie fröhlich. »Na ja, wenn wir morgen nicht willkommen sind, könnten wir rauffahren und einen Blick auf High Beck werfen, in Erinnerung an alte Zeiten.«

»Ich dachte, du wüßtest nicht einmal mehr, ob du jemals dort warst. Entschuldige mich jetzt; ich habe viel zu tun.«

Lucy schloß Vorder- und Hintertüren ab, vergewisserte sich, daß die Rekonvaleszenten friedlich schliefen und daß Miss Copells Befinden sich nicht verschlechtert hatte, und fiel dann in einen leichten Schlaf auf einem Feldbett, das sie sich auf dem Flur aufgeschlagen hatte, da Mrs. Marsham, ohne Zweifel außer sich vor Sorgen, die Tür zu ihren eigenen Räumen im dritten Stock abgeschlossen hatte. Die Nacht verlief ereignislos. Fiona hatte nach Hause gehen müssen, um sich um ihr Baby zu kümmern, aber versprochen, am nächsten Morgen um zehn wieder da zu sein, und Mrs. Thwaites Ann hatte sich überreden lassen, um sieben zu kommen, mit der Milch. Eunice, das mürrische Mädchen aus Kirby, erschien ebenfalls, und so nahm alles mehr oder weniger wie üblich seinen Gang.

»Hast du nach der gestreiften Katze Ausschau gehalten?«

fragte Tante Fennel erwartungsvoll, als Lucy ihr den Porridge brachte.

»Tante Fen, es tut mir furchtbar leid, aber ich bin spät zurückgekommen, und ich habe es nicht mehr getan.«

»Könntest du heute abend gehen, Schätzchen? Es geht mir einfach nicht aus dem Kopf.«

»Tante Fen, Liebes, ich weiß nicht, ob ich es heute schaffen werde – wir sind sehr in Bedrängnis ohne Mrs. Marsham. Sie hat vor einer halben Stunde angerufen, um uns mitzuteilen, daß es ihrem Sohn immer noch schlecht geht und sie ihn nicht verlassen kann.«

Tante Fennel nahm diese Nachricht mit der Gleichgültigkeit auf, die ältere Leute sehr häufig Berichten über Personen entgegenbringen, mit denen sie nicht persönlich bekannt sind; sie sagte hartnäckig: »Ich mache mir solche *Sorgen*, wenn ich daran denke, daß niemand da ist, das arme Kätzchen zu füttern. Versuch bitte, hinzugehen, Schätzchen.«

»Bevor der Arzt da war, kann ich auf keinen Fall.«

Die alte Dame saß in einem Sessel neben ihrem Bett und aß ihr Frühstück, während Lucy die Bettücher glattstrich. Nach einer Weile sagte sie mit wehleidiger Stimme: »Mein rechtes Knie ist heute so steif, Schätzchen. Denkst du, daß du Zeit findest, mir eine heiße Kompresse zu machen?«

Wirklich, sie sind wie Kinder, dachte Lucy seufzend; wenn sie auf eine Weise keine Aufmerksamkeit erregen, versuchen sie es auf eine andere. Aber dies schien eine Forderung, die man nicht gut ignorieren konnte, und so sagte sie: »Ich mache es gleich, bevor Adnan kommt« und hastete davon, um heißes Wasser, Watte und Kochsalz zu holen.

»Onkel Wilbie wollte heute kommen, aber ich habe ihm gesagt, daß es schlecht paßt«, sagte sie, Tante Fennels Knie kräftig reibend.

»Oh, gut«, sagte Tante Fennel, fast wieder so, wie sie immer war. Sie fügte nachdenklich hinzu: »Ich mochte keinen von den beiden, aber Wilbie war wesentlich schlimmer.«

Lucy hielt einen Moment mit dem Reiben inne und schien etwas sagen zu wollen, tat es dann aber nicht.

»Beide egoistisch, beide unehrlich, beide stinkfaul«, fuhr Tante Fennel fort. »Wie konnte James nur zwei solche Söhne haben! Nichts konnte die beiden aufhalten, wenn sie etwas haben wollten. Wilbie war natürlich kräftiger als Paul...«

»Mein Vater war nicht unehrlich!« rief Lucy empört.

»Doch, das war er, Schätzchen.« Tante Fennel warf ihr einen kurzen, vagen Blick zu, als habe sie Lucys Anwesenheit fast vergessen. »Ja, genauso schlimm wie Wilbie, nur nicht so schlau dabei. Ich kann mich noch erinnern, wie er Wilbies neuen Fotoapparat gestohlen hatte und Wilbie es herausbekam – mein Gott, gab das einen Ärger! Es brachte Wilbie immer in Zorn, wenn jemand versuchte, ihn hinters Licht zu führen, weil er selbst so hinterhältig war!«

»Ich glaube dir nicht!« Lucys Hände zitterten; sie goß mehr heißes Wasser in die Schüssel und nahm ein neues Stück Watte. »Außerdem waren sie damals ja wahrscheinlich noch Kinder – wie alt waren sie?«

»Und später ging es dann um Geld, und was die Sache noch schlimmer machte: sie waren beide hinter demselben Mädchen her, aber Paul bekam sie«, fuhr Tante Fennel verträumt fort. »Paul hatte Charme – Wilbie mochten die Mädchen nie...«

Lucy hörte wie ein Echo Wilbies Stimme: »Bei all seinen Fehlern war Paul ein reizender, liebenswerter Bursche – zumindest die Mädchen liebten ihn...«

Es ist nicht wahr, dachte sie. Tante Fennel will mich nur ärgern, weil ich noch nicht nach ihrer Katze geschaut habe. Wahrscheinlich hat der Gedanke, daß Wilbie sich in der Gegend aufhält, sie in diese merkwürdige Stimmung versetzt.

»Paul war auch musikalisch, und das machte Wilbie eifersüchtig, weil er nicht die Spur eines Künstlers in sich hatte. Aber Wilbie war der Stärkere, oh ja; Paul konnte es nicht vertragen, Verantwortung auf sich zu nehmen; er ließ Frau und

Kind im Stich, ging nach Kanada und starb. Während Wilbie erfolgreich war, glaube ich …«

Verärgert und unachtsam tauchte Lucy die Watte in die Schüssel, drückte sie kurz aus und klatschte sie auf Tante Fennels Knie. Die alte Dame zuckte zusammen.

»Oh, Schätzchen, das ist *heiß!* Viel zu heiß. Nimm es wieder ab, schnell!«

Lucy hatte sofort Gewissensbisse und riß die Watte weg. Sie sah das gerötete Viereck, das sich schon auf dem dünnen alten Bein abzeichnete.

»Es tut mir leid, Tante Fennel, es tut mir schrecklich leid! Ich war mit meinen Gedanken woanders. Aber ich glaube nicht, daß es schlimm ist. Hier, ich werde rasch etwas Salbe drauftun«, fügte sie zerknirscht hinzu. Aber Tante Fennel schreckte vor ihrer Hand zurück.

»Laß … laß nur«, sagte sie mit zitternder Stimme. »Ich kümmere mich selbst darum, das ist mir lieber, danke. Nimm du nur die Schüssel weg.«

Sie beachtete Lucys ausgestreckte Hand mit der Salbe nicht und schwankte mit zittriger Würde zurück zu ihrem Bett.

»Ich ruh mich ein bißchen aus; das war ein ziemlicher Schock.« Und als Lucy ihr folgte, um die Decken zurückzuschlagen, zog Tante Fennel sich, als erwarte sie eine weitere Gewalttätigkeit, zu ihrer Frisierkommode zurück, wo sie begann, in einer Schublade voller Tuben und kleiner Flaschen herumzuwühlen und gleichzeitig Lucy einen ihrer alten argwöhnischen Blicke zuwarf.

O großer Gott, denkt sie, *Wilbie* hat mich hierzu angestiftet?

»Bitte laß es mich wieder in Ordnung bringen, Tante Fennel!«

»Bemüh dich nicht, vielen Dank«, sagte die alte Dame. Es klingelte. »Wird das nicht der Arzt sein? Solltest du nicht lieber gehen, wenn Mrs. Marsham nicht da ist?«

Zornig und unglücklich ging Lucy zur Tür. »Ich komm bald zurück und sehe nach dir«, sagte sie.

»Bemüh dich nicht, vielen Dank«, wiederholte Tante Fennel. Sie fügte hinzu: »Falls es Wilbie sein sollte, sage ihm, daß ich ihn nicht sehen möchte«, und schloß die Tür sanft, aber bestimmt hinter Lucys Rücken.

## II

»Brr!« rief Dr. Adnan. »Diese Nebel in Yorkshire! Ein Schlückchen heißer Eierflip, liebste Miss Lucy, von Ihrer geschickten Hand zubereitet, wäre sehr willkommen.«

Lucy war den ganzen Morgen zu beschäftigt gewesen, um sich um das Wetter zu kümmern. Als sie jetzt an Adnan vorbei durch die Glasscheibe der Eingangstür schaute, sah sie, daß dicke, sich langsam bewegende Nebelschwaden den Park völlig den Blicken entzogen.

»Aber was ist mit Ihnen, liebes Mädchen? Sie scheinen durcheinander, erregt. Puls und Atem sind beschleunigt, die Wangen gerötet, der Gesichtsausdruck verwirrt – bitte sagen Sie mir, was Sie quält. Haben Sie Schwierigkeiten während Mrs. Marshams Abwesenheit?«

»Nein, nein – ich meine, es geht nicht um die Patienten. Der alten Miss Copell geht es nicht schlechter.« Sie begleitete ihn nach oben.

»Nein«, stimmte er zu, nachdem er sich Miss Copell angesehen hatte. »Sie ist auf dem Weg der Besserung. Es ist kein weiterer Fall von Masern – nur eine fiebrige Erkältung. Wir müssen keinen zweiten Crabtree-Fall befürchten – obwohl ich wiederholen muß, liebe Lucy, daß Ihre Ideen von Mißbrauch eines Masernserums völlig unbegründet sind. Aber geben Sie sich Mühe, sich nicht auch zu erkälten; Sie sind nicht so kräftig, wie Sie gern vorgeben. Erzählen Sie mir jetzt, was Sie beunruhigt hat?«

»Oh«, sagte Lucy, während sie unwillig ihm voran zur Küche ging, da er entschlossen schien, seinen Eierflip zu bekommen. »Es ist nur eine Lappalie. Ich hatte einen kleinen Wortwechsel mit meiner Tante, das ist alles. Es war zudem allein meine Schuld.«

»Erzählen Sie Papa Mustapha alles.«

Ohne eigentlich die Absicht zu haben, fand sie sich dabei, genau das zu tun, während sie den Eierflip schlug.

»Ah ja«, sagte er verständnisvoll, »so etwas geht an die Kräfte, das verstehe ich gut. Sehr deprimierend, wenn man feststellen muß, daß der Vater, zu dessen Bild man die ganze Zeit aufgesehen hat, in Wirklichkeit nicht besser war als der verabscheute Onkel. Ein sehr häßlicher Schock.«

»Und das Schlimmste dabei ist«, sagte Lucy, während sie an ihrem eigenen Eierflip nippte und Adnan nicht ansah, »daß ich mich an etwas anderes erinnert habe. Es ist merkwürdig, es fiel mir vor ein paar Tagen wieder ein; aber ich wollte es nicht zulassen, daß ich mich völlig erinnerte. Es war die Erinnerung an ein Picknick mit meinem Vater, und es war ein Abschiedspicknick, weil er direkt danach einen Zug erreichen mußte, der ihn zu einem Schiff bringen würde. Nachdem wir uns von ihm verabschiedet hatten, hob meine Mutter mich hoch und preßte mich verzweifelt an sich; ich weiß noch, daß sie sagte – ich weiß nicht, ob zu mir oder jemand anders –: ›In Wahrheit will Paul uns gar nicht; er ist heilfroh, wegzukommen.‹ Es ist merkwürdig. Das hatte ich vergessen.«

»Warum merkwürdig? Jeder bemüht sich, solche Ereignisse schnell zu vergessen.«

»Aber ich habe mich schon einmal vorher daran erinnert; das war, als ich bei meinem Onkel lebte und einmal aufschnappte, wie er sagte, er wünschte, sie könnten mich woanders unterbringen, weil ich nicht zu ihnen paßte. Damals erinnerte ich mich auch und vergaß es später wieder. Ist es nicht erstaunlich, wie unehrlich man sich selbst gegenüber sein kann?«

»Im Gegenteil, liebe Lucy Snowe, es ist mir aufgefallen, daß Sie ein ungewöhnlich ehrliches und ein besonders nettes Mädchen sind. Tatsächlich«, sagte Adnan, sah sich um, um sich zu vergewissern, daß er nicht beobachtet wurde, kniete dann rasch auf dem rot-schwarzen Fliesenboden nieder, ausnahmsweise einmal bemerkenswert wenig Rücksicht auf seine senffarbenen Reithosen aus Cord nehmend, »tatsächlich, liebe Lucy, würde es mir große Freude bereiten, wenn Sie mir die Ehre erwiesen, eine der vier Frauen zu werden, die mir der Koran erlaubt (wenn auch, leider, leider, das türkische Gesetz es nicht gerne sieht). Mehr kann ich nicht sagen!«

Mehr konnte auch Lucy nicht sagen. Sie starrte ihn verblüfft an.

»Sie sind überrascht«, sagte er und stand ebenso rasch auf, wie er niedergekniet war, doch ohne ihre Hand loszulassen. »Leider, leider, Sie sehnen sich immer noch nach diesem Benovek – eine romantische und äußerst unpraktische Sehnsucht, versichere ich Ihnen, liebe Lucy! Und jetzt bitte ich Sie dringend, meinen Antrag sorgfältig zu erwägen; nehmen Sie sich soviel Zeit, wie Sie wollen. Es würde mir eine so große Freude sein, Sie mit mir zurück in die Türkei zu nehmen! Ich soll Ende dieses Jahres zurückkehren, und um Ihnen die Wahrheit zu sagen, ich habe nicht den geringsten Wunsch zu gehen, aber wenn ich *Sie* bei mir hätte – so kühl und vernünftig wie ein Blatt aus der englischen Literatur des neunzehnten Jahrhunderts, das nur mir gehört –, wie glücklich, wie außerordentlich glücklich würde ich sein! Ah – ah! Sagen Sie nichts; ich sehe, was Sie sagen würden, wäre nicht zweckmäßig, jedenfalls nicht meinen Zwecken entsprechend! Denken Sie darüber nach. Und ich sage Ihnen noch etwas«, fügte er großzügig hinzu, »wenn Sie wirklich das Gefühl haben, Sie *müssen* diesem Benovek zu Füßen sitzen, gut! Tun Sie das zuerst und kommen dann in die Türkei – ich werde eine der vier Ekken meines Hauses mit einem WILLKOMMEN LUCY auf der Matte für Sie bereithalten!«

Er bedachte sie mit seinem breiten, strahlenden Lächeln, und Lucy fühlte sich absurd gerührt. Sie bemühte sich, ihrer Stimme Herr zu werden, als sie das Telefon läuten hörten. Fiona trat aus der Eingangshalle zu ihnen.

»Es ist für Sie, Dr. Adnan – Ihre Haushälterin. In Mrs. Marshams Büro.«

Kurze Zeit später kam Adnan zurück, eindeutig verärgert.

»Wirklich«, sagte er unwirsch zu Lucy, »es ist gut, daß ich Ihnen meinen Antrag vor diesem Anruf gemacht habe. Offenbar haben sich zwei Männer – einer davon zweifellos Ihr Onkel – den dicken Nebel in Kirby zunutze gemacht, um in mein Haus einzubrechen und sämtliche Bilder Ihrer Tante mitzunehmen. Bilder, die ich Ihnen als Brautgeschenk übereignen wollte. Ich welch einer mißlichen Lage werde ich mich jetzt befinden – genötigt, gegen meinen zukünftigen Schwiegeronkel gerichtlich vorzugehen. Sie jedoch spreche ich frei von jeder Schuld. Für jetzt verabschiede ich mich. Denken Sie gut nach über das, was ich gesagt habe.«

Er marschierte hinaus, und Lucy und Fiona blieben zurück, einander sprachlos ansehend.

»Nun«, sagte Fiona schließlich, »ich habe dir doch gesagt, daß er dich auffordern würde, sich seinem Harem anzuschließen, nicht? Ich hatte also recht? Was machen wir den Alten zum Lunch – Rindfleischeintopf? Fangen wir lieber an, der Vormittag ist schon halb vorbei.«

»Tut mir leid«, sagte Lucy. »Es ist so viel passiert. Gibst du mir das Messer – ich schneide die Zwiebeln.«

Fiona warf ihr einen durchdringenden Blick zu.

»Bekommst du wieder deine Kopfschmerzen? Du siehst so aus.«

»Nein, nein«, log Lucy. »Ich mache mir nur Gedanken wegen dieser Bilder. Es kommt mir so sonderbar vor.«

Jemand klopfte ans Küchenfenster. Zu ihrer Überraschung sahen sie wieder Adnan, der Lucy energisch zu sich winkte. Lucy ging durch die Hintertür hinaus und um das Haus.

»Dies ist ein hübscher Fund!« sagte er.

Er zeigte auf etwas blaß Rotgelbes, das unter den Rhododendronbüschen auf der anderen Seite der Kiesauffahrt lag. Lucy ging näher heran und sah, daß es Kleiner Bruder war, die orangenfarbene Katze, die tot dort lag, von einem langen Pfeil durchbohrt.

»Ein hübscher Fund für die alten Leute«, wiederholte Adnan empört. Er schob die Leiche der Katze mit dem Fuß unter den Busch.

»Aber, großer Gott«, sagte Lucy entsetzt, »es geht nicht darum, wer sie findet – einer von ihnen muß es *getan* haben! Wie scheußlich. Keiner hier mochte die Katze, aber ich habe nie gemerkt, daß einer von den Alterchen derartig paranoid ist. Der Himmel mag wissen, was Mrs. Marsham sagen wird, wenn sie zurückkommt; sie hat das Tier abgöttisch geliebt.«

»Lucy«, sagte Adnan ernst, »dieses Wildfell-Wohnheim ist wirklich nicht der geeignete Aufenthaltsort für Sie oder für Ihre Tante. Dieser Vorfall gefällt mir ganz und gar nicht. Mir gefällt nicht, wie dies hier direkt auf den Unfall von Mrs. Marshams Sohn folgt...«

»Du lieber Gott! Was hat es damit zu tun?«

»Die Polizei hält es nicht für einen Unfall. Der LKW-Fahrer hat sich nicht gemeldet. Die Umstände waren merkwürdig. Hören Sie, würden Sie mir einen Gefallen tun? Sobald Mrs. Marsham zurückkommt, nehmen Sie Ihre Tante, und nehmen Sie diese robuste Fiona Frazer, und ziehen Sie um in das kleine Haus Ihrer Tante, wo Sie friedlich und ungestört wohnen können. Werden Sie das tun?«

»Und Mrs. Marsham ohne Hilfe sitzenlassen?«

»Ich schicke eine Schwester rauf, die sich um die Alten kümmern wird.«

»In High Beck sind keine Möbel«, sagte Lucy müde.

Adnan fluchte. »Allah, verleih mir Geduld. Ich werde als erstes morgen früh einen Wagen mit Möbeln raufschicken. Werden Sie es dann tun?«

»Ich denke darüber nach. Wirklich! Jetzt muß ich ins Haus zurück, es ist schrecklich viel zu tun.«

»Ich muß sagen«, erwiderte Adnan düster, »das Schicksal war mir nicht gnädig gesonnen in dem Augenblick, den ich wählte, um Ihnen mein Herz anzubieten.« Er küßte Lucy die

Hand, kletterte in den Alfa und fuhr davon, langsamer als gewöhnlich.

Dicke Tropfen fielen von den Bäumen auf Lucy herunter. Der Nebel verdichtete sich zu Regen.

Sie ging ins Haus und half Fiona mit dem Eintopf.

Der weiße Rover suchte sich vorsichtig einen Weg durch dichte Feuchte, in der nichts zu sehen war.

»Paß auf«, sagte Harbin. »Hier ist die Stelle, wo du den Radfahrer in den Graben gefahren hast. Wir wollen nicht noch mehr Pannen dieser Art.«

»Schon gut, schon gut, ich paß ja auf. Du hast gut reden. Es ist purer Wahnsinn, daß du das Haus verlassen hast – mit der Hand erwischen sie dich sofort.«

»Niemand wird uns in diesem Wetter sehen.«

»Wenn du mich fragst – *er* wird bei diesem Wetter auch nicht aus dem Haus gehen. Warum sollte er?«

»Gier. Er will diese Bilder haben. Er denkt, daß noch welche im Cottage sind. Und er möchte sich die alte Tante mal ansehen.«

»Nun, sie ist wieder im Wohnheim. Wir hätten besser daran getan, dort zu bleiben und nach ihm Ausschau zu halten. Ihn mit einem Pfeil durchbohren.« Goetz grinste in sich hinein.

»Oh, denk doch ein bißchen nach!« sagte Harbin gereizt. »Wir können ihn doch nicht hier erledigen, direkt vor unserer Tür. Nach Crossleys Pfusch in York dürfen keine Spuren zu Linda führen. Außerdem habe ich nicht all die Jahre gewartet, um bloß einen Pfeil durch ihn zu jagen. Er soll wissen, warum es geschieht. Er soll sehen, was es bedeutet, eine Hand zu verlieren, hilflos dazuliegen, zu wissen, daß du erledigt bist und daß irgend jemand sich ins Fäustchen lacht über die Klemme, in der du die nächsten zwanzig Jahre stecken wirst.«

»Beruhige dich«, sagte Goetz. Er spähte durch die überflutete Windschutzscheibe. »Wir sind im Dorf. Nicht gerade wie Hampstead an einem Feiertag, oder? Und denk dran, wir wissen immer noch nicht, ob es wirklich Fred ist.«

»Nein?« fragte Harbin. »Es zeigt genau Freds Handschrift. Fred, wie er in seiner Weste aus massivem Gold gelassen die Trümmer verläßt und abhaut, um eine andere Maschine in die Neue Welt zu erreichen; der gute liebenswerte Fred, immer bereit, eine Chance wahrzunehmen. Er ist ein Meister im Wahrnehmen von Chancen, der liebe Fred, aber dumm, wenn's um die Berechnung geht. Ich habe das Gefühl, daß es Fred ist, und diesmal geht es nicht gut aus für ihn.«

»Das muß der Bach sein«, sagte Goetz nach einer Weile. »Linda sagte, es führt an beiden Seiten ein Weg hinauf. Einer führt zum Pfarrhaus und der Kirche und hört dann auf; der andre führt zu einer Fußgängerbrücke, über die man zum Cottage kommt. Das muß dieser sein, aber wir können nicht rauffahren; irgend etwas steht mitten im Weg. Zum Teufel mit dem Regen. Kannst du erkennen, was es ist?«

Harbin öffnete das Fenster an seiner Seite und schaute hinaus. »Es ist ein Traktor«, sagte er. »Niemand drauf. Such einen Platz, wo wir den Rover verstecken können. Wir gehen zu Fuß rauf.«

»In diesem saumäßigen Regen? Entzückend!« sagte Goetz erbost, aber er ließ Harbin hinaus und stellte den Wagen auf einem breiten Streifen hinter dem Ortsausgang ab. Harbin wartete im Schutz des Daches der öffentlichen Bedürfnisanstalt auf ihn.

»Hast du gesehen, wer gerade die Straße hinaufgegangen ist?« fragte er, als Goetz zurückkam.

»Ehrlich gesagt, nein«, sagte Goetz und schauderte. »Meinetwegen Ho Chi Minh. Also gut, wer?«

»Wenn ich mich nicht irre«, sagte Harbin, »war es der beste Köder, den wir uns wünschen konnten.«

Fiona läutete zum Lunch, während Lucy den Rindfleischeintopf mit Klößen auftrug.

»Gute englische Hausmannskost«, stellte sie fest, als sie zurückkam, um den mit Tellern beladenen Servierwagen zu holen. »Laß uns etwas übrig, Lucy, ich bin am Verhungern, und du siehst so aus, als könntest du ein paar Proteine vertragen. Wie gehts dem Kopf?«

»Der ist okay. Ist Tante Fennel unten?«

»Nein, ist sie nicht. Soll ich hinaufgehen und nach ihr rufen? Wahrscheinlich ist sie oben in ihrem Zimmer; sie bleibt oft bis zum Lunch oben.«

»Ich gehe schon«, sagte Lucy. »Ich bin mit dem Auftragen fertig.«

Sie stand in Tante Fennels Zimmer und schaute ratlos auf das gemachte Bett, als Fiona von unten rief: »Lucy! Telefon für dich!«

»Oh, nicht schon wieder Onkel Wilbie? Vermutlich ruft er an, um mir mitzuteilen, daß er bei diesem Wetter nicht herkommen kann und darauf besteht, daß ich Tante Fennel nach Kirby bringe – er soll nur warten, bis er hört, was ich dazu zu sagen habe.«

Sie lief in gereizter Stimmung nach unten und nahm den Hörer auf.

»Ja?«

»Lucy? Lucy Culpepper?«

»Am Apparat!«

»Hier ist Max Benovek.«

»M-Max?« stotterte sie. »Sie? Ich meine, hallo!«

»Wie geht es Ihnen?«

»Mir geht es gut. Wie ... wie geht es Ihnen?«

»Mir geht es auch gut. Wann werden Sie kommen, um auf meinem Flügel zu spielen? Wie geht es Ihrer Tante?«

»Ich weiß nicht genau ...«, fing sie an.

»Hören Sie. Ich habe eine Neuigkeit für Sie. Sie erinnern sich an das grüne Bild vom Garten Eden, das Sie mir geschickt haben?«

»Ja.«

»Ich schrieb Ihnen doch, daß Writtstein es sich angesehen hat. Er hat es auch fotografiert. Jetzt hat er jemanden gefunden, der es kaufen möchte – und nur nach dem Foto eintausend Pfund geboten hat. Was sagen Sie dazu?«

Lucy schluckte. »Sie werden es doch nicht *verkaufen?*«

»Was denken Sie von mir? Ich habe natürlich gesagt, daß es unverkäuflich sei – es sei denn, Sie wünschen es.«

»Nein, nein, natürlich nicht. Es war ein Geschenk. – Eintausend *Pfund?*«

»Pfund. Dieser Verrückte sagt, er wird genausoviel für weitere zahlen, wenn sie ebenso schön sind. Vielleicht ist er gar nicht so verrückt? Wir sind beide einer Meinung, daß er es nicht ist? Wird es Ihnen also möglich sein, mir bald ein paar andere Bilder zu schicken? Dann ist die Großtante gut versorgt, und Sie brauchen sich ihretwegen keine Sorgen mehr zu machen, sondern können kommen und sich an Beethoven machen, was Sie in diesem Augenblick tun sollten, anstatt in Yorkshire herumzukurven und das Leben anderer Menschen durcheinanderzubringen.«

»Oh, Max, ich habe einen furchtbaren Schlamassel aus allem gemacht. Allmählich glaube ich, daß ich Tante Fennel in Frieden bei Mrs. Tilney hätte wohnen lassen sollen, anstatt sie in dieses Wildfell-Heim zu schleppen.«

»Mir kommt es allmählich auch so vor, nach dem, was Sie mir geschrieben haben. Hören Sie, was halten Sie davon, sie wieder in ihr eigenes Haus zurückzubringen, zusammen mit dieser Fiona, die sich vernünftig anhört und die für sie sorgen könnte? Würde das gehen?«

»Ja, ja – das ist genau das, was ich im Augenblick vorhabe!«

»Wir denken gleich auf mancherlei Weise. Das wäre also geregelt. Und Writtstein wird einen Vertreter schicken, der sich um den Ankauf kümmert – Sie werden überrascht sein, wie er die Leute überredet, sich von ihren Bildern zu trennen, wenn sie hören, was er zahlt; machen Sie sich also deswegen keine Gedanken mehr.«

»Es gibt einen Colonel Linton, der eine Menge hat. Aber hören Sie – sämtliche Bilder von Dr. Adnan sind gestohlen worden, und ich habe das schreckliche Gefühl, daß mein Onkel das war.«

»Ihr Onkel? Er ist in England?«

»Und wie! Er hält sich in Kirby auf und droht herzukommen.«

»Unerfreulich für Ihre Tante. Und für Sie.«

»Oh, Max, sie ist nicht mehr da!«

»Nicht mehr da? Wie meinen Sie das?«

»Sie hat sich in der letzten Zeit recht merkwürdig – fast kindisch – aufgeführt. Heute morgen bin ich ... bin ich ungeduldig geworden und war unfreundlich zu ihr, und das hat sie geängstigt, glaube ich, und jetzt ist sie verschwunden. Ihre Straßenkleidung – Mantel und Hut – ist nicht mehr da, und sie ist im ganzen Haus nicht zu finden – das hatte ich gerade festgestellt, als Sie anriefen.«

»Haben Sie eine Ahnung, wo sie sein könnte?«

»Ja. Ja, das habe ich. Sie hat mich immer wieder gebeten, zu ihrem Haus zu gehen und mich nach einer streunenden Katze umzuschauen, die ich dort gesehen hatte.«

»Und Sie glauben, sie könnte allein dort hingegangen sein?«

»Ich fürchte ja. Aber es gießt in Strömen, Max, ich müßte ihr sofort nachlaufen. Der Himmel mag wissen, wie lange sie schon fort ist – es können zwei oder drei Stunden sein.«

»Sollten Sie nicht die Polizei anrufen?«

»Die würden nach dem letzten Mal ziemlich skeptisch sein. Nein, es ist wohl besser, wenn ich mich gleich auf den Weg mache. Aber, o lieber Gott, mir ist gerade etwas eingefallen: Onkel Wilbie könnte dort sein, er hat gesagt, vielleicht würde er heute zum Cottage gehen. Der letzte Mensch, den sie gern treffen würde.«

»Ja, brechen Sie gleich auf, Lucy. Mir gefällt das, was ich von Ihrem Onkel Wilbie gehört habe, auch nicht besonders. Können Sie jemanden mitnehmen – Fiona?«

»Nein, sie muß hier ein Auge auf alles haben.«

»Den Arzt?«

»Der ist jetzt wahrscheinlich in Kirby und macht der Polizei Mitteilung vom Diebstahl seiner Bilder.«

»Also, passen Sie auf, Lucy. Wenn ich nicht innerhalb der

nächsten eineinhalb Stunden von Ihnen höre, daß Sie Ihre Tante gefunden haben und alles in Ordnung ist, rufe ich selbst die Polizei an. Wie ist die Nummer der Polizei von Kirby?«

Sie nannte ihm die Nummer.

»Gut, dann los mit Ihnen. Geben Sie ein wenig acht, nehmen Sie Ihren Dufflecoat...«

»Ja, ja!«

»Und rufen Sie mich sofort an, wenn Sie sie gefunden haben, ja?«

»Ja, das werde ich, Max.«

»Und bis sieben müssen Sie sie auf jeden Fall gefunden haben. Um sieben kommt eine Aufnahme meiner Interpretation der Goldberg-Variationen, und ich hätte gern, daß Sie die hören. Okay?«

»Ich weiß; ich habe es mir schon notiert.«

»Und, Lucy?«

»Ja?«

»Sei vorsichtig. Ich komm ohne dich nicht mehr sehr gut zurecht.«

»Ja, ich werde vorsichtig sein. Auf Wiedersehen für jetzt.«

»Auf Wiedersehen.«

Schön, wieder mal im Regen zu laufen. Ziemlich heftiger Regen, aber die Straße so vertraut; muß Hunderte von Malen hier entlanggegangen sein, auf dem Heimweg von High Tops, vom Pflücken der Früchte vom Lorbeerbaum und vom Wacholder, vom Sammeln von Fieberklee, Farn, Jakobskraut oder Ginsterspitzen. Dill war auch dabei, trugen abwechselnd den schweren Korb. Oder sie blieb zu Hause, und Feuer und Tee waren gemacht. Oh, Dill. Nicht dran denken, das Heim ist nicht so übel, gewöhne mich mit der Zeit vielleicht daran, gute Luft, Rasen vor den Fenstern, vertraute Umgebung. Eigenes Haus wäre noch besser, wenn man sich nur wegen des Anderen keine Sorgen zu machen brauchte. Aber wie? Und jetzt Sorgen wegen Taffypuss. Kann eigentlich wirklich nicht Taffypuss sein, oder? Beinah sicher, *beinah,* daß Taffypuss tot ist, hab ihn aber nie tot gesehen, kann nicht vollkommen sicher sein. Muß immer an ihn denken, von ihm träumen. Wenn nun der Andere nach High Beck kommt und ihm weh tut? Kann die Vorstellung nicht ertragen. Anders mit Dill: ihre armen steifen Hände aus dem Wildbach gestreckt, schrecklich, aber wenigstens Gewißheit. Was sie auch durchgemacht hat, jetzt ist sie in Sicherheit, niemand kann ihr mehr weh tun. Wenn nun das auch für mich stimmt, falls der Andere mich erwischen sollte? Endlich in Sicherheit. Sonderbar, habe es noch nie so gesehen. Werde gleich ein bißchen weiter darüber nachdenken, hinter diesem kleinen Hügel, brauche Atem zum Atmen, nicht zum Denken. Regen kommt jetzt in Strömen runter, ein Gutes: habe feste dicke Straßenschuhe an; Lucy-Kind hat sie mit mir in Kirby gekauft. Mache mir Sorgen, große Sorgen um Lucy-Kind. Wußte zuerst nicht, ob man ihr vertrauen konnte, kam ein so seltsames, leises schrilles Geräusch von ihr, wie ein Instrument, das nicht richtig gestimmt ist. Dann richtig gestimmt, sehr rein, vertraute ihr; glücklich, sehr glücklich, wie eigenes Kind, wie mit Dill. Pauls Kind, seltsam, wenn man an Paul denkt. Aber er hatte diese Musik in sich, mußte etwas Gutes an ihm gewesen sein. Dann plötzlich Schwierigkeiten mit Lucy-Kind, Licht wurde trübe, nicht mehr richtig gestimmt, als ob bei dem Anderen angesteckt. Sie wird doch darüber hinwegkommen?

Jetzt das Dorf. Niemand zu sehen, regnet in Strömen, Wildbach wird schnell steigen, wenn es so weitergeht. Wetter kommt auch noch vom Heidemoor runter, hat dort wahrscheinlich die ganze Nacht geregnet. Muß mich beeilen, muß zum Haus, falls Wildbach-Brücke überschwemmt. Ein Glück, daß niemand im Dorf ist, Wetter zu schlecht, Nachbarn könnten Theater machen, versuchen, mich zurückzuhalten. Wenn Lucy-Kind sich nun Sorgen macht, wenn sie merkt, daß ich fort bin? Falsch, ihr von ihrem Vater zu erzählen, hat sie aus dem Gleichgewicht gebracht. Liebes kleines Ding, nicht wie er, mehr wie ihre Mutter, mehr wie ich. Werde ihr das sagen, wenn ich sie wiedersehe. Nur manchmal ein wenig gedankenlos. Hätte für mich nach Taffypuss schauen sollen, mußte wissen, was für Sorgen ich mir machte.

Weg nach High Beck zweigt hier ab. Zwei Männer gehen an mir vorbei, mit raschen Schritten. Fremde? Nichts sagen. Kenn jede Biegung, jeden Grasbüschel, jeden Felsen an diesem Weg. Bis hierher ungefähr kam Taffypuss uns immer entgegen. Haselnußbüsche, Eberesche, Stechpalme.

Lucy-Kind vielleicht gereizt wegen dieses Klavierspielers? Müßte ihn erst sehen, um zu sagen, ob vertrauenswürdig. Ausländer. Besser, wenn sie bei mir und Taffypuss bleibt, alle drei glücklich miteinander. – Nun, wo waren wir stehengeblieben, über den Tod nachgedacht, richtig. Eigentlich kein besonders großes Problem; eigentlich, vielleicht, überhaupt kein Problem.

Hier ist der Eschenstumpf, noch nicht bedeckt, Brücke also noch frei. Beck sehr hoch, schäumend, wunderschönes dunkelbraunes torffarbenes Wasser, dunkelbraunrot wie ein Granat. Braust dahin, Felsen in der Mitte alle bedeckt, nur an den Seiten noch zu sehen. Weg steiler, als ich dachte; war er immer so steil? Muß eine Pause machen und Luft holen. Heckenschneide-Traktor hier abgestellt, töricht, ihn an dieser Stelle stehenzulassen. Lenny Thorpe immer zu faul gewesen, ihn in die Scheune zurückzubringen. Rücksichtslos, wenn wir etwas bestellt hatten, konnte der Lieferwagen nicht bis nach High Beck hinauffahren. Aber inzwischen wissen wohl alle, daß das Haus jetzt leersteht. Vorbei am alten Pfarrhaus am gegenüberliegenden Ufer, netter Edward Linton, ein Jammer, daß er anfing zu trinken, warum wohl? Vorbei an der Kirche, Ufer gegenüber verwandelt sich in Kliff, dann um die Biegung zur Düne. Vorbei am Traktor, zwei Männer sitzen im Fahrerhaus, merkwürdig, warten wohl, daß der Regen aufhört, essen vielleicht ihren Lunch. Kenne beide nicht. Nicke ihnen zu. Dieselben Männer, die vorbeigingen. Fremde, nicken nicht zurück. Jetzt auf die Holzbrücke hinaufklettern. Glitschige Bretter. Ganz fest an die nassen Drahtseile an den Seiten klammern. Wasser unten drunter stürzt vorbei wie dunkelrote Tinte.

Über die Brücke, sehr langsam, sehr vorsichtig. Die Steinstufen hinunter. Jetzt zum Haus hinaufklettern. Rufen. Puss? Puss? Taffypuss? Er kommt nicht. Aber wer würde schon erwarten, daß Katze in all dem Regen draußen bleibt. Hat sich wahrscheinlich irgendwo verkrochen, im Schuppen, unter Büschen. Lieber ins Haus gehen? Warten, bis der Regen aufhört? Aber was ist mit dem Anderen? Wenn er nun kommt? Doch sicher nicht in diesem Wetter? Außerdem – hatten wir nicht gerade beschlossen, keine Angst vorm Tod zu haben? Keine Angst vorm Tod, nein, aber schreckliche Furcht, plötzlich gepackt, gestoßen, gewürgt zu werden – ja, kann es nicht ändern, immer noch große Angst *davor.* Was würde Dill sagen, immer eins nach dem anderen? Wäre vielleicht gar nicht so schlecht? Jedenfalls, während wir nachdenken, werden wir sehr naß. Unter das Dach vom Eingang stellen.

Mantel aufknöpfen, Schlüssel in kleinem Beutel suchen. Merkwürdig, Tür nicht abgeschlossen. Kann Lucy-Kind neulich vergessen haben abzuschließen? Sieht ihr nicht ähnlich, Lucy-Kind sehr achtsam, sehr zuverlässig im allgemeinen. Nein, Schloß aufgebrochen, jemand anders hier gewesen, der Andere? Nicht im Eingang stehenbleiben und lange überlegen, reingehen. In die Küche. Niemand hier. Liebes, *liebes* kleines Haus, tut mir leid, daß wir dich verlassen haben. Freust du dich, mich wiederzusehen? Niemand in Waschküche oder Wohnzimmer. Oben? Taffy? Taffypuss? Wieder nach unten.

Oh...

»Was jetzt?« fragte Goetz.

»Fessel sie«, sagte Harbin. »Stopf ihr was in den Mund, damit sie nicht schreien kann. Ja. Setz sie ans Fenster, so daß sie nach draußen blickt. Wart einen Moment.«

Er ging nach draußen, überquerte die schwankende kleine Brücke, blieb bei dem Traktor stehen, drehte sich um und betrachtete das kleine Haus mit kritischen Blicken. Dann kam er zurück und sagte:

»In Ordnung so. Man sieht, daß jemand am Fenster sitzt, das reicht, um jeden neugierig zu machen. Kann sie sich bewegen?«

»Nein, ich habe sie am Fensterladen angebunden.« Goetz kicherte. »Es gibt ein Gedicht über etwas Ähnliches: ›Der Straßenräuber ritt näher, näher, näher bis zu dem *Dog and Duck,* wo Bess, des Wirtes Tochter, des Wirtes schwarzhaarige Tochter, saß wartend ...‹«

»Schon gut, schon gut, bist du fertig? Beeil dich, wir gehen besser zurück zum Traktor.«

»Wenn du mich fragst«, sagte Goetz gekränkt, »ich habe meine Zeit im Knast wesentlich besser ausgenutzt als du, mir ein bißchen Bildung angeeignet, anstatt achtzehn Jahre lang über meine verlorene rechte Flosse zu grübeln. Soll ich dich hochziehen? Glücklicherweise hat der Traktor ein geschlossenes Fahrerhaus, sonst würden wir uns noch eine Lungenentzündung *und* eine Rippenfellentzündung holen. Unter allen Überwachungsplätzen ...«

»Bist du schon jemals mit so einem Ding gefahren?« fragte Harbin.

»Klar. Kleinigkeit. Leichter als Autofahren. Mußt nur darauf achten, daß er waagerecht bleibt – die Dinger sind kopflastig. Warum? Was hast du vor?«

Harbin spähte durch den strömenden Regen und runzelte die Stirn.

»Da kommt jemand den Weg rauf. Das kompliziert die Sache. Es ist nicht der, auf den wir warten.«

Lucy sah, daß der Traktor noch da stand, wo sie ihn in der letzten Nacht gesehen hatte, ließ den kleinen PHO unten bei der Bedürfnisanstalt mit den spukenden Geistern stehen und ging zu Fuß den Weg hinauf. Der Wildbach führte jetzt Hochwasser und brüllte in einem dumpfen Tenor, ganz anders als sein gewöhnlicher klarer Sopran. Der Regen war noch heftiger geworden und konnte jetzt wohl als ein Wolkenbruch bezeichnet werden. Bei dem Wetter kann ich das alte Mädchen nicht zurückbringen, müssen im Cottage warten, bis es etwas nachläßt. Wenn sie da ist. Hoffe bei Gott, daß sie da ist. Vielleicht im Kamin ein Feuer machen? Ob wohl trockenes Holz in dieser Waschküche hinten ist? Andererseits – es kann ja nicht ewig so weiterregnen.

Sie zog die Kapuze ihres Dufflecoats weiter nach vorn, vergrub das Kinn im Kragen und lief am Traktor vorbei. Blöde, ihn ausgerechnet dort abzustellen. Hinauf auf die Brücke. Großer Gott, der Wildbach war hoch, das Wasser spülte schon über die diagonalen Holzrippen. All das gegen die Brücke drückende Wasser preßte sie in Bogenform stromabwärts, und sie bebte und schwankte unter dem Aufprall großer wirbelnder Strudel.

»Gehe ich hinüber oder nicht?« dachte Lucy.

Sie starrte hinauf zum Haus an der gegenüberliegenden Seite der Düne und hatte das Gefühl, sie sehe – aber es war schwer, durch die Sturzbäche von Regen etwas zu erkennen – sie sehe ein weißes Gesicht am Küchenfenster. Sie schob die Kapuze zurück. Ja, das *war* ein Gesicht – Tante Fennel? Dummes altes Wirrköpfchen; sie hatte es bis hier geschafft und wagte jetzt nicht, sich auf den Rückweg zu machen. Na ja, ich kann es ihr nicht verübeln. Ich bin auch nicht gerade begeistert, aber egal, los geht's.

Sie hielt sich an beiden Seiten am Drahtseil fest und bewegte sich vorsichtig, Schritt für Schritt, über die wackelnden, schaukelnden, glitschigen Holzrippen und wunderte sich, wie sie es schon einmal getan hatte, daß diese zerbrechlich aussehende Konstruktion für die beiden alten Damen so viele Jahre lang der einzige Zugang zum Dorf gewesen sein sollte. Wahrscheinlich blieben sie bei schlechtem Wetter einfach zu Hause, aßen die Eier ihrer eigenen Hühner und backten ihr eigenes Brot. Muß wohl stabiler sein, als sie aussieht. Ehrlich, dieses rostige Seil sieht aus, als würde es jeden Moment reißen. Ob die Wartung wohl Sache des Gemeinderats ist, oder wer kümmert sich darum? Gibt es jemanden, der von Zeit zu Zeit ein neues Drahtseil einzieht? Na ja, die Hälfte hab ich wenigstens . . .

Hinter sich hörte sie ein Drahtseil reißen; das nachhallende Schwirren übertönte sogar das Tosen des Wildbachs. Die Holzrippen unter ihren Füßen lösten sich an der linken Seite und kippten scharf stromabwärts; Lucy ließ sich instinktiv auf die Knie fallen und verlagerte ihr Hauptgewicht auf ihre Hände, die die Drahtseile umklammerten.

Das Seil an der linken Seite gab nach.

Es riß sich vom Pfosten am anderen Ufer los, schwirrte zurück und schlug Lucy ins Gesicht. Sie wurde nach hinten geschleudert, gegen das Seil an der rechten Seite, aber nur für einen kurzen Moment; das Wasser griff nach ihr und drohte, sie hinunterzureißen. Die Brücke hing jetzt noch, vollkommen schief, an einem Halte- und einem Trageseil. Lucy, bis zur Taille im Wasser, versuchte, sich in Richtung auf das Haus umzudrehen, sich mit beiden Händen an dem Halteseil anklammernd. Die Brücke hing so durch, daß man darauf hochklettern mußte wie auf einer Leiter, um ans andere Ufer zu kommen.

Weg mit dem Dufflecoat, zu schwer, wenn sie schwimmen müßte. Schwimmen? Dieser Bach ist normalerweise nur fußtief. Jetzt sind es mindestens zehn Fuß, oder ich bin die Braut des Prinzen von Wales. Schuhe auch abstreifen; versuchen, sich mit den Zehen an die Kanten der Holzrippen zu klammern; es gibt keine andere Möglichkeit, sich festzuhalten.

Das zweite Seil, das die Holzrippen hielt, riß; diesmal gab es kein Geräusch, weil es unter der Wasseroberfläche lag, aber der letzte Abschnitt der Brücke unter Lucys Füßen ging unter und verschwand.

Es hat mich erwischt, dachte sie, während sie sich immer noch an das Geländerseil anklammerte. Sie fühlte, wie es hinter ihr riß, und wurde von tosenden brandyfarbenen Wassermassen hin und her geschleudert; sie füllten ihre Augen wie Blut und überschwemmten und erdrückten sie. Irgend etwas traf sie, ein Baum oder ein Felsen; sie fühlte, wie sich das Seil in ihre Hände fraß, klammerte sich aber verbissen fest, kickte um sich, schwamm auf dem Rücken, auf der Seite, auf dem

Bauch, während das Seil um sich schlug und das Wasser sie überrollte. Jetzt weiß ich, wie man sich als Lachs fühlt, ich fand es immer furchtbar, mitanzusehen, wenn Wilbie mit einem sich wehrenden, nach Luft schnappenden Wesen kämpfte...

Zu ihrem Erstaunen wurde sie gegen das Ufer geschleudert, spürte heftigen Schmerz, als sie mit einem Schienbein gegen einen Fels schlug. Ihre Zehen gruben sich zwischen Steinen ein. Sie richtete sich auf, das Seil umklammernd, das offensichtlich immer noch an dem Pfosten vertäut war. Ihr Kopf tauchte aus dem Wasser auf. Sie fand mit den Füßen Halt auf einem Felsblock und kroch ans Ufer, hustend und zitternd, und wischte sich das Wildbachwasser aus den Augen.

Lieber Max, es war ein richtiges kleines Abenteuer. Es tut mir wirklich leid, daß Adnan nicht da war; er hätte sich sicher köstlich amüsiert. Noch besser als die Achterbahn. In welcher Zeit leben wir nur. Heiratsantrag vorm Lunch, fast ertrunken vorm Tee. Wenn ich darüber nachdenke – ich habe überhaupt keinen Lunch gegessen, ich hätte nichts gegen eine Portion von dem Rindfleischeintopf gehabt.

Also weiter.

Ist das Tante Fennel dort am Fenster? Man sollte doch annehmen, daß sie winkt, oder rauskommt? Und diese Männer im Traktor – warum um Gottes willen haben sie nicht irgend etwas unternommen, anstatt dort zu sitzen und zuzusehen, wie ich ertrinke?

Während sie sich fragte,ob ihr Dufflecoat an Land gespült werden würde, begann Lucy, sich die Uferböschung hinaufzuschleppen.

Fiona öffnete die Vordertür von Wildfell Hall; sie sah erschöpft aus.

»Ja?« sagte sie. »Wen möchten Sie sprechen?«

»Na ja, ich denke meine Nichte wie auch meine Tante.« Wilbie lächelte sie gewinnend an. »Und zufällig handelt es sich in beiden Fällen um Miss Culpepper.«

»Ich fürchte, Sie haben kein Glück«, sagte Fiona kurz angebunden. »Keine von beiden ist in der Nähe.«

»Wirklich nicht? Sind Sie sicher?« Er glaubte ihr offensichtlich nicht. »Würden Sie nicht einmal nachsehen, nur um sich zu vergewissern? Sie sind doch bei diesem Wetter sicher nicht fortgegangen?«

Sie warf einen düsteren Blick auf den strömenden Regen hinter ihm.

»Sie sind trotzdem weg. Ihre Tante wurde zur Lunchzeit vermißt, und Lucy hat sich auf die Suche nach ihr gemacht. Das war vor etwa einer Dreiviertelstunde, aber wir wissen nicht, wie lange sie schon fort war.«

»Vermißt? Sie ist allein weggegangen? Warum hat niemand das gesehen und sie zurückgehalten? Ist die Polizei unterrichtet?«

»Noch nicht; Lucy meinte, daß die alte Miss Culpepper wahrscheinlich zu ihrem Häuschen hinübergelaufen sei. Immer noch Zeit, die Polizei hinzuzuziehen, wenn sie dort nicht ist.«

»Das kommt mir alles sehr nachlässig vor«, sagte Wilbie mißbilligend.

»Hören Sie, Mr....«

»Culpepper...«

»Ich sehe hier im Augenblick mehr oder weniger allein nach dem Rechten, mit zwei oder drei Halbtags-Mädchen; wenn Sie sich beschweren wollen, warten Sie freundlicherweise, bis die Leiterin des Heims zurückkommt, ja? Sie hat vor kurzem angerufen; sie kommt irgendwann heute abend zurück.«

»Nein, nein – völlig in Ordnung, ich mache *Ihnen* keine Vorwürfe, meine Liebe«, sagte er hastig. »Nein, ich denke, ich werde zum Dorf weiterfahren; ich nehme an, die kleine Lucy hat recht, und die alte Dame ist hinauf zu ihrem Haus gegangen. Sie und Lucy werden dort Zuflucht gesucht haben, bis der Regen aufhört, höchstwahrscheinlich. Ich werde also auch hinaufgehen und sie mächtig überraschen.«

»Davon bin ich überzeugt«, sagte Fiona kalt. Sie machte die Tür zu und kehrte in die Küche zurück, wo Emma Chiddock den elektrischen Schneebesen vom Haken genommen hatte und nachdenklich betrachtete.

»Nein, Emma, zum Tee gibt es kein Rührei. Sardinen auf Toast. Dieser Schneebesen wird allmählich zur fixen Idee bei Ihnen. Legen Sie ihn um Gottes willen weg und holen Sie den Dosenöffner. Mrs. Marsham kommt nach dem Tee zurück, und ich möchte nicht, daß hier dann ein großes Chaos herrscht. Ihr Sohn ist gestorben, arme Frau.«

»Oh, ihr Sohn ist gestorben?« Emma zeigte keine Anteilnahme; es lag eher ein Unterton von Befriedigung in ihrer Stimme. »Vielleicht kann sie sich jetzt vorstellen, wie es ist, wenn deine beste Freundin den Tod findet, ganz plötzlich, nur weil sie nicht jemandem nach dem Mund geredet hat. Ein Schluck ihrer eigenen Medizin würde Mrs. M. nicht schaden. Auge um Auge, Zahn um Zahn.«

»Oh, hören Sie auf, die Bibel zu zitieren, Emma, und helfen Sie mir ein bißchen. Ich mache mir Sorgen um Lucy und die alte Miss Culpepper.«

»Glaube nicht, daß wir *die* noch einmal wiedersehen«, sagte Emma dunkel. Sie nahm den Dosenöffner in die Hand, aber ihre Blicke kehrten einige Male zu dem elektrischen Schneebesen mit dem Korkenzieherteil zurück.

»Äußerst merkwürdig«, sagte Wilbie, als er zu dem gemieteten Landrover zurückkam. »Das alte Mädchen streift allein durch die Gegend, und Lucy ist offenbar auf der Suche nach ihr. Was für ein Tag für einen Spaziergang! Das Mädchen, das mir die Tür öffnete, schien anzunehmen, daß sie zum alten Cottage gewandert sein könnte, wir werden also kurz hinauffahren und uns umsehen. Ich muß schon sagen«, fügte er gekränkt hinzu, »es ist verdammt lästig, wie sie es immer schafft, gerade dann davonzumarschieren, wenn ich in der Nähe bin; hätte eine Menge Ärger gespart, wenn ich sie in dieser Pension in Kirby getroffen hätte.«

»Vielleicht Telepathie; sie spürt irgendwie, wenn du in der Nähe bist«, sagte Russ trocken. Er startete den Landrover mit einem Satz, der Wilbie veranlaßte, ihm einen gequälten Blick zuzuwerfen, und fügte nachdenklich hinzu: »Wenn sie sich aber eine Lungenentzündung holt und stirbt, wirst du das kaum bedauern, oder? Das würde eins deiner Probleme lösen.«

»Aber Russ! Wie kommst du auf die Idee, daß ich die arme alte Dame gern tot wüßte?«

»Nun, einmal, weil du zu dieser Bank in York gegangen bist, um festzustellen, daß die alten Mädchen sich gegenseitig zu Erben eingesetzt haben in ihren Testamenten. Wem also die Bilder auch gehören mögen, dir jedenfalls nicht, stimmt's? Wer immer die alte Glucke ist, die Bilder gehören ihr, stimmt's? Ich habe das Gefühl, diese Bilder bedeuten dir wesentlich mehr als die lächerliche kleine Rente von *Culpepper Pharm.* Und ich habe außerdem das Gefühl, daß dich noch etwas anderes nervt, daß du unheimlich scharf drauf bist, die ganze Sache zu regeln und dieses Land schnell zu verlassen. Hab ich nicht recht?«

Er warf seinem Vater einen scharfen Blick von der Seite zu.

»Wundert dich das? Wer hat schon Lust, sich in diesem gottverdammten Klima aufzuhalten?«

»Ist es nur das Klima? Hat es nicht etwas mit diesem Harold Marsham zu tun?«

»Wer zum Teufel ist Harold Marsham?«

»Der Bursche, der von sechzehn Tonnen herunterfallendem Zeitungspapier zerquetscht wurde; es war heute morgen ein Bild von ihm in der *Yorkshire Post.* Sohn der Leiterin von dem Heim. Kaum Chancen, daß er überlebt.«

»Warum sollte ich mir seinetwegen Gedanken machen? Ich habe noch nie von ihm gehört.«

»Oh«, sagte Russ gelassen, »nur weil er mir so ungewöhnlich ähnlich sah. Ich habe mich gefragt, ob er auch einer deiner kleinen Bankerte sein könnte, lieber alter Dad? Das dort ist der Weg hinauf nach High Beck, nicht? Irgend etwas scheint auf halber Höhe zu stehen, genau in der Mitte. Wir müssen den Wagen hier stehenlassen und zu Fuß gehen.«

»Nein, wir können den Wagen nicht hier stehenlassen; zu viele neugierige Leute in der Gegend«, sagte Wilbie rasch und sah die verlassene Hauptstraße von Appleby-under-Scar hinauf und hinunter. »Nein, ich sag dir was, Russ. Eine Viertelmeile östlich von hier zweigt ein Schotterweg der Wasserschutzbehörde vom Dorf ab, führt hinauf, um High Beck Cottage herum und weiter über das Moorland und am Stausee entlang; es ist eine erhebliche Abkürzung, wenn man nach Kirby will. Bei diesem Wetter kann man es in einem normalen Auto nicht schaffen; nur der erste Teil des Weges ist mit Schotter belegt. Aber mit unserem Fahrzeug kein Problem. Fahr doch einfach dort rum – du wirst ein oder zwei Pforten öffnen müssen, und es gibt ein paar *Cattle Grids**, aber kümmer dich nicht um die ›Privat‹-Schilder; in diesem Wetter wird kein Mensch in der Nähe sein –, und wir treffen uns oben; es gibt dort einen Vermessungspunkt, genau wo der Pfad vom Cottage nach oben führt und auf den Weg stößt. Warte dort auf mich.«

»Für jemanden, der seit zwanzig Jahren nicht mehr hier war, scheinst du die Gegend sehr gut zu kennen.«

»Oh, hier ändert sich in Generationen nichts«, entgegnete Wilbie leichthin.

»Bist du sicher, daß du es nicht lieber hättest, wenn ich dich begleite und das Familientreffen bereichere?«

»Nein, mach dir nur keine Sorgen, mein Junge; es wird auf mancherlei Weise leichter sein, denke ich, wenn ich allein bin. Ich werde nichts anderes tun als guten Tag sagen und feststellen, ob das alte Mädchen wirklich Tante Fennel ist. Sinnlos, daß wir beide bis auf die Haut naß werden«, sagte Wilbie tugendhaft.

»Aber sollten wir ihnen nicht anbieten, sie zurück nach Wildfell Hall zu bringen?«

»Denk doch mal nach! Wie können wir das, mit all dem

* Metallroste, die Vertiefungen in Straßen überbrücken und von Autos überquert werden können, nicht aber von Vieh.

Zeug hinten drin? Nein, wir sehen uns bei dem Vermessungspunkt.« Wilbie zog den Reißverschluß seiner buntkarierten Parka zu, zog die Klappen seiner Mütze herunter und machte sich mit forschen Schritten auf den Weg. Russ warf einen letzten unschlüssigen Blick auf die sich entfernende untersetzte Gestalt, dann wendete er den Landrover und folgte der Dorfstraße von Appleby in östlicher Richtung.

Eine Menge Wasser in dem Bach, dachte Wilbie, während er bergauf marschierte. Könnte nicht günstiger aussehen. Jedem kann hier ein Unfall zustoßen: steiles Ufer, schlechte Sicht, rutschige Stufen – so leicht, auszugleiten und mit dem Kopf an einen Stein zu schlagen. Was soll's. Der anderen ist es ebenso gegangen, und es ist hier noch immer genauso gefährlich, oder? Und wenn die alte Dame ausrutschen sollte, würde unsere mutige kleine Lucy natürlich hinterherspringen, und sie hat ein schwaches Herz – es fügt sich alles zusammen, als ob ein Computer es ausgerechnet hätte. Aber wenn sie nun nicht im Haus sind? Sie müssen einfach dort sein – wo sonst könnten sie sich aufhalten?

Man hör sich den Bach an, kommt eine ganz schöne Menge Wasser runter. Lästig, daß die Hosen so naß werden.

Und er dachte voller Groll, was für ein Haufen Mühe, eine alte Dame aus dem Weg zu räumen, die längst tot sein sollte. Jeder muß doch annehmen, ich hätte nichts Besseres zu tun, als all meine anderen Verpflichtungen fallenzulassen und nach England zu trotten; es ist immer das gleiche. Wenn du etwas ordentlich ausgeführt haben willst, mußt du es selber tun. Wilbie muß sich darum kümmern. Wilbie Culpepper. Wilbie der Gewinner. Am Ende wird man erkennen, daß mehr in ihm steckt, als irgend jemand ahnte. Wilbie wird es ihnen zeigen. Und was die kleine Lucy Alleswisser betrifft, mit ihren nackten Zehen und ihren fadenscheinigen Jeans, die sich einbildet, eine Kunstexpertin zu sein, eine Kulturprinzessin, die hinter ihrem Haar hervorschielt und mich verachtet, wie ein magerer hochmütiger kleiner Vogel mit ihren höhnischen Bemerkungen und ihrer lässigen Art, was das vorlaute kleine Balg betrifft – die soll nur warten, bis ich ihr Bescheid sage ...

Er kam zu dem Traktor, ging daran vorbei, ohne ihn besonders zu beachten, und blieb dann in ungläubiger Empörung vor der eingestürzten Brücke stehen. Sie ist zu Bruch gegangen. Ich komm nicht rüber. Dummes Zeug, irgendwie muß man rüberkommen. Das Haus und die Kirche auf der anderen Seite weiter unten, man kommt hin, wenn man ins Dorf zurück- und dann am anderen Ufer raufgeht. Ja, und dann kommt dieses Kliff dazwischen. Fußweg von High Beck zum Moor hinauf? Sicher, aber das sind drei Meilen, dafür brauch ich eine Stunde, Russ wird sich wundern, wo zum Teufel ich bin. Wie lange ist die Brücke schon kaputt? Vielleicht ist Tante F. auch nicht rübergekommen. Aber wo ist sie dann?

Er starrte auf die Brücke, die hin und her schlenkernden Holzbretter und das ins Wasser hinunterhängende Drahtseil. Konnte vor fünf Minuten eingestürzt sein oder vor fünf Stunden. Er starrte auf das Haus, die kleinen dunklen Fenster starrten teilnahmslos zurück. Konnte jemand drin sein oder auch nicht. Nun, wenn sie drinnen sind, sind sie abgeschnitten. Ja, aber sie würden nicht verhungern; Lucy kann hinauf über das Moor und den Weg der Wasserschutzbehörde gehen und Hilfe holen, und außerdem wird das Wasser in zwölf Stunden oder so ohnehin zurückgehen.

Ich kann hier aber nicht zwölf Stunden warten.

Er wandte sich um, machte ein paar unentschlossene Schritte und stand direkt vor Harbin.

»Hallo, Fred.«

Wilbie stand da wie angewurzelt, nur sein runder Kopf über dem Stiernacken kippte wie ein Kreiselkompaß ein wenig nach hinten. Er fuhr sich mit der Zunge über die Lippen und sagte: »Entschuldigen Sie«, im Begriff, an Harbin vorbeizugehen. Aber er hatte zu lange gezögert.

»Oh, nein, Fred«, sagte Harbin. »Du weißt, wer ich bin.«

»Tut mir leid, keine Ahnung. Hören Sie, ich hab's eilig.«

»Du erinnerst dich nicht mehr an Flug 507 von Liverpool

nach Boston? Du warst der Getränke-Steward und trugst ein Korsett aus Segeltuch um die Taille, in dem sich in drei Reihen von niedlichen kleinen Taschen der Gegenwert von dreißigtausend Pfund in Gold befand. Erinnerst du dich nicht mehr daran, Fred? Du mußt ein miserables Gedächtnis haben.«

»Ich *heiße* nicht Fred!«

»*Ich* erinnere mich sehr gut an den Flug, weil ich da meine Hand verloren habe«, sagte Harbin und trat einen Schritt vor.

Wilbie verlor die Nerven; er machte eine ruckartige Bewegung zur Seite. Dann sah er Goetz, der vom Fahrerhaus des Traktors auf ihn herunterschaute.

»Dein amerikanischer Akzent gefällt mir, Fred. Erzähl uns doch mal, was du mit dem Cash gemacht hast. Dir ein hübsches kleines Geschäft eingerichtet, ja? Weißt du, seltsamerweise sind es nicht die Dreißigtausend, die ich dir mißgönne; es geht mir um dies.« Er schüttelte seinen leeren Ärmel. »Es waren all die Jahre im Gefängnis, während du dir ein feines Leben gemacht hast. Ich habe ziemlich viel über dieses Treffen nachgedacht.«

Wilbie sah, daß es hügelabwärts, vorbei an ihnen, kein Entkommen gab; er machte kehrt und lief bergauf. Niemand folgte ihm. Einen wahnwitzigen Augenblick lang dachte er optimistisch, daß sie vielleicht nicht mehr vorgehabt hätten, als ihm einen Schreck einzujagen, dann hörte er den Traktor mit einem knirschenden Dröhnen anspringen, das sogar das Tosen des Wildbachs übertönte. Er wandte sich verstört um und sah, daß der Traktor sich in Bewegung setzte; er sah auch seine Nichte Lucy aus dem Haus laufen und am oberen Ende der Stufen stehenbleiben, über das braune, wirbelnde Wasser spähend. Ihr Gesicht war sehr weiß, ihre Kleider troffen. Sie rief etwas, aber er verstand es nicht.

»Lucy!« schrie er. »Hole Hilfe!« Er wußte, daß Wildbach und Traktor es für sie unmöglich machen würden, ihn zu hören; außerdem: was konnte sie tun? Kein Telefon in High Beck. Aber sie ist Zeugin, dachte er, da sie jetzt wissen, daß sie sie gesehen hat, können sie mir nichts anhaben.

Doch er wußte, daß das nicht stimmte. Sie konnten, und sie würden. Verzweifelt lief er weiter bergauf, auf dem nassen felsigen Weg rutschend und stolpernd.

Lucy ging ins Haus zurück, setzte sich neben Tante Fennel ans Fenster und legte den Arm um sie.

»Der Himmel mag wissen, was da vor sich geht, aber es gefällt mir überhaupt nicht. Waren es die beiden im Traktor, die dich gefesselt haben, Tante Fen?«

»Ja, Schätzchen.«

»Aber wer sind sie?«

»Ich weiß es nicht.« Man hätte erwarten können, daß Tante Fennel verängstigt sei, aber merkwürdigerweise war sie es nicht. Obwohl völlig erschöpft, schien sie ganz gelassen, sogar heiter. »Weißt du«, sagte sie zutraulich, »so schlimm, wie ich gedacht hätte, war es gar nicht, überfallen zu werden. Zeigt das nicht, daß man sich nie vorzeitig Sorgen wegen irgend etwas machen sollte? Obwohl ich natürlich froh war, als du gekommen bist und mich von den Fesseln befreit hast, Schätzchen. Was geschieht jetzt da draußen?«

»Diese beiden Männer jagen Onkel Wilbie den Hügel hinauf. Weißt du, warum sie hinter ihm her sind?«

»Nein, Schätzchen. Vermutlich haben sie ihre Gründe. Es wird ihm nicht schaden, wenn er einmal einen tüchtigen Schreck kriegt.«

»Wahrscheinlich haben eine Menge Leute Gründe, Onkel Wilbie zu verfolgen.« Lucy bemühte sich, das Klappern ihrer Zähne zu unterdrücken; im Cottage war es eiskalt. »Bitte, Tante Fen, sag mir – ist Onkel Wilbie der Andere? Glaubst du, daß er es war, der deine Freundin getötet hat?«

Tante Fennel spähte aus dem Fenster, wie um sich zu vergewissern, daß Wilbie wirklich nicht mehr zu sehen war. Der Traktor war um eine Wegbiegung herum verschwunden, und sein Dröhnen wurde vom Tosen des Wildbachs ersetzt. Was ging hügelaufwärts vor sich? Lucy schauderte wieder.

»Weißt du, er hatte immer diese Angewohnheit bei Mahlzeiten, sogar als kleiner Junge«, sagte die alte Dame zusammenhanglos. »Er war so gierig – es sah so aus, als hätte er am liebsten die Zeit angehalten, während er beim Essen war. Was, glaubst du, werden sie mit ihm machen, Schätzchen?«

»Ich weiß es nicht, und um ganz ehrlich zu sein – ich wage nicht, darüber nachzudenken. Warum haben sie dich gepackt und gefesselt? Haben sie nichts gesagt?«

»Einer von ihnen sagte etwas von einer angepflockten Ziege. Der andere sprach von einer Bess.«

Lucy schüttelte den Kopf. Sie war zu müde, um auch nur einen Versuch zu machen, das alles zu verstehen.

»Wir sollten weg von hier«, sagte sie. »Wenn ... wenn sie Wilbie etwas antun ... wenn sie zurückkommen ...« Sie schaute hinunter auf die Fensterbank und sah die kleine, schimmernde Linse im Staub liegen. Müßig schob sie sie mit dem Finger hin und her.

»Sie können nicht zu uns gelangen, Schätzchen, wo die Brücke doch eingebrochen ist. Es war ein Wunder, daß du es noch geschafft hast.«

»Das Wasser könnte wieder zurückgehen. Außerdem sind wir beide naß und frieren, und du hast nichts zu Mittag gegessen ...«

»Wir könnten ein Feuer anmachen«, sagte Tante Fennel zögernd. Lucy schüttelte den Kopf.

»Keine Streichhölzer. Ich habe nachgesehen. Und das ganze Holz ist durch und durch naß. Nein, wir dürfen nicht hierbleiben, Tante Fen.«

»Aber wenn nun Taffypuss zurückkommt und wir nicht mehr da sind?«

Oh, zum Teufel mit Taffypuss, dachte Lucy erschöpft. Aus ihren nassen Kleidern tropfte es auf die Steinplatten. Sie drückte Tante Fennels Hand.

»Wir kommen ein anderes Mal wieder, um nach Taffypuss zu suchen. Du könntest sogar zurückkommen und hier wohnen, wenn du magst, Tante Fennel. Fiona sagt, sie würde kommen und sich um dich kümmern.«

»Das wäre wunderschön, Schätzchen. Wenn mit dem Anderen abgerechnet worden ist und er nicht mehr kommen und seine niederträchtigen Tricks versuchen kann. Es ist ein so liebes kleines Haus, nicht wahr?«

Wenn Tante Fennel hier war, stellte Lucy fest, herrschte keine bedrückende Atmosphäre in High Beck. Sie war es, was das Haus gewollt hatte.

»Aber mir wäre es viel lieber, *du* würdest mitkommen und dich um mich kümmern, Schätzchen – wenn der Andere uns nicht mehr in die Quere kommen kann.«

»Ich will Klavierstunden nehmen – erinnerst du dich?« sagte Lucy sanft. »Aber ich werde dich sehr oft besuchen.«

Tante Fennel schwieg vorwurfsvoll. Nach einer Weile sagte sie: »Ich weiß auch nicht, wie wir hier wegkommen sollen, Schätzchen. Ich bin viel zu müde, um drei Meilen über das Moor zu laufen.«

Lucy fragte: »Aber sagtest du nicht, daß eine Art Schafweg an der Klippe entlang zur Kirche und Colonel Lintons Haus führt?«

»Aber der ist so steil, Schätzchen, und nach all dem Regen wird er spiegelglatt sein. Das würden wir auf gar keinen Fall schaffen!«

Wir müssen, dachte Lucy, glatt oder nicht. Am liebsten hätte sie sich in ihren nassen Kleidern einfach in der Fensternische zusammengerollt, sich an Tante Fennel gelehnt und die Augen geschlossen, ohne sich um die Kälte zu kümmern, gedöst und in dem stillen kleinen Haus gewartet, in der Hoffnung, daß irgendwann Hilfe kommen würde. Schließlich hatte Max gesagt, daß er in eineinhalb Stunden die Polizei anrufen würde. Aber würde die Polizei sofort nach High Beck kommen? Nein, sie führe zuerst zum Wildfell-Wohnheim, aber auch das vielleicht erst nach Stunden, wenn sie sich um andere Dinge kümmern mußte; mehrere Stunden in triefenden Kleidern in einer ungeheizten Küche mit Steinboden könnten für Tante Fennel den Tod bedeuten. Außerdem waren da noch diese beiden Männer und Onkel Wilbie. Sollte da nicht auch etwas unternommen werden?

Nein, wir müssen gehen, entschied Lucy und sagte: »Ich seh mir den Schafweg mal an. Bin in einer Minute zurück.«

Es regnete ununterbrochen weiter. Obwohl es noch einige Stunden bis zur Dämmerung dauern würde, war das Licht schlecht; eine Art schwerer, tropfnasser Düsternis hing in dem Tal, und die baumbewachsene Klippe sah dunkel und bedrohlich aus. Doch als Lucy eine der Terrassen des verwilderten Gartens entlangkletterte, stieß sie auf eine kleine Pforte und einen schmalen Pfad, eher Kaninchenwechsel als Schafweg, der sich in durcheinanderwachsendem Gestrüpp entlang der steilen Böschung verlor. Nun, wenigstens genügend Büsche, an denen wir uns festhalten können, wenn wir ausrutschen, dachte Lucy.

Sie ging zum Cottage zurück.

»Komm, Tante Fen, Liebes. Das Klettern wird uns wenigstens aufwärmen. Ich glaube, wir können es schaffen. Ehrlich, wenn du hier noch länger wartest, wirst du dir den Tod holen.«

»Ich fühl mich viel wohler in meinem lieben kleinen Haus«, sagte Tante Fennel kläglich. Und fügte hinzu, eine ihrer gelegentlichen, intuitiven, niederschmetternden Pfeilspitzen: »Wahrscheinlich hast du es eilig, zurückzukommen und dir irgendein Konzert anzuhören, nicht wahr? Warum gehst du nicht voran, Schätzchen, und später kannst du dann mit deinem Auto die Straße der Wasserschutzbehörde hinauffahren und Streichhölzer und trockenes Holz mitbringen. Oder warten, bis der Wildbach gesunken ist. Ich würde viel lieber hierbleiben. Ich fürchte mich kein bißchen mehr.«

Lucy sagte, sich Mühe gebend, die Geduld nicht zu verlieren: »Tante Fen, ich kann dich einfach nicht allein hier zurücklassen! Und es sind wahrscheinlich nicht mehr als zehn Minuten zu klettern bis zu Colonel Lintons Haus – dann können wir in seiner gemütlichen warmen Küche sitzen und warten, bis unsere Sachen trocken sind, und er kann Fiona anrufen, die sich unseretwegen Sorgen machen wird.« Sie faßte Tante Fennel unter dem Arm und zog sie sanft, aber bestimmt auf die Beine. »Komm, Liebes – so ist's recht. Denk nur, wie Colonel Linton sich über deinen Besuch freuen wird.«

Widerstrebend ließ Tante Fennel sich zur Tür dirigieren.

Lieber Max, es stimmt genau, ich möchte wirklich rechtzeitig zurück sein, um Ihre Goldberg-Variationen zu hören. Aber außerdem ist das, was ich tue, doch sicher das beste?

Russ schaute zum zwanzigstenmal auf die Uhr. Was um Himmels willen mochte der alte Knabe treiben? Wenn er die Gelegenheit benutzte, Großtante Fennel aus dem Weg zu räumen – und Russ hatte den dringenden Verdacht –, brauchte er verdammt lange dazu. Zerlegte er sie? Und was war mit Lucy?

Ich gebe ihm noch zehn Minuten, fünfzehn, dachte Russ. Und was tu ich dann? Angenommen, ein Beamter der Wasserschutzbehörde kommt rauf, um sich zu vergewissern, daß der Stausee nicht überfließt, und fragt, was zum Teufel ich hier zu suchen habe? Die Aussicht gefällt mir ganz und gar nicht.

Er schaute beunruhigt hinter sich auf den erhöhten Weg, auf dem er den Landrover abgestellt hatte. Der Stausee schien noch nicht überzulaufen, stand aber eindeutig über seiner üblichen Hochwassermarke. Er lag hinter ihm, ein großer zinnfarbener See, der sich auf zwei oder drei Meilen in beide Richtungen erstreckte, mürrisch flach mit Ausnahme der winzigen Wasser-Stalagmiten, die sich den vom Himmel herunterkommenden Regenmengen entgegenstellten. Vor Russ senkte sich das Land nach Osten; rechts von ihm stand der kleine Stein, der einen Vermessungspunkt markierte.

Er begann zu frieren; er stieg aus und ging an der Betonwand des Stausees entlang, die nach kurzer Zeit einen scharfen Bogen parallel zum Weg beschrieb und dann in anmutigen Stufen zum Damm aufstieg. Jenseits des Dammes fiel das Land in ein felsiges, mit vereinzelten Bäumen bewachsenes Tal nach Kirby hin ab, und der Weg führte in mehreren Zickzackkurven steil nach unten. Hoffentlich taucht Wilbie auf, bevor es dunkel wird, dachte Russ, sonst kehre ich um und fahr zurück; hab keine Lust, bei diesem Wetter dort weiterzufahren.

Er war fünf- oder sechsmal zwischen Vermessungspunkt und Damm hin- und hermarschiert und wandte sich gerade wieder vom Vermessungspunkt ab, als er einen Schrei hörte.

Er blieb stehen und starrte den ziemlich steilen Pfad hinunter, der über das Moor in Richtung Appleby führte. Jemand kam dort angelaufen – Wilbie? Als die Gestalt etwas näher gekommen war, erkannte er die auffällig karierte Parka. Und etwas kam hinter Wilbie her, ein dunklerer Fleck im allgemeinen Grau des Regens. Es fuhr zu langsam, der Motor war zu laut für ein Auto; es schien vorn einen hin und her pendelnden Ausleger zu haben – ein Abschleppwagen? Als das Fahrzeug näher kam, erkannte er den Traktor mit der elektrischen Heckenschere. Was zum Teufel geht da vor, dachte Russ mit gelassenem, sachlichem Interesse. In was ist Wilbie jetzt wieder hineingeraten?

Denn der Traktor schien Wilbie zu jagen. Er schwankte von einer Seite zur anderen, während er sprunghaft hügelaufwärts lavierte und immer in Wilbies Reichweite blieb, ab und zu mit der Schere, die aus zwei Sägeblättern und zwei ineinandergreifenden Reihen von Rechen-Zinken bestand, nach ihm greifend.

Die machen ein Spielchen mit ihm, dachte Russ. Hätten ihn schon lange erwischen und überfahren können, wenn sie gewollt hätten. Was soll das Ganze also?

Russ verzog sich hinter die Böschung und machte sich auf den Weg zurück zum Landrover, den ein heidekrautbewachsener Hügel vor dem näherkommenden Traktor verbarg. Er hatte gesehen, daß der Traktor Wilbie regelrecht hetzte, ihn wie ein Schäferhund seine Herde in eine bestimmte Richtung trieb, weg vom Pfad und die steilere Hügelflanke hinauf zum Rand des Stausees. Russ ließ leise den Motor an, legte einen Gang ein und wartete. Die Jagd war seinen Blicken jetzt entzogen.

Plötzlich hörte er einen entsetzlichen Schrei, so hoch, so

anhaltend, daß es eher wie eine falsch eingestellte Maschine als wie eine menschliche Stimme klang. Er hörte, wie der Traktor die Tonart wechselte und wie in das Dröhnen ein Stottern drang; dann kam er in Sicht; er wälzte sich die Böschung hoch und auf den Schotterweg, der den Stausee umschloß. Wilbie lief vor dem Traktor taumelnd auf den Damm zu. Sie haben ihn also noch nicht umgebracht, dachte Russ nüchtern. Dann schoß er vorwärts und nahm die Verfolgung auf.

Die beiden Männer im Traktor hatten nicht erwartet, ein anderes Fahrzeug zu sehen, und der Anblick des Landrovers überrumpelte sie. Für einen kurzen Augenblick hing der Landrover neben ihnen in der Schwebe, zwei Räder auf dem Weg, zwei auf Heidekraut und Geröll, dann war er vorbei und setzte sich scharf vor den Traktor, genau dort, wo der Rand des Stausees einen Bogen beschrieb und der Weg, dem Bogen folgend, nach links führte.

Der Traktor wich aus und neigte sich zur Seite. »Paß auf, du Idiot!« schrie Goetz, der fuhr, Harbin mit gellender Stimme an. Harbin, der den Kran bediente, zog, durch das plötzliche Ausweichen aus seinem üblichen Gleichmut aufgeschreckt, den falschen Hebel, der Kran schwenkte zur linken Seite hinüber nach unten und brachte so das Fahrzeug gänzlich aus dem Gleichgewicht. Der hohe, kopflastige Traktor schwankte einen Moment lang am äußersten Rand des großen Betonbekkens, dann kippte er seitlich hinunter in das graue Wasser und verschwand.

Russ verpaßte diesen Augenblick. Nachdem er den Traktor überholt hatte, hatte er das Lenkrad nach rechts gerissen und beschleunigt, um sich zwischen Wilbie und die Maschine zu schieben. Der Traktor verschwand aus seinem Rückspiegel, als er abkippte. Als Russ in den Spiegel blickte, war der Weg hinter ihm leer; überrascht, ungläubig schaute er noch einmal, trat auf die Bremse, blieb stehen und starrte auf den Stausee, in dem riesige, schwarz-stählerne konzentrische Kreise emporschossen, weit über das Wasser.

»Heiliger Strohsack!« sagte Russ.

Er fuhr rückwärts bis zur aufgewühlten Stelle an der Uferböschung, wo es passiert war, und spähte hinunter. Es war nichts zu sehen außer einem dicken dunklen Riß in der Betonwand, der weit nach unten lief und dann nicht mehr zu sehen war.

»Russ! Russ!« Wilbies schwache Stimme hallte die Stauseewand entlang. Russ legte wieder einen Vorwärtsgang ein und fuhr den Landrover bis zum Damm, gegen den Wilbie in sich zusammengesunken lehnte, einen Arm mit dem anderen haltend. Blut lief über seine Parka. Russ warf einen Blick auf seinen rechten Arm und schaute wieder weg.

»Kannst du dies abbinden?« fragte Wilbie mit rauher Stimme. »Und dann bring mich schleunigst zu einem Arzt.«

Mit Hilfe eines Schraubenschlüssels drehte Russ sein Halstuch um den zerfetzten Arm.

»Wer war das?« fragte er. »Alte Kumpel?«

Wilbie schaute hinter sich. Das Wasser war wieder glatt, nichtssagend.

»Egal«, sagte er. »Vergiß sie einfach, um Himmels willen.«

»Ich weiß nicht«, sagte Russ beunruhigt. »Sollten wir nicht melden, daß wir gesehen haben, wie der Traktor reingekippt ist? In der Stauseewand ist ein Riß entstanden; vielleicht fließt das ganze Wasser aus.«

»Irgend jemand wird es schnell genug merken. Nur weg von hier!«

»War es wegen der beiden, daß du nicht so scharf drauf warst, nach England zu kommen?« fragte Russ, während er Wilbie in den Landrover half. Wilbie beantwortete die Frage nicht.

»In meiner Taschenflasche ist Brandy«, murmelte er; Blut aus einer klaffenden Wunde in seiner Wange und Tränen rannen ihm übers Gesicht. Als Russ die Flasche gefunden und ihm einen Schluck gegeben hatte, fragte er:

»Hat jemand dich hier herauffahren sehen?«

»Keine Menschenseele.« Russ hatte den Wagen wieder in Gang gesetzt und fuhr äußerst vorsichtig die Haarnadelkurven nach Kirby hinunter.

»Dann gibt es keine Verbindung zwischen uns. Und vermutlich war Harbin nicht der Besitzer des Traktors ...«

Wilbie hielt inne, doch Russ nahm den Faden auf.

»Harbin – das erinnert mich an etwas. Das war der entflohene Häftling – der Goldschmuggler. Stimmt's? Man hat angenommen, daß sein Kumpel, der im letzten Herbst entlassen wurde, ihm bei der Flucht geholfen hat. Oh, jetzt sehe ich das Ganze vor mir. Du mußt einen kurzen Abstecher von Stuttgart nach hier gemacht haben, im letzten Sommer, während Rose und Corale in Florida waren und bevor der andere Typ – Goetz hieß er, nicht wahr? – entlassen wurde. Ich könnte mir denken, daß du schon damals das alte Tantchen Fennel beseitigen wolltest – warum? Vielleicht, weil sie die einzige Person in England war, die wußte, wo du dich aufhieltest? Oder wolltest du nur die Bilder? Natürlich wolltest du nicht warten, bis Goetz entlassen wurde und vielleicht nach dir suchte. Habe ich recht, wenn ich vermute, daß du der Dritte im Bunde warst, derjenige, der aus dem abgestürzten Flugzeug kroch und mit der ganzen Beute verschwand? Das muß man dir lassen, Dad, du verstehst es glänzend, deine Chancen wahrzunehmen. Der einzige Fehler, den du je gemacht hast, war, das falsche alte Mädchen in den Wildbach zu stoßen, das stimmt doch?«

»Lieber Gott, Russ, hör auf zu quatschen und fahr etwas schneller, wenn's geht!«

»Es war also alles vermasselt; die alte Dame lebte vielleicht noch, oder du konntest jedenfalls nicht sicher sein, und wenn sie noch lebte, war sie ein Bindeglied zu dir; sie kannte deine Adresse in Amerika, und Goetz war aus dem Gefängnis entlassen worden und mochte einen Grund haben, dich in Verbindung mit Appleby zu bringen, hatte offensichtlich einen Grund. Und dir fiel nichts Besseres ein, als die kleine Lucy hinüberzuschicken, um Klarheit in die Sache zu bringen. Das war nicht klug von dir; du hättest viel besser daran getan, mich zu schicken.«

Wilbie schwieg. Plötzlich wurde ihm klar, wie sehr er Russ

haßte. Großer Gott, und jetzt habe ich ihn mein Leben lang am Hals, dachte er. Warum wird aus meinen Kindern so gar nichts? Die kümmerliche kleine Lucy ist die einzige von dem ganzen Haufen, die Schneid hat; Schande, daß sie nicht mein Kind ist...

»Dir ist doch klar, daß wir kaum zu diesem Doc Adnan in die Praxis gehen können mit einer Kiste voll gestohlener Kunst im Auto«, sagte Russ.

»An der Uferpromenade ist eine Erste-Hilfe-Station«, sagte Wilbie. »Direkt gegenüber dieser großen Tiefgarage. Ich hab sie heute morgen gesehen. Du kannst dahin fahren.«

»Okay. Ich nehme an, dies hier ist Kirby. Und Gott sei Dank. Meine Arme sind fast ausgerenkt vor lauter Anstrengung, dieses Monster um die scharfen Kurven zu hätscheln.«

Wilbie sagte nichts. Er saß da, grau und schwitzend, aber gelassen, und hielt seinen Arm; die Dinge entwickeln sich gar nicht so schlecht, dachte er.

## 12

»Bilder von Ihrer Patientin, einer alten Dame, halb gestickt, und mit draufgeklebten Stoffstückchen überall?« Polizeichef Nottall lächelte skeptisch. »Komisch, sich mit so etwas aus dem Staub zu machen – vielleicht jemand, der Ihnen einen Streich spielen wollte? Für wie wertvoll würden Sie sie halten, Dr. Adnan?«

»Nun, ich habe der alten Dame fünfzig Pfund pro Stück gegeben«, entgegnete Adnan bescheiden.

Nottall ließ seinen Kugelschreiber fallen und starrte den Arzt verblüfft an.

»*Fünfzig Pfund* pro Stück? Machen Sie Witze?«

»Mir ist klar, daß es ein Gelegenheitspreis war und ich die arme alte Frau nicht ganz fair behandelt habe, aber was wollen Sie – ich bin nur ein schlecht bezahlter praktischer Arzt, kein Rothschild.« Adnan rieb sorgfältig einen seiner Bronzeknöpfe blank und schnippte eine Rüsche an ihren Platz. »Man muß sparen, wo es möglich ist.«

»Ich glaube, Sie müssen völlig übergeschnappt sein«, murmelte Nottall und machte sich eine Notiz. »Ein Dutzend Bilder, nach Schätzung des Besitzers sechshundert Pfund wert. Thema der Bilder?«

»Christliche Mythologie. Themen aus der Bibel.«

»Irgendeine Vermutung, wer sich mit ihnen aus dem Staub gemacht hat?«

»O ja.«

Nottalls Telefon klingelte. Er nahm den Hörer ab.

»Zentrale. Chef, hier ist ein Mr. Benovek, der aus Coulsham, Surrey, anruft und mit jemandem über eine Miss Culpepper sprechen möchte – nehmen Sie den Anruf an?«

»Benovek?« Adnan sah überrascht auf. »Er ruft wegen Miss Culpepper an?«

»Hallo?« sagte Nottall. »Hier ist die Polizeistation von Kirby. Kann ich Ihnen helfen?«

Er saß da und hörte zu. Die Verständnislosigkeit in seinem Gesicht wuchs. Endlich sagte er: »Und wie hoch hat dieser Experte das Bild eingeschätzt? *Wie bitte?* Und Sie sagen, Sie haben Grund zu der Annahme, daß die alte Dame seit mehreren Stunden vermißt wird?«

Adnan sah ihn scharf an.

»Die Nichte hat sich auf die Suche gemacht und ist nicht zurückgekehrt? Wissen Sie, Mr. Benovek, daß diese alte Dame schon einmal als vermißt gemeldet wurde, und dann stellte sich heraus, daß sie sich einfach in das Auto von irgend jemand gelegt hatte, um zu schlafen ... ja, ja, gut, wir werden der Sache nachgehen. Ich fürchte nur, wir haben im Augenblick zu wenig Leute; wir hatten ungewöhnlich schwere Regenfälle hier, und mehrere Straßen sind überflutet ... ja, wir werden tun, was wir können, und Sie so schnell wie möglich wieder anrufen.«

Er notierte sich eine Nummer.

»Die alte Miss Culpepper wird vermißt?« fragte Adnan.

»Sieht so aus, als sei sie wieder auf und davon, und die Nichte sucht sie. Warum dieser Benovek aus Surrey anruft, um mir das mitzuteilen, ist mir nicht ganz klar. Ich werde gleich jemanden im Wildfell-Wohnheim anrufen lassen; er soll überprüfen, ob sie nicht inzwischen wieder zurückgekehrt ist.« Er setzte seine Worte in die Tat um. Während sie warteten, sagte Adnan: »Ich fahre besser selbst sofort zurück nach Wildfell. Wenn die alte Dame längere Zeit in diesem Wetter herumgewandert ist, wäre es ein Wunder, wenn sie überlebte. Und die kleine Lucy ist nicht sehr kräftig.« Er schaute auf seine Uhr.

»Wir müssen den längeren Weg nach Appleby nehmen«, sagte Nottall. »Auf halber Höhe vom Cleg Hill steht die Straße plötzlich unter Wasser; der Bericht ist gerade hereingekommen. Hört sich an wie eine Sickerstelle im Stausee. Ziemlich beunruhigend, mit den zusätzlichen Wassermengen, die der Stausee aufgenommen haben muß; wenn es an einer Stelle ausläuft, kann es das auch an anderen tun. Jedenfalls ist ein Teil der Straße nach Appleby weggespült, und Sie werden über Strinton-le-Dale fahren müssen.«

»Dann mach ich mich auf den Weg.« Adnan stand rasch auf.

Ein Sergeant betrat das Zimmer.

»Ich habe in dem Altersheim angerufen, Chef; weder Miss Culpepper noch ihre Nichte sind bis jetzt zurück.«

»Würden Sie hinauffahren und schauen, was dort los ist, Sergeant. Wollen Sie im Polizeiwagen mitfahren, Doktor?«

»Danke, aber ich ziehe meinen eigenen Wagen vor. Ich weiß, wie leichtsinnig Ihre Fahrer sein können!«

Lucy lehnte sich an Colonel Lintons Türpfosten und drückte auf die Klingel.

Wenn er nun gar nicht da ist? Oder sich an mich erinnert und immer noch wütend ist?

Nach einer Weile flog die Tür auf. Colonel Linton erschien, leicht schwankend, und sah Lucy aus blutunterlaufenen Augen an.

»Wer sind *Sie?*« fragte er derb. »Drittes Mädchen während der letzten drei Wochen, das kommt und mich belästigt – erst irgendeine Fremde, dann meine eigene Enkeltochter, jetzt Sie – was soll das bedeuten? Irgend so ein Meinungsumfrage-Trick?«

»Bitte kommen Sie, helfen Sie mir«, sagte Lucy. »Ich habe die alte Miss Culpepper an der anderen Seite der Mauer am Ende Ihres Gartens gelassen, und ich bekomme sie nicht hinüber. Sie ist naß und friert und ist sehr schwach.«

»Die alte Miss Culpepper? Dachte, die ist tot. Sind Sie sicher, daß es nicht ihr Geist ist?«

»Nein, aber sie wird es bald sein, wenn man sie dort noch lange stehenläßt. Bitte kommen Sie!« Lucy ergriff seine Hand, und er folgte ihr widerstrebend.

Eine Mauer aus Feldsteinen trennte den ungepflegten Garten von der baumbewachsenen Klippe dahinter, und ein paar daraus hervorstehende Steinplatten dienten als Treppe. Auf der anderen Seite der Mauer saß Tante Fennel auf der untersten Stufe.

»Na, so was! Das ist doch die alte Daff! Oder ist es Dilly? Wußte nie genau, wer wer war, nachdem wir alle über Mitte Achtzig hinaus waren. Was um alles in der Welt machst du dort, meine Liebe? Über die Klippe von High Beck runtergekommen? Ein bißchen leichtsinnig in deinem Alter, wie? Warum nicht die Brücke? Nicht viel weiter? Nun, egal. Hier, hilf uns ein bißchen, Mädchen; ich schieb sie rauf zu dir, du hältst sie dort fest, in Ordnung?«

Colonel Linton kletterte über die Mauer und hievte Tante Fennel mit unerwarteter Kraft und Geschicklichkeit hinauf zu Lucy, ihr mit einer durchdringenden Wolke von Hochland-Glockenblume den Weg erleichternd. Dann kletterte er zurück, und Lucy schob Tante Fennel hinunter in seine Arme. Heftig keuchend und mit purpurrotem Gesicht, doch triumphierend trug er sie in das Haus. Lucy, die ihnen folgte, stellte erleichtert fest, daß er sie in die warme Küche gebracht und in einen tiefen Sessel mit hoher Rückenlehne gesetzt hatte.

»Hätte nie erwartet, daß ich so was noch mal tun würde, Daff, meine Liebe – oder Dill?« sagte er außer Atem. »Beinah so gut wie Flitterwochen, eh?«

Tante Fennel hatte die Augen geschlossen; sie öffnete sie kurz und lächelte matt.

»Edward ... nicht zu glauben ...«

»Wenn Sie jetzt ein paar Decken hätten, Colonel Linton – und einen Schluck von Ihrer Ei-und-Whisky-Mischung ... keine Hochland-Glockenblume ...«

»Alles was Sie wünschen, meine Liebe.«

Er schaffte Eier heran, und einige mottenlöchrige Decken, und zog sich dann taktvoll zurück, während Lucy ein oder zwei Schichten von Tante Fennels zahlreichen Kleidungsstükken herunterpellte und erleichtert sah, daß der Regen nur bis zu ihrem Unterrock vorgedrungen war.

Während Tante Fennel in Decken gehüllt wurde, stolzierte eine große gestreifte Katze herein und legte sich auf den Flikkenteppich vor dem Ofen.

»Da!« rief Lucy. »Das ist die Katze, die ich bei High Beck gesehen habe!«

»Das? Das ist nicht Taffypuss«, sagte Tante Fennel enttäuscht. »Sieht ihm kein bißchen ähnlich. Viel größer.«

»Nicht Taffypuss? Das will ich aber meinen«, sagte Colonel Linton, in die Küche zurückkehrend. »Weißt du nicht mehr, daß ich den armen alten Taffy vor drei, vier Jahren begraben habe? Wurde vom Fuchs erwischt.«

»Colonel Linton, haben Sie zufällig Telefon?« fragte Lucy.

»Fürchte nein, meine Liebe.«

»Nun, dann gehe ich gleich hinunter und telefoniere vom Postamt aus«, sagte Lucy und lehnte sich an den Küchentisch. Der Raum schwankte und kam wieder zur Ruhe. Sie hatte das Gefühl, sie befördere Tante Fennel immer noch den schmierigen, schauerlichen kleinen Pfad entlang, der beängstigend schräg über dem tief darunterliegenden felsigen Bachbett hing. »Dann kann ich auch gleich mein Auto holen.«

»Wie Sie wünschen, wie Sie wünschen«, sagte der Colonel

zerstreut. Er setzte sich neben Tante Fennel. »Nun, Dill, meine Liebe, wie fühlst du dich? Hast du dein Schlückchen getrunken? Ein bißchen besser jetzt, eh?«

»Ja, danke, Edward«, sagte Tante Fennel matt. »Es kommt mir fast wie zu Hause vor. Aber ich bin wirklich enttäuscht wegen Taffypuss.«

Lucy sah ihre Großtante liebevoll-aufgebracht an. Dann fiel ihr Blick auf die Küchenuhr.

»Stimmt die Uhrzeit, Colonel Linton? Meine Uhr scheint stehengeblieben zu sein. Und haben Sie ein Radio?«

»Machen Sie eine von diesen BBC-Hörer-Umfragen?« fragte er mißtrauisch.

»Nein, da ist nur etwas, was ich gern hören wollte.«

»Oh, das ist was anderes. Kricket-Ergebnisse, nicht wahr? Im Eßzimmer, meine Liebe. Bedienen Sie sich«, sagte er, eifrig damit beschäftigt, Tante Fennel bequemer in ihre muffigen Decken zu wickeln.

Lucy ging müde in das Eßzimmer und fand ein Radio auf der Fensterbank, ein wuchtiges, altertümliches Trumm, dessen ganze Vorderseite von einem Gitterwerk aus Arabesken im Jugendstil eingenommen wurde, mit etwa achtzehn verschiedenen Knöpfen und einer Reihe von Sendern, zu denen auch National, Regional und Sender Droitwich gehörten. Glücklicherweise war bereits das Vierte Programm der BBC eingestellt; Lucy drückte auf den Knopf und ließ den Apparat warm werden, was mit der Geschwindigkeit der Tundra im arktischen Frühling geschah. Ich müßte mich auch in eine Decke wickeln und warm werden wie Tante Fennel, dachte Lucy, aber im Augenblick bin ich zu müde; ich werde mir zuerst Max anhören. Die beiden Alten nebenan sind vollkommen zufrieden und halten einen gemütlichen Schwatz.

Sie hörte das leise Duett von Stimmen aus der Küche; sie setzte sich hin, gegenüber Tante Fennels Bildern jenseits der großen staubigen Mahagonifläche, und stützte das Kinn auf die Hände. Wenn ich nur nicht solche Kopfschmerzen hätte und diesen merkwürdigen Schmerz, als ob meine Brust von eckigen Klammern zusammengepreßt würde, könnte ich vielleicht denken. Ich muß versuchen, herauszubekommen, warum diese beiden Männer Wilbie jagten, was überhaupt vor sich ging. Damit ich die Polizei anrufen kann. Fiona wegen Tante Fennel anrufen. Max anrufen.

Sie schaute hinauf zu den Bildern. Jakob und Esau, Rachel und Lea, Saul und David, Moses und Aaron.

Merkwürdig, mir ist noch nie aufgefallen, daß jedes der Bilder von Tante Fennel in Wirklichkeit doppelt ist, ein Bildnis das andere überlagert. Wie das Cottage neulich. Diese beiden Brüder zum Beispiel – Jakob ist Wilbie, warum ist mir das nicht vorher aufgefallen? Pläne schmiedend und lächelnd, immer entschlossen, ganz nach oben zu kommen, so oder so. Und Rachel könnte Tante Fennel sein, als sie jung war. David spielt Saul etwas vor; er sieht irgend jemandem ähnlich – aber wem? Ob Tante Fennel etwas davon weiß? Dieser Sonnenuntergang, mit den vier Gestalten, das ist in Wirklichkeit etwas viel Komplexeres und Geheimnisvolles...

Sie waren alle geheimnisvoll. Lucy ließ ihre Blicke schweifen, von einem Rätsel zum nächsten, jedes tiefgründiger, feinsinniger und schöner als das vorherige. Aber ich verstehe sie beinah, wenn ich nur etwas mehr Energie hätte...

Lieber Max, ich kann es nicht abwarten, bis Sie die Bilder sehen. Wenn irgend etwas Sie wieder auf die Beine bringen könnte, dann, glaube ich, diese Bilder. Lieber Max...

»... Sechs Uhr«, sagte der Ansager. »Und jetzt hören Sie eine Aufnahme der *Goldberg-Variationen* von Bach in der Interpretation des berühmten Pianisten Max Benovek...«

Die klare, funkelnde Musik begann das Zimmer zu füllen.

Weitere Rätsel, dachte Lucy. Hieroglyphen. Nein, ein Labyrinth, ein wunderbar ersonnenes Labyrinth, in dem jeder Gang folgerichtig zum nächsten führt und man doch das Gefühl hat, es sei nur eine von einer unendlichen Anzahl von Möglichkeiten... Bald werde ich das ganze Muster erkennen, das in Wirklichkeit das gleiche ist wie Tante Fennels eingerahmter Sonnenuntergang. Wie außergewöhnlich; ich glaube, ich habe da etwas wirklich Grundlegendes entdeckt. Wenn diese Schmerzen etwas nachlassen würden, könnte ich das Ganze verstehen ...

Ihre Augen schlossen sich.

Wie kann ich Russ loswerden, dachte Wilbie, während er sich von seinem verhaßten Sohn durch das Labyrinth der Hinterstraßen von Kirby fahren ließ. Die Straßenbeleuchtung wurde gerade eingeschaltet; orangefarbenes Gaslicht flackerte und tropfte durch die Regenbäche. Lautsprecherwagen der Polizei fuhren durch die Stadt und gaben scheppernd irgend etwas bekannt.

»Was sagen sie?«

»Ich verstehe es nicht. Der Akzent ist so schrecklich in dieser Gegend. Etwas über Stromausfall? Oder eine Warnung, daß sich in diesem Gebiet ein entflohener Sträfling aufhält.«

»Er soll in London sein«, murmelte Wilbie.

»Da wären wir«, sagte Russ und hielt vor der Erste-Hilfe-Station, aber Wilbie sagte, vor Schmerzen gereizt: »Nein ... nein. Fahr in die Tiefgarage, Russ. Hier ist Halteverbot; wir wollen doch nicht, daß die Bullen den Wagen abschleppen. Ich werde wohl fünfzig Meter laufen können, verdammt noch mal!«

»Ein echter kleiner Held«, sagte Russ, warf das Lenkrad herum und fuhr die Einfahrt hinunter. Eine rot-weiße Barriere hob sich, um sie einzulassen, und Russ fand am anderen Ende einen Parkplatz.

»Unauffällig genug für dich? Dann komm; wir sollten dich lieber verarzten lassen, bevor Wundbrand einsetzt.«

Die Krankenschwester in der Erste-Hilfe-Station war entsetzt.

»Sie sollten wirklich ins Krankenhaus gehen und das röntgen lassen. Ich kann die Wunde nur säubern.«

»Keine Zeit, ins Krankenhaus zu gehen«, sagte Wilbie. »Wir hoffen, in Liverpool ein Flugzeug zu erreichen.«

»Gehen Sie aber so schnell wie möglich zu einem Arzt. Wie ist das nur passiert?«

»Rasenmäher hat geklemmt. Hab versucht, ihn wieder in Gang zu bringen.«

»Scheußliche, gefährliche Dinger!« Die Schwester begann, in heiterem Ton über eine Reihe von schauerlichen Unfällen mit zerquetschten Füßen und abgerissenen Zehen zu berichten, während sie Wilbies Wunde säuberte und verband.

»Du verzichtest also auf den Rest der Bilder?« fragte Russ draußen.

»Nur für den Augenblick. Nachdem Harbin und Goetz beseitigt sind, ist es risikolos, bald wiederzukommen. Und dann ist da noch Linda. Aber mit ihr werde ich fertig.«

»Was ist mit der alten Dame? Hast du sie gesehen? Erkannt?«

»Keine Gelegenheit. Ich denke, daß sie mit Lucy in dem kleinen Haus war und abgeschnitten wurde. Vielleicht holt man sie raus.«

»Vielleicht auch nicht, hoffst du?«

Wilbie antwortete nicht. Russ ließ den Motor an.

In diesem Augenblick sprengte das Gewicht des Wassers, das sich vom Stausee aus durch das Kalkgestein vor Kirby einen Weg gebahnt hatte, plötzlich die letzten zwei Fuß Beton und brach durch die hintere Wand der Tiefgarage ein. Russ, der beim Anfahren nach rechts blickte, sah neben sich die Wand aufklappen wie die Kiefer eines Delphins, Wasser speiend. Instinktiv trat er auf das Gaspedal, und der Landrover schoß nach vorn.

»Lieber Gott, Russ, was ist passiert?«

»Weiß nicht, aber wir müssen schnell raus.«

Andere Leute hatten dieselbe Idee. Das Wasser stand bis zu den Achsen der Autos und stieg beängstigend schnell. Russ steuerte eine schmale Lücke zwischen zwei anderen Autos an, die sich beide der Ausfahrt näherten. Der Platz reichte nicht; alle drei Wagen verkeilten sich ineinander.

»Rückwärtsgang, du Idiot!« kreischte Wilbie.

»Versuche ich ja!« Russ kämpfte mit der Gangschaltung.

Dann gab er es auf, sprang hinunter, stand bis zur Hüfte in schlammigem, öligem Wasser und begann zu laufen.

»Russ! Warte auf mich!«

Wilbie warf einen gequälten Blick zurück auf die Bilder. All diese wundervollen Schätze. Wilbie berühmt. Wilbie gefeiert. Wilbie gerechtfertigt. Keine Zeit. Muß sie zurücklassen. Er kletterte hinunter, schluchzend und fluchend. »Russ! Gott verfluche dich! Warte auf mich!« Er war kleiner als Russ; das Wasser reichte ihm bis an die Brust. Er sah Russ vor sich, weit vor sich, wie er auf das schiebende, hupende, knirschende Chaos von Autos zustrebte, die Ein- und Ausfahrt blockierten.

Wilbie schob jemanden zur Seite, versuchte, über eine Motorhaube zu klettern, rutschte ab, fing wieder an, sich voranzukämpfen.

Aber es war schon zu spät.

»Miss Culpepper ist nicht zurückgekommen, seit wir angerufen haben?« fragte der Sergeant.

Fiona schüttelte den Kopf. »Nein, ist sie nicht. Keine Nachricht, nichts.«

Adnan, der hinter dem Sergeanten stand, sah Mrs. Marsham aus ihrem Büro kommen. Sie warf ihnen einen seltsamen, nervösen Blick zu.

»Die Polizei überprüft Miss Culpeppers Verschwinden«, sagte Fiona.

Mrs. Marsham schien sich ein wenig zu entspannen. Aber sie sah blaß und verkrampft aus, ihre Brille saß schief, ihr Haar war unordentlich. »Sie haben nichts Neues erfahren?« fragte sie.

»Noch nicht, Madam. Wir wollen gerade ins Dorf, um uns dort umzuhören.«

»Kann ich mitfahren?« fragte Fiona. »Es wird Zeit, daß ich zu meinem Baby komme. Mrs. T.s Ann wird in zwanzig Minuten hier sein«, sagte sie zu Mrs. Marsham. »Und ich habe die Butterbrote für das Abendessen gemacht, und Emma Chiddock wartet darauf, Ihnen zu helfen.«

Mrs. Marsham nickte müde. Fiona stieg in Dr. Adnans Alfa.

»Ich mag die Frau nicht besonders gern, aber es geht ihr schlecht, armes Ding«, sagte sie zu Dr. Adnan. »Meinen Sie nicht, Sie sollten später noch einmal zurückfahren und ihr ein Beruhigungsmittel oder so etwas geben?«

»Ja, das werde ich tun«, sagte er. »Hoffen wir, daß wir Lucy und ihre Tante im Cottage finden. Dann nehme ich sie mit und kümmere mich um alle drei.«

Am Fuß des Weges nach High Beck wurde die Aufmerksamkeit des Sergeanten auf ein großes weißes Handtuch gelenkt, das in auffälliger Weise an den Torpfosten des Pfarrhauses gebunden war.

»Wer wohnt da?« fragte er und hielt an.

»Colonel Linton.«

»Sieht so aus, als wollte er Aufmerksamkeit erregen. Ich werde mich nur eben erkundigen.«

Sie sahen ihn klingeln und den Colonel die Tür öffnen und etwas sagen. Der Sergeant drehte sich um und winkte sie heran. Adnan trat zu ihm. Fiona folgte neugierig.

»Die Suche ist vorbei; sie sind hier«, sagte Adnan.

»*Hier?* Warum hat Lucy dann nicht angerufen? Wo ist sie? Was ist passiert?«

Colonel Linton hatte begonnen, eine lange und komplizierte Erklärung zu geben.

»Brücke eingestürzt ... Pfad über die Klippe ... erstaunliche alte Dame, zweiundneunzig mindestens ... oder war es dreiundneunzig ... und meine eigene kleine Enkelin Cathy ... schrecklich traurige Geschichte ...«

»Wo ist Lucy?« fragte Fiona wieder. Sie standen alle in der Eingangshalle mit dem Fliesenboden; Adnan ging ins Eßzimmer.

Aus der Küche hörten sie Tante Fennels Stimme:

»Es war ein hübscher Besuch, Edward, aber ich bin ein wenig müde. Ich denke, ich gehe lieber zurück in dieses Heim, esse eine Kleinigkeit, und dann ins Bett. Muß fast Zeit fürs Abendessen sein. Wo ist mein Lucy-Kind?«

»Darum hat sie nicht angerufen«, sagte Adnan.

Lucy saß am Tisch, ruhte sich offenbar aus, den Kopf auf die Arme gebettet.

»So habe ich sie vor einer Stunde gefunden; ›Record Rendezvous‹ war voll aufgedreht«, erklärte Colonel Linton dem Sergeanten unglücklich. »Hielt es für das Beste, sie so zu lassen. Hab aber das Radio abgestellt.«

»Sie ist nicht … sie ist nicht … *tot?*«

»Ich fürchte ja.« Adnan berührte ihr Handgelenk. »Es war ihr Herz, ohne Zweifel. Törichtes, törichtes Mädchen. Sie tat immer mehr, als sie eigentlich tun durfte.« Während er auf sie hinunterschaute, glitzerten Tränen in seinen dunklen Augen; er fügte mürrisch hinzu: »Und jetzt bin *ich* es vermutlich, der auch noch diesen Max Benovek anrufen muß, und Gott weiß, was das für einen Schaden anrichten wird, wenn er die gleichen Gefühle für sie wie sie für ihn hatte. Außerdem ist da noch diese arme alte Dame; *Sie* werden sich um sie kümmern müssen«, sagte er zu Fiona.

»Ja, in Ordnung.« Ohne weiteres Getue machte Fiona kehrt und ging in die Küche.

»Tante Fennel«, sagte sie, »ich habe eine schreckliche Nachricht für Sie, fürchte ich.«

»Was ist es, Schätzchen?«

»Es geht um Lucy. Sie hatte einen Herzanfall. Ich fürchte, sie ist tot.«

Mit einer langsamen Kopfbewegung sah Tante Fennel auf zu Fiona. Sie zog ihr Hörgerät raus, starrte es an und steckte es wieder ins Ohr. »Tot?« wiederholte sie. »Lucy? Tot?«

»Ja, fürchte ich.«

Es entstand eine längere Pause. Der Sergeant war zum Polizeiwagen zurückgegangen und forderte über Funk einen Krankenwagen an; Colonel Linton mixte in einem Marmeladeglas düster einen Whisky mit Weingeist, betrachtete die Mischung und kippte sie in den Ausguß; Adnan überprüfte vorsichtig Puls und Atmung der alten Dame.

Sie ließ es widerstandslos über sich ergehen, fast ohne

es zu bemerken; nach einer Weile murmelte sie wie zu sich selbst:

»Tot? Friedlich und glücklich also. Wie Dill. Wie Taffypuss. Ihr geht's gut.«

Sie sah triumphierend zu Adnan auf.

»Ihr geht's gut?« sagte er. »Du liebe Zeit, ja. Und Ihnen geht's auch gut. Darauf aus, hundert zu werden, schätze ich. Sie sind eine großartige alte Dame, stimmt's? Was ist Ihr Geheimnis?«

»Mein Geheimnis?« Tante Fennel sah wieder zu ihm auf, dann an ihm vorbei zu Fiona, dem Sergeanten, Colonel Linton. »Sie meinen, wer von den beiden ich bin?« Sie lächelte vor sich hin, ein Lächeln, das ihre Großnichte erkannt hätte. Sie sagte zu Adnan:

»Wenn ich es nicht für angebracht hielt, es meinem Lucy-Kind zu sagen, glauben Sie, daß ich es einem von *Ihnen* sagen würde?«

# *Joan Aiken im Diogenes Verlag*

*Die Kristallkrähe*
Roman. Aus dem Englischen von Helmut Degner
detebe 20138

*Das Mädchen aus Paris*
Roman. Deutsch von Nikolaus Stingl
detebe 21322

*Der eingerahmte Sonnenuntergang*
Roman. Deutsch von Karin Polz
detebe 21413

*Tote reden nicht vom Wetter*
Roman. Deutsch von Nikolaus Stingl
detebe 21477

*Ärger mit Produkt X*
Roman. Deutsch von Karin Polz
detebe 21538

Für Kinder:

*Das letzte Stück vom Regenbogen*
Deutsch von Matthias Müller. Mit zahlreichen
Illustrationen von Margaret Walty
Ein Diogenes Kinderbuch

*Celia Fremlin*
*im Diogenes Verlag*

*Klimax*
oder Außerordentliches Beispiel von Mutterliebe
Roman. Aus dem Englischen von Dietrich Stössel
detebe 20916

*Wer hat Angst vorm schwarzen Mann?*
Roman. Deutsch von Otto Bayer
detebe 21302

*Die Stunden vor Morgengrauen*
Roman. Deutsch von Isabella Nadolny
detebe 21515

# *Literarische Thriller im Diogenes Verlag*

**● Margery Allingham**

*Die Handschuhe des Franzosen.* Kriminalgeschichten. Aus dem Englischen von Peter Naujack. Zeichnungen von Georges Eckert detebe 20929

*Trau keiner Lady.* Roman. Deutsch von Gerd van Bebber. detebe 21567

*Gefährliches Landleben.* Roman. Deutsch von Brigitte Mentz. detebe 21568

*Süße Gefahr.* Roman. Deutsch von Peter Fischer. detebe 21569

*Judaslohn.* Roman. Deutsch von Edith Walther. detebe 21570

**● Eric Ambler**

*Die Maske des Dimitrios.* Roman. Aus dem Englischen von Mary Brand und Walter Hertenstein. detebe 20137

*Der Fall Deltschev.* Roman. Deutsch von Mary Brand und Walter Hertenstein detebe 20178

*Eine Art von Zorn.* Roman. Deutsch von Susanne Feigl und Walter Hertenstein detebe 20179

*Schirmers Erbschaft.* Roman. Deutsch von Harry Reuß-Löwenstein, Th. A. Knust und Rudolf Barmettler. detebe 20180

*Die Angst reist mit.* Roman. Deutsch von Walter Hertenstein. detebe 20181

*Der Levantiner.* Roman. Deutsch von Tom Knoth. detebe 20223

*Waffenschmuggel.* Roman. Deutsch von Tom Knoth. detebe 20364

*Topkapi.* Roman. Deutsch von Elsbeth Herlin. detebe 20536

*Schmutzige Geschichte.* Roman. Deutsch von Günter Eichel. detebe 20537

*Das Intercom-Komplott.* Roman. Deutsch von Dietrich Stössel. detebe 20538

*Besuch bei Nacht.* Roman. Deutsch von Wulf Teichmann. detebe 20539

*Der dunkle Grenzbezirk.* Roman. Deutsch von Walter Hertenstein und Ute Haffmans. detebe 20602

*Ungewöhnliche Gefahr.* Roman. Deutsch von Walter Hertenstein und Werner Morlang detebe 20603

*Anlaß zur Unruhe.* Roman. Deutsch von Franz Cavigelli. detebe 20604

*Nachruf auf einen Spion.* Roman. Deutsch von Peter Fischer. detebe 20605

*Doktor Frigo.* Roman. Deutsch von Tom Knoth. detebe 20606

*Bitte keine Rosen mehr.* Roman. Deutsch von Tom Knoth. detebe 20887

*Mit der Zeit.* Roman. Deutsch von Hans Hermann. detebe 21054

**● Gavin Black**

*Ein Drachen zum Fest.* Roman. Aus dem Englischen von Matthias Fienbork. detebe 21560

**● Peter Bradatsch**

*Waschen, Schneiden, Umlegen.* Ein Dutzend Kriminalgeschichten. detebe 21272

**● John Buchan**

*Die neununddreißig Stufen.* Roman. Aus dem Englischen von Marta Hackel. Mit Zeichnungen von Edward Gorey detebe 20210

*Grünmantel.* Roman. Deutsch von Marta Hackel. Mit Zeichnungen von Topor detebe 20771

*Mr. Standfast oder Im Westen was Neues* Roman. Deutsch von Marta Hackel. Mit Zeichnungen von Topor. detebe 20772

*Die drei Geiseln.* Roman. Deutsch von Marta Hackel. Mit Zeichnungen von Tatjana Hauptmann. detebe 20773

*Basilissa.* Roman. Deutsch von Otto Bayer detebe 21249

**● W. R. Burnett**

*Little Caesar.* Roman. Aus dem Amerikanischen von Georg Kahn-Ackermann detebe 21061

*High Sierra.* Roman. Deutsch von Armgard Seegers und Hellmuth Karasek. detebe 21208

*Asphalt-Dschungel.* Roman. Deutsch von Walle Bengs. detebe 21417

**● Anton Čechov**

*Das Drama auf der Jagd.* Eine wahre Begebenheit. Aus dem Russischen von Peter Urban detebe 21379

**● Raymond Chandler**

*Die besten Detektivstories.* Neu aus dem Amerikanischen übersetzt von Hans Wollschläger. Diogenes Evergreens

*Der große Schlaf.* Roman. Neu übersetzt von Gunar Ortlepp. detebe 20132

*Die kleine Schwester.* Roman. Neu übersetzt von W. E. Richartz. detebe 20206

*Das hohe Fenster.* Roman. Neu übersetzt von Urs Widmer. detebe 20208

*Der lange Abschied.* Roman. Neu übersetzt von Hans Wollschläger. detebe 20207
*Die simple Kunst des Mordes.* Briefe, Essays, Fragmente. Herausgegeben von Dorothy Gardiner und Kathrine Sorley Walker. Neu übersetzt von Hans Wollschläger
detebe 20209
*Die Tote im See.* Roman. Neu übersetzt von Hellmuth Karasek. detebe 20311
*Lebwohl, mein Liebling.* Roman. Neu übersetzt von Wulf Teichmann. detebe 20312
*Playback.* Roman. Neu übersetzt von Wulf Teichmann. detebe 20313
*Mord im Regen.* Frühe Stories. Vorwort von Prof. Philip Durham. Neu übersetzt von Hans Wollschläger. detebe 20314
*Erpresser schießen nicht.* Detektivstories I. Neu übersetzt von Hans Wollschläger
detebe 20751
*Der König in Gelb.* Detektivstories II. Neu übersetzt von Hans Wollschläger
detebe 20752
*Gefahr ist mein Geschäft.* Detektivstories III. Neu übersetzt von Hans Wollschläger
detebe 20753
*Englischer Sommer.* Geschichten, Parodien, Aufsätze. Mit einer Erinnerung von John Houseman, einem Vorwort von Patricia Highsmith und Zeichnungen von Edward Gorey. Diverse Übersetzer. detebe 20754

## ● Agatha Christie
*Die besten Geschichten von Agatha Christie*
Aus dem Englischen von Maria Meinert, Marfa Berger und Ingrid Jacob
Diogenes Evergreens
*Villa Nachtigall.* Geschichten. Deutsch von Peter Naujack und Günter Eichel
detebe 20825
*Der Fall der enttäuschten Hausfrau*
Geschichten. Deutsch von Günter Eichel
detebe 20826

## ● Friedrich Dürrenmatt
*Das Versprechen / Aufenthalt in einer kleinen Stadt.* Erzählungen. detebe 20852
*Der Richter und sein Henker.* Kriminalroman. Mit einer biographischen Skizze des Autors
detebe 21435
*Der Verdacht.* Kriminalroman. Mit einer biographischen Skizze des Autors. detebe 21436
*Justiz.* Roman. detebe 21540

## ● William Faulkner
*Die Spitzbuben.* Roman. Aus dem Amerikanischen von Elisabeth Schnack. detebe 20989
*Der Springer greift an.* Kriminalgeschichten. Deutsch von Elisabeth Schnack. detebe 20152
*Die Freistatt.* Roman. Deutsch von Hans Wollschläger, Vorwort von André Malraux
detebe 20802

## ● Celia Fremlin
*Klimax.* Roman. Aus dem Englischen von Dietrich Stössel. detebe 20916
*Wer hat Angst vorm schwarzen Mann?*
Roman. Deutsch von Otto Bayer
detebe 21302
*Die Stunden vor Morgengrauen*
Roman. Deutsch von Isabella Nadolny
detebe 21515

## ● Der goldene Gelbe 86
Sonderausgabe. Enthält folgende Romane: Raymond Chandler, Der große Schlaf / Patricia Highsmith, Zwei Femde im Zug / Eric Ambler, Die Maske des Dimitrios
detebe 21412

## ● Der goldene Gelbe 87
Sonderausgabe. Enthält folgende Romane: Dashiell Hammett, Der dünne Mann/Margaret Millar, Liebe Mutter, es geht mir gut/Ross Macdonald, Unter Wasser stirbt man nicht
detebe 21524

## ● Robert van Gulik
*Mord im Labyrinth.* Roman. Deutsch von Roland Schacht. detebe 21381
*Tod im Roten Pavillon.* Roman. Deutsch von Gretel und Kurt Kuhn. detebe 21383
*Wunder in Pu-yang?* Roman. Deutsch von Roland Schacht. detebe 21382
*Halskette und Kalebasse.* Roman. Deutsch von Klaus Schomburg. detebe 21519

## ● Henry Rider Haggard
*Sie.* Abenteuerroman. Aus dem Englischen von Helmut Degner. detebe 20236
*König Salomons Schatzkammer.* Roman. Deutsch von V. H. Schmied. detebe 20920

## ● Dashiell Hammett
*Der Malteser Falke.* Roman. Neu aus dem Amerikanischen übersetzt von Peter Naujack
detebe 20131
*Rote Ernte.* Roman. Neu übersetzt von Gunar Ortlepp. detebe 20292
*Der Fluch des Hauses Dain.* Roman. Neu übersetzt von Wulf Teichmann
detebe 20293
*Der gläserne Schlüssel.* Roman. Neu übersetzt von Hans Wollschläger. detebe 20294
*Der dünne Mann.* Roman. Neu übersetzt von Tom Knoth. detebe 20295

*Fliegenpapier.* 5 Stories. Deutsch von Harry Rowohlt, Helmut Kossodo, Helmut Degner, Peter Naujack und Elizabeth Gilbert. Vorwort von Lillian Hellman. detebe 20911
*Fracht für China.* 3 Stories. Deutsch von Elizabeth Gilbert, Antje Friedrichs und Walter E. Richartz. detebe 20912
*Das große Umlegen.* 3 Stories. Deutsch von Walter E. Richartz, Hellmuth Karasek und Wulf Teichmann. detebe 20913
*Das Haus in der Turk Street.* 3 Stories. Deutsch von Wulf Teichmann detebe 20914
*Das Dingsbums Küken.* 3 Stories. Deutsch von Wulf Teichmann. Nachwort von Steven Marcus. detebe 20915

## ● E.W. Heine

*Kuck Kuck.* Noch mehr Kille Kille Geschichten. Leinen
*Kille Kille.* Makabre Geschichten detebe 21053
*Hackepeter.* Neue Kille Kille Geschichten detebe 21219
*Wer ermordete Mozart? Wer enthauptete Haydn?* Mordgeschichten für Musikfreunde detebe 21437
*Wie starb Wagner? Was geschah mit Glenn Miller?* Neue Geschichten für Musikfreunde detebe 21514

## ● Patricia Highsmith

*Elsie's Lebenslust.* Roman. Aus dem Amerikanischen von Otto Bayer. Leinen
*Der Stümper.* Roman. Deutsch von Barbara Bortfeldt. detebe 20136
*Zwei Fremde im Zug.* Roman. Deutsch von Anne Uhde. detebe 20173
*Der Geschichtenerzähler.* Roman. Deutsch von Anne Uhde. detebe 20174
*Der süße Wahn.* Roman. Deutsch von Christian Spiel. detebe 20175
*Die zwei Gesichter des Januars.* Roman Deutsch von Anne Uhde. detebe 20176
*Der Schrei der Eule.* Roman. Deutsch von Gisela Stege. detebe 20341
*Tiefe Wasser.* Roman. Deutsch von Eva Gärtner und Anne Uhde. detebe 20342
*Die gläserne Zelle.* Roman. Deutsch von Gisela Stege und Anne Uhde. detebe 20343
*Das Zittern des Fälschers.* Roman. Deutsch von Anne Uhde. detebe 20344
*Lösegeld für einen Hund.* Roman. Deutsch von Anne Uhde. detebe 20345
*Der talentierte Mr. Ripley.* Roman. Deutsch von Barbara Bortfeldt. detebe 20481
*Ripley Under Ground.* Roman. Deutsch von Anne Uhde. detebe 20482
*Ripley's Game.* Roman. Deutsch von Anne Uhde. detebe 20346
*Der Schneckenforscher.* Vorwort von Graham Greene. Deutsch von Anne Uhde detebe 20347
*Ein Spiel für die Lebenden.* Roman. Deutsch von Anne Uhde. detebe 20348
*Kleine Geschichten für Weiberfeinde* Deutsch von W. E. Richartz. Mit Zeichnungen von Roland Topor. detebe 20349
*Kleine Mordgeschichten für Tierfreunde.* Deutsch von Anne Uhde. detebe 20483
*Venedig kann sehr kalt sein.* Roman Deutsch von Anne Uhde. detebe 20484
*Ediths Tagebuch.* Roman. Deutsch von Anne Uhde. detebe 20485
*Der Junge, der Ripley folgte.* Roman Deutsch von Anne Uhde. detebe 20649
*Leise, leise im Wind.* Erzählungen. Deutsch von Anne Uhde. detebe 21012
*Keiner von uns.* Erzählungen. Deutsch von Anne Uhde. detebe 21179
*Leute, die an die Tür klopfen.* Roman. Deutsch von Anne Uhde. detebe 21349
*Nixen auf dem Golfplatz.* Erzählungen Deutsch von Anne Uhde. detebe 21517

## ● Hans Werner Kettenbach

*Minnie oder Ein Fall von Geringfügigkeit* Roman. detebe 21218

## ● Maurice Leblanc

*Arsène Lupin – Der Gentleman-Gauner* Roman. Deutsch von Erika Gebühr detebe 20127
*Die hohle Nadel oder Die Konkurrenten des Arsène Lupin.* Deutsch von Erika Gebühr detebe 20239
*813 – Das Doppelleben des Arsène Lupin* Roman. Deutsch von Erika Gebühr detebe 20931
*Der Kristallstöpsel oder Die Mißgeschicke des Arsène Lupin.* Roman. Deutsch von Erika Gebühr. detebe 20932
*Die Gräfin von Cagliostro oder Die Jugend des Arsène Lupin.* Roman. Deutsch von Erika Gebühr. detebe 20933
*Arsène Lupin kontra Herlock Sholmes* Roman. Deutsch von Erika Gebühr detebe 21026
*Die Insel der 30 Särge.* Roman. Deutsch von Lothar Schmidt und Ulrike Simon detebe 21198
*Die Uhr schlägt achtmal.* Roman. Deutsch von Erika Gebühr. detebe 21254

## ● Gaston Leroux

*Das Geheimnis des gelben Zimmers.* Roman. Aus dem Französischen von Klaus Walther detebe 20924

## ● Marie Belloc Lowndes

*Jack the Ripper oder der Untermieter* Roman. Aus dem Englischen von Wulf Teichmann. detebe 20130

## ● Ross Macdonald

*Dornröschen war ein schönes Kind.* Roman. Aus dem Amerikanischen von Wulf Teichmann. detebe 20227
*Unter Wasser stirbt man nicht.* Roman Deutsch von Hubert Deymann.detebe 20322
*Ein Grinsen aus Elfenbein.* Roman. Deutsch von Charlotte Hamberger. detebe 20323
*Die Küste der Barbaren.* Roman. Deutsch von Marianne Lipcowitz. detebe 20324
*Der Fall Galton.* Roman. Deutsch von Egon Lothar Wensk. detebe 20325
*Gänsehaut.* Roman. Deutsch von Gretel Friedmann. detebe 20326
*Der blaue Hammer.* Roman. Deutsch von Peter Naujack. detebe 20541
*Durchgebrannt.* Roman. Deutsch von Helmut Degner. detebe 20868
*Geld kostet zuviel.* Roman. Deutsch von Günter Eichel. detebe 20869
*Die Kehrseite des Dollars.* Roman. Deutsch von Günter Eichel. detebe 20877
*Der Untergrundmann.* Roman. Deutsch von Hubert Deymann. detebe 20877
*Der Drahtzieher.* Sämtliche Detektivstories um Lew Archer I. Mit einem Vorwort des Autors. Deutsch von Hubert Deymann und Peter Naujack. detebe 21018
*Einer lügt immer.* Sämtliche Detektivstories um Lew Archer II. Deutsch von Hubert Deymann und Peter Naujack. detebe 21019
*Sanftes Unheil.* Roman. Deutsch von Monika Schoenenberger. detebe 21178
*Blue City.* Roman. Deutsch von Christina Sieg-Welti und Christa Hotz. detebe 21317
*Der Mörder im Spiegel.* Roman. Deutsch von Dietlind Bindheim. detebe 21303

## ● Ian McEwan

*Der Trost von Fremden.* Roman. Aus dem Englischen von Michael Walter. detebe 21266

## ● Margaret Millar

*Banshee, die Todesfee.* Roman. Aus dem Amerikanischen von Renate Orth-Guttmann Leinen
*Liebe Mutter, es geht mir gut . . .* Roman Deutsch von Elizabeth Gilbert. detebe 20226
*Die Feindin.* Roman. Deutsch von Elizabeth Gilbert. detebe 20276
*Fragt morgen nach mir.* Roman. Deutsch von Anne Uhde. detebe 20542
*Ein Fremder liegt in meinem Grab.* Roman. Deutsch von Elizabeth Gilbert. detebe 20646
*Die Süßholzraspler.* Roman. Deutsch von Georg Kahn-Ackermann und Susanne Feigl detebe 20926
*Von hier an wird's gefährlich.* Roman Deutsch von Fritz Güttinger. detebe 20927
*Der Mord von Miranda.* Roman. Deutsch von Hans Hermann. detebe 21028
*Das eiserne Tor.* Roman. Deutsch von Karin Reese und Michel Bodmer. detebe 21063
*Fast wie ein Engel.* Roman. Deutsch von Luise Däbritz. detebe 21190
*Die lauschenden Wände.* Roman. Deutsch von Karin Polz. detebe 21421
*Nymphen gehören ins Meer!* Roman Deutsch von Otto Bayer. detebe 21516

## ● Patrick Quentin

*Bächleins Rauschen tönt so bang.* Kriminalgeschichten. Deutsch von Günter Eichel detebe 20195
*Familienschande.* Roman. Deutsch von Helmut Degner. detebe 20917

## ● Jack Ritchie

*Der Mitternachtswürger.* Geschichten. Aus dem Amerikanischen von Alfred Probst detebe 21293
*Für alle ungezogenen Leute.* Detektiv-Geschichten. Deutsch von Dorothee Asendorf detebe 21384

## ● Georges Simenon

*Brief an meinen Richter.* Roman. Aus dem Französischen von Hansjürgen Wille und Barbara Klau. detebe 20371
*Der Schnee war schmutzig.* Roman. Deutsch von Willi A. Koch. detebe 20372
*Die grünen Fensterläden.* Roman. Deutsch von Alfred Günther. detebe 20373
*Im Falle eines Unfalls.* Roman. Deutsch von Hansjürgen Wille und Barbara Klau detebe 20374
*Sonntag.* Roman. Deutsch von Hansjürgen Wille und Barbara Klau. detebe 20375
*Bellas Tod.* Roman. Deutsch von Elisabeth Serelmann-Küchler. detebe 20376
*Der Mann mit dem kleinen Hund.* Roman. Deutsch von Stefanie Weiss. detebe 20377
*Drei Zimmer in Manhattan.* Roman. Deutsch von Linde Birk. detebe 20378
*Die Großmutter.* Roman. Deutsch von Linde Birk. detebe 20379

*Der kleine Mann von Archangelsk.* Roman. Deutsch von Alfred Kuoni. detebe 20584
*Der große Bob.* Roman. Deutsch von Linde Birk. detebe 20585
*Die Wahrheit über Bébé Donge.* Roman Deutsch von Renate Nickel. detebe 20586
*Tropenkoller.* Roman. Deutsch von Annerose Melter. detebe 20673
*Ankunft Allerheiligen.* Roman. Deutsch von Eugen Helmlé. detebe 20674
*Der Präsident.* Roman. Deutsch von Renate Nickel. detebe 20675
*Der kleine Heilige.* Roman. Deutsch von Trude Fein. detebe 20676
*Der Outlaw.* Roman. Deutsch von Liselotte Julius. detebe 20677
*Der Verdächtige.* Roman. Deutsch von Eugen Helmlé. detebe 20679
*Die Verlobung des Monsieur Hire.* Roman Deutsch von Linde Birk. detebe 20681
*Der Mörder.* Roman. Deutsch von Lothar Baier. detebe 20682
*Die Zeugen.* Roman. Deutsch von Anneliese Botond. detebe 20683
*Die Komplizen.* Roman. Deutsch von Stefanie Weiss. detebe 20684
*Die Unbekannten im eigenen Haus.* Roman. Deutsch von Gerda Scheffel. detebe 20685
*Der Ausbrecher.* Roman. Deutsch von Erika Tophoven. detebe 20686
*Wellenschlag.* Roman. Deutsch von Eugen Helmlé. detebe 20687
*Der Mann aus London.* Roman. Deutsch von Stefanie Weiss. detebe 20813
*Die Überlebenden der Télémaque.* Roman. Deutsch von Hainer Kober. detebe 20814
*Der Mann, der den Zügen nachsah.* Roman. Deutsch von Walter Schürenberg detebe 20815
*Zum Weißen Roß.* Roman. Deutsch von Trude Fein. detebe 20986
*Der Tod des Auguste Mature.* Roman Deutsch von Anneliese Boton. detebe 20987
*Die Fantome des Hutmachers.* Roman Deutsch von Eugen Helmlé. detebe 21001
*Die Witwe Couderc.* Roman. Deutsch von Hanns Grössel. detebe 21002
*Schlußlichter.* Roman. Deutsch von Stefanie Weiss. detebe 21010
*Die schwarze Kugel.* Roman. Deutsch von Renate Nickel. detebe 21011
*Die Brüder Rico.* Roman. Deutsch von Angela von Hagen. detebe 21020
*Antoine und Julie.* Roman. Deutsch von Eugen Helmlé. detebe 21047
*Betty.* Roman. Deutsch von Raymond Regh detebe 21057
*Der Neger.* Roman. Deutsch von Linde Birk detebe 21118
*Die Tür.* Roman. Deutsch von Linde Birk detebe 21114
*Das blaue Zimmer.* Roman. Deutsch von Angela von Hagen. detebe 21121
*Der Bürgermeister von Furnes.* Roman Deutsch von Hans Grössel. detebe 21209
*Es gibt noch Haselnußsträucher.* Roman Deutsch von Angela von Hagen detebe 21192
*Die Glocken von Bicêtre.* Roman. Neu übersetzt von Angela von Hagen. detebe 20678
*Das Testament Donadieu.* Roman. Deutsch von Eugen Helmlé. detebe 21256
*Der Untermieter.* Roman. Deutsch von Ralph Eue. detebe 21255
*Emil und sein Schiff.* Erzählungen. Deutsch von Angela von Hagen und Linde Birk detebe 21318
*Exotische Novellen.* Deutsch von Annerose Melter. detebe 21285
*Die schwanzlosen Schweinchen.* Erzählungen Deutsch von Linde Birk. detebe 21284
*Die Leute gegenüber.* Roman. Deutsch von Hans-Joachim Hartstein. detebe 21273
*Weder ein noch aus.* Roman. Deutsch von Elfriede Riegler. detebe 21304
*Auf großer Fahrt.* Roman. Deutsch von Angela von Hagen. detebe 21327
*Der Bericht des Polizisten.* Roman. Deutsch von Markus Jakob. detebe 21328
*Die Zeit mit Anaïs.* Roman. Deutsch von Ursula Vogel detebe 21329
*Die Katze.* Roman. Deutsch von Angela von Hagen. detebe 21378
*Der Passagier der Polarlys.* Roman. Deutsch von Stephanie Weiss. detebe 21377
*Die Schwarze von Panama.* Roman. Deutsch von Ursula Vogel. detebe 21424
*Das Gasthaus im Elsaß.* Roman. Deutsch von Angela von Hagen. detebe 21425
*Das Haus am Kanal.* Roman. Deutsch von Ursula Vogel. detebe 21426
*Der Zug.* Roman. Deutsch von Trude Fein detebe 21480
*Striptease.* Roman. Deutsch von Angela von Hagen. detebe 21481
*45° im Schatten.* Roman. Deutsch von Angela von Hagen. detebe 21482
*Die Eisentreppe.* Roman. Deutsch von Angela von Hagen. detebe 21557
*Das Fenster der Rouets.* Roman. Deutsch von Stephanie Weiss. detebe 21558
*Die bösen Schwestern von Concarneau* Roman. Deutsch von Ingrid Altrichter detebe 21559
*Weihnachten mit Maigret.* Zwei Romane und eine Erzählung. Leinen
*Maigrets erste Untersuchung.* Roman. Deutsch von Roswitha Plancherel. detebe 20501

*Maigret und Pietr der Lette.* Roman. Deutsch von Wolfram Schäfer. detebe 20502
*Maigret und die alte Dame.* Roman. Deutsch von Renate Nickel. detebe 20503
*Maigret und der Mann auf der Bank* Roman. Deutsch von Annerose Melter detebe 20504
*Maigret und der Minister.* Roman. Deutsch von Annerose Melter. detebe 20505
*Mein Freund Maigret.* Roman. Deutsch von Annerose Melter. detebe 20506
*Maigrets Memoiren.* Roman. Deutsch von Roswitha Plancherel. detebe 20507
*Maigret und die junge Tote.* Roman. Deutsch von Raymond Regh. detebe 20508
*Maigret amüsiert sich.* Roman. Deutsch von Renate Nickel. detebe 20509
*Hier irrt Maigret.* Roman. Deutsch von Renate Nickel. detebe 20690
*Maigret und der gelbe Hund.* Roman Deutsch von Raymond Regh. detebe 20691
*Maigret vor dem Schwurgericht.* Roman Deutsch von Wolfram Schäfer. detebe 20692
*Maigret als möblierter Herr.* Roman Deutsch von Wolfram Schäfer. detebe 20693
*Madame Maigrets Freundin.* Roman Deutsch von Roswitha Plancherel detebe 20713
*Maigret kämpft um den Kopf eines Mannes* Roman. Deutsch von Roswitha Plancherel detebe 20714
*Maigret und die kopflose Leiche.* Roman Deutsch von Wolfram Schäfer. detebe 20715
*Maigret und die widerspenstigen Zeugen* Roman. Deutsch von Wolfram Schäfer detebe 20716
*Maigret am Treffen der Neufundlandfahrer* Roman. Deutsch von Annerose Melter detebe 20717
*Maigret bei den Flamen.* Roman. Deutsch von Claus Sprick. detebe 20718
*Maigret und die Bohnenstange.* Roman Deutsch von Guy Montag. detebe 20808
*Maigret und das Verbrechen in Holland* Roman. Deutsch von Renate Nickel detebe 20809
*Maigret und sein Toter.* Roman. Deutsch von Elfriede Riegler. detebe 20810
*Maigret beim Coroner.* Roman. Deutsch von Wolfram Schäfer. detebe 20811
*Maigret, Lognon und die Gangster.* Roman Deutsch von Wolfram Schäfer. detebe 20812
*Maigret und der Gehängte von Saint-Pholien* Roman. Deutsch von Sibylle Powell detebe 20816
*Maigret und der verstorbene Monsieur Gallet* Roman. Deutsch von Roswitha Plancherel detebe 20817
*Maigret regt sich auf.* Roman. Deutsch von Wolfram Schäfer. detebe 20820
*Maigret und das Schattenspiel.* Roman Deutsch von Claus Sprick. detebe 20734
*Maigret und die Keller des Majestic.* Roman. Deutsch von Linde Birk. detebe 20735
*Maigret contra Picpus.* Roman. Deutsch von Hainer Kober. detebe 20736
*Maigret läßt sich Zeit.* Roman. Deutsch von Sibylle Powell. detebe 20755
*Maigrets Geständnis.* Roman. Deutsch von Roswitha Plancherel. detebe 20756
*Maigret zögert.* Roman. Deutsch von Annerose Melter. detebe 20757
*Maigret und der Treidler der »Providence«* Roman. Deutsch von Claus Sprick detebe 21029
*Maigrets Nacht an der Kreuzung.* Roman Deutsch von Annerose Melter. detebe 21050
*Maigret hat Angst.* Roman. Deutsch von Elfriede Riegler. detebe 21062
*Maigret erlebt eine Niederlage.* Roman Deutsch von Elfriede Riegler. detebe 21120
*Maigret gerät in Wut.* Roman. Deutsch von Wolfram Schäfer. detebe 21113
*Maigret verteidigt sich.* Roman. Deutsch von Wolfram Schäfer. detebe 21117
*Maigret und der geheimnisvolle Kapitän* Roman. Deutsch von Annerose Melter detebe 21180
*Maigret und die alten Leute.* Roman Deutsch von Annerose Melter. detebe 21200
*Maigret und das Dienstmädchen.* Roman Deutsch von Hainer Kober. detebe 21220
*Maigret und der Fall Nahour.* Roman Deutsch von Sibylle Powell. detebe 21250
*Maigret im Haus des Richters.* Roman Deutsch von Liselotte Julius. detebe 21238
*Maigret und der Samstagsklient.* Roman Deutsch von Angelika Hildebrandt-Essig detebe 21295
*Maigret in New York.* Roman. Deutsch von Bernhard Jolles. detebe 21308
*Maigret und die Affäre Saint-Fiacre.* Roman Deutsch von Werner De Haas. detebe 21373
*Sechs neue Fälle für Maigret.* Erzählungen Deutsch von Elfriede Riegler. detebe 21375
*Maigret stellt eine Falle.* Roman. Deutsch von Angela von Hagen. detebe 21374
*Maigret in der Liberty Bar.* Roman. Deutsch von Angela von Hagen. detebe 21376
*Maigret und der Spion.* Roman. Deutsch von Hainer Kober. detebe 21427
*Maigret und die kleine Landkneipe.* Roman Deutsch von Bernhard Jolles und Heide Bideau. detebe 21428
*Maigret und der Verrückte von Bergerac* Roman. Deutsch von Hainer Kober detebe 21429

*Maigret, die Tänzerin und die Gräfin.* Roman
Deutsch von Hainer Kober. detebe 21484
*Maigret macht Ferien.* Roman. Deutsch von
Markus Jakob. detebe 21485
*Maigret und der hartnäckigste Gast der Welt*
Erzählungen. Deutsch von Linde Birk und
Ingrid Altrichter. detebe 21486
*Maigret verliert eine Verehrerin.* Roman
Deutsch von Ingrid Altrichter. detebe 21521
*Maigret in Nöten.* Roman. Deutsch von
Markus Jakob. detebe 21522
*Maigret und sein Rivale.* Roman. Deutsch von
Ingrid Altrichter. detebe 21523
*Maigret und die schrecklichen Kinder.* Roman
Deutsch von Paul Celan. detebe 21574
*Maigret und sein Jugendfreund.* Roman
Deutsch von Ingrid Altrichter. detebe 21575
*Maigret und sein Revolver.* Roman. Deutsch
von Markus Jakob. detebe 21576

## ● Henry Slesar

*Fiese Geschichten für fixe Leser.* Aus dem
Amerikanischen von Thomas Schlück
Diogenes Evergreens. Auch als detebe 21125
*Das graue distinguierte Leichentuch.* Roman.
Deutsch von Paul Baudisch und Thomas
Bodmer. Ausgezeichnet mit dem Edgar-Allan-Poe-Preis. detebe 20139
*Vorhang auf, wir spielen Mord!* Roman
Deutsch von Thomas Schlück. detebe 20216
*Erlesene Verbrechen und makellose Morde*
Geschichten. Deutsch von Günter Eichel und
Peter Naujack. Vorwort von Alfred Hitchcock. Zeichnungen von Tomi Ungerer
detebe 20225
*Ein Bündel Geschichten für lüsterne Leser*
Deutsch von Günter Eichel. Einleitung von
Alfred Hitchcock. Zeichnungen von Tomi
Ungerer. detebe 20275
*Hinter der Tür.* Roman. Deutsch von
Thomas Schlück. detebe 20540
*Aktion Löwenbrücke.* Roman. Deutsch von
Günter Eichel. detebe 20656
*Ruby Martinson.* Geschichten vom größten
erfolglosen Verbrecher der Welt. Deutsch von
Helmut Degner. detebe 20657
*Schlimme Geschichten für schlaue Leser*
Deutsch von Thomas Schlück. detebe 21036
*Coole Geschichten für clevere Leser.* Deutsch
von Thomas Schlück. detebe 21046
*Böse Geschichten für brave Leser.* Deutsch
von Christa Hotz und Thomas Schlück
detebe 21248
*Die siebte Maske.* Roman. Deutsch von Gerhard und Alexandra Baumrucker. detebe
21518
*Frisch gewagt ist halb gemordet.* Geschichten
Deutsch von Barbara und Jobst-Christian
Rojahn. detebe 21577

## ● Julian Symons

*Auf den Zahn gefühlt.* Detektivgeschichten.
Aus dem Englischen von Thomas Schlück
detebe 20601
*Ein Pekinese aus Gips.* Kriminalgeschichten.
Deutsch von Günter Eichel. Zeichnungen
von Josef Weihard. detebe 20740